Soluna Bach

Hühner und Handtaschen

ROMAN

MAREN UND JAN

Sie reißt mit Getöse die Rollläden hoch, was nichts ändert, draußen ist es noch stockfinster.

Jan rührt sich nicht, er schläft fest und tief. Tiefschlaf kann er echt am besten. Irgendwie macht sie das plötzlich aggressiv. Kräftiger als nötig rüttelt sie ihn am Arm. »Aufstehen, Jan, zehn nach fünf!«
Er dreht sich zu ihr um, sieht sie an mit ganz kleinen braunen Knopfaugen, erstaunt. Dann lächelt er.
»Morgen, Schatz!« und greift nach ihrer Hand. Seine kräftigen rotbraunen Haare stehen auf merkwürdige Art in alle Richtungen ab. An was erinnert sie das? Genau, an Rosalind, das Rosetten-Meerschweinchen, ihr liebstes Spielzeug, früher, mit acht.
»Als wenn wir nicht schon genug Tiere auf dem Hof hätten ...«, sagte ihre Mutter damals. Klar, 200 Hähnchen und 800 Legehennen. Na toll! Maren wollte unbedingt ein Tier, das man nicht essen konnte. Eins nur für sie, zum Streicheln.

»Los jetzt!« Maren entzieht sich ihm ganz schnell, knufft ihn noch mal ein bisschen, jetzt aber eher sanft. »Hopp hopp, dein Tee wird kalt. – Ich geh noch mal eben ins Bad.«
Sie hält sich gern im Bad auf, es ist der einzige Raum in diesem gigantischen Bauernhaus, der sich relativ gut heizen lässt und in dem es nicht irgendwie nach Hühnern riecht. Ein Meisterwerk der Fliesenlegekunst – annähernd bis zur Decke in schlicht-blassem Gelb verkachelt. Ganz klar 60er Jahre, ganz klar nicht Marens Geschmack. Sie findet, das Bad sollte dringend mal renoviert werden. Aber Mama hatte gemeint, das muss nicht, sind doch noch wie neu, die Fliesen. Deshalb hat Maren für's Erste einfach drüber weg dekoriert, mit Delfin-Aufklebern, Vorhängen, Badvorlegern und so. Hat, farblich abgestimmt, eine Menge Kleinkram im Bad verteilt, aus ihrem Lieblingsladen, *Sandy's Stöber-Stübchen* in Itzehoe. Ihre Freundinnen von der Landfrauengruppe haben das Ergebnis jedenfalls enorm bewundert. »Tja, Maren ist und bleibt unsere Stil-Ikone«, hatte Sabine Hintz, eine begeisterte *Gala*-Leserin, gemeint.

schnappt!« Sie greift nach ihm, versucht, ihn im Bett zurückzuhalten. Eine professionell manikürte Hand schiebt sich unter den Bund seiner Boxershorts.
»Bitte, Sidonie«, er umfasst ihr Handgelenk, zieht die Hand wieder heraus. »Dies ist absolut nicht der richtige Zeitpunkt, das weißt du genau.«
Seufzend lässt sie sich zurückfallen, ihre Platin-Mähne breitet sich auf dem Kopfkissen aus. Gähnend schiebt sie beiläufig die Bettdecke herunter, als sei ihr darunter plötzlich zu warm.

Er sieht sie daliegen, völlig nackt, wie frisch für ihn angerichtet. All das, auf das er mal so unglaublich und bis zur Bewusstlosigkeit scharf war – ja, er gibt es zu – das ihm zeitweilig den Verstand geraubt hat: die kleine, fast flache Brust. Ihre endlos perfekten Beine. Den glatten Hügel mit der weichen Spalte – wie eine makellos gereifte Aprikose, einfach zum Rein... Aber jetzt tut sich bei ihm rein gar nichts.
Falsche Schlange, denkt er nur, du willst es doch gar nicht wirklich. Für wie blöd hältst Du mich eigentlich? Was soll's. Er hat momentan andere Sorgen. Greift sein Handy, schnappt sich sein Laptop vom weiß-ledernen Corbusier-Sessel neben dem Bett.
»Ciao, mein Schatz!«, ruft sie zuckersüß hinter ihm her.
»Ruf mich nach der Präsentation an, wie's gelaufen ist! Es interessiert mich brennend.«
»Das Einzige was dich interessiert, ist doch, wie groß die *Gucci*-Taschen in dieser Saison sind.«
Halblaut sagt er das, während er den Raum verlässt. Wahrscheinlich hört sie es nicht. Ist aber auch egal.

LEO

Auf der unteren Wohnebene ist schon richtig was los. Seine beiden Söhne scheinen – im Gegensatz zu ihm – in dieser frühen Morgenstunde bereits ganz exorbitant gute Laune zu haben. Zu gut, für seinen Geschmack. Erstaunlich, dass Dreijährige schon so laut brüllen können. Er spürt ein leichtes Ziehen unter der Schädeldecke.

MAREN UND JAN

Sie reißt mit Getöse die Rollläden hoch, was nichts ändert, draußen ist es noch stockfinster.

Jan rührt sich nicht, er schläft fest und tief. Tiefschlaf kann er echt am besten. Irgendwie macht sie das plötzlich aggressiv. Kräftiger als nötig rüttelt sie ihn am Arm. »Aufstehen, Jan, zehn nach fünf!«
Er dreht sich zu ihr um, sieht sie an mit ganz kleinen braunen Knopfaugen, erstaunt. Dann lächelt er.
»Morgen, Schatz!« und greift nach ihrer Hand. Seine kräftigen rotbraunen Haare stehen auf merkwürdige Art in alle Richtungen ab. An was erinnert sie das? Genau, an Rosalind, das Rosetten-Meerschweinchen, ihr liebstes Spielzeug, früher, mit acht.
»Als wenn wir nicht schon genug Tiere auf dem Hof hätten ...«, sagte ihre Mutter damals. Klar, 200 Hähnchen und 800 Legehennen. Na toll! Maren wollte unbedingt ein Tier, das man nicht essen konnte. Eins nur für sie, zum Streicheln.

»Los jetzt!« Maren entzieht sich ihm ganz schnell, knufft ihn noch mal ein bisschen, jetzt aber eher sanft. »Hopp hopp, dein Tee wird kalt. – Ich geh noch mal eben ins Bad.«
Sie hält sich gern im Bad auf, es ist der einzige Raum in diesem gigantischen Bauernhaus, der sich relativ gut heizen lässt und in dem es nicht irgendwie nach Hühnern riecht. Ein Meisterwerk der Fliesenlegekunst – annähernd bis zur Decke in schlicht-blassem Gelb verkachelt. Ganz klar 60er Jahre, ganz klar nicht Marens Geschmack. Sie findet, das Bad sollte dringend mal renoviert werden. Aber Mama hatte gemeint, das muss nicht, sind doch noch wie neu, die Fliesen. Deshalb hat Maren für's Erste einfach drüber weg dekoriert, mit Delfin-Aufklebern, Vorhängen, Badvorlegern und so. Hat, farblich abgestimmt, eine Menge Kleinkram im Bad verteilt, aus ihrem Lieblingsladen, *Sandy's Stöber-Stübchen* in Itzehoe. Ihre Freundinnen von der Landfrauengruppe haben das Ergebnis jedenfalls enorm bewundert. »Tja, Maren ist und bleibt unsere Stil-Ikone«, hatte Sabine Hintz, eine begeisterte *Gala*-Leserin, gemeint.

»S-til-Ikune? Wat schall dat denn nu wedder sien?«, hakte Imke Lohse leicht verstört nach. Na ja, die Imke. Nie rausgekommen aus Schläfrig-Holstein. Merkt man halt. Für die totale Rundum-Kontrolle klappt Maren die Seitenteile des Spiegelschränkchens auf. Sie streicht noch mal leicht über ihr Haar, das bereits perfekt gebürstet und straff zum Zopf zusammengebunden ist. Maren lächelt sich selbst zu. Keine Frage, sie sieht gut aus. Besonders in diesem roséfarbigen Morgenmantel aus Microfaser-Flausch. Er macht so einen frischen Teint, hatte die Verkäuferin gesagt, was Maren albern fand. Trotzdem kaufte sie ihn sofort. Den Preis verschwieg sie dann zu Hause aber lieber. Die Reaktion ihrer Mutter konnte sie sich auch so bestens ausmalen:
90 Euros!?? Das waren früher mal 180 Mark! Für einen Bademantel!! Tut das denn Not?! – Oder so.

Maren ist nicht nur geduscht, gecremt, gekämmt, sie ist auch bereits heftig geschminkt, mit allem, was die Kosmetik-Abteilung in *Wandmakers Supermarkt* so hergibt. Dafür steht sie morgens eine geschlagene halbe Stunde früher auf. Nur etwas fehlt jetzt noch – das Wichtigste, *the final touch* – das Lippen-Make-up. Mit äußerster Sorgfalt trägt sie zwei Schichten hellrosa Lippenstift auf, um das Ganze dann mit einer dunkelroten Kontur zu umranden. Maren lässt die Hand mit dem Lipliner sinken, schaut sich an, wieder lächelnd, sie hebt ihr Kinn, dreht den Kopf leicht zur Seite. Doch. Ziemlich gut!

Punkt sechs rollt ein weißer Transit mit angekuppeltem Verkaufstrailer vom Hof. *Bokelrehmer Geflügelspezialitäten – Inhaberin: Maren Thaden* steht in Rot auf dem Trailer. Darunter ihr Wahrzeichen: Ein brütendes Huhn, das dem Betrachter verschwörerisch zuzwinkert. Am Steuer des Transits sitzt Jan, die Haare durch intensives Nasskämmen relativ gebändigt, aber mit immer noch recht kleinen Augen. Neben ihm Maren – hellwach und aufrecht sitzend. An ihrer Seite, steif gestärkt und hängend: Zwei makellos-weiße Verkaufskittel. Schweigend fahren sie durch den dunklen Morgen. Über den Feldern rechts und links schwebt hauchzarter Frühnebel. Klack klack klack, Jan hat den Blinker gesetzt, sie biegen auf die A23 Richtung Hamburg ein.

LEO UND SIDONIE

Um sechs Uhr früh denkt in Eppendorf kein Mensch auch nur ansatzweise ans Aufstehen. Sechs Uhr früh ist hier absolute Nacht, da schläft man noch tief und fest.
Sechs Uhr früh erlebt man hier höchstens mal im Wachzustand, wenn man, vom Partytrubel erschöpft, nach Hause taumelt. Hier muss niemand Kühe melken oder Hühner füttern, niemand geht Tätigkeiten nach, die frühes Aufstehen erfordern. Nein, hier gibt es quasi keinen, der vor neun, halb zehn an seinem Arbeitsplatz erwartet wird. Denn hier gilt: Je später desto wichtig.
Leo Spitzy ist wichtig. Trotzdem liegt er bereits – und es ist gerade mal viertel nach sechs – hellwach in seinem überbreiten Pullmansize-Luxusbett und überlegt, aufzustehen. Präsenile Bettflucht bereits mit 43? Kann eigentlich nicht sein. Die Präsentation ist erst um elf. Es sollte alles funktionieren. Alles seit Wochen diskutiert, organisiert, realisiert. Super-Ideen, strategisch absolut stimmig, durchgestaltet, vom TV-Spot bis zum kleinsten Folder, aber irgendwie ... etwas macht ihn unruhig, nervös. Nervös ist er sonst nie. Okay, es steht auch ungewöhnlich viel auf dem Spiel. Wenn sie den Etat jetzt verlieren ... Und dieser *claim,* den sein Partner unbedingt drin haben wollte, ist der konzeptionell wirklich richtig begründet? Vielleicht sollte er sich doch an sein Laptop setzen und die Präsentation noch mal durchgehen.

»Was ist los, um Himmels willen, wieso wälzt du dich so hin und her?«
Ein weibliches Wesen mit dem Körper einer leicht magersüchtigen Zwölfjährigen erhebt sich träge aus den Kissen. Sie streicht sich die beeindruckende Haarpracht – sehr lang, sehr glatt, sehr platin – aus dem schönen Gesicht und ... okay – zwölf ist sie nicht. Anfang bis Mitte zwanzig schätzungsweise.
»Ich brauche meinen Schlaf«, mosert sie. »Du weißt genau, dass ich unausstehlich werden kann, wenn ich nicht genügend Schlaf bekomme.«
»Nicht nur dann!« kontert er gereizt und schlägt ruppig die Bettdecke zurück. »Aber sei beruhigt, ich stehe jetzt eh auf, dann kannst du sofort weiterschlafen. – Von mir aus bis Weihnachten!« reicht er noch nach.
»Ach komm. Leo. Schatz. Jetzt sei doch nicht gleich wieder einge-

schnappt!« Sie greift nach ihm, versucht, ihn im Bett zurückzuhalten. Eine professionell manikürte Hand schiebt sich unter den Bund seiner Boxershorts.
»Bitte, Sidonie«, er umfasst ihr Handgelenk, zieht die Hand wieder heraus. »Dies ist absolut nicht der richtige Zeitpunkt, das weißt du genau.«
Seufzend lässt sie sich zurückfallen, ihre Platin-Mähne breitet sich auf dem Kopfkissen aus. Gähnend schiebt sie beiläufig die Bettdecke herunter, als sei ihr darunter plötzlich zu warm.

Er sieht sie daliegen, völlig nackt, wie frisch für ihn angerichtet. All das, auf das er mal so unglaublich und bis zur Bewusstlosigkeit scharf war – ja, er gibt es zu – das ihm zeitweilig den Verstand geraubt hat: die kleine, fast flache Brust. Ihre endlos perfekten Beine. Den glatten Hügel mit der weichen Spalte – wie eine makellos gereifte Aprikose, einfach zum Rein... Aber jetzt tut sich bei ihm rein gar nichts.
Falsche Schlange, denkt er nur, du willst es doch gar nicht wirklich. Für wie blöd hältst Du mich eigentlich? Was soll's. Er hat momentan andere Sorgen. Greift sein Handy, schnappt sich sein Laptop vom weiß-ledernen Corbusier-Sessel neben dem Bett.
»Ciao, mein Schatz!«, ruft sie zuckersüß hinter ihm her.
»Ruf mich nach der Präsentation an, wie's gelaufen ist! Es interessiert mich brennend.«
»Das Einzige was dich interessiert, ist doch, wie groß die *Gucci*-Taschen in dieser Saison sind.«
Halblaut sagt er das, während er den Raum verlässt. Wahrscheinlich hört sie es nicht. Ist aber auch egal.

LEO

Auf der unteren Wohnebene ist schon richtig was los. Seine beiden Söhne scheinen – im Gegensatz zu ihm – in dieser frühen Morgenstunde bereits ganz exorbitant gute Laune zu haben. Zu gut, für seinen Geschmack. Erstaunlich, dass Dreijährige schon so laut brüllen können. Er spürt ein leichtes Ziehen unter der Schädeldecke.

Kopfschmerzen sind das Letzte, was er jetzt brauchen kann. Bloß schnell vorbei am Kinderzimmer. Ins Bad. Als der *Samoan Rainshower* aus einem Duschkopf in Satellitenschüssel-Größe sanft auf ihn herunterprasselt, geht es ihm sofort besser.
In der Küche – Küche? Ha! Es sollte dringend mal jemand ein neues Wort erfinden für diesen Hightech-Showroom, der ihn sage und schreibe eine sechsstellige Summe gekostet hat – trifft er auf Vesselina, das Au-pair aus Litauen.
Sie ist richtig süß, denkt er. Besonders morgens. Wenn sie bloß nicht diese unselige Angewohnheit hätte, sich stets und ständig mit grauenvollem Parfum einzunebeln. Was Gerüche angeht, ist er sehr eigen. Parfumduft findet er meist störend penetrant und bei *Poison* kriegt er nun absolut keinen hoch. Ist in diesem Fall natürlich auch besser so. Zumal er den Verdacht hat, dass Vesselina keineswegs 18 ist, wie sie angegeben hat, sondern erheblich jünger. Dafür ist sie pflegeleicht und zuverlässig, was man von ihren diversen Vorgängerinnen nicht sagen konnte.

»Vesselina!« Er wedelt mit einem Zettel. »Ich lege hier eine Notiz für meine Frau hin, sie soll das hier bitte vom Markt mitbringen!«
»Kann i-ch cholen, i-ch gähhe gärn fir Ihnen.«
»Nein, nein, danke Vess, ist okay, lass nur. Du hast mit den Jungs wirklich genug zu tun.«
Das fehlte auch noch! Diese Ostblock-Mädels darf man auf gar keinen Fall zum Einkaufen schicken. Mit dem Olivenöl, das Vesselina neulich eingekauft hatte, würde er nicht mal die Türscharniere seines Autos einfetten lassen. Und an die blöden Sprüche beim Spargelessen, als seine Gäste die annähernd zentimeterdicken Parma-Scheiben entdeckten, die Vesselina besorgt hatte, kann er sich noch zu gut erinnern. Als er versuchte, sich mit der Querverbindung Schinken-Vesselina-Litauen zu entschuldigen, hatten sie begeistert nach eisgekühltem Wodka verlangt und entfesselt gejohlt: »Nastrovje – wir trinken auf die endgültige Überwindung der sowjetischen Mangelwirtschaft!«
Sehr komisch.
Es ist gerade mal sieben, als Leo Spitzy, von edelstem Tuch und einer dezenten Duftwolke umhüllt, den opulenten Altbau am Ende der

Isestraße verlässt. Ein Jugendstil-Portal fällt satt und schwer hinter ihm ins Schloss – wie eine Tresor-Tür. Es ist still auf der Straße, die gesamte Nachbarschaft scheint noch zu schlafen. Jetzt nicht mehr. Leo lässt den Motor seines lackschwarzen Carreras aufheulen. Jede Menge Adrenalin. Klar. Nur so lassen sich Präsentationen gewinnen. Besonders bei Sybille Sickmann, Chefin von *Kaiserbräu*.

ISEMARKT

Zur selben Zeit biegt Jan von der Hoheluftchaussee ab und lenkt den Trailer in genau die Straße, die der schwarze Carrera soeben am anderen Ende, also anderthalb Kilometer entfernt, verlassen hat: Die Isestraße.

Großbürgerliches Wohnen auf vier Etagen, Jahrhundertwende soweit das Auge reicht. Bei genauerem Hinsehen stellt man dann aber doch ein nuanciertes, soziales Gefälle fest: Richtung Alster werden die Stuckfassaden üppiger, die Eingangsportale prächtiger, die Etagen höher und die Vorgärten größer.

Der Terminus „Adresslage“, der ganz klar in Hamburg für Hamburg erfunden sein muss, den kann man hier mikrofein durchdeklinieren. So werden die drei Abschnitte der Straße intern als Fiese-, Miese- und Isestraße bezeichnet. Im weniger üppigen Abschnitt, der Fiesestraße also, muss sich die Bewohnerschaft damit abfinden, dass die Hochbahn in der Straßenmitte auf den gewaltigen Eisenstelzen eines Viadukts mitten durch die Häuserreihen scheppert. Direkt vor den Fenstern ihrer Wohnzimmer. Unter der Hochbahnbrücke wird geparkt. Dicht an dicht, vierundzwanzig Stunden am Tag, immer. Wird mal eine Lücke frei – schwupp – schlüpft schon wieder ein anderer Wagen hinein.

Mag es den Bewohner Eppendorfs, der Enklave üppigen Wohlstands, sonst an nichts mangeln – parkplatzmäßig herrscht hier absoluter Notstand.

Jeden Dienstag und Freitag jedoch, ist dieser Mega-Carport frühmorgens leergefegt. Die parkenden Autos scheinen sich in Luft aufgelöst zu haben. Unter der Brücke wuseln nun die annähernd 150 Marktbetreiber des Isemarktes herum und bauen ihre Stände auf.

Die ersten bereits seit fünf Uhr. Gegen sieben kuppeln auch Maren und Jan ihren Trailer ab und schieben ihn in die Reihe neben den Stand von Erna Backhaus, die mit ihrem Sohn Dieter, einem stieseligen Enddreissiger, Pflanzmaterial für städtische Vorgärten anbietet. Dieter Backhaus hat kein Glück bei den Frauen, aber Mamas ganze Liebe.

»Ach, der Dieter, ich mach mir solche Sorgen, was soll nur werden, wenn ich mal nicht mehr bin? Der kommt doch nicht allein zurecht, der kann doch noch nich' mal Spiegeleier braten!«

Erna sucht wirklich sehr intensiv nach einer besseren Hälfte für ihren Augenstern. Vor Jahren hatte sie selbstverständlich auch Maren schon im Visier, bis Maren mal eine glasklare Ansage gemacht hat. Erna reagierte super-eingeschnappt, Dieter schien eher erleichtert.

»Moin, Maren!«, zwitschert es da vierfach! aus der anderen Richtung. Aus einem hell erleuchteten Trailer mit flottem 60er-Jahre-Schriftzug: *Bonbon-Klocke*.

»Moin«, erwidert Maren muffig, während sie die Verriegelungen der Trailerklappe löst. Diese Streberinnen sind natürlich schon wieder fertig. Und aufgekratzt wie nichts Gutes.

Die Streberinnen, das sind Adelheid Klocke und ihre drei entzückenden Töchter: Anke, Angela, Astrid. Alle mit A. Allein schon! Und die Vier sehen auch noch alle gleich aus. Sie gehen ganz offensichtlich zum selben Friseur, dessen Spezialität die verunglückte Dauerwelle zu sein scheint. Die vier Klocke-Damen sind ungefähr so schwer auseinander zu halten wie die Jacob Sisters. Überschlagen sich fast vor Freundlichkeit gegenüber ihrer Eppendorfer Kundschaft. Ständig reichen sie mit ihren Konfektzangen etwas Leckeres zum Probieren über den Tresen.

Mögen Sie mal unsere Kokostrüffel mit Mangoglasur probieren? – Dürfen wir Ihnen? – Sehr gerne doch.

Maren verachtet diese devote Schleimerei, hält sie insbesondere hier, auf dem Isemarkt, gegenüber diesen Ep-pen-dorf-ern! für völlig unangebracht. Mit Unterwürfigkeit kommt man hier nicht weiter. Findet Maren. Der Andrang vorm Klocke'schen Trailer untermauert ihre Theorie allerdings in keinster Weise. In geordneten Viererreihen stehen an

»Aber doch nicht etwa Geflügel-Leberwürste?«, grinst er.
»Nee, Wildschwein!!«, stößt Maren finster hervor.
Er lacht, ein bisschen zu laut, aber ansteckend. Legt tröstend den Arm um Maren, zieht sie einmal kurz zu sich ran.
»Komm, vergiss es, mach Feierabend und genieß einfach diesen Wahnsinns-Frühlingstag!«

Sie ist überrascht von der schnellen Nähe, sie sieht ihn an. Direkt in die Augen. Er sieht sie an. Der sieht ziemlich gut aus, wieso fällt ihr das erst jetzt auf? Trotz Zopf und Lederhose ist er irgendwie … Sie atmet tief durch. Merkwürdiger Moment, aber nur für den Bruchteil einer Sekunde. Schon tritt Maren den Rückzug an:
»Ich werd mal nach meinem Mann sehen. Der hat natürlich wieder nix mitgekriegt von alldem – wie immer. Und ich weiß jetzt schon, was er sagen wird, wenn ich's ihm erzähle.«
»Lass mich raten. Er wird sagen: Ach, so schlimm sind die Leute hier gar nicht, man muss sie nur zu nehmen wissen.«
Treffer, auf den Punkt. Maren ist sprachlos.
»Also dann. Ciao, bis Dienstag!« Der Neue kehrt an seinen Stand zurück. Im Weggehen hebt er den rechten Arm lässig zum Abschied, ohne sich dabei umzudrehen.
»Ciao«, antwortet Maren wie paralysiert. Dann schüttelt sie den Kopf: Ciao? Seit wann das denn? So' n Quatsch.
»Tschüss, bis Dienstag!« ruft sie noch mal laut.

SIDONIE

Zeitgleich – und nur hundert Meter Luftlinie entfernt – versucht Sidonie, sich zu konzentrieren. Blöd von ihr, die Coppa liegen zu lassen, nun wird sie noch woanders hinlatschen müssen, um irgendwas Entsprechendes zu besorgen. Aber schließlich konnte sie sich das nicht gefallen lassen von dieser Kuh. Sie versucht nachzudenken. Was aber schwer fällt, denn um ihre langen Beine herum toben Jefferson und Lincoln und spielen »Abknallen« – mit kleinen Bananen. Ideale Pistolen. Ein Geschenk der netten türkischen Brüder, die ihren Obststand gleich vorn an der Ecke haben. Mitten im wildesten Schusswechsel meldet sich auch noch Sidonies iPhone:

»Hallo Kathi … wie bitte, was ist passiert? – So ein Schuft, tut mir leid – Ach, echt? – Ja, das ist wirklich nicht die feine englische Art … aber ich hab dich gewarnt vor dem Typen. Du machst immer denselben Fehler, Kathi, du bleibst unter deinen Möglichkeiten. Das hab ich dir nun wirklich oft genug gepredigt. – Du, sorry, Kathi, es ist grad sehr ungünstig – ich bin total genervt. Hatte gerade eine echt unschöne Begegnung mit einer von diesen übellaunigen Isemarkt-Tanten. Was manche Leute sich so erlauben, man ahnt es nicht! Begriffe wie Kunde und Dienstleistung sind offenbar absolute Fremdwörter für diese Landeier da auf dem Markt. Meine Jungs haben so süß um ein Würstchen gebettelt, aber diese Kuh hat so getan, als sei sie taub! Die habe ich natürlich auflaufen lassen, mit ihrem Geflügel-Scheiß ... – Was ist los? … Ja verstehe … Der hat sie wohl nicht alle! … Kathi, du wirst doch jetzt wegen diesem Kerl nicht anfangen zu heulen?! Ein Bademeister! – Ich bitte dich! … Na gut, von mir aus auch Fitnesstrainer … Also gut, wenn es dir soo schlecht geht, wir können ja nachher noch mal sprechen … Ciao.«
Wisch und weg.
Sidonie lässt das iPhone in die Jackentasche gleiten. Sie überlegt kurz. Okay, Bündner Fleisch von *Butter Lindner* hätte vielleicht die Chance, von Leo als Ersatz für seine Puten-Coppa akzeptiert zu werden. Die angeblich zu dem Wenigen gehört, das mit seinem hohen Cholesterinspiegel kompatibel ist. »Los jetzt, Jungs, über die Straße, hopphopp!«

Schon durchs Schaufenster ist zu erkennen, was sie bereits ahnte: Der Laden ist gerammelt voll, bei *Lindner* herrscht freitäglicher Hochbetrieb. Freitags tauchen hier Leute auf, die hier nichts, aber auch rein gar nichts verloren haben. Leute von irgendwoher, die sich zum Wochenende mal etwas Besonderes gönnen wollen – wie sie die verachtet! Die belagern Eppendorfs exquisitestes Lebensmittelgeschäft und machen es damit für die eigentlichen Kunden, die Stammkundschaft also, zur No-go-Area. Unerträglich.
Gut, dann wird Leo eben verzichten müssen. Sie jedenfalls steht sich

da jetzt nicht die Beine in den Bauch und wartet, bis sie irgendwann mal an der Reihe ist. So weit kommt's noch. Irgendwas wird sich im Kühlschrank schon finden lassen, das er sich auf sein Frühstücksbrötchen pappen kann. Überhaupt: Frühstück wird überbewertet, findet Sidonie. Sie kommt schließlich auch ohne aus.

MAREN UND JAN

»Fahr du.« Maren wirft Jan den Schlüssel zu. »Ich bin irgendwie durch den Wind, diese blonde Zippe mit ihren Horror-Blagen, die da eben zum Schluss noch auftauchte, hat mir echt den Rest gegeben.«
Sie steigt auf der Beifahrerseite ein und das Erste, was sie macht, ist Sonnenblende runterklappen, die Abdeckung vom integrierten Kosmetikspiegel zurückschieben, um sich dann ganz genau ihr Gesicht anzuschauen. Nachdenklich fährt Maren mit dem Mittelfinger erst über ihre Augenlider, dann über ihre Lippen.
»Stuss.«
Sie schiebt – ratsch – den Spiegel wieder zu. Halloween, also wirklich! und drückt – klack– die Sonnenblende wieder hoch. – Eine Frechheit!
»Was ist Stuss?«, will Jan wissen, während er hochkonzentriert den Transporter vom Stellplatz auf die Straße manövriert, dabei versucht, gleichzeitig in beide Rückspiegel zu sehen, um den Trailer unter Kontrolle zu behalten.
»Nix. Vergiss es.«

Maren macht es sich auf dem Beifahrersitz bequem. Den weißen Kittel hat sie verstaut, sie trägt jetzt nur noch ihre Zivilkleidung: ein neues rosa Polohemd, auf dessen Brusttasche in hellgrün *Springtime* eingestickt ist und ihre beste Jeans, die allerdings in der Taille ein bisschen kneift. Maren streckt sich und öffnet den Knopf im Bund. Dann holt sie aus dem Handschuhfach einen Klarsichtbeutel, in dem irgendwas aneinander klebt. Kuchen. Etwas sappschig mittlerweile, das kommt von der Kirschfüllung. Ist ihr Lieblingskuchen – Nordseewellen. Da könnte sie sich reinsetzen, jedenfalls wenn Mama ihn gebacken hat. Den hat sie sich jetzt echt verdient.

»Willst du auch?«, mümmelt sie zu Jan rüber.
»Nee, lass mal, ich muss mich konzentrieren.«

Sie wühlen sich durch den Stadtverkehr die Hoheluftchaussee hoch. Es ist kurz nach drei, noch kein Feierabendverkehr, trotzdem, dieses Gewusel macht Jan nervös. Ständiger Spurwechsel, dann die ultralangen Busse, zig rote Ampeln. Und wie die hier wieder parken! Jan rauft sich die Haare.

Jetzt hupt ihn dieser Taxifahrer auch noch an, macht ihm wilde Zeichen. Was will der denn? Also echt.
»*Ich bin ich, du bist du, das bleibt* …« Abrupt haut Jan das Radio aus. Schade, *Rosenstolz* hört Maren eigentlich ganz gern, gerade jetzt. Aber sie sagt nichts. Jedenfalls nicht, bis sie von der Kieler Straße runter auf die A7 fahren. Da wird Jan wieder lockerer:
»Sieh dir bloß mal diesen Stau an, is' ja irre!«
Seine ewige Begeisterung für Staus auf der Gegenseite ist ihr ein Rätsel.
»Du, der nimmt ja überhaupt kein Ende, guck dir das an.«
Nee, Maren guckt sich das jetzt nicht an, weil:
»Jan, ich hab mir überlegt, wenn wir morgen in Rellingen ein bisschen früher Schluss machen, dann könnten wir noch in den Großhandel, du weisst schon, an der Abfahrt Bahrenfeld, und ein paar neue Schalen und so eine Edelstahl-Etagère besorgen.«
»Maren, ich weiß nicht … Edelstahl … das kostet doch wieder. Mindestens 200 Euro schätz ich mal. Meinst du nicht, wir sollten erstmal, na ja, wir haben momentan echt nicht viel Spielraum, solange wir den neuen Trailer abstottern.«
»Wusst' ich genau, dass du das sagst, aber … im Internet hab ich einen Großhändler gefunden mit 'ner Riesen-Pastetenauswahl. Da kostet die 2,5 Kilo-Terrine fast 15 Euro weniger, als wenn wir sie selbst produzieren.« Maren schiebt sich den letzten Rest ihrer Nordseewelle in den Mund, leckt sich sorgfältig die Finger ab.
»Fabrik-Pastete? Na, da werden die Kunden aber begeistert sein! Ehrlich gesagt, ganz verstehen tu ich dich nicht, Maren. Immer sind dir doch grad die Isemarkt-Tage da in Eppendorf«, er zeigt mit dem Daumen irgendwo ins Rückwärts, »so wichtig. Da machen wir den

hier echt nicht raus … also bis dann, ciao!«

Katharina legt auf. Mit Schwung landet das Handy auf dem Schreibtisch, auf einem Polster aus Mappen, Foldern, Notizen.
Sie lehnt sich zurück, greift in die dunklen Locken, drapiert sie neu. Und sie zieht ganz leicht die Brauen zusammen. Katharina denkt.
Dann legt sie die Arme auf die Stuhllehnen, lässt Eames' Alu-Chair ein paar Mal nach hinten wippen, bevor sie ihn mit Schwung Richtung Fensterfront dreht. Aus ihrem Büro im obersten Stock des *Slomanflash!*-Hauses, hat man den perfekten Blick über ein Areal von Wohntürmen. Alles neu und eng aneinander geschoben, ein gigantischer Architektenwettbewerb, vielstöckige Anordnung aus Glas, Stahl und wetterfesten Hölzern: Die Hafencity.

ROBERT

Er ist nicht gekommen. Inzwischen ist es neun und Maren ein klein wenig enttäuscht. Aber das weiß sie nicht wirklich. Oder doch?
Jan beschäftigt offensichtlich dasselbe Thema:
»Na, er da drüben, der Tee-Typ vom letzten Freitag, hat's aber schnell wieder drangegeben, war ja ein kurzes Intermezzo!«
Er zeigt mit dem Kopf auf die Lücke zwischen den Ständen gegenüber, während er einen Stapel Eierkartons ins Regal wuchtet.
»Der sah aber auch echt nicht so aus wie einer, der gern früh aufsteht!«
»Du musst ja wissen, wie einer aussieht, der gern früh aufsteht«, murmelt Maren leicht gereizt, dann, lauter: »Du, ich lauf noch mal schnell zum Container bevor's voll wird.«

Und da sieht sie IHN dann. Direkt neben dem Toilettencontainer. Die Bemalung des Containers mit einem professionellen Auftrags-Graffiti ist sicher gut gemeint, kann aber den leichten Uringeruch nicht vergessen machen, der ihn umweht. Und der Standplatz direkt daneben, der ist nach Ansicht aller Marktbetreiber eindeutig Strafraum. Genau da, in diesem Strafraum, steht er nun. Der Tee-Typ.

Maren sieht ihn schon von Weitem und *flash!* – Augen an Großhirn, Großhirn an Herz. Boingboingboing. Herz schlägt wie wild. Er trägt wieder dieselbe hautenge, schedderige Lederhose und an seinem Oberkörper klebt so ein Shirt, Modell Cowboy am Lagerfeuer. Maren schluckt. Irgendwo in ihr passiert was, sie kann es aber noch nicht genau orten. Und der Typ ist gerade sehr intensiv damit beschäftigt, Ordnung in sein Sortiment zu bringen, er dreht ihr dabei den Rücken zu. Ein Glück. So kann Maren schnell mal im Container verschwinden und bei der Gelegenheit auch noch ihr Äußeres überprüfen, bevor sie sich ihm stellt.
»Moin, Moin. Na, da haben Sie aber heute ein bisschen Pech gehabt bei der Standvergabe, oder ?«
Er guckt hoch von seinem Tabakpäckchen, in dem er herumfingert und er strahlt sie an, er leuchtet sie an.
»Hallo! Moin! Du meinst der Standort, den mir der Herr Obervergabeleiter Barsch hier zugeteilt hat, ist reichlich beschissen?«
Er zeigt in Richtung Toiletten. Wie der lacht. Wahnsinn! Hatte er am Dienstag auch schon diese unglaublich weißen Zähne?
»Tut mir leid für Sie. Wirklich«, ist alles, was Maren dazu sagen kann.
»Das muss dir nicht leid tun, ist okay, kein Problem. Du, ich kenn' das schon. Typen wie der Barsch, die steh'n halt total auf mich, und die können denn nicht anders: Die müssen mir was Gutes tun!«
Er grinst breit, steckt sich die krumpelige Selbstgedrehte in den Mundwinkel, kramt nach Feuer. Maren ist schneller, holt ein kleines Feuerzeug aus der Kitteltasche.
»Du rauchst?«
»Nee, nee,« sagt sie hastig. »Hab ich nur so dabei, falls mal was is'. – Also der Barsch«, meint Maren dann, »der ist … wie soll ich sagen? ... Man muss ihn halt zu nehmen wissen.«
»Ich hab eher das Gefühl, man muss ihm zu geben wissen!«
»Na ja.« Maren steckt die Hände tief in die Kitteltaschen, zieht die Schultern hoch. »Kleine Geschenke erhalten die Freundschaft – so ist das eben!«
»Tja, für Bestechung ist in meinem Etat leider nix vorgesehen. Ich könnte natürlich in Naturalien …«, er weist auf sein Sortiment, »… aber Kräutertee ist vermutlich nicht gerade das Lieblingsgetränk

von Meister Barsch, bei dem darf's garantiert was Höherprozentiges sein!«
Puh, der ist ja ganz schön direkt! Maren wird ein bisschen mulmig. Sie schaut sich um.
»Also dann, ich muss dann mal wieder, kann meinen Mann nicht so lang allein lassen.«
»Is klar. Bis dann, lass dich mal wieder sehen!«
Maren tritt den geordneten Rückzug an – weit kommt sie nicht.

WIEBKE

»Moin, Moin. – Sag mal, Maren, was hattest du denn mit dem zu klönen, kennst du den etwa?«
Wiebke hat vom Stand schräg gegenüber, circa 20 Meter Luftlinie entfernt, alles genauestens observiert, lauert jetzt hinter ihren *Internationalen Käseköstlichkeiten* und platzt fast vor Neugier. Neben ihr erwartet Lebens- und Käsegefährte Andreas finsteren Blickes ebenfalls eine angemessene Antwort von Maren.

Wiebke ist eine enge Vertraute, man könnte sagen, eine Freundin von Maren. Die ja gern betont, dass sie mit Frauen nicht so gut kann. Schon in Kindertagen, so sagt sie, habe sie viel lieber mit Jungs gespielt. Aber bei Wiebke macht sie eine Ausnahme. Der kann man alles anvertrauen, die tratscht nicht rum. Stattdessen kann sie gut zuhören. Die wasserblauen Augen aufgerissen, lauscht sie jederzeit gern und hochkonzentriert, bewundernd Marens Ausführungen. Alles an Wiebke ist irgendwie zart, niedlich, durchscheinend: die kleine sommersprossige Nase, der etwas fusselige, rotblonde Bubikopf und ganz besonders ihre leicht piepsige Stimme. Neben Maren wirkt sie fast kindlich, obwohl sie sogar drei Jahre älter ist. Sie hält eine Menge von Sternbildern, Tarot-Karten und der heilenden Kraft des Bergkristalls. Da lässt sie sich auch von ihrem Mann Andreas nicht reinreden, obwohl Wiebkes Sätze sonst naturgemäß anfangen mit: Andreas meint ..., Andreas möchte ....

»Kennen? Du meinst den mit den Kräutern? Och, der stand letzte Woche da hinten bei uns, und wir sind irgendwie ins Gespräch gekommen«, sagt Maren mit provokanter Leichtigkeit. »Ganz interessanter Typ – irgendwie.«
»Interessanter Typ, phhh!« Andreas schnaubt und wendet sich wieder einem Laib *Alter Mommark* zu, den er gerade mit einem monströsen Messer bearbeitet.
»Interessant? Ich weiß nicht ...«, piepst Wiebke mit unsicherem Seitenblick auf ihren käsesäbelnden Gatten, »also – diese Haare und diese Hose ...«
»Ich finde, der kann das tragen, so gut wie der aussieht!« kontert Maren mit frechem Blick auf Andreas. Auf seinen Bauch, der von einem verwaschenen Jeanshemd bespannt über die Halbschürze quillt. Auf seine schütteren Haare über der Stirn. Leicht angeschoben, wie beim späten Elvis.
»Ach«, piepst Wiebke schnell, »über Geschmack soll man nicht streiten. Und hier – kannst mal probier'n – unsere neue Sorte!«
Begeistert von ihrer gelungenen Überleitung streckt Wiebke einen Teller über den Tresen: Käsehäppchen an Zahnstocher, liebevoll arrangiert. Maren schiebt sich eins in den weit geöffneten Mund, zieht – Achtung, das Lippen-Make-up! – mit ihren Zähnen den Käsewürfel vom Holzstäbchen, kaut vorsichtig darauf herum.
»Doch, lecker. Vielleicht 'ne Spur zu salzig, aber sonst ...«
Lässig schleudert sie das Holzstäbchen unter den Trailer.
»Das ist ein fünf Jahre alter italienischer Hartkäse, der muss so schmecken!« Wiebke ist entrüstet.
»Über Geschmack soll man nicht streiten – ist ja bekannt!« kontert Maren gut gelaunt. »Also dann ... Ich wünsche euch einen erfolgreichen Tag. – Wir telefonieren noch, Wiebke, wegen Samstag, Landfrauen-Ausflug, du weißt ...!«
Und weg ist sie. Mit großen Augen guckt Wiebke hinter ihr her.
»Na, die hat ja mal wieder Oberwasser.«
»Eingebildete Zippe!« brummt Andreas.
»Deine Freundin!« schiebt er verächtlich hinterher.

SIDONIE

Die Sache ist nicht in zwei Wochen durch.
Mittlerweile ist es mehr als einen Monat her her, seit Leo zu neuen Ufern aufbrach – und noch ist er nicht zurückgekehrt.
Sidonie bedauert das nicht wirklich. Im Gegenteil. Das Ganze hat eigentlich nur Vorteile. Sie ist jetzt Alleinherrscherin über ein äußerst angenehmes und weitläufiges, mehr als 300 Quadratmeter großes Refugium der Luxusklasse. Sie hat Vollmacht für ein Konto, auf das jeden Monat ein atemberaubendes Geschäftsführer-Gehalt der Agentur *Spitzy, Stone and Sons* eingeht. Ein frisches Au-pair, das sie 24 Stunden täglich herumscheuchen kann, steht auch wieder zur Verfügung. Was sollte sie vermissen? Seine blöden Sticheleien etwa, von der Sorte: Hattest du dir nicht gerade vor sechs Wochen braune *Gucci*-Stiefel gekauft? Unglaublich. Es hat so genervt. Dabei ist sie im Grunde genommen bescheiden. Wenn sie zum Beispiel an Isabel Poelchau denkt, die zweimal jährlich Mailand und Paris leerkauft …

Oder sollte sie sein Hereinplatzen in ihre Mädels-Abende vermissen, wenn er spätabends aus dem Büro kam, sich mitten reinfallen ließ in die Runde, ihr sein leeres Glas hinhielt:
»Schatz, meinst du, ich könnte auch was von meinem Schampus haben?«
Um anschließend irgendwelche Monologe zu halten. Als hätten sie alle nur darauf gewartet, endlich angemessen unterhalten zu werden. Von ihm. Mit Vorträgen über verkruste Strukturen in den Entscheidungs-Gremien des *Wella*-Marketings. Oder über desaströse Markenführung im *Beiersdorf*-Konzern. Endlos und endpeinlich. Sie hätte ihn würgen können!

Sollte sie die gruseligen Familientreffen mit der ganzen humorlosen Spitzy-Sippe beim obligatorischen Käsefondue vermissen? Wo es doch auf diesem Planeten nichts Widerwärtigeres gibt als den Geruch von warmem Gruyère, den man wochenlang nicht mehr los wird?!
Man sollte wirklich niemals einen Mann heiraten, der 20 Jahre älter ist und dazu noch Schweizer!

Aber was soll's? Wie es scheint, ist das alles Schnee von gestern. Seit Leos Abgang hat sie durchaus eine sehr amüsante Zeit gehabt, die sie für die dreieinhalb öden Ehejahre davor zumindest ein wenig entschädigt. Ja, Sidonie findet: Ohne Leo, aber mit seinen Kreditkarten macht das Leben richtig Spaß!

MAREN UND SIDONIE

Die schon wieder. Die traut sich was. Also echt! Nach dem Auftritt neulich, hat Maren nicht erwartet, die so schnell wieder zu sehen. Aber Maren beschließt, die Sache professionell anzugehen.

»Was darf's sein?«
»Gu-ten Mor-gen! – So viel Zeit muss sein, oder?« ist die Antwort.
Geht das schon wieder los!?
»Sagen Sie, was ist denn das da eigentlich, dieser Aufschnitt mit den grünen Stücken drin?«
»Das ist unsere hausgemachte Geflügelpastete mit grünem Spargel.«
»Okayiii.«
Sie sagt wirklich Okay, dieses langgezogene, affektierte, am Ende noch mal angehobene Okayiii, das sich irgendwie eingebürgert und verbreitet hat wie eine Seuche – und das Maren hasst, wie die Pest.
»Und das daneben mit dem dunklen Rand?«
»Das ist geräucherte Hähnchenbrust.«
»Okayiii. – Und die Salami hier vorn – ist die wirklich aus reinem Putenfleisch?«
»Nein, die hat einen Schweinefleischanteil von etwa 20 Prozent.« …
»Okayiii.«
Wenn sie noch einmal »Okayiii« sagt, werfe ich mit Wurst.
Sidonie überlegt, lange, lange.
»Ich denke«, verkündet sie schlussendlich, »ich werde doch lieber Entenbrust nehmen, 100 Gramm, aber dünn geschnitten, hauchdünn.«
Maren greift das Fleischstück, legt es in die Schneidemaschine ein, justiert die Feineinstellung, schneidet eine Probescheibe, hält die hoch.
»So recht?«

»Lassen Sie mal sehen, nee, also die hat ja einen Fettrand. Haben Sie keine, die magerer ist?«
Maren atmet tief durch.
»Entenbrust hat nun mal einen Fettrand, immer, das is' so.«
»Ach nein, dann lass ich das. – Geben Sie mir sechs Eier, von den mittelgroßen.«
Das war's dann. Und tschüss.
»Manchmal denk ich, ich dreh' hier durch!« Maren haut voller Wut die nächstbeste Fleischgabel in den nächstbesten Putenbraten.
»Nanana, so schlimm war's doch nun auch wieder nicht. Du weißt doch, wie die hier sind«, sagt Jan und streichelt ihre Hand. Beschwichtigend.
Sie zieht die Hand blitzartig zurück, als hätte sie sich verbrannt.
»Komm mir nicht wieder so! – Auf welcher Seite stehst du eigentlich?«

ISESTRASSE

Die gut parfümierte Luft sirrt, es prickelt in den Langstiel-Gläsern. 15, vielleicht sogar 20 Frauen, zumeist jung und zumeist blond, schwirren durch Leo Spitzys Wohnung. Besser gesagt: seine ehemalige Wohnung. Fast.

Die Mädels haben sich zusammengefunden, um die *Pol Roger*-Vorräte zu reduzieren, um ein paar figurfreundliche Sushis zu knabbern und um sich auszutauschen. Wobei ... es geht nicht wirklich um Austausch, um Dialog, um Gespräch im eigentlichen Sinn. Es geht um Profilschärfung. Eindruck machen. Nur reich zu sein genügt nicht, man muss es auch beweisen können. Was hier stattfindet ist: Selektive Selbstdarstellung unter besonderer Berücksichtigung der eigenen Kernkompetenz. Oder so.
Die Kernkompetenz von Isabel Poelchau beispielsweise liegt eindeutlich im Bereich Wohnimmobilien. Durch geschicktes Erben und Einheiraten, darf sie einige Perlen in bester Adresslage ihr Eigentum nennen. Und es ist wirklich dermaßen spannend, was da so abgeht, mit ihren hochkarätigen Mietern einerseits und teuren, aber unfähigen

Handwerkern andererseits. Da hat sie doch neulich ...
»Entschuldige Isabel«, wird sie gnadenlos unterbrochen, »die Geschichte mit der vermurksten Fußbodenheizung kennen wir bereits!«
Sidonie rammt eine frisch entkorkte Flasche in den mit *crushed ice* gefüllten Kühler, um dann ohne Umwege zu ihrem persönlichen Lieblingsthema zu kommen: »Aber wo wir gerade bei Füßen sind, also der neue Schuhladen an den Hohen Bleichen ...«

Worauf Alexandra ihren Nicht schon wieder!-Blick gen Himmel schickt. Schuhe!! Meine Güte! Frauen und Schuhe. Das ist zu banal und eindeutig unter ihrem Niveau. Sie schlägt mit energischem Schwung ihre schwarzbestrumpften, kinderdünnen Beinchen übereinander. Entschlossen, das Thema erneut zu wechseln und mehr Tiefgang reinzubringen in diese Versammlung, hakt sie ein:
»Da du gerade von Schuhen sprichst – also, ohne meine superbequemen *Tod's* Loafers, hätte ich diese drei Tage Basel lauftechnisch nicht durchgestanden. Ich kann euch sagen, das war mal wieder richtig richtig heftig ...«
Alexandra und ihr Mann Joachim sind sehr vermögend, haben weder Sorgen noch Kinder. Kinder? Wozu? Die beiden fühlen sich komplett, sind ein eingespieltes Team. Man munkelt, es sei sogar Teil ihres Ehevertrages gewesen. Keine Kinder – *never ever.* Die Rollenverteilung ist klar definiert: Er verdient Geld, sie gibt es aus. Das hört sich einfacher an, als es ist. Doch, wirklich. Alexandra arbeitet echt hart, als Sammlerin zeitgenössischer Installationskunst und Malerei, verfügt über verblüffendes Fachwissen und ein extrem verzweigtes Netzwerk. Es ist klar, dass sie ihren Drei-Tage-Marathon auf der *Art Basel* jetzt hier nicht mal eben in zwei Sätzen reportieren kann.

Trotzdem – Sidonies Ausdauer beim Zuhören hat Grenzen.
»Okay, den Rest können wir dann ja in der *Monopol* nachlesen«, würgt sie Alexandras Vortrag ab.
Aber so leicht lässt sich Alexandra nicht das Wort entziehen, schließlich hat sie das Wesentliche noch gar nicht mitgeteilt:
»Letztlich hat sich die Rennerei dann doch gelohnt, denke ich. Es war ein hartes Stück Arbeit, doch dann ...« – aus dramaturgischen

Gründen hält Alexandra für einen Moment die Luft an.
»Wir haben ihn! Unseren Richter! Aber ihr ahnt nicht, was Jo dafür hingeblättert hat!!« Sie schlägt die Augen nieder. Nein, diese Summe darf sie nicht laut aussprechen, obwohl sie es liebend gern … Aber nein, da siegt doch ihr Sinn für Diskretion. Über Geld spricht man eben nicht in diesen Kreisen.

»Sidonie, es hat geläutet!«
»Das werden die Daessler-Leute sein, mit den Sushis. – Mädels, ich bin gleich wieder bei euch!«
Mit dem Glas in der Hand stakt Sidonie – die neuen *Bottega Veneta*-Schuhe sind noch nicht wirklich gut eingelaufen – zur Tür.
»Ein anständiger Caterer sollte liefern, bevor die Gäste eintreffen«, sagt Isabel schnippisch.
Katharina dreht sich zu ihr um.
»Willst du frische Sushis oder willst du frische Sushis?«
Isabel schweigt beleidigt. Ihr nämlich hatte Maestro Daessler neulich auf Anfrage beschieden:
»Nein, das tut mir wirklich leid, gnädige Frau, aber wir führen ein Restaurant und keinen Lieferservice. Wenn Sie mögen, reservieren wir gern einen Tisch für Sie und Ihre Freunde, allerdings frühestens in fünf Wochen, bis dahin sind wir leider restlos ausgebucht.« – Frechheit!

Isabel ist fest entschlossen, kein einziges von diesen exquisiten Wunder-Röllchen anzurühren. Und dieser alberne Champagner, dieses Kultgetränk der Neureichen – sie wirft einen verächtlichen Blick auf ihr leeres Glas – verursacht Sodbrennen bei ihr. Gibt es denn hier nichts Anständiges? Sie erhebt sich, sichert das um die Schultern gelegte Cashmere-Strickjäckchen und steuert ein Möbelstück an, das so etwas wie eine rollende Bar darstellt. Entschlossen greift Isabel zur Ginflasche und befüllt ihr leeres Sektglas.

Katharina, die gern kalauert, sie sei vielleicht nicht Sidonies beste, auf jeden Fall aber ihre dickste Freundin, hat sich die Freiheit erlaubt, jemanden mitzubringen, eine gewisse Carla. Diese Carla, groß, dunkel-

haarig, eine madonnenhaft Mittelgescheitelte mit sehr heller Haut, ist die Frau des neuen CDs, den die Agentur *Spitzy, Stone and Sons* soeben der Frankfurter Konkurrenz abgejagt hat. Carla ist also neu in der Stadt. Aufgewachsen ist sie im Schwarzwald und wenn sie spricht, dann noch immer in diesem leicht matschig-weichen Badensisch. Gerade erzählt sie, wie sie gestern mit Max und Mara, ihren beiden Kleinen, zum Baden war.
»Fruschtrierend« sei's »g'wäse« in dem übervollen, lauten Kaifu-Schwimmbad zwischen den überdrehten Teenagern.

Die Runde bricht in entsetztes Schweigen aus.
Dann stößt Isabel Poelchau hervor:
»Du warst im … im … öffentlichen Schwimmbad?? – Ja, aber – seid ihr denn nicht im Club??«

Es folgt Lektion eins aus dem Handbuch für Neu-Hanseaten.
Ganz wichtig ist der sofortige Beitritt in einen der Hockey-und Tennisclubs, am besten gleich in den besten, nämlich den Club an der Alster. Kostet zwar x Euro Aufnahmegebühr, y Euro Jahresbeitrag und man braucht selbstverständlich zwei langjährige Mitglieder als Bürgen, aber dafür kann man und hat man und ist man. Und muss sich und seine Kleinen nie mehr dem Trauma einer öffentlichen!! Badeanstalt aussetzen. Klar doch. Carla nickt schwach, sie sieht die Vorteile. Unbedingt.

Und da kommt bereits die nächste Fangfrage auf sie zu:
»Habt ihr schon eine Wohnung oder wohnt ihr noch im Hotel?«
»Hotel? Nein, nein, wir haben ziemlich schnell was gefunden.« Carla strahlt, stolz.
»Eine sehr hübsche Altbauwohnung, Erdgeschoss mit Gärtchen nach hinten raus, direkt am Isebek-Kanal, nicht weit von hier – Isestraße 27.«
»Ah ja.« Sagt eine.
»Nett.« Sagt Sidonie gönnerhaft, obwohl: »An Markttagen ist da allerdings die Parksituation nicht so prickelnd, oder?«
Juliette stellt ihr Glas ab. Mit unvergleichlicher Beiläufigkeit führt sie die Stäbchen Richtung Sushi-Platte, während sie sich Carla zuwendet.

»Und die Hochbahn? Stört euch vermutlich gar nicht mal so sehr, da ihr ja im Erdgeschoss wohnt?« Juliette wartet nicht wirklich auf eine Antwort, sondern moderiert schon mal eine Stellungnahme für Carla an:
»Andererseits sind diese Erdgeschosswohnungen ziemlich dunkel, was aber auch nicht soo dramatisch ist, oder? Schließlich kommt man eh erst abends vom Job nach Hause, da spielt es doch keine große Rolle, hab ich recht?« Ein präzise gerolltes Fisch-Kaviar-Maki verschwindet in Juliettes Mund. Sie schließt die Augen:
»Mmh, köstlich ...«
»Also mich würde es schon stören, ich komme nämlich NICHT abends vom Job zurück! Ich lebe schon tagsüber – und zwar mit meinen Kindern zusammen!« Sidonie muss das jetzt mal loswerden. Muss ihren Hausfrau-und-Mutter-Status verteidigen.
Das superaktuelle, aber leider auch superpolarisierende Thema Kinder und/oder Beruf scheint auch in dieser Runde längst nicht zu Ende diskutiert zu sein. Ein tiefer Riss spaltet die zwei Lager. Da sind die, die selbst Karriere machen wollen und die, denen es reicht, wenn ihr Mann Karriere macht. Genau genommen gibt's dann noch ein drittes, kleineres Lager. Jene Freigeister nämlich, denen jedwede Art von Karriere überhaupt schnuppe ist, solange in rauhen Mengen Geld auf dem Konto lagert.
Carla mag der Diskussion nicht folgen, sie fühlt sich unbehaglich. Offenbar grob fahrlässig, scheinen sie und ihr Mann eine Wohnung gemietet zu haben, die überhaupt nicht geht. Nicht Erdgeschoss, nein: unterirdisch. Das ist ihr bislang gar nicht so klar gewesen. Wie einiges andere allerdings auch, das hier so durchgehechelt wird.

»Darf ich dir nachschenken?«
Elna, eindeutig die Älteste hier, guterhaltene Fünfundvierzig, schätzungsweise, sieht sympathisch aus. Schönes, slawisch wirkendes Gesicht mit diesen beneidenswert hohen Wangenknochen. Der meisterlich durchziselierte Bob ist die Idealfrisur für ihre wunderbar dunkel glänzenden Haare. Ihr schlanker, straffer Körper – Elna spielt Tennis solange sie denken kann – ist von Kopf bis Fuß in *Escada* gewandet. Einem Label, dem sie nach wie vor die Treue hält. Obwohl es

eigentlich durch ist, wie die meisten der hier Anwesenden sagen würden. Und nicht wirklich hanseatisch. Aber wie gesagt: Elna ist einen Tick älter. Außerdem stammt sie aus Rumänien. Das hat sie allerdings bisher nur ihrem Ehemann anvertraut.
Sie gießt Carla vom *Pol Roger* nach.
»Soll ich dir dazu auch noch ein paar Sushi rüberreichen?«
»Oh nein, nein, ich kann mir selbst …«, wehrt Carla ab.
Aber da ist Elna auch schon los gespurtet und kommt mit einer perfekten Sushi-Auswahl auf einem hauchfeinen Porzellan-Quadrat zurück. Sogar an Stäbchen und Serviette hat sie gedacht. Und während ringsherum ein hitziges Gespräch über die optimale Ganztags-Kinderunterbringung geführt wird, lässt sich Elna links neben Carla in die Polster gleiten.

»Im Grunde genommen, ist dieses ganze Gewese um die Isestraße doch Unfug«, versucht sie Carla aufzumuntern.
»Ich habe mit unseren Kindern auch eine Zeit lang vorn in der…«, sie rollt mit den Augen, » also ja – in der Fiese, wenn man so will – gewohnt. Sehr nette Gegend eigentlich. –
Die Wohnung haben wir allerdings gerade veräußert, wir brauchten sie nicht mehr, jetzt, wo ich mit den Kindern zu meinem Mann gezogen bin.«
Carla schaut Elna erwartungsvoll an, sie versteht die Zusammenhänge noch nicht wirklich.

»Wir – also mein Mann und ich«, erklärt ihr Elna, »bewohnten die Bel-Etage in seinem Elternhaus, einer Stadtvilla am Leinpfad, schon bevor unsere Kinder kamen. Das Haus ist … nun ja… wie soll ich sagen … sehr sehr elegant, mit wirklich wertvollen Antiquitäten ausgestattet. Also, mit den kleinen Kindern wäre das gar nicht gegangen. Und da hat Bernhard dann die Wohnung in der Isestraße für mich und die Kinder gekauft, so als Zwischenlösung bis die Kinder in die Vorschule … – Sonja!«, ruft Elna unvermittelt und springt auf.
»Sonja, du hast gar nichts mehr zu trinken, komm, reich mir dein Glas rüber, ich hol dir was!«
»Sie war früher Stewardess!«, raunt Katharina in Carlas Ohr.

»Also falls du dich fragst, warum sie ...«
Carla schweigt beeindruckt. Aber eigentlich fragt sie sich eher: Ist sie wirklich nur in einer anderen Stadt gelandet oder doch auf einem anderen Planeten?

JAN

»Hat sich dein Boss die Blase verkühlt?«, fragt Gemüsemöller.
Boss, welcher Boss? Jan ist für einen Moment verdattert, ach so, das soll ein Witz sein – Maren ist gemeint. Aber wieso verkühlt? Versteht er nicht.
»Wie jetzt? – Blase verkühlt?«
»Na, ich mein ja man bloß, weil sie oft zum Klo-Container rennt.«
Jan überlegt. »Tut sie das? Echt? Ist mir nicht aufgefallen.«
Anderen schon. Wo hast du nur deine Augen, Jan?

Und anderen ist auch aufgefallen, dass die Gespräche zwischen Maren und dem Kräuter-Typen langsam Fahrt aufnehmen. Es wird viel gelacht. Maren holt Kaffee für den Typen und für sich, und sie stoßen an mit dem Kaffee.
»Ich heiße übrigens Robert, kannst mich ruhig duzen.«
»Okay«, sagt sie. »Ich bin Maren. Du darfst mich ab jetzt auch duzen.«
Und es wird wieder gelacht.

Währenddessen setzt Jan sechs Eier der Güteklasse 1A in eine Eierpappe, zieht einen Gummiring darum und reicht sie mit stillem Lächeln über den Tresen. Irene Frederici reckt ihm versuchsweise den rechten Arm entgegen. Langsam, steif und leidend.

»Wieder der Tennisarm, Frau Frederici, was? Na, warten Sie, ich komm schnell rum!« Jan verlässt seinen erhöhten Innenposten im Trailer, um die Eier direkt in dem stilvollen Einkaufskorb seiner Kundin zu verstauen.
»Ach, vielen Dank auch! Das ist wirklich furchtbar nett von Ihnen.«

»Ja, ich finde, ER ist immer so überaus reizend, finden Sie nicht auch?«, sagt eine weitere Kundin, die hinter Irene geduldig wartet und fügt dann noch mit Wisperstimmchen hinzu: »Aber SIE, die ist ja man immer 'n büschen s-pröde, nich?«
Oh nein, nicht immer.

SIDONIE UND MAREN

Mein Gott, wie lange soll denn das noch gehen?
Rein äußerlich steht Sidonie in erhabener Gelassenheit vor den »Bokelrehmer Geflügelspezialitäten«. Rein äußerlich.
Warten ist wirklich nicht ihr Ding und dieser grauhaarige Maulwurf da vor ihr ist auf nervtötende Weise entscheidungsschwach.
»Ach nein, das ist denn wohl nichts für mich, ich hab's mit der Galle, wissen Sie … Und die Pfefferpastete wie ist die? Ist die sehr scharf?«
Natürlich ist die Pfefferpaste scharf, sondern hieße sie ja nicht Pfefferpastete, sondern Gallendiätpastete oder Maulwurfspastete extra fad.
Sidonie räuspert sich verärgert – erste Warnung, Leute!
Aber das Pelztierchen lässt sich nicht beirren.
»Dann bitte noch zwei Scheiben von der Putensalami«, verkündet es mit zittriger Stimme.

Miss Suppenhuhn, da hinterm Tresen, macht natürlich auch noch extra langsam, verzieht keine Miene. Wie auch, da würde ja glatt die Kriegsbemalung bröckeln. Ihr zwergwüchsiger Gatten-Gehilfe, der die Sache eventuell etwas beschleunigen könnte, hat sich mal wieder unsichtbar gemacht. Typisch.

Während Maren noch zwei Scheibchen hiervon und zwei Scheibchen davon einwickelt – »Aber bitte getrennt!« (O-Ton Maulwurf)– ruft sie nach hinten ins Off:
»Ja-han, du musst mal mitbedienen, hier hat es jemand sehr eilig. – Ein wichtiger Termin, vermutlich beim Friseur oder bei der Kosmetik, hab ich recht?« Sie lächelt ihr falschestes Lächeln: »Ja, das Leben kann echt stressig sein.«

Sidonie zeigt keine erkennbare Reaktion. Da taucht Jan auf, mit seinem allerwärmsten Lächeln:
»Was kann ich für Sie tun?«
Ungerührt trägt Sidonie ihre Wünsche vor. Geflügelwürstchen. Bressehuhn. Und noch 100 Gramm hiervon. Jan wiegt ab, wickelt ein, stapelt alles vor ihr auf dem Tresen. Und nun noch Gänseleberpastete.
»Moment bitte, da muss ich mal eben eine frische aus dem Kühlfach vorholen.« Er verschwindet durch die rückwärtige Trailertür.
Einundzwanzig, zweiundzwanzig, dreiundzwanzig.
»Ach wissen Sie«, Sadonie die Erste, Königin von Eppendorf, schaut erst auf ihre Uhr, dann zu Maren rüber. »Das dauert mir jetzt doch alles zu lange. – Vielleicht ein anderes Mal«, fügt sie gönnerhaft hinzu.
Weg ist sie.
Spinnt die? Maren kann nicht anders, sie hebt mal kurz und dynamisch den Mittelfinger. Hat hoffentlich keiner gesehen. Der Maulwurf jedenfalls scheint nicht das Geringste mitbekommen zu haben:
»Einen schönen Tag noch, Frollein Thaden!« Verstaut seelenruhig die Einkäufe im Hackenporsche und dackelt davon.
»Nanu, wo ist sie hin?« Jan steht wie angewurzelt da, mit der Pastete in der Hand.
»Weg, einfach weg, nicht zu fassen!! Zum zweiten Mal zieht das Miststück jetzt so eine Nummer ab, lässt einfach alles liegen. Also diese … die wird ab sofort hier nicht mehr bedient, ist das klar, Jan?« Maren ist stinksauer, kurz vor der Explosion.
Achtung, Jan, jetzt kein falsches Wort!
»Reg dich doch nicht so auf, du darfst das nicht so persönlich nehmen, die benimmt sich doch überall daneben. –
Bitte, Maren«, er streichelt ihren Unterarm, »die ist total überkandidelt, aber unterm Strich ist sie doch keine schlechte Kundin, ich mein´, sie kauft doch ganz ordentlich …«
»Hat gekauft, früher. In der letzten Zeit ist das ja nun auch nicht mehr so doll.«
»Na ja, die braucht halt nicht mehr so viel, weil ihr Mann …«, Jan untermalt mit einer flotten Handbewegung seinen Text, »der ist ab durch die Mitte, auf und davon, was einen ja nun nich' wundert. Und deswegen ist sie eben manchmal schlecht drauf. Vielleicht.«

Maren macht plötzlich große Augen: »Woher weißt du denn das alles?« Vor lauter Staunen über Jans Hintergrundwissen vergisst sie ihren Zorn.
»Na ja, weiß ich halt. Hab ich irgendwo gehört von ... von ... ich glaub von Antonella.«
»Antonella? Wer bitte ist Antonella?«
»Na, du weißt schon … die Kleine da am italienischen Kaffeestand.«
Jan wird ein bisschen rot, aber Maren ist offenbar farbenblind.
»Ach so, die ...« Unbedeutend. Schon vergessen. »Jan, ganz wichtig: Wir müssen nächstes Mal unbedingt dran denken, mehr von der geräucherten Entenbrust mitzunehmen.«

SIDONIE

»Hi zusammen.« Küsschen-Küsschen.
Eine dreiviertel Stunde zu spät, aber bester Dinge, lässt sich Sidonie an dem schlichten Holztisch im *Café Paris* nieder. Es ist rappelvoll wie immer, die Plätze hier sind heiß umkämpft. Reservierungen reine Glücksache. Dabei ist das*Café Paris* nicht klein – im Gegenteil, es ist ein beeindruckend großer Raum mit hohen Gewölbe. Die Kuppel schmückt ein üppiges Gemälde auf glasierten Kacheln, offensichtlich noch original Belle Epoque. Seinerzeit wurde in dieser Halle ein Schlachterei-Geschäft betrieben, sagt man. Gegenüber vom Tresen zieht sich eine rot-ledernde Polsterbank endlos an der Wand entlang, so wie man es in Pariser Bistros gern hat. Die quadratischen Tische und die schlichten Bugholzstühle erinnern an einfache französische Bars. Alles in allem irgendwie besonders.

Bei den Hamburgern, insbesondere bei denen aus der sogenannten Kreativ-Wirtschaft, ist diese Enklave lässiger Frankophilie ungemein beliebt. Die Speisen und Getränke sind so authentisch wie die Ausstattung. Man muss sogar jederzeit damit rechnen, von den Kellnern auf französisch angesprochen zu werden.

»Warum habt ihr keinen Tisch an den Polsterbänken reserviert? Die Stühle hier sind nun wirklich nicht der Hit, total unbequem.«
Sidonie hängt ihre Tasche über die Stuhllehne.
»Und? Habt ihr schon bestellt? Also ich nehme erstmal ...« Sie dreht sich in Richtung Tresen, lässiges Handzeichen und die zuständige Servicekraft kommt herbei geflattert.
»*S'il vous plait?*– Sie wünschen?«
»Ein Glas Sancerre, aber diesmal gut gekühlt, nicht so lauwarm wie neulich!«

Sidonie lässt das elegante Von-oben-herab des Personals hier unbeeindruckt. Sie hat die gesamte 11. Klasse als Austausch-Schülerin in Neuilly-sur-Seine verbracht, SIE weiß was französisch ist. Dann wendet sie sich den beiden Wartenden, Katharina und Susa zu und ... jetzt endlich bemerkt sie es.
»Was macht ihr denn für Gesichter? Ist was passiert?«
Bedeutungsvolles Schweigen.

»Stell dir vor«, Susa beugt sich vor, »Isabels Schwester Franziska, ... sie hatte einen Verkehrsunfall, ziemlich schwer, sie liegt im ...«
Dann spricht sie es aus, das Furchtbare, fast tonlos:
»... künstlichen Koma.«
»Na, das ist doch schön für Isabel, wenn Franzi mal eine Weile den Mund halten muss, und sie endlich auch mal zu Wort kommt«, entgegnet Sidonie mit munterem Sarkasmus.
Die beiden Anderen reißen synchronentsetzt die Augen auf.
»Na, stimmt doch. Isabel beklagt sich doch ständig über diese Quasselstrippe von Schwester, von der sie permanent zugetextet wird.«
Susa und Kathi sehen sich an. Also wirklich! – Das ist ja mal wieder typisch SADOnie!

Die nimmt achselzuckend einen Schluck Wein. Natürlich weiß sie, dass man sie so nennt, hinter ihrem Rücken. Es stört sie nicht, im Gegenteil. Besser einen schlechten Ruf als gar keinen.
»Du bist unmöglich«, sagt Susa schließlich. »Es sieht echt nicht gut aus für Franziska, selbst wenn sie aus dem Koma ...«

Sie bricht ab, kriegt ganz flüssige Augen.
»Außerdem«, wirft Katharina ein, »stimmt es gar nicht, dass Isabel sich so oft über sie beklagt hat, im Gegenteil, sie hängt sehr an ihrer Schwester.«
»Kathi, das ist Blödsinn. Du neigst zu sentimentalen Verklärungen. Fakt ist: Wo sie geht und steht, beklagt sich Isabel über ihre Schwester, weil Franzi sie jeden Tag anruft, um immer nur von sich und ihrem Krankenhaus-Job und ihrer Karriere zu reden. Und sobald Isabel mal was von sich erzählen will, hat sie dann plötzlich keine Zeit mehr und muss dringend zur Visite.«
Sidonie kontrolliert mit zwei Fingern den Sitz ihres Schläfenhaars bevor sie es auf den Punkt bringt:
»Die Wahrheit ist: Isabel kommt einfach nicht damit klar, dass ihre Schwester es schon mit dreißig zur Oberärztin gebracht hat, während sie selbst so halbdumm Immobilien verwaltet. Aber das ist doch jetzt die Chance für Isabel, wenn Franziska mal für einen Weile ruhiggestellt ist. Da kann sie sich entspannt ans Krankenbett setzen und sich ganz prima und ununterbrochen alles von der Seele quatschen.«

»Was redest du denn da?« Auf Kathis Stirn zeigt sich eine ernstgemeinte Zornesfalte, während Susa immer wieder kopfschüttelnd »Also wirklich …« murmelt.
»Es reicht, Sidonie. Echt.« Finden die Beiden.
Sidonie schweigt beleidigt.
»Wie auch immer. Isabel ist völlig fertig«, sagt Kathi nach einer Weile und starrt dabei auf ihr Glas, das sie mit zwei Fingern hin und her schiebt.
»Susa und ich sprachen gerade darüber, dass wir Isabel jetzt ein bisschen zur Seite stehen sollten. Wir haben den Plan, nächsten Freitag mit ihr ins Schauspielhaus zu gehen, anschließend eventuell ins *Cox*. Ein bisschen Ablenkung kann nicht schaden und du weißt, sie liebt Theater.«
»Theater??« Sidonie ist so empört, als habe sie jemand um dreitausend Euro angepumpt. »Also, nehmt's mir nicht übel, aber ohne mich. Stundenlang langweilen für teures Geld? Nö. Außerdem: Ich bin auch nicht gut in so was, also, im Trost spenden, meine ich. Gespräche über Krankenhaus,

Kanülen, komatöse Zustände – da kann ich generell nicht drauf. Das muss ich nicht haben. – Ich bin doch keine Klagemauer.«

Schweigen. Und plötzlich fällt allen dreien auf, wie laut es um sie herum ist. Der Laden hat wirklich eine verheerende Akustik.
»Gut«, sagt Kathi schließlich und wirft Sidonie dabei einen mördermäßigen Blick zu. »Dann ziehen Susa und ich das halt allein durch, wir stehen nämlich ganz doll auf Krankenhaus, Kanülen und komatöse Zustände. Wir sind richtig süchtig danach, stimmt's Susa?«
»Oh bitte, Kathi!« Sidonie schließt für einen Moment entnervt die Augen. »Jetzt sei doch nicht gleich wieder eingeschnappt. Du bist wirklich dermaßen empfindlich.« Dann greift sie zur Speisekarte.
»Lasst uns jetzt endlich mal das Thema wechseln. Vielleicht fragt zur Abwechslung auch mal einer, wie's mir geht.«

SIDONIE

Ohne ihn ginge wirklich gar nichts mehr. Ohne diese Stunden bei Jirdi würde sie das nervlich alles gar nicht schaffen. Jirdi ist ein wundervoller Pilates-Lehrer, so sanft und biegsam. Sie muss nur seine Stimme hören, dann setzt bei ihr bereits die Entspannung ein.
Und heute früh, da tat Entspannung Not, nach dem Gemosere, das sie sich wieder von Kindergarten-Leiterin Schönburg anhören musste. Nur weil es wieder etwas später geworden war.
Weiß die Frau überhaupt, was das für ein Kraftakt es ist, frühmorgens zwei kleine Jungs dazu zu bewegen, ihr Müsli zu löffeln? Sie zu waschen, anzuziehen, kindergartenfertig zu machen, nur mit der Hilfe eines Au-pairs?? Wenn man das bis annähernd zehn schafft, ist das schon eine ziemlich gute Leistung, findet Sidonie.

»Wir starten um neun, Frau Spitzy, Punkt neun. Sie bringen den gesamten Ablauf durcheinander, wenn Sie später kommen. Wenn das jeder machen würde …«
Geht's noch? Ist sie JEDER oder was? Dann folgte gleich noch die nächste Tirade. Weil Lincoln und Jefferson ihre neuen Laserpistolen

dabei hatten. Klar weiß sie das alles: Spielzeug von zu Hause nur freitags, keine Waffen und nichts, was Geräusche macht. Aber das soll die Schönburg ihr mal vormachen, den Kindern die Dinger abzunehmen, die ihnen ihr Vater am letzten Wochenende geschenkt hatte. Die beiden Süßen hätten mit ihrem Geschrei das Haus zum Einsturz gebracht. Null Ahnung von Kindern, diese Schönburg. Und das in dem Job! Die ständigen morgendlichen Diskussionen mit der können einem komplett den Tag versauen. Aber jetzt geht es ihr wieder richtig gut.

Eine Stunde Pilates. Sidonie reckt und streckt sich zufrieden wie eine Katze nach der Nahrungsaufnahme, bevor sie ihren Mantel überzieht. Mit beiden Händen hebt sie vorsichtig die Haare über den Kragen, schüttelt sie im Rücken zurecht. Da! – In der Stille des Garderobenraumes erhebt urplötzlich Maria Callas ihre Stimme. *Casta Diva* singt sie. Sidonies Handy-Klingelton.
»Hallo Kathi, naa was…– Verschieben?? Wieso das denn? … – Och, komm, wir hatten das doch ganz klar ausgemacht … – Wieso bist du noch kaputt vom Wochenende, was war … – In Berlin? Was hast du denn da gemacht? … – ADC-Fest – so … mmh … verstehe … – Nein, wusste ich nicht. – Ja gut, dann eben Donnerstag, aber witzig finde ich das nicht, zuverlässig ist was anderes… – Okay … Ciao, bis dann.«

Sie schiebt das Telefon in die Manteltasche. Blöde Kuh. Das braucht sie nun echt nicht. Katharinas Ausführungen zum rauschendsten aller ADC-Feste *ever*. In einer tollen! Location, mit tollem! Essen und tollen! Leuten und mittendrin der tolle! Leo Spitzy. Wieder mal der Held des Abends nach seiner tollen! Kampagne für Wenauchimmer. Toll, toll, toll.
Wo war sie eigentlich am Samstagabend? Ach ja – im Kino. Mit Alexandra und Isabel. In diesem langweiligen artifarti-Film, den Alexandra unbedingt sehen musste. Ätzend.

ISESTRASSE

In der Eingangshalle steht ein großer schwarzer Müllsack, es riecht nach Putzmitteln. Indizien dafür, dass Maria, die Hilfe, wie Sidonie sie mit lässiger Beiläufigkeit zu nennen pflegt, noch irgendwo herumwuselt. Wie sie das hasst! Sie erwartet, dass die weg ist, wenn sie nach Hause kommt! Hergottnochmal! Wie oft hat sie versucht, Maria das klarzumachen.

Seit ihrer Kindheit hat Sidonie eine Allergie gegen Hausstaub und im Grunde genommen auch gegen Menschen, die ständig herumjammern. Und Jammern ist Marias Spezialität. Absolut. Ständig wird irgendwer aus ihrem unüberschaubar großen Familienclan von Schicksalsschlägen heimgesucht. Die Maria dann jedes Mal dermaßen runterziehen, dass sie wehklagend und händeringend durch die Gegend läuft. Dabei aussieht wie das Leiden Christi und noch langsamer mit ihrer Arbeit vorankommt als sonst.

Äußerst ungehalten schleudert Sidonie ihre Sporttasche gegen den Müllsack, der prompt umkippt, um seinen Inhalt teilweise wieder freizugeben. Na super. Jetzt ist sie richtig sauer und marschiert im Stechschritt in Richtung Küche.
Da wienert Maria am Edelstahl herum, die Haare wirr, die Augen rotgeweint.
Wusst ich's doch! – Aber jetzt bloß nicht nachhaken, das führt nur wieder zu ellenlangen Ausführungen. Ooh nein, heute wird sie nicht den Seelsorger geben. Heute nicht.
»Maria, wie lange werden Sie noch brauchen?«, fragt sie streng.
Und schon geht's los. Lamentieren, erklären, entschuldigen und das Ganze in abenteuerlichstem, quasi unverständlichem Deutsch. Wieso man, nach zwanzig Jahren in diesem Land, immer noch nicht in der Lage ist, halbwegs passabel Deutsch zu sprechen, ist Sidonie schleierhaft. Ganz rabiat – anders geht das ja nicht – schneidet sie Maria das Wort ab.
»Maria! Ich bin jetzt für eine halbe Stunde im Bad. Ich erwarte, dass Sie fertig und … verschwunden! sind, wenn ich wieder herauskomme!«

ROBERT UND MAREN

Dieser Robert verbringt offenbar viel Zeit in der Frühlingssonne. Im Gegensatz zu allen Anderen hier auf dem Isemarkt, die noch reichlich wintergrau herumlaufen, kann er bereits eine solide Grundbräune vorweisen, die ihn noch attraktiver macht. Doch, wirklich. Seine Augen sind plötzlich hellblau wie die eines Huskys, seine Zähne fast reklameweiß.

Er schiebt die Ärmel seines Ringelpullis weit hoch. Muskulatur wie aus dem Anatomiebilderbuch. Auch am Hals. Der ist von einem gut durchgeknitterten, blaugrauen Baumwollschal mehrfach lässig umwickelt. Der ganze Mann wirkt wie ein personifizierter Frühlingsausbruch, einfach unwiderstehlich.

Soeben hat der Unwiderstehliche eine Umhängetasche von der Ladefläche seines Uralt-Kombis geholt. Er kramt ein kleines Notizbuch und einen Stift daraus hervor.

»Der Hof ist nicht so ganz leicht zu finden, aber …«, sagt er zu Maren,«… ich mal dir ‘ne kleine Wegbeschreibung. Und dann kommst du morgen Abend einfach vorbei. Unser Maifeuer, das wird das Megading, und es gibt Live-Mucke. Eine Band wird spielen, paar Freunde von mir aus Glückstadt, die sind richtig gut, ich schwör's dir.«

Maren sieht nicht wirklich überzeugt aus.

»Komm, gib dir ‘nen Ruck, Maren, nur weil dein Mann vergrippt im Bett liegt, musst du doch nicht auf den Tanz in den Mai verzichten.«

Robert strichelt konzentriert in seinem Büchlein herum. »Hier.« Er hält ihr das Ergebnis hin.

»Wichtig ist, dass du den Abzweig in Odderade nicht verpasst, danach ist es eigentlich ganz einfach.« Er reißt die Seite raus und reicht sie ihr rüber. Maren lässt den Zettel blitzartig in der Kitteltasche verschwinden.

»Mal sehen«, sagt sie schwach. »Ich weiß nicht, ob ich das hinkriege.«

»Du schaffst das, da bin ich sicher.« Robert lächelt.

Wie gesagt – unwiderstehlich.

FEIERTAG, SIDONIE

Bereits am Donnerstagmittag ist ganz Eppendorf ein Spannungsfeld, dessen Epizentrum sich eindeutig am Eppendorfer Baum, zwischen Kreuzung Isestraße und Klosterstern befindet. Die Cayennes, Cabrios und Minis parken bereits in dritter Reihe, die ersten Zugeparkten verlieren die Contenance, hupen genervt, nerven mit Gehupe. Aggressivität ist hochgradig ansteckend. Der morgige Maifeiertag wird für ein langes Wochenende sorgen, hinzu kommt eine super Wetterprognose, also bereiten die Bewohner des kleinen Luxus-Ghettos die vollständige Evakuierung vor.

So ein Off-City-Weekend steht und fällt naturgemäß mit den passenden Speisen und Getränken, also geht bei *Butter Lindner* gar nichts mehr, herrscht bei *Weinhaus Gröhl* der Ausnahmezustand. Außerdem braucht man noch dies und das aus der hochexquisiten *Parfümerie Meister*, ein Paar Sandaletten auf die Schnelle – im winzigen *GO*-Schuhladen herrscht absurdes Gedränge. Vom Auftrieb auf dem Isemarkt, der wegen des Feiertags auf den heutigen Donnerstag vorverlegt wurde, ganz zu schweigen.
Dort, im allgemeinen Getümmel, bedient Gemüsemöller gerade eine spezielle, platinblonde Kundin, eine seiner Lieblings-Schnepfendorferinnen. Aber in Anbetracht des Bomben-Geschäfts heute, will Claus-Eggert mal nicht so sein.
»Na, wo werden Sie denn in den Mai tanzen?«, erkundigt er sich, während er schon mal eine Papiertüte vom Haken rupft und in Stellung bringt.
»Haben Sie keine andere Rucola? Die hier sieht ja schon reichlich welk aus«, ist Sidonies Antwort auf seinen Anbiederungsversuch.

»Tja, das war wohl nichts, mein Cläuschen«, raunt Holm Meier daraufhin seinem großen Bruder zu, der vorgibt, in den hinteren Kisten nach frischer Rauke zu kramen.
Die Bunde sehen alle gleich aus, das weiß Claus-Eggert genau. Aber darum geht's nicht. Es geht darum, Königin Kunde das Gefühl zu geben, dass … kost ja nix. Findet er. Einige der Kollegen hier glauben ja

immer noch, sie müssten die Kundschaft erziehen, Kontra geben. Das sieht er völlig anders, bloß keinen Ärger, keine Konflikte, immer man mit der Ruhe.
Da givt dat nu wirklich anneres, över dat hei sich opreegen künnt.
Er wendet sich Holm zu, der grinsend meint:
»Der Flirtversuch ging ja wohl in die Hose. Aber das musste auch verstehen, Claus – Maitanz! – So was kenn'n die hier nich. Von wegen feiern! Bei denen heißt das heute Abend: Früh in die Federn, damit sie morgen früh topfit, ausgeschlafen und pünktlich am *Besenbinderhof* mit der Gewerkschaftsdemo starten können!«

Sidonie hört irgendwas von *Besenbinderhof* und Gewerkschaft, anschließend dröhnendes Gelächter. Was soll daran witzig sein? Versteht sie nicht. Will sie auch gar nicht. Nein, ihre Laune ist wirklich nicht besonders – wie auch? Alle, ja wirklich ALLE, verlassen die Stadt, auf dem Weg zu Landhäusern, Sylt-Domizilen oder zumindest zu einem schicken Hotel in Ostseenähe, *green fee* inclusive.
Alle. Nur sie nicht.

FEIERTAG, MAREN

Die beiden können von Glück sagen, dass Maren so gut drauf ist.
Wenn sie irgendwas hasst, dann sind das sabbelnde Kundinnen vor dem Tresen, die sich gegenseitig auf den aktuellen Stand ihres sozialen Lebens bringen und dabei völlig vergessen, weshalb sie sich eigentlich vor den *Bokelrehmer Geflügelspezialitäten* eingereiht haben.
Topthema heute: Das lange Maiwochenende.

Im Umkreis von zehn Metern kann jeder hören, was Isabel gerade zwischen sechs Eiern – »Aber bitte ganz frisch!« – und 100 Gramm Putensalami – »Hauchdünn geschnitten und wenn ich sage hauchdünn, dann meine ich auch hauchdünn!« – der hinter ihr in der Schlange stehenden Alexandra mitteilt.
»Ich hol' noch ein paar Kleinigkeiten für heute Abend, ab morgen sind wir dann ja weg. Mein Schwager hat uns auf seine neue Segeljacht

eingeladen. Samstag ist Schiffstaufe in Andratx und stell dir vor: Holzklasse, wir müssen Holzklasse fliegen! Es gab nur noch Billigflüge nach Palma. Mir tut jetzt schon mein Rücken weh, wenn ich nur dran denke. Und dann zusammengepfercht mit all diesen Ballermännern! Aber ich hab schon zu Henning gesagt: Henning, Billigflug hin oder her – ich bestehe darauf, meine Kleidersäcke müssen gehängt werden! Da sollen sich der *purser* mal was einfallen lassen. Es kann keiner erwarten, dass ich meine Abendgarderobe in einen Koffer stopfe!«

»Hallo-oo!« Maren macht einen neuen Versuch zu Isabel vorzudringen.
»Darf's außer der Salami noch was sein?«
Isabel wirkt irritiert. »Salami? Ach so ja ...« Jetzt hat sie's wieder. »Doch ja, von den Putenröllchen bitte noch zwei Stück, aber kleine, nein nicht die, geben Sie mir die hier vorn, die sehen frischer aus.«
Schnell wendet sie sich wieder ihrer Gesprächspartnerin zu. Alexandra gibt nun ebenfalls ihre Wochenendpläne zum besten.
»Jo und ich wir wollen mal wieder richtig entspannen, auf Sylt. Wir haben das *Budersand* gebucht, du kennst es? Die Lage ist ja wirklich ein Traum und diese himmlische Ruhe ... ganz hervorragende Massage ... und exzellent und ja wirklich ganz ausgezeichnet...«
Schnabbel, schnabbel, schnabbel.

»Möchten Sie sonst noch etwas? – Darf es noch etwas sein??« Maren hat keine Chance, die Kunden, die hinter Isabel und Alexandra warten, ebenfalls nicht. Jetzt klopft Maren hörbar ungehalten mit der Fleischgabel gegen die Glasscheibe.
»Treten Sie doch bitte zur Seite, dann kann ich schon mal weiterbedienen, während Sie schnacken!«
Wie bitte?? Was soll das denn jetzt? – Die Damen unterbrechen die Plauderei und schauen entrüstet zu Maren hoch.
»Also wirklich!«, sagt Isabel indigniert. »Wie reden Sie denn mit Ihren Kunden? – Ich bekomme noch 50 Gramm von der feinen Geflügelwurst, aber bitte ...« –
»... dünn geschnitten«, vollendet Maren den Satz und lässt die Wurstschneidemaschine aufheulen. »Selbstredend.«

Kopfschüttelnd wendet sich Isabel Alexandra zu. Sie tauschen vielsagende Blicke.
»Nimm's nicht persönlich, die ist immer so schroff«, tuschelt Alexandra, gut hörbar.

SIDONIE

Einsam und von allen verlassen wird sie in der leeren Stadt zurückbleiben.
Es ist unfassbar, aber niemand ist auf die Idee gekommen, sie mal zu fragen, ob sie vielleicht auch … Ungläubig fixiert Sidonie das Display ihres iPhones. Dabei wäre der Zeitpunkt ideal, denn ab morgen Vormittag 10 Uhr wird sie kinderlos sein. Leider ist gerade eine weitere Hoffnung zerplatzt: Kathi fliegt nach Barcelona, sie hat jemanden kennengelernt, der dort …
An der Stelle hat Sidonie schon nicht mehr zugehört.
Ausgerechnet Barcelona. Sie liebt Barcelona. Aber gut, eine Chance auf ein angenehmes Wochenende jenseits der Stadt hat sie noch.
Glaubt sie jedenfalls.

LEO UND SIDONIE

Überpünktlich, kurz vor zehn, steht Leo schon in der Wohnung.
Sonnenbrille im frisch gegeelten Haar, zart nach *Aqua di Parma* duftend und reichlich gutaussehend in schwarzem Leinenhemd zur weißen Jeans. Ein Erfolgsmensch im Freizeitmodus auf dem Weg nach Sylt, ins Vorzeigehaus mit seinen Vorzeigesöhnen. Jedoch ohne die Vorzeigefrau, die gerade hektisch die Klamotten für die Jungs zusammenpackt.

»Wirst du überhaupt allein zurecht kommen mit den beiden? Leo, du weißt, die zwei sind momentan in einer schwierigen Phase. Entspannung für dich wird da nicht herausspringen. Meinst du nicht, ich sollte besser mitko…« –

»Oh nein! Auf keinen … Ich meine … nein, bitte, Sidonie, genieß dein freies Wochenende. Ich schaffe das wirklich ohne dich und …«
Er zeigt mit dem Autoschlüssel auf den Riesen-Trolley, der aufgeklappt und ziemlich randvoll vor ihm auf dem Boden liegt, »… meinst du nicht, es reicht langsam? Drei Tage, Sidonie, nicht drei Monate! Und hast du dir mal überlegt, wie ich das Ding im Porsche unterbringen soll?«
»Gut. Dann pack ich halt noch mal um.« Sidonie bleibt ausnahmsweise moderat. Und startet einen zweiten Versuch:
»Deine Schwester«, will sie wissen, »wird die auch da sein?«
»Klar, Coralie, ihr Mann, alle vier Kinder, die ganze Bande.«
Er dreht sich irritiert herum zu seinen Söhnen, die, mit Augenklappen, Piratenflaggen und Säbeln ausgestattet, lautstark die Rollenverteilung klären.
»Du kannst nicht Käpt'n Sparrow sein, Linny, weil, du hast gar keine schwarzen Haare!«
»Wo-ohl.« Aus dem Stand bricht Lincoln in schrilles Wehklagen aus, aber Jefferson übertrumpft ihn, schreit so laut, dass er rot anläuft:
»Fertigmachen zum Entern!«
Die zwei springen auf die beiden nebeneinander stehenden *Barcelona-Chairs* und veranstalten ein imaginäres Gemetzel.
»Und da! Und da! Und da! Stirb, du scheißiger Zombie!« Jefferson bohrt seinen Holzsäbel tief in die schmiegsame Leder-Polsterung.

»Schade!« Sidonie versucht einen Blickkontakt, aber Leo lässt seine Jungs, beziehungsweise die bedrohten Sessel, nicht aus den Augen.
»Wirklich schade, ich habe deine Familie seit Ewigkeiten nicht gesehen, ich würde gern ...«
»Okay Jungs!« Leo klatscht in die Hände, dass es knallt. »Los geht's! Abfahrt! Schnappt euch eure Spielsachen! – Wir fahren schon mal runter und setzten uns ins Auto. Die Mami bringt euer Gepäck gleich nach!«
Er bugsiert seine Söhne ins Treppenhaus, wo sie mit ihren kleinen Fäusten auf dem Fahrstuhlknopf herumhämmern, dann trampeln sie – »Fertigmachen zum Entern!« – hinein in den Fahrstuhl, ein mahagonivertäfeltes Schmuckstück, Baujahr 1912.

»Ruhe jetzt!«, donnert Leo. »Wer Krach macht, darf morgen nicht mit in …« Der Fahrstuhl scheppert von dannen.
Im Flur versucht Sidonie die Kinderkleidung aus dem Trolley in eine Reisetasche zu überführen.
»Die Mami bringt euer Gepäck gleich!«, äfft sie ihn nach.
»Bin ich hier der Lakai oder was? – Blödmann!« Wütend zerrt sie den Reißverschluss zu. »Sadist!«
Unten auf der Isestraße wartet der schwarze Porsche bereits in Cabrio-Formatierung. Perfekt poliert funkelt er in der Sonne. Auf der Kühlerhaube spiegeln sich die prachtvollen Hausfassaden und der Himmel mit kleinwinzigen Schönwetter-Wolken.
Die Piraten sind entwaffnet, all ihre Insignien verstaut. Nun sitzen da zwei kleine Jungs, in gleichen weißen Hemden mit Button-Down-Krägelchen, den gleichen Chinohosen und den gleichen rotbraunen *Timberlands*. So makellos wie in einen Werbefilm für … Autos oder für Banken, für Versicherungen – egal, ginge eigentlich für alles.

Urplötzlich kippt in diesem Moment die friedvolle Stimmung, der Werbefilm läuft aus dem Ruder. Festgezurrt und angeschnallt zu sein, auf einer engen Rückbank, die beim Porsche nur ein Notsitz ist – für Lincoln und Jefferson, das ADHS-Syndrom im Zweierpack, ein unhaltbarer Zustand. Durch lautes und immer noch lauter werdendes Geschrei versuchen sie, auf ihre Misere aufmerksam zu machen.
Passanten bleiben stehen, drehen sich in stummem Schreck um. Hunde, die an Leinen ausgeführt werden, reagieren mit wildem Gekläff. Man wird wohl nie erfahren, ob sie damit den Protest der Kinder unterstützen oder sich dagegen beschweren wollen.

Leo Spitzy, dessen Erziehungsprinzip es ist, nicht immer gleich bei jedem Pieps auf die Kinder einzugehen, wappnet sich schleunigst mit Kopfhörern und beginnt die Musikanlage zu justieren. Dabei schaut er immer wieder nervös zum Eingangsportal. Endlich.

»Tschüss, meine Süßen, habt ganz viel Spaß, ja?«
Sidonie verteilt Abschiedsküsschen. Lincoln und Jefferson schauen ihre Mutter nur erstaunt an, als hätten sie inzwischen schon völlig

vergessen, wer sie überhaupt ist. Dann setzt ihr Geschrei wieder ein.
»Es ist eng!«, schreit Jefferson und zerrt und reisst an seinem Gurt. »Wir erwürgen.«
Sein kleiner Bruder unterstützt ihn durch einen hochfrequenzigen Dauerheulton. Sie bleiben unerhört. Keine Chance. Nicht gegen die PS eines Porsche-Motors.

Wieder oben in der Wohnung, schließt sie zweimal ab. Bis Sonntagabend wird sie sich hier verschanzen. Wäre ja furchtbar, wenn womöglich irgendwer mitbekäme, dass sie, Sidonie Spitzy, sich ausgerechnet an diesen Wochenende im sozialen Nirvana befindet!

WILSTERMARSCH

Ein Mist ist das! Maren kennt sich in der Wilstermarsch eigentlich gut aus. Dachte sie zumindest. Nun gurkt sie schon sei einer Viertelstunde hier auf den Spurwegen rum. Total verfranst. Mist, Mist, Mist! Und die lächerliche Skizze, die Robert ihr mitgegeben hat, hilft da auch kein bisschen weiter. Sie ist schon supernervös von zu Hause losgefahren, aber jetzt verliert sie wirklich gleich die Fassung. Sie hält an, reckt sich zum Rückspiegel hoch. Kleine Schweißperlen auf ihrer Stirn und Nase. Auch das noch. Es ist aber auch so was von warm, mein lieber Schwan, und das um diese Jahreszeit! Vielleicht ist doch was dran, an Klimawechsel und Erderwärmung.
Sie lässt beide Seitenfenster runter, rupft ein Kleenex aus der Box in der Ablage und betupft ganz vorsichtig die Glanzstellen im Gesicht. Wenn sie überhaupt je den Hof von Roberts Leuten erreichten wird, dann in völlig aufgelöstem Zustand, soviel steht fest.
Zum zigsten Mal nimmt sie sich die Skizze vor. Vielleicht ... wenn sie da am nächsten Knick rechts abbiegt ... okay, ein Versuch noch.

Vier Minuten später lenkt sie ihren Mercedes vorsichtig in eine Hofeinfahrt, die rechts und links von Autos beparkt ist. Durch die Bank ziemliche Schrottkisten, wie Maren sofort bemerkt. Eine ist sogar bemalt.

Hippies! denkt Maren, sind die nicht längst ausgestorben?

Zwei junge Mädchen – na ja, genau genommen vielleicht mal grad zwei Jahre jünger als Maren – kommen ihr entgegen, in fledderigen Jeans und relativ sparsamer Oberbekleidung. Die eine hat solche filzigen Strippenhaare, heißen die nun Dread-Locks oder Dead-Locks? Die Frisur der anderen ist halbwegs normal, dafür aber in ein irgendwie unrealistisches Pink eingefärbt. Beide tragen viel Metall mit sich herum, reichlich Piercings, die gesamten Ohrmuscheln sind eingezwackelt und betackert, auch die Nasenflügel haben noch was abbekommen. Bei der Blondfilzigen befindet sich direkt unter der Unterlippe ein Metallkügelchen, das aussieht wie ein verchromter Pickel. Ekelhaft. Solche Leute sind das also, mit denen er zusammen ist.

Die beiden Schönen haben ihrerseits Maren genau ins Visier genommen.
»Na, da hat sich aber jemand ganz krass in der Toreinfahrt geirrt, was?«, trompetet die eine.
»Hallöchen!«, jodelt die andere. »Die Jahresversammlung der *Douglas*-Filialleiterinnen fällt heute leider aus, stattdessen tagt der Aufsichtsrat der International Goa-Company!«
Sie rempeln sich an und gackern los.
Das reicht! Maren rammt den Rückwärtsgang rein und setzt entschlossen zurück. Da schlägt ihr jemand auf die Kühlerhaube, Roberts Gesicht taucht neben ihr im Seitenfenster auf. Ganz nah. So nah waren sie sich noch nie. Und sein Blick ist dermaßen intensiv. Maren ist sicher, er kann ihre Gedanken lesen und sie versucht krampfhaft, das Denken vorübergehend einzustellen.
»Du kannst da vorn am Haus parken, da ist noch Platz«, sagt er ohne Umschweife, schaut sie an, reglos und irgendwie ewig lange. Dann hebt er die Hand und streicht mit zwei Fingern ganz langsam über ihre Lippen, erst unten dann oben. Er lässt sie nicht aus den Augen dabei. Gut, dass sie sitzt, sie würde sonst glatt in die Knie gehen.
»Jetzt gibt's kein Zurück mehr!«, sagt er plötzlich und grinst.

Eine Stunde und zwei Gläser Rotwein später.
Maren sitzt mittlerweile fast entspannt neben Robert auf einem Strohballen vor der großen Scheune. Nachdem sie den ersten Schock überwunden hat. Über diesen grauenvollen Kerl zum Beispiel, der sich mit einer Pulle Bier in der Hand, schwankend und breitbeinig vor sie und Robert hinstellt und lallend feststellt:
»Ey, Mann, ey, ihr habt ja beide dieselbe Frisur!«
Um dann einen Lachkrampf zu entwickeln, der ihn letztlich zu Boden wirft. Peinlicher Typ.
Genauso peinlich wie die Besitzerin dieses Resthofs: Ina Röschmann. Eine Frau, deutlich jenseits der Vierzig, mit hennarotem Wallehaar, die hier die Chef-Kommunardin raushängen lässt. Ihre Jeans, mit langen Quer-Rissen am Hinterteil, gibt bei jeder Bewegung so einiges von Inas Pobacken frei. Maren würde diese Hose nicht einmal mehr zum Stall ausmisten anziehen. Nur, wenn sie sich so umsieht – sie ist anscheinend die Einzige hier, die eine Jeans *ohne* Löcher trägt. Gerade hört Maren, wie diese Ina zu einer anderen Frau sagt:
»Na klar nervt mich sein dauernder Dackelblick, wenn ich mal fremdvögle, aber auf das Eifersuchtsding darfste dich halt gar nicht erst eingrooven.«
Aha.

Einiges findet sie schon nicht mehr soo schlimm. Diesen Rotwein zum Beispiel. Den mag sie eigentlich gar nicht, viel zu sauer. Wenn Maren Alkohol trinkt, sollte der schon irgendwie eine gewisse Grundsüße haben. Bommi mit Pflaume, Bacardi-Cola, so was mag sie ganz gern. Aber sie hat lieber nicht danach gefragt, sie fällt schon so genug auf in ihrer akkurat gebügelten rosa Hemdbluse. Ist ihr schon klar, was die hier über sie denken, sie ist ja nicht blöd! Und dass sie nicht die einzige Frau in auf dieser Veranstaltung ist, die gern mit Robert ... hat sie auch kapiert.
Ina Röschmann hängt sich bei jeder Gelegenheit auf seine Schulter, ihr ständiges Rumgetätschel an ihm hat etwas Beunruhigendes. Ist da was oder war da mal was? Wie auch immer – es nervt.

Der Wein, so auf nüchternen Magen, wirkt ganz ordentlich, aber das Essen hier rührt Maren lieber nicht an. Schon rein optisch hat es sie sofort misstrauisch werden lassen.
Eigentlich hatte sie sich auf lange Gespräche mit Robert eingestellt. Es gäbe eine Menge, worüber sie heute Abend gern mit ihm sprechen würde, was sie gern über ihn wissen würde. Aber viel geredet haben sie bisher nicht, ist auch schwer gegen diese seltsame, ohrenbetäubend laute Musik anzuquatschen, der Maren absolut nichts abgewinnen kann. Sie mag lieber, wenn auch was gesungen wird, also Musik mit richtigen Texten. Das sehen die hier offenbar anders, hier zählt nur der Rhythmus. Es wird exzessiv getanzt, sehr entfesselt könnte man sagen.

Jetzt macht eine von diesen gewissen Zigaretten die Runde, und Maren ahnt was auf sie zu kommt, sie ist schließlich nicht von gestern.
»Ich rauche nicht«, sagt sie schnell, als Robert das Ding an sie weitergeben will.
»Soo, und wie nennt man das, was du ab und an hinter deinem Trailer machst?«
»Ich versteh' kein Wort, ist zu laut hier! Was meinst du?«, gibt Maren zurück.
Er beobachtet sie auf dem Markt also ziemlich genau. Hätte sie nicht gedacht, aber es gefällt ihr.
»Komm, nimm ruhig 'nen Zug, das entspannt!« Er hält ihr den Joint direkt vor die Lippen. Sie sehen sich an, während Maren zieht. Sie sehen sich an. Und es gibt nur noch diesen Blick.
Drogen, denkt Maren, mein Gott, das sind doch Drogen, oder? Robert fasst ihren Arm. »Komm mit«, sagt er leise. Das hat Maren sofort verstanden.

JAN

Im stockfinsteren Zimmer tastet Jan nach seiner Uhr. Bald drei und Maren ist noch nicht da. Ob ihr was passiert ist? Jan fühlt sich elend vergrippt, viel zu schwach, um sich Sorgen zu machen.
Gegen zehn, gleich nach dem Ende vom *Frühlingsfest der Volksmusik* war seine Schwiegermutter hochgekommen, hatte ihm Tee und was zu Essen ans Bett gebracht.
»Ich finde das nicht richtig von Maren, dass sie auf'n Swutsch geht, während du hier mit Fieber im Bett liegst«, hat sie vorwurfsvoll gesagt. Als sei er Marens Erziehungsberechtigter.
Sicher, vielleicht sollte er ab und an mal ein Machtwort sprechen. Aber was würde das bringen?
Die kleine Italienerin Antonella, bei der er auf dem Isemarkt ganz gern seinen Pausen-Kaffee trinkt, die findet es gut, dass er so'n Ruhiger ist. Hat sie jedenfalls gesagt: »Ik finde, du biste immer sär ruhig und gute gelaunt in diese Trubel. Viel freundliker als alle diese Muffäll hier!« Dazu hatte sie eine von ihren drolligen italienischen Gesten gemacht. Sie ist wirklich niedlich. Und so klein, viel kleiner als Maren. Jan lächelt, dreht sich auf die Seite, kuschelt sich tief ins Kopfkissen und dämmert wieder weg.

RENATE

»Wo kommst du denn jetzt her, kannst du mir das bitte mal erklären!? Und wie siehst du überhaupt aus?«
Renate Thaden tritt ihrer Tochter im Hausflur aufs Energischste entgegen. Mehr Zerberus geht nicht. Maren seufzt, sie hat es befürchtet, in diesem Haus bleibt wirklich nichts unentdeckt. Sie versucht, Wimperntusche unter den Lidern weg zu reiben, dreht das offene Haar im Nacken zusammen. Als ob das die Situation verbessern könnte.
»Ich bin bei Wiebke auf dem Sofa eingeschlafen, meine Güte, das kann doch mal vorkommen, wir hatten ein bisschen zu viel getrunken.«
»Bei Wiebke??!!« Renate schreit es fast heraus. »Wiebke sitzt hier heulend bei mir in der Küche. Ihr Mann hat sie verprügelt!!«

MAREN

Eine Dusche! Das ist genau das, was Maren jetzt braucht, bevor sie sich der Inquisition stellt.
»Wir sprechen uns noch!«, hatte ihre Mutter hinter ihr her die Treppe hochgerufen.
Sie reckt ihr Gesicht dem heißen Wasserstrahl entgegen, sie schäumt sich ein. Sie sieht ihren Händen dabei zu, die jetzt da sind, wo eben noch seine waren. Die Erinnerung daran erzeugt Herzrhythmus-Störungen der allerangenehmsten Art. Sie schiebt die Duschtür auf, sieht ihren Körper im Spiegel, wie sie ihn nie gesehen hat. Ein kleines bisschen Scham empfindet sie jetzt, wenn sie daran denkt, wie sie ihn eingesetzt hat, ihren Körper, vor ein paar Stunden. Es war so hemmungslos. Das muss der Wein gewesen sein und das Drogenzeugs. Aber es hat gestimmt, war irgendwie auch gut. Ihm hat es gefallen, da ist sie sich sicher.
Maren schiebt ihre Hand vorsichtig zwischen ihre Schenkel, fühlt was er gefühlt hat. Eine Mords-Sehnsucht nach ihm hat sie. Schon jetzt. Eigentlich war das doch der erste wirkliche Sex ihres Lebens. Mit Jan das ist doch … Ja, wie soll man sagen?
Das hat sich eben seit damals einfach nicht weiterentwickelt, ist immer noch Zwölfte-Klasse-Sex. Selbst diese Geschichte damals, während ihres Hamburg-Abenteuers … nee, kein Vergleich. Wirklich nicht.
Trotzdem. Sie darf Robert nicht wiedersehen. One-Night-Stand. Das soll es auch bleiben.
Sie will ihn wiedersehen. Unbedingt.

JAN

»Wo warst du denn die ganze Nacht?«, flüstert Jan heiser und dreht sich mit verhangenem Blick und roter Nase zu Maren um, die frisch geduscht in ihrem rosa Bademantel neben ihm auf der Bettkante Platz nimmt.
Sie legt ihm die Hand auf die Stirn.
»Hast du Fieber? Fühlt sich ganz so an. Ach, mein armer, kleiner Janni,

ich werd' mal das Thermometer holen. Und sonst – was kann ich noch tun? Möchtest du was essen? Einen Tee vielleicht oder heiße Zitrone?«
»Nein, nein, ich hab keinen Hunger, ich will gar nichts.«
Er zieht die Bettdecke hoch bis zum Kinn. »Ich frier so.«
»Dann«, sagt Maren entschlossen und erhebt sich, »mach ich dir jetzt mal eine Wärmflasche, bin gleich wieder bei dir.«
Sie ist plötzlich so lieb, denkt Jan. Steht es denn so schlimm um mich?

WIEBKE

»Geht doch nichts über'n kräftiges Frühstück, besonders nach der ganzen Aufregung!«
Renate Thaden klatscht sich mit Schwung die zweite Riesenportion Rührei auf den Teller. Und weil am Tellerrand noch ein bisschen Platz ist, rundet sie das Ganze ab, mit kross gebratenem Schinken, einer schön dicken Scheibe Leberpastete und – soll sehr gesund sein – rohe Zwiebel, fein gewürfelt.
Los geht's. Mmh, köstlich, man sieht es ihr an. Dann hört sie abrupt auf zu kauen.
»Wiebke, du bist doch nicht etwa schon satt, nu komm, nimm doch noch ein bisschen was von unserem leckeren Geflügelsalat – ist ganz frisch angerührt, mit ordentlich selbstgemachter Mayonaise. – Du bist ja man nur so'n Strich in der Landschaft, wenn du mal krank wirst, hast du doch gar nix zuzusetzen.«
Renate Thaden schiebt eine üppige Schüssel über den Tisch, auf Wiebke zu. Die sitzt da, mit verzweifelt rotgeweinten Augen, die nicht besonders gut aussehen zum Erdbeerblond ihrer Haare.
»Ja, gern. Danke, Tante Reni«, sagt Wiebke völlig weggetreten und rührt sich nicht.
Maren lässt zum xten Mal ihre Blicke wandern, über die Wunde an Wiebkes Stirn und die vielen Flecken auf den Armen. Sie wird es nie verstehen, nie nie wird sie begreifen, wie man sich so was gefallen lassen kann! Wie man überhaupt zu so einem Arschkeks von Mann kommen kann, wie Andreas einer ist. Niemals könnte ihr so was passieren, das ist so sicher wie das Amen in der Kirche. Und wenn sie ehrlich ist,

tut ihr Wiebke auch nicht wirklich leid, die diese ewigen Jähzornsausbrüche von Andreas immer wieder verzeiht.
Ein Gutes hat das Ganze natürlich: sie selbst und ihre nächtliche Eskapade, sind für's Erste nicht Thema der Frühstücksrunde.

»Was hast du denn jetzt vor?«, fragt Maren vorsichtig.
»Ich meine, du kannst doch nicht schon wieder zu ihm zurück und so tun, als ob nichts ...«
»Natürlich nicht – sie geht doch nicht zurück zu diesem schrecklichen Kerl! Wiebke bleibt erstmal hier!«, sagt Renate. »Keine Widerrede!«
Marens Vater erhebt sich, Augen rollend.
»Soll das hier'n Frauenhaus werden oder was?«, brummelt er, während er zur Küchentür rausmarschiert.

SIDONIE

»Hey, Sido!! – Hallo-oh, Sidoniiie!«
Mein Gott, wer schreit denn da hinter ihr her, quer über den Eppendorfer Baum? Wie sie so etwas hasst! Die Platinkönigin dreht sich um, *slow motion*, hoheitsvoll. Es ist Susa. Natürlich, typisch. Unmöglich, die Frau. Und sie war offensichtlich shoppen, ist jedenfalls total behängt mit Tüten irgendwelcher Klamottenläden, von denen es hier unzählige gibt.
»Hi Sid, toll, dass wir uns sehen! Ich hatte eh vor, dich anzurufen, um … also, du ahnst nicht, wen ich getroffen habe!«
Meine Güte, die dumme Nuss platzt ja gleich vor Mitteilungsdrang.
»Susa, ich hab ehrlich gesagt nicht viel Zeit.«
»Okayokay, also pass auf. Gestern in der Hafencity. Ich war eingeladen bei Simona, ich glaub, du kennst sie auch, sie ist Chefredakteurin bei *Instyle*. Wie auch immer – also sie hat sich da jetzt mit ihrem neuen Typen zusammen eine Traumwohnung gekauft, wirklich irre chic ... also um´s kurz zu machen ...«
Sidonie wirft einen Blick zum Himmel. Ja bitte, mach es kurz, Susa – unbedingt!
»… stell dir bitte vor, Sid – sie wohnt im selben Haus wie dein Ex! Und

im Fahrstuhl knall ich dann prompt mit ihm zusammen. Mit Leo. Und mit – seiner Neuen!«
»Zum einen: Leo ist keineswegs mein Ex!« Wie sie diesen bescheuerten Ausdruck hasst! »Soweit ich weiß, sind wir nach wie vor verheiratet und genau deshalb hat er – zweitens – auch keine Neue! Und drittens weiß ich genau... ach, egal.« Mit einem intensiv bösen Blick schließt Sidonie fürs Erste ihre Tirade ab.
Doch Susa lässt sich nicht einschüchtern.
»Sid, glaub mir, die Situation war so was von eindeutig. Simona meint, diese Frau geht bei Leo ständig ein und aus!«

So, Simona hat das also auch bestätigt. Mit anderen Worten, die blöden Kühe haben Abende lang dieses Thema durchgekaut, also... sie könnte echt ...! – Fasse dich, Sidonie!

»Aber du kannst beruhigt sein, er hat jedenfalls keine Jüngere!«
Susa kichert, findet das offenbar alles superkomisch und ist noch längst nicht fertig.
»Sie hat eher so sein Alter, sieht nicht schlecht aus, ist teuer gewandet, und hat allerdings ... na ja. Sie hat ...« Susa malt mit beiden Hände eine enorme Oberweite in die Luft »... ziemlich schöne Augen«, vollendet sie grinsend.
Meine Güte, Susa, du warst auch schon mal witziger!
Was ist das überhaupt für ein Quatsch? Leo und 'ne üppige Vierzigjährige? Geht's noch?? Wenn eine sein Beuteschema kennt, dann doch wohl sie.
»Ehrlich gesagt, Susa, Tratsch an der Straßenecke ist echt nicht mein Ding. Im Übrigen hab ich wirklich sehr wenig Zeit, ciao, bis dann.« ...
»Und was ist mit Tratsch am Telefon?«, ruft Susa hinter ihr her. »Ich ruf dich heut Abend mal an, ja?!«
Das muss nun wirklich nicht sein.
Schnellen Schrittes entfernt sie sich, biegt an der Ecke beim Zeitungsladen in die Isestraße ein, erst dann wird sie langsamer, unsicher beinahe. Etwas macht sie nachdenklich. Sie bleibt stehen. Dreht sich nochmal um und sieht Susa an der Ampel stehen, schon wieder im Gespräch mit irgendwem.

»Blödsinn das Ganze, aber total«, murmelt Sidonie. Und überhaupt: Haben die alle kein eigenes Leben?

KATHARINA UND SIDONIE

»Und? Haben die Damen schon gewählt?«
Ein junger Kellner tritt mit überlegenem Lächeln an ihren Tisch. Es ist ein sehr gut aussehender. Einer, der sogar in der bodenlangen, bordeauxroten Kellnerschürze überaus sexy wirkt. Und einer, der sich offenbar für ein Geschenk an die Menschheit hält. Bis jetzt.
»Also dieses *Die-Damen-Ding* schon mal gar nicht, klar?! – Und: Nein! Wir haben noch nicht gewählt! Wenn wir soweit sind, werden wir es Sie wissen lassen.« Sidonie macht eine lässige Handbewegung. Die Königin entlässt ihren Lakaien. Abgang, aber dalli.

Katharina sieht dem Gedemütigten bedauernd hinterher, er ist wirklich unvergleichlich gut in Form. Sie würde ihn zu gern trösten, doch sie ist in anderer Mission hier. Leider.
»Gut, wo waren wir?« Sie wendet sich wieder Sidonie zu. – »Ach so – ja also … um ehrlich zu sein, ich hab was Ähnliches gehört. Vielleicht liegt Susa da gar nicht so falsch.«
»Was soll das heißen, du hast was Ähnliches gehört?«
Sidonie ist fassungslos. »Kann es sein, dass ihr alle hinter meinem Rücken irgendwelche *news* über Leo austauscht und mir absolut nichts davon sagt …?«
»Na, ich sage es dir ja jetzt.« Katharina zuckt die Achseln. »Sooo viel wissen wir im Übrigen ja auch gar nicht. Außer vielleicht …«
»Vielleicht was?«
»Sekunde – jetzt sei doch nicht so aufgebracht! Ich würde gern mal langsam was zu trinken bestellen. – Junger Mann …« Katharina hebt lässig den Arm und ebenso lässig sieht der schöne Service-Mann durch sie hindurch, meilenweit. Keine Chance. Er schafft es immer wieder, einen weiten Bogen um ihren Tisch zu machen.
»Wir haben verschissen. Ich hab's geahnt!« Katharina steht kurzentschlossen auf.

So zügig, wie ihre absurd hohen Absätze es zulassen, nähert sie sich dem Kellner, berührt sanft seinen Arm, raunt ihm irgendwas zu, mit einem Lächeln, einem Blick ... Wie peinlich ist das denn wieder? Sidonie mag kaum hinsehen. Furchtbar, wie Katharina diesen Typen anbaggert! – Ein Kellner! ... Meine Güte. Langsam sollte Kathi mal gecheckt haben, dass sie so echt auf keinen grünen Zweig kommt, das ist doch reine Zeitverschwendung. Sidonie vergisst für einen kurzen Augenblick ihre eigene private Unordnung.
Katharina nimmt strahlend wieder Platz.
»So, das hätten wir, läuft alles!«
»Das glaub ich gern. Aber versuch nicht abzulenken, sag jetzt endlich, was du weißt, über Leo und diese Frau. Von dir als meiner Freundin kann ich ja wohl verlangen ...«
Bei dem Wort „Freundin" seufzt Katharina schwer, mitten rein in Sidonies Appell, dann sagt sie:
»Okay, es gibt dieses Gerücht. In der Agentur ist es eigentlich so was wie das berühmte offene Geheimnis. Leo und Sybille Sickmann, du weißt, die Chefin von *Kaiserbräu* ... Ja. Also, da läuft was.«
Sidonie schluckt, dann angedeutetes Kopfschütteln.
»Du, *sorry*, Kathi, aber ich glaub dir kein Wort. Das ist völlig unmöglich. Ich kenne die Sickmann, das ist die Sorte Frau, die Leo nicht mal mit der Zange anfassen würde. Viel zu alt. Die ist ja nicht mal blond. Auch sonst– passt überhaupt nicht in sein Beuteschema. So gesehen – es kann nicht sein!«
»Du, ich hab's auch erst nicht glauben wollen, aber Thore, unser CEO in der Düsseldorfer Dependance, hat die beiden im Hotel erwischt, während der Tagung mit den Marketing-Leuten von Sickmanns Asien-Niederlassung. Und Thore meint, die Situation war eindeutig. Aber so was von.«

Sidonie ist definitiv überrascht, mit aufgerissenen Augen starrt sie Katharina an, sagt kein Wort. Schockstarre.
»Der Punkt ist: Es darf auf keinen Fall an die große Glocke, Sidonie! Du verstehst, die Sickmann ist verheiratet. Und zwar mit diesem alten Pfeffersack, dem nicht nur die Brauerei gehört, der hat jede Menge Anteile bei *Togo*-Kaffee und *Beiersdorf*, sitzt in zig Aufsichtsräten. Der

ist ziemlich mächtig, wenn dem das zu Ohren kommt, kann Leo sich echt warm anziehen.«
Sidonie bleibt stumm, was Katharina äußerst irritierend findet.
»Hör mal, Sidonie, ich verstehe ja, dass du sauer bist auf Leo, ich fänd's auch übel, so hintergangen zu werden, aber bedenke bitte, dass er vielleicht nur ... wie soll ich sagen ... er dachte sicher, eine etwas engere Zusammenarbeit kann nicht schaden, also, ich meine, der Etat war halt wackelig und da hängt 'ne Menge dran für unseren Laden. Also bitte, dreh jetzt nicht durch!«

Sidonie wirft Kathi einen ihrer gnadenlosesten Blicke zu.
»Und was meint man in der Gerüchteküche, wie lange läuft diese *liaison commerciale* bereits?«
»Noch nicht so lange«, meint Katharina vorsichtig.
»Möglicherweise erst seit der letzten Präsentation im April. Aber wie gesagt, das darf nicht die Runde machen, der alte Sickmann darf das auf gar keinen Fall erfahren. Erzähl es bitte nicht rum, das musst du mir versprechen!«
Einen Scheiß muss ich! Wortlos klappt Sidonie die Speisekarte auf.
»Langsam entwickle ich Appetit«, sagt sie lächelnd. »Ich denke, ich nehme das Überraschungs-Menü!«

RENATE UND MAREN

»Na dann woll'n wir mal!« verkündet Renate Thaden munter und dreht den Schlüssel im Zündschloss.
Wie selbstverständlich hat sie sich hinters Steuer geklemmt. Wie immer in den 30 Jahren, in denen sie zum Markt aufgebrochen ist, mit ihrem Mann auf dem Beifahrersitz. Da sitzt jetzt Maren, der es momentan so ganz recht ist. War ja auch klar, dass Mama nicht nur für den kranken Jan einspringt, sondern auch gleich wieder das Kommando übernimmt. Aber Maren ist absolut nicht in Stimmung für Machtkämpfe, im Gegenteil, sie ist sanft und friedlich. Sie träumt. Immer und immer wieder geht sie die Szenen durch, Szenen aus dem immer wieder gleichen Film, ihrem Tanz in den Mai-Film. Ein wunder-

schöner Film ist das. Maren lehnt den Kopf an die Scheibe.

Es ist Regen vorausgesagt, aber noch sieht man davon nichts. Nur Sonne, die sich über den Feldern langsam nach oben zwischen die Schleierwolken schiebt.

»*Where do you go to my lovely?*« singt Peter Sarstedt im RSH. Ihr Lieblings-Oldie. Maren denkt an Robert. Und daran, dass dieses Lied auch irgendwie von ihm und ihr handelt. Natürlich nicht Wort für Wort. Schließlich ist sie in keinster Weise mit dem Aga Khan bekannt, aber ihr ist schon klar, dass es da ein Ungleichgewicht gibt. Zwischen Robert in seiner Behausung auf dem Röschmann'schen Resthof und ihr als zukünftige Erbin eines nicht unbedeutenden Geflügelhofes, 130 Hecktar gut verpachtetes Ackerland und einigen nennenswerten Waldstücken.

»... *when you're alone in your bed* ...« Da stimmt das Bild nun gar nicht mehr, sie ist nicht allein in ihrem Bett, Jan liegt neben ihr, jeden Abend, jede Nacht. Aber allein ist sie eigentlich trotzdem, das ist ihr gerade klar geworden. Es gibt zum Beispiel niemanden, dem sie von Robert erzählen könnte.

Wiebke, die sie immer als ihre beste Freundin bezeichnet, würde ausflippen, wenn sie ihr erzählte, was ... Nein, absolut undenkbar. Dabei möchte sie wahnsinnig gern darüber sprechen. Ein übervolles Herz und Schmetterlinge im Magen – wie kitschig! Maren lächelt vor sich hin.

»Na«, will Renate wissen, »was ist mit dir? Träumst du noch?«

Maren bleibt stumm lächelnd. Sie will jetzt nicht sprechen.

»Fräuleinchen, ich weiß nicht, was du dir da in den Kopf gesetzt hast, aber nimm dich in acht. Ich glaub dir nämlich kein Wort, von wegen nur eine Einladung zum Maifest, ganz ohne Hintergedanken. Alles ganz harmlos, aber erst morgens um sechs nach Haus kommen! Das hat Jan nu wirklich nicht verdient, nach allem was war. Du hast wohl vergessen, wer dich damals nach deiner Hamburg-Katastrophe ...«

»Mama, bitte«, unterbricht Maren müde. »Jetzt nicht wieder die alte

Geschichte!«
»Nix „Mama bitte“! Ich werd mir diesen Herrn Harmlos, mit dem du da in den Mai getanzt bist, nachher mal vorknöpfen. Wenn er denn überhaupt da ist. Wiebke meint, das Regelmäßige hat er auch nicht grad erfunden …«
»Mama!!!«
Maren kehrt zurück in die Realität, so ruckartig, dass der Sicherheitsgurt einrastet, »wenn du das machst, dann ...«
»Was dann?«, fragt Renate. »Na? Was dann? – Ich werde jedenfalls nicht zulassen, dass du unserm Jan Kummer machst. Nur über meine Leiche!«
Unser Jan! Pah! Legt euch doch gehackt mit euerm Jan!
Maren lässt sich wütend gegen die Rückenlehne fallen.

Wenn man schon lügen muss, dann aber möglichst dicht an der Wahrheit vorbei, hatte Oma Nelly immer gesagt. Wenn Oma Nelly da man nicht falsch lag. Ab sofort wird sie besser aufpassen, was sie sagt. Und wem. Und auf jeden Fall wird es meilenweit entfernt sein von der Wahrheit, so viel steht fest.

MAREN

Irgendwann lässt es sich nicht länger rauszögern. Maren muss mal, und zwar dringend. Also zum Container, was bedeutet: Vorbei an seinem Stand. Blöde Situation. Ihre Halsschlagader pocht wie verrückt und irgendwie hat sie das Gefühl, dass alle Bescheid wissen. Gemüsemöller, die Klocke-Sisters. Die gucken doch alle so komisch? Oder gucken die gar nicht?

Ein Glück! – Robert hat Kundschaft, welch seltener Zufall.
»Moin!«, ruft sie ihm lässig zu und verschwindet im Toilettencontainer.
Aber dann beim Rausgehen erwischt er sie doch.
»Hey – jetzt bleib doch mal stehen!«
Maren dreht sich zu ihm um: »Du, ich hab keine Zeit, Jan ist noch krank und meine Mutter … also ich muss schnell zurück!«

»Quatsch, du kannst doch jetzt nicht einfach so vorbeirasen. Ich hab' am Wochenende gefühlte hundertzwanzig Mal versucht dich anzurufen.«
»Ach«, sagt Maren und macht ihren kleinsten Mund, denn es stimmt einfach nicht. Sie hatte ihr Handy unter Dauer-Observation. Ein Anruf von ihm wäre ihr niemals entgangen.
»Ja, aber es war immer deine Mutter dran und ...«
»Wie?« Maren ist verblüfft. »Wieso war meine Mutter dran? Wieso sollte meine Mutter an mein Handy gehen?«
»Nee nee, war ja Festnetz, ich hab deine Handynummer verdaddelt und bei der Auskunft gab es nur die Festnetz-Nummer von euerm Hof.«
»Waaas??« Sie fällt aus allen Wolken. Die Frage, warum hat ihre Mutter die Anrufe mit keiner Silbe erwähnt hat, schiebt sie erstmal beiseite.
»Aber das kannst du doch nicht machen – einfach so bei uns anrufen!!«
»Wieso nicht?« Robert gibt sich arglos. »Nur weil du verheiratet bist, kannst du doch wohl mit anderen Leuten befreundet sein!«
Mit Leuten befreundet sein!! So sieht er das also.

Robert kommt hinter seinem Stand hervor, tritt dicht neben sie, sehr dicht und – jemand schießt hunderttausend Pfeile auf Marens Herz ab.

»Maren«, sagt er, »ich würde dich jetzt wahnsinnig gern berühren. Anfassen. Umarmen. Ich halte das kaum aus. Können wir uns sehen, heute Abend bei mir, so gegen acht?«
»Auf keinen Fall, wie stellst du dir das vor?«

ROBERT UND MAREN

Vorstellung und Wille. Wille und Vorstellung.
Klar, fährt Maren am Abend wieder durch die Wilstermarsch. Klar, landet sie wieder in Roberts Bett. Bett – naja, es ist eher so eine Polsterkiste. Statt eines Kopfendes sind Schaffelle an die Wand genagelt, zum Anlehnen. Aber Maren vermeidet jeden Kontakt mit der pelzigen

Pracht. Sie liegt auf dem Bauch, Kopf auf den verschränkten Armen und lässt Robert nicht aus den Augen, der sich eine Zigarette dreht. Er schaut sie an, während er mit der Zunge das Blättchen anfeuchtet. Sein Feuerzeug funktioniert nicht gleich, dann nimmt er den ersten tiefen Zug, bläst mit hochgerecktem Kinn den Rauch zur Zimmerdecke.

Rauchen hat was Erotisches, denkt Maren. Jan ist ein fast schon militanter Nichtraucher. Wieso fällt ihr jetzt Jan ein? Sie will nicht an Jan denken.
»Möchtest du wirklich keine? – ‘nen Zug von meiner vielleicht?«
Robert rutscht runter an ihre Seite, streichelt sanft über ihren Rücken, vom Nacken die Wirbelsäule entlang bis zum Po. Sie will hier nie mehr weg.

Ist das dein Ernst, Maren? Schau dich um, kannst du so leben? – Nicht wirklich. Diesen Raum, Roberts Lebens-Raum auf dem Röschmann-Hof, den hat sie neulich in jener Nacht gar nicht richtig wahrgenommen. Berauscht wie sie war.
Jetzt ist sie fast wieder nüchtern, obwohl sie vorhin, zum Lockerwerden, einiges an Rotwein in sich reingeschüttet hat. Momentan braucht sie das einfach noch, so gegen ihre Hemmungen und Nervosität und Unsicherheit und wegen ... na wegen zig Sachen eben.
Es war schon komisch, als sie eben ins Haus trat, zum ersten Mal nach dieser reichlich entfesselten Mai-Nacht. Auch Robert, der obercoole Robert, war nervös, das ist ihr nicht entgangen. Beide waren sie ein klein wenig verlegen, haben so drum herum ... Erstmal was trinken und reden, sich ganz langsam näher kommen. Obwohl sie sich vermutlich beide am liebsten schon in der Eingangstür gleich und sofort aufeinander gestürzt hätten.
Roberts Zimmer ist ausschließlich mit altem Zeugs, Trödel, möbliert. Mit so was könnte Maren nicht leben. Auf keinen Fall. Weil’s muffig riecht und sie ununterbrochen daran denken würde, welchen unangenehmen Menschen diese Möbelstücke vielleicht mal gehört haben könnten. Sie duldet eigentlich nur Neues, Unbenutztes in ihrer Umgebung.

Vom Bett aus sieht man auf ein altes Küchenbuffet, das mit irgendwelchem verstaubten Sammelkram vollgepackt ist. Tierschädel, Steine, Muscheln, obskure Gebilde, die irgendwie aussehen, auf jeden Fall aber selbst getöpfert zu sein scheinen. Das einzig Reelle ist eine kleine Stereo-Anlage, die metallsilbrig aus allem herausglänzt und weiträumig umlagert ist von sehr, sehr vielen CDs.
Mein Gott, wie soll man da finden, was man sucht?
Die müsste mal jemand sortieren, alphabetisch oder so, denkt Maren. Und es gibt keine Farben in diesem Raum, das fällt ihr auf. Gar nichts Fröhliches, Buntes. Sie würde hier als erstes mal ein paar Farb-Akzente setzen. Insgesamt löst all dieses Gerummel hier ein gewisses Unbehagen bei ihr aus, sie hat das Gefühl, es sei besser, nicht zu genau hinzuschauen. Zum Beispiel in die breiten Ritzen im Holzfußboden. Was sich da alles angesammelt hat, das will ja wohl keiner so genau wissen – und Maren schon gar nicht.

Direkt am Bett gibt es dann noch ein Bücherregal mit vielen Bildbänden zu zwei ganz eindeutigen Themenschwerpunkten: Indianer und Freeclimbing.

»Was ist Freeclimbing?« fragt sie.
»Pass auf!« Robert knipst eine Klemmleuchte neben sich an, steht auf, um eins der Bücher vom Regal zu holen und steht nun da, nackt und schön und groß und angeleuchtet. Maren kann den Blick nicht von ihm lassen, beinah wird ihr schwindlig vor Glück und Besitzerstolz.

Er lässt sich wieder zu ihr herab, schlägt das Buch auf.
»Hier. Hier kannst du es am besten sehen, Freeclimbing bedeutet: keine Sicherheiten beim Klettern, volles Risiko. – Und der hier, das ist Stefan Kovacs. Quasi der *Grandmaster of Freeclimb.* Auf dem Foto, da rechts, siehst du ihn am Ayer's Rock hängen, da will ich irgendwann noch mal hin. Bislang hat's leider nur für die Schweizer Berge gereicht.«
»Oh wie furchtbar!« Alles an und in Maren zieht sich zusammen. »Das wär ja nix für mich, ich hab Höhenangst, krieg schon feuchte Hände, wenn ich in Kaufhäusern die Rolltreppe in den vierten Stock nehmen muss.«

»Na, so ein Glück für dich, dass es hier in der Gegend weit und breit keine vierstöckigen Kaufhäuser gibt, was?«
Roberts Aufmerksamkeit ist jetzt wieder voll bei Maren. Er nimmt einen Zug aus der Zigarette, die die ganze Zeit in seinem Mundwinkel klemmte, guckt dabei in Marens Gesicht herum, als würde er was suchen.
»Ohne diesen Lippenstift siehst du wahnsinnig jung aus. Weisst du, dass ich anfangs dachte, dass du über dreißig bist?«
»Dan – ke!!«
»Hej, dreißig ist nicht das Ende!«, lacht er. »Sieh mich an: Dreiunddreißig und immer noch fette Träume!« Er schlägt mehrfach mit der flachen Hand auf Ayer's Rock. »Aber was ist mit dir, mit deinen Träumen?« Er drückt die Zigarette aus. »Oder hattest du schon immer nur diesen einen Geflügeltraum?«
»Blödmann!« Maren tritt unter Bettdecke einmal kräftig gegen sein Bein. »Jetzt wirst du unverschämt.«
Er beugt sich über sie. Kuss und Kuss und Kuss.
Nein, er ist nicht unverschämt, er ist zart und lieb und …
»Also – Mein Traum war es, Forscherin zu sein, tolle Entdeckungen machen zum Nutzen der Landwirtschaft. Mein Erweckungs-Erlebnis hatte ich mit neun, als ich zu Weihnachten vom meinem Patenonkel einen Chemie-Experimentierkasten bekam. Nach dem Abi hab ich dann bei *Ethikon* in Hamburg eine PTA-Ausbildung gemacht. Es war dann aber nicht so, wie ich's mir vorgestellt hatte, es war … Wie soll ich sagen? Es gab so viele Wichtigtuer da, die Abteilungsleiter zum Beispiel. Den ganzen Tag: Machen Sie dies, Maren, machen Sie jenes und machen Sie jetzt bitte vorrangig das und warum haben Sie das noch nicht? Man kam sich vor wie der letzte Hiwi. – In der Kantine hatten die Wichtigen 'nen Extratisch. Auch wenn sonst alle Plätze besetzt waren, hatte das Fußvolk da nichts verloren und …«
Maren kommt richtig in Fahrt.
»Feste Parkplätze hatten die natürlich auch, die Bosse. Wehe, wenn sich ein anderer da draufstellte … Was ich natürlich gleich am ersten Tag gemacht habe, weil ich so was ja nicht kannte. Da brach die Hölle los, ich kann dir sagen …«
Maren bricht ab, schweigt, zupft ein bisschen an den Kissen herum.

Einen Moment lang ist sie mit ihren Erinnerungen beschäftigt.

»Na ja«, sagt sie dann. »Es gab da noch so eine andere Geschichte, was Privates, ist blöd gelaufen, aber … egal, will ich nicht drüber reden. Es lief jedenfalls alles nicht so richtig rund damals in Hamburg. Und zur selben Zeit hatte mein Papa einen Herzinfarkt, bekam einen Schrittmacher, war eine Weile außer Gefecht. Ich hab dann den Job gekündigt und eine Zeit lang mit meiner Mutter die Märkte gemacht. Naja, und jetzt mach ich's halt mit Jan, weißt du ja.«
»Wie seid ihr zusammengekommen – du und Jan?«
»Wir? Wir kennen uns seit der Schule, eigentlich sind wir seit dem Konfirmandenunterricht zusammen, schon immer eben.«
»Aber du hast doch gerade eine Geschichte da in Hamb...«
»Ich hab aber auch erwähnt, dass ich nicht drüber reden will!« Schnitt. Glasklare Ansage. Da geht's lang. Robert hat verstanden. Oder?

»Und du? Was hast du so die letzten 30 Jahre gemacht?« Maren bemüht sich, ihrer Stimme wieder einen warmen Klang zu geben.
»Tja, was hab ich gemacht, 'ne ganze Menge würd' ich mal sagen, ich weiß gar nicht, wo ich da anfangen soll.«
Auch Robert möchte offenbar nicht wirklich über seine Vergangenheit sprechen. Maren hakt noch mal nach.
»Wo kommst du her? Ich meine, wo bist du aufgewachsen?«
»Von draußen vom Walde komm ich her und ich muss dir sagen, ich liebe dich sehr.« Er lacht. Über seinen albernen Scherz und über Marens verdatterten Gesichtsausdruck.
Dann angelt er mit einer Hand nach dem Schalter der Klemmleuchte, während die andere nach Marens Brust tastet, fest entschlossen, das Gespräch in völlig andere Bahnen zu lenken. Zack, Spot aus, ziemlich dunkel.

MAREN UND WIEBKE

»Wiebke, wir müssen!«
Beim Anklopfen öffnet Maren schon die Zimmertür. Steckt ihren Kopf durch den Türspalt. »Bist du fertig?«
Nö. Wiebke sitzt seelenruhig am Tisch. In der linken Hand hält sie eine Schnur, an der ein Metallstück baumelt. Mit der rechten Hand drückt sie die Seiten eines Buches auseinander, in das sie bis eben vertieft war.

Auch das noch! Maren wirft Wiebke einen Blick voller Verachtung zu. Pendeln nach Lehrbuch! Spökenkiekerei für Fortgeschrittene!
»Du-u …« Wiebke lässt das Pendel sinken. »Ich bleib' heute hier«, verkündet sie mit zartem Stimmchen.
»Wieso das denn? Wir wollen heute die Frühjahrs-Radtour besprechen, da bleibt man doch nicht einfach weg!«
»Nee, Maren, echt. Ich hab keine Lust. Immer diese Blicke und das blöde Gequatsche wegen Andi und so. Du weißt schon, alle wollen immer ihren Senf dazu geben … und das hier …«, sie hebt das Pendel wieder an, »… ist echt superspannend. Weißt du, ich hab da grad was rausgefunden, das …«
Maren macht einen Schritt nach vorn, zieht ruckartig das Buch unter Wiebkes Hand weg, klappt es – Peng! – zu.
»Hör endlich mit diesem Scheiß auf, den die Welt nicht braucht! – Ich jedenfalls bin bisher ganz gut ohne Gependel und diese Kartenlegerei klargekommen. Im Gegensatz zu dir.«
Sie dreht sich zur Tür: »Also, ich hol noch eben meine Jacke von oben und dann ist Abfahrt, klar?« Sprach's und verschwand.

»Wirst schon sehn«, wispert Wiebke hinter ihr her. »Wenn du mir mal zuhören würdest, dann wärst du wenigstens drauf vorbereitet, auf das, was dir noch blüht.«

»Für mich wie immer, Bärbel.« – »Für mich auch.«
»Also dann hätten wir … fünf Bacardi-Coca und sechs Pils, Maren für dich auch 'n Bier?«
»Nö, ich nehm erstmal nur ein Wasser.«
»Wasser?? Bist du krank, Maren?«
»Ach was, die will 'nen klaren Kopf behalten, die hat hinterher noch was vor, stimmt's Maren? – Oder aber …« Imke Lohse flüstert Wiebke den Rest ins Ohr und prustet los, schlägt dabei vor Begeisterung immer wieder mit der flachen Hand auf die Tischkante, so gut findet sie ihren eigenen Witz.
»Du spinnst«, sagt Wiebke nur und sieht zu Maren rüber.
Die guckt böse, ist sauer, war klar, so was kann die nicht ab.
»Setz hier keine Gerüchte in die Welt, Imke«, sagt Maren.
In einem Ton – au weia.
»*Deerns*«, meint Sabine Hintz, »*de Gerüchte blieft moal buten vür, nu geit dat hier um* Fakten Fakten Fakten.«
Allgemeines Erleichterungsgelächter.
Zurück zur Tagesordnung, aber erst anstoßen. Is klar. Wohlsein.

Landfrauentreffen im *Heegbarg* in Hademarschen. Das ist 'ne schöne Sache. Mal weg von Haus und Hof, ohne Mann, ohne Kinder. Mal nicht kochen, sondern was serviert bekommen. Mal was Schönes anziehen, sich ein bisschen nett machen. Die meisten von ihnen sind ja richtige Bäuerinnen. Sitzen tagsüber in alten Hosen auf dem Trecker, riechen nach Kuhstall. Nun tragen sie pieksaubere Jeans und gebügelte Blusen und es riecht nach *Oil of Olaz* und *Drei-Wetter-Taft*.

Die Runde ist heute recht überschaubar, denn nicht alle von den offiziell 25 Mitgliedern der Landfrauengruppe Bokelrehm sind anwesend. Früher, da waren sie deutlich mehr, da haben sie sogar hinten im Saal am langen Tisch getagt. Die Gruppe ist geschrumpft, das hat verschiedene Gründe.
Die Alteingesessenen werden hier draußen auf den Dörfern immer weniger. Die Zugezogenen, die haben meist keinen Bezug zur Land-

frauengruppe. Feste organisieren, Ausflüge, gemeinsames Schietsammeln, so was interessiert die nicht. Und um ehrlich zu sein, viele von den Neuen, ganz besonders die, die hier draußen auf den verlassenen Resthöfen und in den ärmlichen Siedler-Häuschen stranden, die wollen die Landfrauen auch gar nicht dabeihaben. Die Bauern, die halten sich für adlig – wird gesagt. Da ist wohl was dran.
Und die besseren Neuzugänge wie zum Beispiel Frauen von *di Hamburgers*, die hier im Landkreis ihr Wochenenddomizil haben, die kommen denn zwei dreimal, sind erst Feuer und Flamme, aber auf Dauer finden sie Dekorieren für den Erntedank-Ball und Aerobic Samstag nachmittags im Gemeindehaus denn wohl doch nicht so prickelnd …

Heute reichen den Landfrauen zwei Tische, vorn in der Gaststube vom *Heegbarg*. Der *Heegbarg* ist das erste Haus am Platze, weit und breit kann man nirgendwo besser essen. Und den Fehler, den ja viele machen, die versuchen, Schleswig-Holsteins Gastro-Szene mit anspruchsvoller Küche zu revolutionieren – nämlich viel zu kleine Portionen auf die Teller zu bringen – nein, diesen Fehler macht man im *Heegbarg* weiß Gott nicht. Das Preis-Leistungs-Verhältnis stimmt hier. Unbedingt.

Ab und an wird schon mal – das sind aber denn meist Auswärtige – beanstandet, dass Bärbel, die Wirtin, doch 'n büschen mürrisch und kurz angebunden ist. Gut, da mag was dran sein. Stimmt wohl, die Bärbel kriegt ihre Zähne nicht recht auseinander.
Aber eigentlich ist sie gar nicht so. Eigentlich ist sie sogar eher ein Gemütsmensch, 'ne ganz Romantische.
Doch doch, das sieht man ja auch zum Beispiel an der liebevollen Ausschmückung der Gaststube. Kein Eckchen ohne Kerzenleuchter, Seidenblumen. Sogar auf den Toiletten, überall kleine Figuren aus Keramik. Im Frühjahr verteilt Bärbel zusätzliche Häschen und Osterküken, im Herbst die erleuchteten Kürbisse. Und zu Weihnachten – ja, da geht das mit der Dekoriererei denn so richtig los. Weihnachten, das ist quasi Bärbels Hobby.

Die Landfrauen fühlen sich wohl bei Bärbel, die ihre Vorlieben kennt, genau weiß, was die Frauen mögen.
»Na Elke, noch 'ne Schüssel Kroketten extra?« – »Den Barcardi-Coca wieder Hälfte-Hälfte, Imke, oder was?«

Die heutige Sitzung wird nun offiziell eröffnet. Geschäftsmäßig werden die Tagesordnungspunkte abgearbeitet. Genau genommen gibt es heute auch nur einen: Die Planung und Organisation des obligatorischen Landfrauen-Ausflugs.
Sabine Hintz, 1. Kassenwart, regt an, in diesem Jahr mal nicht zwischen Stör und Elbe zu radeln, sondern mit dem Bus nach Hamburg zu fahren, um da mal »was Kulturelles« zu machen.
»Kulturell??« Carola ist misstrauisch. »Wie meinst du das?«
»Na ja, ich könnte mir zum Beispiel vorstellen, dass wir vielleicht zuerst mal das Miniatur-Wunderland besichtigen.«
Keine Reaktion, nur skeptische Blicke. Sabine fährt trotzdem fort:
»Also, das soll sehr interessant sein. Die eine oder andere von euch kennt das ja vielleicht aus dem Fernsehen. Da gab es neulich im Schleswig-Holstein Journal auf NDR …«
Ja, genau!! Jetzt erinnert man sich. Ein lebhaftes Durcheinandergeschwatze setzt ein. Die meisten bekunden Begeisterung, einige eher nicht. Das sei doch so eine Art Modelleisenbahn und wohl mehr für die Männer interessant, meinen sie. Außerdem kommt ein wirklich berechtigter Einwand:
»Damit sind wir aber doch mittags durch, Sabine. Was machen wir denn dann mit dem angebrochenen Tag?«
Genau. Man kann danach ja nun nicht gleich wieder zurück, das lohnt die lange Fahrt ja nicht. Da ist was dran. Also wenn man schon so weit fährt, siebzig Kilometer weg von zu Hause, in die große Stadt! Immerhin. Aber Sabine hat sich gut vorbereitet, alles durchdacht.
»Anschließend könnte man schön Mittagessen am Fischmarkt. Da gibt es einige nette Gaststätten, die auch draußen …«
»Ich mag keinen Fisch«, fällt Elke Eggersmann ihr ins Wort.

Ja, in der Tat sieht Elke weniger nach eiweißreicher Ernährung aus, als nach täglicher geballter Ladung Kohlehydrate und tierischem Fett.

Nach Currywurst und Pommes mit Mayo. Elke hat eine Menge gute Eigenschaften, was sie nicht hat, ist eine Taille. Glücklicherweise ist sie letztes Jahr auf einen ganz hervorragenden Versandhandel aufmerksam geworden. Der bietet hübsche Kasacks für die stärkeren Größen an, in wirklich schönen Farben und Dessins. Die kaschieren Elkes Problemfigur optimal. Und von daher:
»Geh mir los mit Fisch!«, wiederholt Elke.
»Ach, da gibt's doch nicht nur Fisch, da am Fischmarkt«, weiß Lohses Imke. »Das heißt doch bloß so. Ich war da schon mal mit Herbert, letztes Jahr. Die haben da auch internationale Küche, Pizza und Schnitzel, alles eigentlich.«

Elke gibt sich fürs Erste mit dieser Auskunft zufrieden. Man wendet sich wieder Sabine zu, die den nächsten Programmpunkt erläutert.
»Danach könnten wir schön mit der Barkasse quer durch den Hafen und dann käme gewissermaßen unser Highlight …«
Bei dem Wort Highlight runzelt Imke die Stirn.
Highlight! Kann sie nicht ab, immer diese englischen Wörter, muss doch nicht. Man könnte doch zum Beispiel jetzt auch sagen … naja »Höhepunkt« zum Beispiel. Obwohl … nee, hört sich ja irgendwie schlüpfrig an. Imke muss sich das selbst eingestehen. Ja – soweit isses nun schon gekommen mit diesem dauernden Gequatsche über Sex, dass man sich nicht mal mehr traut »Höhepunkt« zu sagen, ohne rot zu werden. Sie schüttelt fassungslos den Kopf. Nee, nee, nee.

»Was ist Imke? Was schüttelst du den Kopf, was hast du denn gegen Musicals?«
»Wie? Musicals?«
»Hörst du nicht zu? – Sagt Sabine doch gerade: *König der Löwen*. Wir fahren mit der Barkasse quer durch den Hafen in die Nachmittagsvorstellung vom Musical *König der Löwen*.«
»Ja«, sagt Imke. »Doch. Finde ich schön. Also – Musical jetzt. Aber eigentlich möchte ich lieber in das andere, in *Cats*.«
Schallendes Gelächter allerseits, Elke Eggersmann quiekt vor Vergnügen über so viel Ahnungslosigkeit. Imke nun wieder! Da ist sie, Elke, doch wirklich besser informiert.

»*Cats*!! – Imkeee!! Das läuft schon seit ewigen Zeiten nicht mehr. Sogar das Haus, wo das immer aufgeführt wurde, ist schon längst abgerissen!«
»Unsinn«, sagt Maren. »Das Haus steht noch.«
Muss sie ja wohl am besten wissen. Wer fährt denn zweimal wöchentlich nach Hamburg rein und an all den Plakaten vorbei?
»Das Operettenhaus gibt's noch, da lief doch dann immer das Udo Jürgens-Musical, das soll übrigens auch nicht schlecht sein.«
»Nee, also wirklich. Bei aller Liebe – der nun nicht!« Angewidert schiebt Elke ihr Bierglas von sich weg. »Den Typen, den kann ich gar nicht ab. Mit seiner dicken Lippe und seinem Schlapphut. Allein schon wie der immer rumnuschelt, den kann man doch kaum verstehen und wenn, isses bloß nur *dumm Tüüch, wat he secht society news*.«
Wieder großes Tohuwabuhu! Alle durcheinander:
»Udo JÜRGENS!! Mensch Elke! Jürgens! – nicht Lindenberg!«
»Och deeeer. Der ist ja bald noch schlimmer, der alte Kerl mit seinen jungen Frauen!« Wieder enorme Reaktionen, Meinungsvielfalt. Alle gleichzeitig, versteht sich.
»Okay. So kommen wir nicht weiter.« Maren schlägt ihr Glas ein paar Mal gegen die Wasserflasche. Pling-pling.
»Schluss jetzt mal! – Wer alles ist für Hamburg?«
Handzeichen. Klare Mehrheit.
»Wer alles ist für Miniatur-Wunderland?«
Hauchdünne Mehrheit.
»Wer ist grundsätzlich für Musical? Erst mal egal, welches.«
Wieder klare Mehrheit.
»Gut«, sagt Maren. »Dann machen wir es so: Ich liste jetzt alle Musicals auf, die in Frage kommen, dann lassen wir den Zettel rumgehen und jede macht einen Strich hinter das Musical, was sie am liebsten sehen würde. Aber nur einen, Imke, dass das klar ist, ja?«
»Also echt.« Imke kuckt beleidigt zum Fenster raus. Phh. Schließlich ist sie doch nicht blöd. Und überhaupt –
»Wieso muss Maren das wieder alles an sich reißen? War doch eigentlich Sabines Idee.« – Gut beobachtet, Imke.
»Nu lass doch«, sagt Wiebke. »Ist doch nicht schlecht, was Maren vorgeschlagen hat.«

»Finde ich auch«, sagt Sabine generös und greift zum Glas. Na dann. Vor dem letzten Tagesordnungspunkt »Verschiedenes« wird schon mal das Essen bei Bärbel geordert. Und als dann auch noch geklärt ist, wer wie viele Papiergirlanden für die Silberhochzeit von Max und Telse Stotz anfertigt und der Einsatzplan für den Tortenverkauf beim Kinderfest steht, kann man dann auch endlich zum gemütlichen Teil übergehen.

Ganz plötzlich, zu vorgerückter Stunde, fällt Elke dann doch noch was Entscheidendes ein: Der andere Udo – also der Lindenberg – der hat nämlich doch ein Musical, jawoll, der auch. Da ist sich Elke ganz sicher. Das ist ihr nämlich jetzt grad wieder eingefallen. So. Sie hatte also doch recht. Sie hat nur die Stadt verwechselt. Das wird nicht in Hamburg aufgeführt, aber in Düsseldorf. So. Und es handelt von dem Udo seiner Jugend in der Ostzone und wird auf Rollschuhen aufgeführt. So. Jetzt wisst ihr's.

MORGENPOST

Möglicherweise wäre alles ganz anders verlaufen. Möglicherweise. Wenn nicht Doreen Dagusch, die ehrgeizige MOPO-Kolumnistin in der Mittagspause von ihrem Ressortleiter gepiesackt worden wäre.

»Dorchen, meine Sahneschnitte«, hat er gesagt, »das geht so nicht! Wenn deine *society news* nicht langsamer mal wieder ein bisschen griffiger werden, müssen wir deine Spalte sterben lassen und wie es momentan aussieht, wird das noch nicht mal einer merken. Gibt es denn keine anständigen Entgleisungen mehr in dieser Stadt? Keine würdigen Nachfolger für Ammer und Naddel? Also weißt du, der Hagenbeck-Besuch von Judith Rakers – gut und schön. Die Rakers ist ´ne wirklich süße Schnecke, aber eben doch eher Schnecke. Ja, viel zu brav, das bringt doch nichts. Vergiss die Rakers, in deren Leben wird nie was Spektakuläres passieren, da sei der NDR vor. – Und wen, außer meiner 92-jährigen Tante Anneliese, interessiert, was für die für'n Kleid auffem sogenannten Hamburger…« – er malt Tüddelchen

in die Luft – »…*Presseball* im Atlantic trägt? – Nee, weißte Dorchen, da musste dich mal besser umgucken! Hoch den Arsch, weg vom Schreibtisch, zur Not mal selber 'n bisschen was lostreten!«
So sprach der Herr Ressortleiter, sein Wort in Gottes Gehörgang!

Denn da kommt nun – wie bestellt – dieser Anruf.

Natürlich ist Doreen sofort klar, dass diese angebliche Silke Schmitt nie im Leben Silke Schmitt heißt, aber ihre Geschichte klingt vielversprechend. Noch liegen zwar keine Beweisfotos vor, aber klar – dafür wird Doreen dann schon sorgen, wenn es soweit ist.
Wie sagte der Chef vorhin? Selbst was lostreten! Genau.
Fakt ist – behauptet jedenfalls Silke Schmitt– dass Hamburgs erfolgreichster Werber, der unerträglich smarte und elegante Leo S. aus bester Schweizer Familie, seine millionendicken Etats quasi in der Horizontalen ranschafft. Das ist doch mal 'ne Story mit Unterhaltungswert. Angeblich hat er ein Verhältnis mit der Gattin vom alten Sickmann, dem in Hamburg ganze Stadtteile und halbe Konzerne gehören.
Die Geschichte ist selbstverständlich sehr geheim, bislang vertuscht und völlig unentdeckt, *nobody knows* – behauptet jedenfalls Silke Schmitt.
Das Beste ist: Diese Silke stellt keinerlei Forderungen, ist scheinbar nicht an Geld interessiert. Was natürlich – da ist Doreen auch schon drauf gekommen – ein klein wenig nach Denunziation und persönlichem Rachefeldzug riecht. Da sollte man schon auf der Hut sein. Ist klar.

Erstmal 'ne kleine Recherche anleiern, plus, nach Möglichkeit, ein paar solide Fotos. Doreen greift zum Hörer.
»Micha, ich brauch dich ... nee, für 'nen Job du Quatschkopp! Es gibt da einen, den du für mich abschießen sollst. Komm doch mal in mein Büro ... nee, sollte jetzt ... nein wirklich, ich denke das wird sehr interessant … Yep, bis gleich.«
Doreen legt auf, greift in eine Glasschale mit Gummibärchen.
»Na, da sind wir aber mal gespannt, nicht wahr, ihr kleinen Süssen?« sagt sie zu den Gummibärchen – und happs und weg.

AGENTUR

Helle Aufregung am Empfangstresen, als Katharina mit morgendlichem Schwung die Glastür zur Agentur aufstößt. Diverse Sekretärinnen und *art buyerinnen* beugen sich über die neueste Ausgabe der Mopo.
»Na Mädels, was gibt's Aufregendes?«
Die Frauen weichen zur Seite, geben den Blick frei und Katharina muss nur das nicht besonders scharfe Foto sehen, um das ganze Ausmaß der Katastrophe zu ahnen.
»Ach du Scheiße, das ging ja schnell!« Sie grapscht nach der Zeitung. »Besorgt euch 'ne Neue, Mädels!«, und verschwindet im Laufschritt in ihrem Büro.

MAREN

Es fühlt sich nicht gut an. Das schlechte Gewissen. Nicht nur die Blicke ihrer Mutter, diese wortlosen Vorwürfe, sind der Auslöser, nein, sie weiß es auch so, dass ihre Eskapaden nicht in Ordnung sind. Sobald sie wieder zu Hause ist, versteht Maren sich selbst nicht mehr. Was macht sie da eigentlich?
Das muss aufhören. Es war schön, aber nun reicht's. Jeden Tag fasst sie mindestens einmal den Entschluss, Robert zu sagen, dass sie ihn nicht mehr treffen will.

Dann betet sie sich selbst Jans gute Eigenschaften runter, ruft alles ab, was sie und Jan lange, lange schon verbindet und kommt immer zu dem gleichen Fazit: Sie und Jan gehören zusammen.
Komischerweise genügt dann aber ein Anruf von Robert, und schon sieht sie alles ganz anders. Dann gehen ihr lachhafte Sätze durch den Kopf wie: Träume nicht dein Leben, sondern lebe deinen Traum.
Oder: Lebe jeden Tag, als wenn es dein letzter wäre. Eigentlich Schwachsinn. *Dumm Tüch.* Hätte sie neulich noch gesagt. Aber irgendwie ist sie nicht mehr die alte Maren, die von neulich. Sie ist unschlüssig, so kennt sie sich gar nicht. Eigentlich wartet sie, das etwas passiert. Irgendwas. Etwas, das ihr die Entscheidung abnimmt.

Der Punkt ist, dass nicht nur ihre Mutter so ein Theater macht. Auch Wiebke, die ja nun in Marens altem Zimmer im Erdgeschoss untergebracht ist, lässt sie deutlich spüren, auf welcher Seite sie ist. Ihr Vater hält sich bedeckt wie immer, war nicht anders zu erwarten. Und Jan? Tja.

JAN UND ANTONELLA

Er will nicht darüber reden. Hat offenbar keine Fragen.
Nicht zum Tanz in den Mai und nicht zu den abendlichen Verabredungen, die Maren neuerdings immer hat.
So wie viele Männer, scheint Jan zu glauben, dass sich Tatbestände, die man hartnäckig ignoriert, irgendwann in Luft auflösen. Ganz von selbst. Er ist froh, dass er erstmal seine Grippe überwunden hat und eigentlich läuft doch auch alles wie immer. Das behauptet Jan jedenfalls gerade, als Antonella ihm seinen Cappuccino hinstellt.
»Siehst du abbär traurik ausse und hast du ein bisschen genommen von Gewikt?«
»Findest du?« Jan befühlt mit dem Handrücken seine Wangen, schaut an sich runter, schaut sie an.

Antonella hält den Kopf schräg, betätschelt seinen Arm.
»Was ist losse, *allorcornettia*erzähl mir von deine Probläm, vielleikt finde ik einen Losung!«

ANTONELLA UND JAN

»Mmh, sind lecker eure Crossangs«, mümmelt Jan mit vollem Mund. Blätterteigsplitter bröseln an seinem Kinn herunter auf die weiße Schürze, er lässt sich vom Hocker gleiten, klopft sich sorgfältig ab.

»Croissant heisst es nikt bei unsse«, korrigiert Antonella während sie die Espresso-Maschine erneut zum Fauchen bringt. »Wir sind hier in Italia.« Sie lässt ihren Zeigefinger im Trailer kreisen.

»Und dasse siind *cornetti*!«
Der Zeigefinger tippt auf den Rand eines Brotkorbs.
»Coaneddi«, wiederholt Jan in bestem Norddeutsch.
»Corrrrnett-ti!«, sagt sie noch einmal und macht dazu diese typische Geste direkt vorm Mund, die Italiener gern ins Spiel bringen, wenn es um leckeres Essen geht.
Jan schiebt sich den letzten Blätterteigzipfel in den Mund:
»Si si, corrrrnetti.«
Dann lächelt er: »Warum gibt es hier, ich meine ...« –
er lässt nun auch den Zeigefinger kreisen – »...hier in Italia eigentlich keinen Mann?«
Antonella schaut sich staunend um, während sie den Tresen abwischt, als fiele ihr das jetzt gerade zum ersten Mal auf.
»Gansse einfak, meine große Schwester, Laura«, sie zeigt hinter sich zu einer etwa dreißigjährigen dunkelhaarigen Schönen, »hat fertig mit Mann, iste geschieden, ausse und vorbei.« Antonella lässt den Wischlappen durch die Luft sausen.
»Und Giannina«, sie flüstert fast, »hat schon immär fertig mit Mann, weil sie ist eine ...« Sie formt das Wort mit den Lippen.
Ach so. Jan sieht zu Giannina rüber, die gerade mit zusammen gekniffenen Augen Milch aufschäumen lässt. Giannina wirkt ausgehärteter als ihre beiden Schwestern und trägt die dunklen Locken kurz mit rasiertem Nacken, mit anderen Worten: Ja, kommt hin, sie erfüllt die Klischees.
Er nickt verständnisvoll.
»Und du?« Langsam kommt Jan auf den Punkt. »Hast du auch fertig mit Mann?«
»Näh.« Antonella stützt sich mit beiden Händen vor ihm auf dem Tresen auf. »Ik habe noch gar nikt angefangen mit Mann, warte ik noch auf den riktigen, du verstähst?«
Jan sieht sie über den Tassenrand an. Süss, denkt er. Wenn Schokolade ein Mensch wäre, dann würde sie wie Antonella aussehen. Und – ja, er versteht. Unbedingt.

ANTONELLA, DREI WOCHEN SPÄTER

»Und?«, fragt Antonella während sie krachend den Espresso-Filter ausschlägt.
»Hast du geredet mit deinärr Frau, iste alles wieder okay?«
»Nein«, seufzt Jan und zieht den Zuckerstreuer zu sich ran.
»Nichts ist okay, im Gegenteil. Inzwischen macht sie sich nicht mal mehr die Mühe, eine anständige Ausrede zu erfinden, wenn sie abends verschwindet. Ich komm mir vor wie'n Vollidiot.«
»Abär nein, du biste nikt Vollidiot. Du liebst sie, stimmte? Du, liebst du sie noch immär?«
Jan rührt nachdenklich in der Cappuccino-Tasse herum, legt den Löffel ab. »Ehrlich gesagt – ich weiß es nicht.«
»Du musste nikt wissen! Liebe ist nikt Wissenschaft, iste Leidenschaft!«
Behauptet Antonella lächelnd und wendet sich wieder der der Espresso-Maschine zu.

Jan nickt dem älteren Paar, das sich neben ihm an Antonellas Tresen niederlässt, freundlich zu. Vom Sehen kennt er die beiden, speziell die Frau ist ihm schon häufiger aufgefallen, wohl wegen ihrer frech karottenrot gefärbten Haare. Außerdem trägt sie stets so überbordend plissierte – nennt man das so? – Walleklamotten, die Jan immer wieder in grenzenloses Staunen versetzen.

Ja, Hella ist eine extravagante Erscheinung. Nicht unbedingt klassisch-hanseatisch ihr Styling, eher besonders. So wie sie selbst, die enthusiastische Philanthropin und Hobby-Menschenrechtlerin. Es ist doch schlichtweg großartig, dass sie, Hella Grosse, trotz des ungeheuren Wohlstands, in dem sie lebt, niemals den Blick verloren hat für das Unrecht in der Welt. Stets ihr Engagement für die Schwachen und Entrechteten aufrechterhält. Dass sich Hella dafür selbst bewundert, das wird doch wohl erlaubt sein.

Hannswalter, ihr Gatte, hat eine fulminante Karriere bei der Holsten-Brauerei hinter sich. Mittlerweile im Ruhestand, begleitet er seine

Hella ganz gern mal auf den Isemarkt. Eine schöne Abwechslung, ein Marktbummel. Und eine ganz neue Erfahrung für ihn, so was ist ja früher alles an ihm vorbeigegangen. Früher, als er noch in der Führungsetage saß.
Noch lieber sind ihm allerdings kleine Abstecher zurück in die Welt der Wirtschaft. Wenn er, Hannswalter, mal wieder eingeladen wird, Vorträge zu halten.
Zum Beispiel über »Gewinnmaximierung in der Getränkeindustrie durch effizienteres Abfüllen« oder so. Doch, doch, da ist er durchaus noch gefragt. Häufig in China oder Weißrussland, also leider auch bei üblen Menschenrechtsverletzern, wie seine Gattin mit Grauen anmerkt. Was sie aber nicht davon abhält, sich stets mit einladen zu lassen, denn: Reisen bildet, Reisen erweitert den Horizont.

Antonella begrüßt die Herrschaften mit Namen, wie Stammkunden eben.
»*Buon giorno, Signori Grrosse! Come state oggi?*« Und *subito* – stehen zwei *espressi* auf dem Tresen.

»Nach elf trinkt der Italiener keinen Cappuccino mehr, *non mai*, nur noch Espresso!« wird Jan von Hannswalter Grosse aufgeklärt.
»Oh.« Jan schaut betreten in seine halbleere Cappuccino-Tasse.
»Das ... das wusste ich nicht.«
Dann guckt er hoch zu Antonella: »Warum hast du mir das nicht gesagt?«
Die zieht die Schultern hoch und macht eine große Geste der völligen Ahnungslosigkeit.
»Ma! Ik wusste auch nikt!«
»Nanana!« Grosse droht ihr mit dem Finger. »*Signorina*, jetzt schwindeln sie aber!«
»Hannswalter!« Hella weist ihren Gatten zurecht: »Vielleicht gilt das mit der Elf-Uhr-Regel ja nur für die Toskana und nicht für Kalabrien, wo die Signorina Antonella aufgewachsen ist. Ich meine, bei uns wird in Hamburg oder Schleswig-Holstein doch auch vieles anders gehandhabt als zum Beispiel in... ... in...«
»In der Ostzone?«, schlägt Jan vor. – »Äh, ich meine natürlich – in

Sachsen?«
»*Bullshit*«, dröhnt Hannswalter. »Ich bereise Italien seit fast...«
Er kommt ins Stocken.
»Seit über vierzig Jahren«, fährt er flüsternd fort. »Ich werde das doch wohl wissen!« Und führt das Espresso-Tässchen zum Mund.

»Ach – aber wo wir gerade bei der DDR sind, da fällt mir doch was ein.«
Hellas roter Schopf beugt sich über die Edel-Version einer Kuriertasche. Sie zieht eine Klarsichthülle mit Unterschriftenlisten heraus.
»Ich sammle gerade Unterschriften für eine Petition. Es geht um die Menschenrechte in China und die Freilassung von Liu Xang Wei, Sie haben sicher davon gehört. Ich würde Sie beide bitten, doch auch zu unterzeichnen. Schauen Sie mal – hier.« –
»Klar, no Probläm!« Antonella zieht einen Kuli aus der hinteren Jeantasche. »Wo soll ik?«
Und schon haut sie mit Schwung eine phantastische Signatur in Hellas Liste. Okay, da kann Jan natürlich nicht Nein sagen, obwohl er in seiner dreijährigen Ausbildung zum Großhandels-Kaufmann stets eingebläut bekam: Nichts unterschreiben, was man nicht vorher gründlich durchgelesen hat. Auf keinen Fall. Aber was soll's? Ausnahmen bestätigen die Regel.
Hella, die First Class-Aktivistin ist glücklich, Hannswalter zahlt. Er lässt ein wenig Kleingeld liegen, weil – das macht man in Italien so.
Perfetto.
Arrivederla.

»Und wusstest du das wirklich nicht, das mit dieser Elf-Uhr-Regel?«, will Jan hinterher wissen. Antonella lacht sich kaputt.
»Aber natürrlich weiss ik. Abäär ik sag dir was, Jan: In *Italia bella* makte jedär wie er will! Iste freies Land, du verstähst? Genau wie hier. – *Mà!* – *Libertà!*«
Jan grinst. »Du bist 'ne Marke!«, sagt er kopfschüttelnd.
Libertà – schönes Wort, das wird er sich mal merken.

JAN

Doppelmoral! denkt Maren, als sie ihre Mutter und Wiebke da nebeneinander auf der Küchen-Eckbank sitzen sieht. Natürlich weiß sie, was das Wort eigentlich bedeutet, aber irgendwie passt es trotzdem. Zweimal derselbe angesäuerte Gesichtsausdruck, zweimal derselbe Vorwurfsblick. Das jüngste Gericht erwartet sie.
»Hallo, n'Abend!«, begrüßt Maren die Strafrichterinnen. Keine Antwort.
»Wieso seid ihr noch auf? Es ist gleich zwölf!«
Die Eckbank schweigt, keine Antwort.
»Na dann nicht. Ich geh' denn mal hoch zu Jan.«
»Der ist weg!!« Mit einer Fanfare bricht die Inquisitorin Renate ihr Schweigen.
»Wie? Weg? Heute ist Mittwoch, da liegt doch gar nichts an.«
Wieder keine Antwort. Die beiden sitzen nur da, schmalstlippig, und feuern weitere böse Vorwurfsblicke in Richtung Maren. Die knallt die Küchentür hinter sich zu und läuft die Treppe hoch in ihre Wohnung. Ihr schlechtes Gewissen erzeugt gewisse Vorahnungen.
Und da sieht sie es auch schon. Jan ist offenbar weder zum Doppelkopf spielen im *Heegbarg*, noch zur Halbjahresversammlung der freiwilligen Feuerwehr Bokelrehm oder zum obligatorischen Frühjahrs-Schietsammeln. Denn dafür müsste er nicht seine gesamten Klamotten inklusive HSV-Schal, all seine Scorpions-CDs, den Rasierer, sein Duschgel und den von Manni Kaltz signierten Fußball mitnehmen. Nein, es sieht ganz danach aus, als ob Jan länger wegzubleiben gedenkt. Maren lässt sich auf der Bettkante nieder, starrt in die leeren Fächer des Kleiderschranks. Ist das jetzt die Lösung aller Probleme oder fangen die Probleme erst richtig an?

DR. MEYER-BOTHFELD

Dr. Helen Meyer-Bothfeld, Fachanwältin für Scheidungsrecht, mit Kanzlei am Neuen Jungfernstieg, sitzt hinter ihrem opulenten Schreibtisch, mit Blick auf die Binnenalster. Umgeben von edlem Kirschbaumholz der Wandtäfelungen und Schrankeinbauten und Regale. Alles jahrzehntelang vom Gebrauch durch hanseatische Reeder oder Rechtsanwälte geadelt. Jetzt frisch kombiniert mit Chrom-Ledergestühl, Abteilung moderne Klassiker. Ein Ambiente, wie geschaffen für Scheidungen der oberen Einkommensklassen. Helen beendet noch rasch ihr Telefonat, erhebt sich dann. Eine verrutschte Haarsträhne wird in die lässig aufgesteckte Frisur zurückdirigiert, dann streckt sie Sidonie die Hand entgegen.

Diese Anwältin sieht nicht schlecht aus, groß, schlank und irgendwie englisch, und sie erinnert Sidonie an … genau, an Julianne Moore, mit der hat sie große Ähnlichkeit, könnte ihre Schwester sein.
»Schön, Sie kennenzulernen, Frau Spitzy. Nehmen sie bitte Platz.«
Helen greift eine Mappe vom Stapel auf dem Schreibtisch legt sie vor sich hin.
»Also, Frau Spitzy, der Kollege, der ihren Gatten vertritt, Frau Spitzy, hat mir bereits einiges an Material rübergegeben. Lassen Sie mich zunächst Folgendes sagen, Frau Spitzy ...«
Warum wiederholt sie ständig meinen Namen? fragt sich Sidonie. Hat das irgendetwas zu bedeuten? Und wenn ja, was?

Dann verliert sich Frau Dr. Meyer-Bothfeld in unzähligen juristischen Allgemeinheiten, die Sidonie nicht für so relevant hält, um wirklich zu zuhören. Ihr Blick wandert stattdessen über Helens Outfit.
Ein teuer wirkender schmaler Anzug, sandfarben, und, wie Sidonie erst jetzt bemerkt, aus feinem Straußenleder! – Unglaublich. Passt aber perfekt zu den braunroten Haaren. Doch, doch – guter Stil, angenehme Erscheinung, ist ihr Urteil. Aber dass diese Juristen immer so paragrafig daher quasseln müssen – „sieht der Gesetzgeber vor“ – meine Güte, das ist ihr doch egal, was der Gesetzgeber vorsieht. Und wer ist das überhaupt, dieser Gesetzgeber? Doch jetzt wird‘s interessant.
»Ihr Gatte«, referiert Helen weiter, »hat eine, wie ich finde, recht großzügige Zahl genannt.«
Eine Zahl – na endlich!
»Er bietet Ihnen und den Kindern eine monatliche Unterhaltszahlung von insgesamt 4.700 Euro. Dies ist nach meiner Einschätzung deutlich

mehr als ....«
»4.700!«, bricht es wie ein Entsetzensschrei aus Sidonie heraus.
Sie hat ihre überlegen-elegante Haltung schlagartig aufgegeben, sitzt mittlerweile ganz vorn auf der Kante des edlen Gestühls.
»Aber entschuldigen Sie mal, wie soll denn das gehen? Mit zwei Kindern!? Da muss ich neben einer Putzfrau noch ein Kindermädchen bezahlen. Kinderkleidung ist sowieso irre teuer und die Jungs wachsen ja quasi stündlich aus ihren Sachen heraus. Dann die Lebensmittel. Von meinem persönlichen Bedarf mal ganz abgesehen ... Wissen Sie überhaupt, was das alles zusammen kostet? Nein, das wissen Sie natürlich nicht, aber ich! Ich habe mir nämlich eine Aufstellung gemacht."
Sidonie zieht eine A4-Mappe aus ihrer Handtasche, trägt knallharte Zahlen vor und kommt richtig in Fahrt.
»Und selbst wenn ich mir pro Monat nur ein einziges Paar Schuhe und eine Jeans kaufen würde, was natürlich völlig unrealistisch ist, wären das allein noch mal schlappe 1.000, dazu das Wohngeld und der ganze Pipapo zur Unterhaltung der Wohnung, da bin ich bereits bei ...«

»Stopstopstop, entschuldigen Sie, Frau Spitzy, dass ich hier gleich einmal einhake. Also, was die eheliche Wohnung in der Isestraße angeht, da sollten wir an dieser Stelle vielleicht doch Folgendes herausstellen: Ihr Gatte plant zu verkaufen, er hat die Wohnung offenbar bereits an einen Makler gegeben. Dazu ist er auch durchaus berechtigt, die Wohnung befand sich bereits bei der Eheschließung in seinem Besitz und ist somit bei Gütertrennung, wie sie uns in Ihrem Fall vorliegt, Frau Spitzy, eindeutig ...« Sie blättert in den Unterlagen.
»Aber ... ja, hier haben wir es: Er bietet an, Ihnen bei der Anmietung einer adäquaten Immobilie behilflich zu sein.«
»An-miet-ung einer ad-ä...«
Sidonie versagt die Stimme, da ist es wieder, das weiße Rauschen. Der Stuhl, auf dem sie sitzt, scheint plötzlich ein schwankendes Boot auf kabbeliger See zu sein, sie umklammert die Armlehen, lehnt sich vorsichtig zurück. Jetzt bloß nicht seekrank werden.
»Niemals!«, flüstert sie. »Ich verlasse unsere Wohnung nicht. Nur über meine Leiche.«
Helen schaut ihre Patientin, pardon – Klientin, schweigend an. Dann,

mit der behutsamen Stimme einer erfahrenen Therapeutin:
»Frau Spitzy, es wird – ja, es muss Veränderungen geben in Ihren Leben.« Sie holt tief Luft. »Und gewisse Einschränkungen.«
»Wieso das denn? Sehe ich überhaupt nicht ein. Warum soll ich mich einschränken? Tut er ja auch nicht. Ich meine, ich weiß doch, was er verdient. Bei dem Gehalt kann ich doch wohl erwarten …«
Helen klappt einen Aktendeckel auf, blättert.
»Die Gegenseite gibt an, das Gehalt Ihres Noch-Ehemannes betrage derzeit 8.500 brutto.«
»Soll das ein Witz sein?«
Helen schaut erstaunt auf.
»Nein, nein, Frau Spitzy, die Zahl ist korrekt, denke ich. Weiter heißt es hier: Die Agentur *Spitzy, Stone and Sons* befindet sich derzeit aufgrund massiver Etatverluste und so weiter und so weiter … Kürzung der Geschäftsführergehälter… etcetera. –
Das sieht nicht gut aus, Frau Spitzy, und ich fürchte, daran ist nicht zu rütteln, Frau Spitzy. Das mag Ihnen jetzt zunächst alles schwierig erscheinen, ich denke aber, Frau Spitzy, Sie sollten sich das zu Hause noch mal in Ruhe durchrechnen und prüfen, wo eventuell Streichungen in Ihrem Budget möglich sind ...« "
An der Stelle wird sie abrupt unterbrochen.
»Gut, dann eben nicht! Dann lasse ich mich eben nicht scheiden. Ich stimme der Scheidung nicht zu.«
Helen wirkt jetzt leicht gequält. Eine deutliche Stirnfalte zeichnet sich ab. »Da haben Sie etwas missverstanden, fürchte ich. Ihr Gatte hat die Scheidung eingereicht. Formal absolut korrekt.
Und da Sie bereits eine Weile einvernehmlich getrennt gelebt haben, wird das Gericht seinem Scheidungsantrag nachkommen. Es bedarf dazu keineswegs Ihrer Einwilligung.«

»Aber ich habe doch«, hält Sidonie erregt dagegen, »letzte Woche diesen Film gesehen mit Michael Caine und Brendan Fraser in Vietnam, sie wissen schon, dieser Klassiker nach einer Literaturvorlage. Michael Caine ist mit so einer niedlichen, jungen Asiatin zusammen, kann sie aber nicht heiraten, weil …«, Sidonie hält aus dramaturgischen Gründen kurz inne, »weil seine in England lebende Ehefrau nicht in die Schei-

dung einwilligt!«
Helen seufzt.
»*Der stille Amerikaner*, Graham Greene, klar, Frau Spitzy, kenn ich. Wunderbarer Roman, wunderbarer Film, aber: Das Ganze spielt in den Fünfzigern. Seitdem hat sich im Scheidungsrecht doch einiges getan, zumindest bei uns in Deutschland. Glauben Sie mir, das Angebot Ihres Gatten ist so schlecht nicht, und in spätestens zwei Jahren wird vermutlich sowieso neu verhandelt.«
»Wie meinen Sie das?«
»Ab einem gewissen Alter der Kinder, wird der Unterhalt, um den Betrag, den ihr Mann für Sie persönlich zahlt, gekürzt. Der Gesetzgeber ist der Ansicht, dass auch Frauen mit Kind zugemutet werden kann, dann wieder in Ihren Beruf zurückzukehren.«
Dieser nervige Gesetzgeber schon wieder!
»Beruf? Was für ein Beruf?? Falls Ihnen das entgangen ist, ich bin gleich nach dem Abi Mutter geworden! Frau Meyer, ich werde das Gefühl nicht los, dass Sie… «
»Dr. Meyer-Bothfeld, bitte! So viel Zeit muss sein!« Helen ist mittlerweile doch ziemlich genervt.
»Wie auch immer. Ich werde mir noch eine andere Meinung einholen, von jemandem, der meinen Fall nicht durch die Karrierefrauen-Brille sieht. Jemanden, der wirklich für mich kämpft und …« Sidonie bricht ab – schon wieder fällt ihr ein Film dazu ein. *Naturally Blonde*, aber das sagt sie lieber nicht laut. Sie ist ja nicht blöd.
Sie verstaut ihre Mappe und erhebt sich.
»Ich rufe Sie an, Frau Doktor! Meyer! Bothfeld!« lässt sie die Anwältin noch wissen, bevor sie verschwindet. Helen sieht kopfschüttelnd hinter ihr her. Wie kann man nur heiraten, wenn man so wenig über Scheidungen weiß!

JAN

»Ich wohn' jetzt erst mal bei meiner Schwester«, sagt Jan am Telefon. Als ob sie sich das nicht gedacht hätte. Seine Schwester. Seine große Schwester, ohne die geht bei Jan ja rein gar nichts. Sie schweigt.
»Lass uns einfach mal eine kleine Pause machen und dann sehn wir

weiter, mmh?«, setzt er nach.
Komisch, aber irgendwie passt ihr das nicht. Dass ihm dieser Vorschlag so leicht über die Lippen kommt. Aber was hat sie erwartet? Jan. Der ist nun mal kein Kämpfer.
»Ja, du hast recht«, sagt sie schließlich und »Es tut mir leid, Jan. Ich bin irgendwie aus dem Tritt momentan, ich weiß auch nicht …«
»Ach, das wird schon wieder. Lass dir Zeit. Wir können ja nächste Woche mal telefonieren oder so.«
Oder so.
Nach diesem Telefonat fühlt sich Maren, als hätte ihr jemand den den Stecker rausgezogen. Irgendwie leer und alle. Dabei könnte sie sich doch eigentlich freuen. Sie ist frei. Keine Lügen mehr, keine Heimlichkeiten, kein schlechtes Gewissen. Sie kann mit Robert zusammen sein wann und wo sie will. Das ist doch das, was sie wollte. Oder?
Protect me from what I want.

ROBERT UND MAREN AM MEER

Der Vorschlag kam von ihm, aber Maren hatte ihn in die Tat umgesetzt.
Sie hat ein Hotelzimmer gebucht, direkt an der Nordsee. Sie hat ihren Kombi-Mercedes voll betankt. Sie hat lange und sorgfältig gepackt. Will dann Robert, wie vereinbart abholen. Kurz vorher ruft er an.
Bei Ina sei durch das Gewitter letzte Nacht ein Stück vom Dach runtergekommen, er müsse kurz mithelfen, das irgendwie wieder dicht zu kriegen und so.
»Kein Thema«, sagt Maren, obwohl ihr das absolut nicht passt.
Als er sich fast drei Stunden später endlich meldet, um mitzuteilen, er sei jetzt zur Abholung bereit, da ist ihre Vorfreude schon ein wenig verpufft. Lässt sie sich aber nicht anmerken.
Wie dem auch sei. Als sie das Hotel endlich erreichen, ist es dunkel. Aber nicht dunkel genug, um nicht sofort zu merken, dass der achtstöckige Hotelbunker keinesfalls zur Kategorie der Romantik-Hotels gehört.
»Spätes Waschbeton – mein Lieblingsbaustil«, bemerkt Robert sar-

kastisch. Maren hat bislang nie über ihre Einstellung zu Waschbeton nachgedacht, auch die Innenausstattung des Hotels wäre ihr nicht unbedingt negativ aufgefallen, hätte Robert sie nicht darauf hingewiesen. Er schaut sich in der Lobby um.
»Interessant«, kommentiert er. »Erinnert mich alles irgendwie an Ost-Berlin. Wobei, Orange-Brau, diese Farbkombination war ja im Westen auch verbreitet. So Anfang der Siebziger, schätze ich mal.«

»Tja«, sagt Maren nur, als sie in ihrem Zimmer im sechsten Stock angekommen sind. Hier setzt sich die orange-braune Farbgebung konsequent fort. Wenn man von der Farbe des Alpenveilchens auf der Fensterbank mal absieht. Statt einer Minibar steht in der Zimmerecke ein schlichter weißer Kühlschrank, wie ausrangiert.
»Im Internet sah das anders aus«, räumt Maren ein.
»Aber schön groß ist es. Allerdings riecht es komisch. Ist der Teppichboden, glaub' ich.« Sie beugt sich runter und schnüffelt wie ein Polizeihund.

»Immerhin – die Aussicht ist toll!« Robert schiebt die Glastür zum Balkon zur Seite und tritt raus.
»Ja!! das ist doch mal was!«
Zaghaft wagt Maren ebenfalls einen Schritt nach draußen. Er zieht sie an sich, sie stehen eine Weile aneinander gekuschelt da. Direkt vor ihnen liegt die Nordsee, die in regelmäßigen Abständen schwerfällig an den Strand rauscht. Sonst ist alles still. Und dunkel. Mondlicht-Schimmer liegt auf dem Meer und weit draußen flackern einige unruhige Lichter.
»Die Luft ist so warm und weich«, flüstert Robert während er Maren über den Po streicht, immer tiefer, zwischen ihre Beine und plötzlich ist es vorbei mit der stillen Behutsamkeit. Sie fallen wie die Wahnsinnigen über einander her, reißen sich die störenden Klamotten runter. Er drückt Maren gegen die Balkonbrüstung, verschwindet mit Mund, Nase, Augen irgendwo zwischen ihren Brüsten. Sie lehnt sich zurück, legt den Kopf in den Nacken und – sieht direkt über sich die Glut einer Zigarette und Fragmente eines männlichen Gesichts. Auf dem Balkon über ihnen stützt sich jemand auf die Brüstung, pafft gelassen

vor sich hin und schaut ihnen zu.
»Über uns ist jemand«, raunt sie Robert atemlos ins Ohr.
»Ich weiß.« Robert bringt das nicht aus dem Rhythmus. Im Gegenteil. »Komm.« Er stöhnt. »Dem zeigen wir´s.«

»Was soll das denn werden, wenn's fertig ist?« Als Maren aus dem Bad kommt, zerrt Robert – nackt bis auf die Kippe im Mundwinkel – gerade eine der Matratzen aus dem Bettrahmen.
Er sieht fantastisch aus, denkt Maren. Überall.
»Wann hast du das letzte Mal unter freien Himmel geschlafen?« ist seine Antwort, während er die Matratze raus auf den Balkon bugsiert.
»Freier Himmel? Du spinnst. Du spinnst total.« Sie kann dazu nur mit dem Kopf schütteln.
»Ich würde eher sagen, ich tu´ das einzig Vernünftige. Raus aus diesem kontaminierten Zimmer. So wie der Raum stinkt, ist der garantiert hochgradig belastet mit Schadstoffen aus dem unsäglichen Teppichboden und den Plastikgardinen und Spanplatten und was weiß ich, was sonst noch für'n Scheiß. – Komm schon, bring das Bettzeug raus!«
Er zieht eine Rotweinflasche aus seiner Felltasche und kramt dann noch jede Menge Kerzen hervor. Lässt Wachs auf den Balkonboden tropfen, um die Kerzen zu befestigen.
Wenn das der Hotelbesitzer sehen könnte, der würde ausflippen, denkt Maren während sie die Illuminierungs-Aktion verfolgt.
»Na los, Maren! Das Bettzeug! – Worauf wartest du noch? Mir wird langsam kalt.« Er hüpft hin und her, reibt die Beine aneinander, während er die Rotweinflasche entkorkt.

Und dann liegen sie da draußen, unter dem orange-braun bezogenen Hotel-Plumeau und betrachten den nördlichen Sternenhimmel.
Hören noch, wie über ihnen die Balkontür zugezogen wird. Dann ist nur noch Meeresrauschen und Kerzenflackern. Glücklichsein.

In der Nacht wird Maren wach. Ihr Po ist eiskalt. Unbedeckt und unverhüllt hat er Direktkontakt mit dem Kratzputz der Hauswand aufgenommen. Sie rückt ein Stück weiter, zur Matratzenmitte. Das Bettzeug hat Robert mehr oder weniger komplett in Beschlag genommen.

Ganz sachte versucht sie, ein Stück davon für sich zu ergattern. Es fühlt sich klamm an, und ihr wird nicht wirklich wärmer. Maren stützt sich auf einen Ellenbogen und betrachtet die Morgendämmerung am Himmel und den entspannt schlafenden Robert neben sich.
Er gibt Schnarchgeräusche von sich. Sein Zopf hat sich gelöst und mit dem offenen, langen Haar auf dem Kopfkissen wirkt er feminin. Befremdlich. Fremd. Eigentlich ist er ja auch ein Fremder. Noch. Nein, sie wird auf keinen Fall wieder einschlafen können. Ihre innere Uhr sagt ihr, dass es jetzt gerade halb fünf ist. Ihre übliche Aufsteh-Zeit an Markttagen.
Was wiederum bedeutet, nach ihrer bisherigen Erfahrung jedenfalls, dass es noch mindestens fünf Stunden dauern wird, bis Robert endlich aufwacht. Noch fünf Stunden hier draußen.
Voll bescheuert das Ganze. Sie wird sich eine Blasenentzündung holen und ihr Haar wird ganz krusselig werden von der feuchten Seeluft.
Ihr Blick wandert zur Balkontür. Eigentlich würde sie jetzt sehr gern reingehen.

SIDONIE LOOGESTIEG

Bad bad mood. Sidonies Laune ist auf dem absoluten Nullpunkt, als sie die Haustür aufschließt und in den Flur tritt.
Ein schmaler, stinknormaler 08/15-Altbauflur mit dem üblichen Marmor, mit dem üblichen Spiegel, dem üblichen Stuck. Nix Dolles, absolut nicht wert, von ihr beachtet zu werden. Das Haus ist genau die Sorte Altbau, die es hier in Eppendorf reihenweise gibt. Und ihre zukünftigen Nachbarn würden genau die Leute sein, die es hier am Loogestieg ebenfalls reihenweise gibt: Lehrer mit Politkorrektheits-Diplom und ehrgeizige kleine, aus der Provinz angelandete Werber. Plus die dazu gehörigen Ehefrauen, die ständig von Nachhaltigkeit – Was bitte ist das eigentlich? – quatschen. Lauter Menschen, die gesunde Ernährung, Umweltverträglichkeit ihrer Autos, Wechsel zum Ökostrom und *quality time* mit den Kindern ganz, ganz wichtig finden.
Und alle zusammen glauben sie, oben auf der Leiter angekommen zu sein, weil sie es hier im sagenumwobenen Eppendorf!! zu läppischen

140 Quadratmetern gepflegtem Altbau mit Stuck, Pitchpine und Wannenbad gebracht haben. Lächerlich!
Sidonie stapft die Treppe hoch, lässt jede einzelne Stufe spüren, wie gereizt sie ist. Im ersten Stock stehen Schuhe vor der Tür. Papa-Mama-Kind-Schuhe, in Reih und Glied. Na klar, das passt. Wie sie diese Spießer-Unsitte verachtet! Sie muss diese Leute nicht kennen, um zu wissen, dass es sich durch die Bank um Idioten handelt.
Sidonies Übellaunigkeit braucht jetzt langsam mal ein Ventil, sonst kocht hier gleich was über.

Sie steckt den Schlüssel in die Wohnungstür im 2. Stock.
Sogar für ein Messingschild mit ihrem Namen hat Leo bereits gesorgt, damit auch wirklich klar wird, wo sie von nun an hingehört.
Scheiß-Tür, jetzt geh endlich auf! Sie tritt kräftig mit der Fußsohle gegen die Tür wie ein Kickboxer.
Genau in dem Moment verlässt eine gepflegte Mitfünfzigerin mit naturgrauem Pagenkopf die Wohnung gegenüber. Eine von der Sorte, die jedes Wochenende *Die Zeit* von der ersten bis zur letzten Zeile durchackert, aber keine Ahnung hat, dass dieses an einem dünnen Lederriemen quer umgehängte Täschlein ein Relikt aus dem vergangenen Jahrtausend und modisch absolut no-go ist. Die Naturgraue bleibt erwartungsvoll stehen. Nimmt sie allen Ernstes an, Sidonie würde sich ihr vorstellen, sie grüßen?

Tja, das wird sie noch lernen müssen, Sidonie grüßt grundsätzlich nur, wenn a) sie zuerst gegrüßt wird und/oder b) ihr danach ist.
Jetzt ist ihr weiß Gott nicht danach. Vielmehr tritt sie nun in den langen Flur ihres neuen Domizils. Links und rechts Türen, am Ende des Schlauchs zwei ineinander gehende große Räume mit Verbindungstür. Hamburger Hammer nennt man diesen typischen Altbau-Grundriss. Hammer! Ein echter Hammer, wirklich. Willkommen im Mittelmaß. Sidonie bricht in inneres Hohngelächter aus.

Die Wohnung ist top-renoviert, alles strahlt in makellosem Weiß, es riecht nach frischer Farbe und Neuanfang. Weiß! Das muss man sich mal reintun. Öder und einfallsloser geht's ja wohl gar nicht oder?

Der Umzug als solcher war ohne sie vonstatten gegangen. Sidonie hatte jegliche Teilnahme verweigert. Sie kann den Anblick von Umzugswagen einfach nicht ertragen. Selbst das edelste Hab und Gut bekommt unweigerlich einen *touch* von Elend, Flucht, Vertreibung, wenn man es zusammengeschoben auf der Ladefläche eines Möbelwagens sieht. Muss sie nicht haben.
Dass sie sich rigoros geweigert hat, auch nur einen Finger krumm zu machen, als es darum ging, in der Ex-Wohnung zu packen, war möglicherweise ein Fehler. Vor ihr stehen gefühlte tausend Umzugskisten und sie hat nicht die geringste Ahnung, was wo drin sein könnte. Das kann ja heiter werden. Sie zieht ihr iPhone aus der Jackentasche.
»Sidonie Spitzy! Verbinden Sie mich mit Leo ... nein, sofort! – Kommen Sie mir jetzt nicht mit Besprechung. Es eilt, es ist ein absoluter Notfall, und wenn ich sage Notfall, dann ... – Leo?? Also, so geht das nicht. Ich bin jetzt hier in der Wohnung – wie stellst du dir das vor? Mir ist völlig schleierhaft, wie ich all das Zeug auf 140 Quadratmetern unterbringen soll! Hier ist noch nichts eingeräumt, nichts aber auch gar nichts ...«
»Deswegen holst du mich aus dem Meeting, das ist jetzt nicht dein Ernst, oder?«
»Entschuldige mal! Ich stehe hier mutterseelenallein vor diesem absoluten Chaos und muss heute Abend um sieben die Kinder wieder bei meiner Mutter abholen.«
»Na, das ist doch was! Da hast du ja noch mehr als sechs Stunden. Mein Tipp: Ärmel aufkrempeln und frisch ans Werk!«
Peng! Aufgelegt! Sidonie starrt fassungslos auf's Handydisplay, dann auf das braune Kistenmeer. Die hundertfachen »Luppy und Luppy – Umzüge nah und fern«-Schriftzüge verschwimmen vor ihren Augen.

Drei Absagen später.
Isabel: Oh Sidonie, dass tut mir soo leid, aber ich muss mich unbedingt mal wieder auf dem Golfplatz sehen lassen, ich war die ganze letzte Woche nicht da, mein Handicap driftet ins Bodenlose ab und nach dem Golfen brauch ich einfach meine Massage, also mein neuer Masseur, er macht das so fantastisch, du solltest dir auch mal ... bla.

Susa: Umzugskisten auspacken? Oh *shit*, Sidonie – nee, aber echt, ich mache seit gestern einen wahnsinnig spannenden Job für Lazlo, weißt du, der Fotograf von neulich. Styling für die neue *Nivea*-Kampagne, und muss bis morgen für's Shooting noch weiß-blaue Waschlappen besorgen, mindestens fünf Alternativen, sie wollen mal was anderes, zwar wieder blau-weiß aber irgendwie outstanding ... bla.

Katharina: Nach dem Job soll ich helfen Kisten auszupacken? Nee, Sido-Schätzchen, das geht nun wirklich gar nicht. Ich hab dir doch erzählt von diesem wahnsinnig süßen Product Manager, den ich beim letzten *Effem*-Workshop kennengelernt habe, oder? Er ist momentan in Hamburg und – was soll ich sagen (anzügliches Gekicher) – in den beiden letzten Nächten hab ich höchstens zwei Stunden Schlaf gekriegt und wir ... bla ...

Anruf bei Maria, der langjährigen Putzfrau. Dass sie da nicht gleich draufgekommen ist. Hätte ihr drei echt demütigende Telefonate erspart.
»Ich brauche deine Hilfe, Maria«, säuselt Sidonie. –
»Nein, nein, nicht morgen. Heute. Jetzt. Am besten sofort. Selbstverständlich bezahle ich dir das gut, und vielleicht hat deine Tochter auch Lust, sich ein bisschen Taschengeld zu verdienen ... klar ... bar auf die Hand ... das Geld ist wirklich nicht das Problem ... Außerdem werde ich euch helfen! Ich verspreche dir, Maria, ich werde die ganze Zeit dabei sein und Euch genau zeigen, wo alles stehen soll!«

Stimmt, Sidonie: Das Geld ist nicht das Problem. – Könnte es aber werden!

Maren öffnet die Tür zur Wohnküche.
»´n Abend zusammen!«
»´n Abend«, kommt es verhalten dreistimmig zurück. Marens Eltern und Wiebke sitzen beim Abendbrot. Jeden Abend, so ziemlich Punkt sechs, wird bei Thadens aufgetischt. Ganz klassisch, kalt, Brot und Aufschnitt, Gürkchen und Silberzwiebeln. Dazu Früchtetee oder auch mal ein Bier.
»Ich möchte euch jemanden vorstellen. – Robert, das sind meine Eltern. Und Wiebke kennst du ja, vom Markt.«
»Hallo, ich bin der Robert«, sagt Robert. »Aber lassen Sie sich nicht stören.«

Er hebt die Hand zum Gruß und will schon den Rückzug antreten, aber Maren hält ihn fest und schiebt ihn auf die Tischrunde zu. Marens Vater zieht den Stuhl neben sich zurück.
»Komm – *sett di doal*, ‘nen Happen mitessen.«
»Och … nee, danke nein, ich hatte eigentlich schon …«
»Doch doch, setz' dich." Maren zieht ihn am Oberarm runter auf den Stuhl. »Ich hol ein Gedeck für dich.«
Da sitzt er nun, fühlt sich so unwohl wie zuletzt bei seiner Musterung im Kreiswehrersatzamt Schleswig. Und es wird auch nicht besser mit dem Unwohlsein, als Wiebke ihm die Aufschnittplatte vor die Nase hält.
Leute, das wird bei euch gar nicht gut ankommen, aber da müsst ihr jetzt durch! – Robert holt tief Luft und erklärt:
»Danke, für mich nicht. Ich esse kein Fleisch.«
»Och, das gibt's doch gar nicht!« Entrüstet lehnt sich Renate im Stuhl zurück. »Das ist doch man bloß Geflügel. Und alles eigene Herstellung.«
Robert lächelt milde. Bloß Geflügel – den Spruch kennt er schon.
»Ich esse überhaupt keine Tiere, ich ernähre mich vegetarisch.«
Er spürt die misstrauischen Blicke, besonders Renate nimmt ihn genau unter die Lupe. Sucht ihn ab nach Mängeln, hervorgerufen durch den Verzicht auf Fleischliches.
Als sie nichts Verdächtiges findet, sagt sie nur:

»Jaja, *Ernährung* – ist ja d a s Thema momentan. Ich halt' da ja nicht soviel von. Ich esse lieber.«
Und angelt sich mit ihrer Gabel ein paar Scheiben Wurst von der Platte. Bevor sie die aufs vorbereitete Butterbrot legt, schwingt sie sie mit der Gabel hin und her.
»Hier, Putensalami, auch eigene Herstellung! DLG prämiert!«
»Mmh … ja …« Wiebke will was sagen. Kaut und schluckt. »Die ist diesmal wirklich besonders lecker, Tante Reni.«
Oh, nee! Diese Anbiederei ist echt nicht zum Aushalten! Maren wirft Wiebke ihren hasserfülltesten Blick zu. Sie hatte sich eigentlich fest vorgenommen, diese Vorstellungs-Arie souverän zu überstehen, was auch immer an Kommentaren kommen würde. Aber nun brennt ihr doch eine Sicherung durch.
»Muss man sich eigentlich *beim* Essen auch immer noch *über* Essen unterhalten?«
Stille.
»Jo.« Marens Vater erhebt sich.
»Ich muss denn mal wieder. Will noch mal an das Futtersilo ran. Da stimmt was nicht mit dem Zulauf."
Im Vorbeigehen klopft er Robert auf die Schulter. Pokpokpok. Das wird schon.

Renate schiebt sich den letzten Bissen in den Mund, spült mit Tee nach und: »Wiebke, was meinst du, woll'n wir schnell noch die letzten Schnitzel einschweißen?«
»Ja klar, Tante Reni.« Wiebke stellt die leeren Teller zusammen.
»Lass man«, sagt Maren schwach. »Ich räum das gleich schon weg. Kannst ruhig gehen."

Dann sitzt sie mit Robert allein in der großen Wohnküche.
Das hatte sie sich irgendwie anders vorgestellt. Er scheint im Gegensatz zu ihr nicht enttäuscht zu sein. Vielleicht weil er sich grundsätzlich nichts vorstellt. Vielleicht ist er aber auch einfach nur froh, der Sache so schnell entkommen zu sein. Ist ja auch doof für ihn. Für sie aber genauso.

Maren weiß nicht so recht weiter, hat ausnahmsweise mal keinen Plan und sitzt schweigend da. Hebt mit der Spitze ihres Messers die Wurstscheiben an. Und lässt sie wieder fallen. Hebt an und lässt fallen.
Eigentlich könnte er sie jetzt mal in den Arm nehmen, muss er doch merken, ihren Frust. Aber Robert nutzt die Gelegenheit lieber zur Sondierung der Räumlichkeiten.
»Ziemlich üppig eure Küche und so ... wie soll ich sagen ... so neumodern. Eine Küche in einem Bauernhof hatte ich mir anders vorgestellt.«
Also doch, auch Robert stellt sich manchmal etwas vor. Maren schaut rüber zu den Küchenschränken, weiß, im Landhausstil mit schnörkeligen Messinggriffen. »Wertige Optik« hatte der Berater bei *Möbel Kraft* das genannt.

»Du dachtest, hier steht noch ein Spülstein und so ein alter Herd, den wir mit Holz aus dem Wald befeuern?« Sie lächelt.
»Nee, nee, ich glaube, das hat meine Mutter gleich alles rausgeworfen, als sie hier einheiratete. Und die da« – sie zeigt auf die weiße Pracht – »hat sie sich zur Silberhochzeit gewünscht. Und bekommen, wie man sieht.«
Robert nähert sich mit Interesse der Küchenzeile.
»Ist das gekalkte Eiche?« Er öffnet zur Prüfung einen Oberschrank.
»Ochnee!«, entfährt es ihm, entgeistert.
»Kunststoff«, sagt Maren.
»Plastik«, sagt Robert. Wie aus einem Mund.
»Meine Mutter findet, das ist praktischer und langlebiger als Echtholz.«
Ein Satz wie aus einem Küchenprospekt.
»Klar«, meint er und grient, »so was hält bestimmt 30.000 Jahre und echte Eiche vermutlich mal grade schlappe 500. Das ist natürlich ein Argument.«
Wieso dreht sich hier jetzt plötzlich alles um Küchen? fragt sich Maren.
»Was soll das denn jetzt?«, faucht sie übellaunig. »Mir musst du das nicht erzählen. Es ist schließlich nicht meine Küche. Meine Mutter ist meine Mutter. Und ich bin ich.«

Robert reißt sich los von der Küchentechnik – gerade hat er den gigantischen Geschirrspüler geöffnet, um dessen Innenleben zu inspizieren – geht auf sie zu, beugt sich über sie. Gibt ihr einen Kuss, sehr innig, sehr wohltuend. Maren schließt die Augen. Fast. Vorsichtshalber behält sie noch ein klein wenig die Küchentür im Auge.
Robert lächelt sie zärtlich an und dann sagt er:
»Aber wie heißt es doch so schön? – Bevor du die Tochter heiratest, sieh dir erst die Mutter an.«
Sie schiebt ihn weg. Reichlich genervt.
»Na toll. Falls das ein ernst gemeinter Antrag sein soll, muss ich dich daran erinnern, dass diese Tochter hier …« – sie tippt sich selbst auf die Brust –
»… bereits verheiratet ist! Tut mir echt leid für dich.«
Muss es nicht.
Robert und heiraten! Eher legt ein Hahn Eier.

WIEBKE UND MAREN

Maren knabbert auf ihrer Unterlippe herum, während sie durch die Programme zappt. Nichts kann sie fesseln.
Sie will nicht zuhören, sie will reden. Jetzt. Mit irgendwem. Sie braucht eine Meinung zu ihrem Entschluss. Nein, keine Meinung, eher eine Bestätigung. Eigentlich jemanden, der ihren Entschluss absegnet. Ihn genauso richtig findet wie sie selbst.
Energisch drückt sie auf den Fernbedienungszauberstab und – wusch – das bunte Bild erlöscht.
Sie wirft einen letzten Blick auf die Leerstellen im Regal, die Jan hinterlassen hat, dann verlässt sie ihren Sofaplatz und geht die Treppe runter, in die Wohnung der Eltern, zu ihrem alten Kinderzimmer.
Komisch, hier anklopfen zu müssen.
»Ja-ha komm rei-hein!« Wiebke sitzt an Marens altem Schreibtisch und legt Tarot-Karten, schaut erstaunt hoch.
»Ach du bist's. Ich dachte, es ist Tante Re… also … deine Mutter. Sie wollte vorm Schlafengehen noch mal reinkommen, damit ich ihr die Karten lege.«

Sofort macht sich bei Maren Verstimmung bemerkbar.
»Karten legen? So ein Schwachsinn. Wenn sie was über meine Zukunft erfahren will – und darum geht's, vermute ich mal – dann soll sie mich fragen und nicht deine dämlichen Karten! Überhaupt – meine Mutter und du. Und du und meine Mutter, was? Zwischen euch passt momentan kein Blatt Papier, hab ich recht?«

Wiebke guckt sie scheel von der Seite an.
»Bist du etwa eifersüchtig?«
»Eifersüchtig? Lachhaft! Euer blödes Getue geht mir nur langsam auf den Keks. Seit Jan seine Koffer gepackt hat, herrscht hier eine Stimmung … unglaublich! Ich werde von euch behandelt, als hätte ich unser'n Opa vergiftet. Also, ich finde, darüber muss geredet werden. Obwohl es euch im Grunde nichts angeht, was zwischen Jan und mir ist … oder war.«

Maren lässt sich auf der Bettkante nieder und sieht sich um. In ihrem Ex-Zimmer hat es ein paar Veränderungen gegeben. Auf dem Nachtschränkchen steht jetzt eine Salzsteinlampe. Daneben eine Schale mit getrockneten Pflanzenteilen rätselhafter Herkunft, die einen sehr speziellen Geruch verbreiten. Und an der Wand über dem kleinen Sofa fehlen zwei Bilder, man sieht es deutlich an den hellen Rechtecken auf der Rauhfaser-Tapete. Sie muss richtig überlegen, doch, genau, das eine war ein Madonna-Poster und das andere eine Ansicht von Venedig, die sie mal gepuzzelt hatte. Scheinen beide gestört zu haben. Außerdem ist das olle Sofa, das ganz früher mal Oma Nelly gehört hat, vollständig mit Batiktüchern verhüllt. Sieht gar nicht mal schlecht aus.

Maren wendet sich wieder ihrer Freundin zu.
»Mama und du, und überhaupt ihr alle solltet ihr euch langsam mal damit abfinden: Jan is' nicht mehr. Aus und vorbei. Wir haben uns getrennt, so was passiert.«
»Na ja«, piepst Wiebke, »eigentlich hast nur du dich getrennt. Es blieb ihm ja nichts anderes übrig als zu gehen, weil du ihn ja mit diesem Kräutertypen betrogen hast.«
»Nenn ihn nicht immer Kräutertypen! – Robert würde es gar nicht

geben, wenn zwischen Jan und mir alles gestimmt hätte. In einer intakten Beziehung hat bekanntlich kein Dritter eine Chance«, sagt Maren oberlehrerhaft. Merkt aber gleich, dass sie mit ihrer Küchen-Psychologie bei Wiebke keinen Eindruck machen kann.

Wie auch immer, nun lässt Maren die Katze aus dem Sack.

»Aber darum geht's jetzt ja auch gar nicht, was ich eigentlich sagen wollte ist: Robert und ich, wir werden zusammenziehen.«

»Waas?« Fassungslos lässt Wiebke ihre Tarot-Karten fallen.

»Du-du willst weg von hier?«

Maren schüttelt den Kopf.

»Quatsch, wie kommst du denn da drauf? – Robert zieht hier ein, was denn sonst?!«

»Aber deine Eltern …« Wiebkes Stimme bekommt etwas Nöliges, fast Weinerliches, darauf kann Maren jetzt gar nicht.

»Meine Eltern, meine Eltern, was ist mit meinen Eltern?«

»Die … die werden das nicht zulassen, sie rechnen immer noch damit, dass Jan zurückkommt und sich alles wieder einrenkt!«

»So! Jetzt werd ich dir mal was sagen …« Maren springt auf und verkündet mit einem Temperament, das dem Holsteiner Menschenschlag normalerweise völlig fremd ist: »Mit Jan bin ich seit dem Konfirmandenunterricht zusammen, mit anderen Worten seit elf …«

»Also dein kleines Dingsda, also diese kleine … mit diesem, na du weißt schon, die muss du aber abrechnen«, wagt Wiebke dazwischen zu stottern.

Jetzt wird Maren richtig laut.

»Seit elf! Jahren! sind Jan und ich zusammen und seit drei Jahren haben wir quasi keinen Sex mehr, höchstens mal aus Versehen, wenn wir betrunken vom Feuerwehrfest kommen. Ich bin grad erst sechsundzwanzig … Glaubst du vielleicht, ich will bis ans Ende aller Tage so weitermachen? Das hier…« – sie pocht mit dem Zeigefinger auf etwas Imaginäres in der Luft –

»Das ist mein! Leben!«

»Ach so«, sagt Wiebke, als sei sie furchtbar enttäuscht.

»Darum geht's. Um Sex mal wieder. Hätte man sich ja denken können.«

Ein böses Funkeln in Marens Augen.
»Ja okay, okay, ich weiß, Sex, das ist kein Thema für dich. Sex findet in eurer Ehe außer Haus statt, und dann bist du nicht dabei!«
Oijoijoi – Maren! Das war jetzt aber ganz schön gemein! Und eindeutig unter der Gürtellinie. Wiebkes wasserblaue Äuglein werden tränenblind. Egal – Maren lässt sich davon nicht stoppen.
»Und außerdem geht es selbstverständlich nicht nur um Sex! Robert und ich, wir … wir verstehen uns, reden miteinander, haben richtig gute Gespräche, die ich mit Jan nie und nimmer haben kann. Von dem kommt doch immer nur: Ja, Maren. Und: Wie du meinst, Maren. Aber Robert, weißt du, der hat eine eigene Meinung und die sagt er auch. Gibt mir auch mal Kontra, ich finde das gut.«
Wiebke staunt. Das hat sie offenbar nicht geahnt.
Und Maren führt weiter aus: »Die Luft ist einfach raus bei Jan und mir! Du, du fängst doch auch gerade noch mal neu an, wirst ja schließlich auch nicht zu deinem Andreas zurückkehren und weitermachen wie bisher …«
»Na ja …« Wiebke sitzt da, ganz winzig und durchsichtig, aus Angst vor Marens Reaktion. Aber loswerden will sie es dann doch.
»Es ist so … also, Andi macht ja jetzt diese Therapie, dieses Anti-Aggressions-Training und es gibt Fortschritte, sagt er und er meint, in ein paar Wochen könnten wir …«
Maren kommt näher, mit finsterem Blick. Wiebke schaut auf die Tarot-Karten, die vor ihr liegen, breitet ihre Hände über ihnen aus.
»Meine Karten sagen es auch: Die Chancen für eine gemeinsame Zukunft könnten schon bald …«
»Soll das heißen du hast nichts, aber auch nichts dazugelernt?? Und willst diesem brutalen Arsch schon wieder nachgeben? Das ist nicht dein Ernst!!« Maren muss es einfach ganz laut rausschreien.

Da öffnet sich die Zimmertür und Renate Thaden erscheint im Türrahmen. Sie ist schon nachtfertig in etwas gelblich Wallendes mit zartgrüner Paspelierung gewandet, das sich obenrum eng an ihre uferlose Oberweite schmiegt. Ihr Deckhaar hat sie, für den längeren Erhalt der Dauerwelle, auf Lockenwickler gedreht. Maren nimmt diese unvorteilhaften Nachtkleidung ihrer Mutter zum ersten Mal bewusst wahr.

Armer Papa! geht ihr unvermittelt durch den Kopf.
»Sagt mal, was ist denn hier los?«, will die gelbe Nachtgestalt wissen.
»Dieser Kräutertyp wird oben einziehen, Tante Reni!«, quiekt Wiebke hinter dem Schreibtisch hervor.
Wie eine Streber-Petze in der ersten Klasse! Maren fasst sich an die Stirn. Das darf doch nicht wahr sein!
Und mit »Sind wir hier im Kindergarten, oder was?« stürzt sie raus.
Ihre Mutter kräht noch hinter ihr her:
»Wer hier einzieht, entscheidest du ja wohl nicht allein, da haben ich und Papa auch noch ein Wörtchen mitzureden!«
Das ist das Letzte, was Maren hört.

INA

Sie unterbricht ihre Bierflascheneinsammeltätigkeit, weil sie Motorgeräusche und knirschende Reifen auf der Schotterzufahrt hört. Ina stellt die rote *Astra*-Kiste ab und richtet sich auf.

Es ist zwanzig nach acht an diesem Sommer-Sonnabend. Wie's aussieht, wird das ein richtig toller Tag. Das Thermometer neben dem Scheunentor soll nach Vorhersage heute noch auf 28 Grad klettern. Jetzt ist es allerdings erst bei 16.
Vorausschauend trägt Ina bereits Shorts, eine alte Jeans, der sie die Beine abgeschnippelt hat. Da, wo vorher der Riss überm Po war, da ist die Hose jetzt zu Ende. Sie ist so kurz, dass an der Vorderseite die Taschenbeutel unten rausgucken. Sieht an ihren Beinen aber scharf aus, besonders in Verbindung mit den grünen Gummistiefeln. Findet Ina. Ihre Beine sind wirklich nicht schlecht. Seit sie 40 ist, massiert sie ihre Knie regelmäßig mit Babyöl, denn an den Knien und auch an den Ellenbogen, da sieht man das Alter zuerst. Unter anderem.
Die Hände zum Beispiel, können auch 'ne Menge übers Alter verraten. Madonna, die ja echt klasse aussieht für ihr Alter und in gewisser Hinsicht Inas Vorbild ist, hat auf ihre Hände offenbar nicht gut aufgepasst und das merkt man. Die Hände von der, die sehen echt krass aus. Wie die Hände einer Putzfrau. Einer sehr alten Putzfrau.

Da ist Ina schlauer als Madonna. Sie trägt Gartenhandschuhe beim Bierflaschen einsammeln.

Das Gras ist noch tautropfennass. Wiesen und Felder ringsum liegen eingehüllt in Morgendunst, den die aufsteigende Sonne ganz warm und weich macht. Es ist sehr still. Von Ina mal abgesehen, liegen sämtliche Bewohner der Röschmann'schen Resthof-WG noch im Tiefschlaf.
Das Knirschen wird lauter, Roberts alte Passat-Karre rollt im Leerlauf auf den Hof, kommt vorm grünen Scheunentor des Haupthauses zum Stehen. Unauffällig hastig zieht Ina das Gummi aus ihrer roten Haarpracht. Und während eine Hand die Haare am Hinterkopf zurechtwuschelt, hebt sich die andere leicht, sehr cool, zu einem Gruß.
Robert kommt auf sie zu, grinst, ein bisschen verlegen. Ina nimmt rasch die Katze auf den Arm, die um ihre Beine streicht. Nun hat sie keine Hand mehr frei.
»Na«, sagt sie. »Und nu? Biste wieder da, was?«
Er schaut sie stumm an. Pause.
Ina: »Und neuerdings Frühaufsteher, wie man sieht. Oder ist das schon präsenile Bettflucht?«
»Wahrscheinlich, schließlich bist du ja auch schon auf.«
Tja Ina, das war ja wohl ein Eigentor. Zweifelsfrei.
»Und sonst? Hier so?« Robert zeigt auf die Wiese mit versprengten Resten eines Sommergelages. Auf dem Grill liegen zwei schwarz verschrumpelte Länglichkeiten, die in einem früheren Leben wohl mal Bratwürste waren.
Der Tisch einer sogenannten Biergarten-Garnitur ist eingedeckt mit vollen Aschern, leeren Gläsern, zerknülltem Verpackungszeugs von was auch immer. Irgendwo mittendrin steht eine Salatschüssel. In wässrig gewordener Mayonnaise dümpeln noch ein paar Kartoffelscheiben und eine leblose Schnake herum.
»Gab es was zu feiern?«
»Nö, nicht direkt, war eher so etwas wie eine kleine Vorbereitung aufs Freitrommeln. Der Bauer in Schafstedt will seine Wiese nicht mehr dafür hergeben, also werden wir's jetzt wohl hier machen. Nächstes Wochenende.«

»Verstehe.« Robert nickt langsam, lässt seine Blicke schweifen, stumm. »Du kommst also gerade rechtzeitig, kannst schon mal deine Congas abstauben.«
Ruckartig wendet sich Robert wieder Ina zu: »Also eigentlich … also nee. Eigentlich wollt' ich nur kurz meine Sachen abholen und dann gleich wieder los.«
»Heißt das, du – du willst ausziehen?«
Ina sieht mit einem Mal deutlich über vierzig aus. »Zu dieser Frau etwa – dieser perfekt gebügelten Hühnerhofprinzessin?«
Keine Antwort, Robert bleibt stumm.
»Ich fass es nicht, wie passt das denn? Ich dachte immer, dir ist wichtig, dass du…« Ina bricht ihren Satz ab. »Ach vergiss es«, sagt sie nur kopfschüttelnd.
»Ja, ja, Ina, schon klar, aber so isses nun mal. Du weißt ja: Wo die Liebe hinfällt…«
Ina verdreht die Augen. Liebe! Geht's noch? Was ist denn das jetzt für'n Scheiss? – Zigarette! Sie muss jetzt eine rauchen.
Ina lässt die Katze runter ins Gras und versucht ihr Tabakpäckchen aus der hautengen Jeans zu zerren.
»Hier.« Robert hält ihr eine geöffnete Packung *Marlboros* unter die Nase. »Nimm die.«
Ina zieht mit zwei Fingern eine raus, dreht und wendet sie unter ihrem anerkennendem Blick.
»Plötzlicher Reichtum, was? – Doll!« meint sie und schenkt Robert zum Dank ein süffisantes Lächeln. »Selber drehen haste nich' mehr nötig, wie? Oder mag die Prinzessin keine Tabakkrümel auf ihrer Couchgarnitur?«
»Du hast ein völlig falsches Bild von Maren, sie ist nicht die Spießerin, für die du sie hältst. Du denkst natürlich, das ist so eine, die hat ihren Kopf nur zum Schminken und Frisieren. Nee, nee, Ina. Die ist wirklich fit im Kopf, sie hat was drauf. Und hat für ihr Alter schon 'ne Menge auf die Beine gestellt. Sie weiß was sie will, macht ihr Ding.«
Robert sucht nach noch besseren Worten für den Schlussakkord seiner Hymne: »Sie ist … wie soll ich sagen … erwachsen. Mir gefällt das.«
»Erwachsen … was bitte ist das denn??« Ina schnaubt vor Verachtung. Die Katze, inzwischen wieder auf ihrem Arm, zuckt zusammen.

Robert schweigt schon wieder. Lässt sich Zeit mit seiner Antwort.
»Sag schon, was macht man da so, als Erwachsene?«, stichelt Ina.
»Ich meine, nachdem man den ganzen Tag tote Tiere verkauft hat? – Sitzt man dann nach Feierabend nett zusammen auf dem Sofa, guckt Glotze, Erwachsenenfernsehen – versteht sich, aber nicht zu lange, weil man muss morgens ja wieder früh raus. – Oder wie hab ich mir das vorzustellen?«
»Ja, da liegst du nicht ganz falsch Ina. Wir gehen in der Tat ganz gern früh ins Bett, obwohl – so viel Schlaf brauchen wir eigentlich gar nicht. Und überhaupt scheinst du Erwachsensein irgendwie mit Frühvergreisung zu verwechseln.«
Jetzt schweigt zur Abwechslung mal Ina und krault intensiv die Katze auf ihrem Arm. Die Katze schließt die Augen.
»Ich ahne, worauf du hinauswillst – nur Ina, es ist ja so«, legt Robert noch mal nach, »auch Menschen, die nicht ständig über Tantra labern und Beckenbodenübungen zur Stärkung der vaginalen Elastizität machen, können aufregenden Sex haben.«
Aua – das tut weh Ina, stimmt´s?
»Keine Details bitte, ich muss das nicht wissen. – Hol dein Zeugs, Robert, tu, was du nicht lassen kannst, aber es ist ja wohl klar, dass du die Miete weiterzahlst bis ich jemand Neuen gefunden hab?«
»Nee, also das ist jetzt 'n Missverständnis, Ina. Du brauchst keinen Neuen, ich will den Raum schon noch behalten. Und ich zahl auch weiter.« Stille.
»Aha.« Stille. »Verstehe. – Okay, dann lass uns reingehen, ich brauch jetzt erstmal 'nen Kaffee.«
»Warte mal!« Robert fasst Inas dürren Oberarm.
»Bitte, Ina, ich will nicht, dass Maren erfährt, dass ich noch den Raum hab. Tu mir den Gefallen – versprich mir, wenn du sie triffst, ihr nichts davon zu erzählen!«
»Phh, wie sollte ich?« Ina lässt ihrer Verachtung freien Lauf:
»Ich meine – wo in aller Welt sollte ICH die treffen? Im Fachgeschäft für rosa Hemdblüslein oder beim Adventsgestecke-Basteln der Landfrauen?«
»Komm wieder runter Ina«, sagt er da mit butterweicher Stimme zu ihr. »Sei nicht so ätzend, dass hast DU doch nun wirklich nicht nötig.«

Geht's noch schleimiger? Ist das nicht ein total billiger Spruch?
Still und stumm steht Ina da. Aber seine Huskyaugen schauen sie so hungrig an.

Ach was soll's. So ist das nun mal, immer schon gewesen: Erst kommt das F… und dann kommt die Moral.

SIDONIE

Die Schiebetür des enormen Kleiderschranks ist komplett zurückgeschoben. Sie versucht gerade, sich einen Überblick über ihre Bestände an sommerlicher Garderobe zu verschaffen. Seit gestern ist das Wetter nämlich richtig toll, macht Sidonie aber noch keine wirklich gute Laune. Denn – man ahnt es: Sie hat nichts anzuziehen.
Diesen Tops hier, den sieht man einfach an, dass sie vom letzten Jahr sind. Und auf der niedlichen ärmellosen Schluppenbluse von *Victor und Rolf* ist ein kleiner Fleck. Salatsoße oder so. Könnte auch Kaffee sein, ist jedenfalls bei der Reinigung nicht rausgegangen. Sehr dumm. Es steht ihr nämlich supergut, dieses Teil.

Da klingelt was. Katharina am Telefon. Allerbester Laune.
»Hi. Du, ich komme gerade aus der Präsentation mit diesen ätzenden *Effem*-Leuten. Die sind so was von schwierig, sage ich dir. Ist aber toll gelaufen. Die Kampagnen-Idee war zugegebenermaßen eher dünn, aber ich hab sie richtig richtig gut verkauft, ich war echt klasse – in Topform, sag ich dir!«
»Na, das ist ja Lob von höchster Stelle«, bemerkt Sidonie.
Katharina lacht.
»Ich dachte, zur Belohnung gönne ich mir mal was. Das Wetter ist großartig, mein nächster Termin erst um drei. Was spricht dagegen, *lunchen* zu gehen? Irgendwo nett draußen? Was ist? Machst du mit?«

Sicher, die Idee ist gut, nur – Sidonie sollte um eins nicht nur ihre eigenen beiden Lieblinge vom Kindergarten abholen, sondern auch noch Leander. Einen Spielfreund, mit dem die beiden für heute Nachmit-

tag fest verabredet sind. Der Termin wurde bereits vor zwei Wochen von den Müttern ausgemacht und fest in ihren elektronischen *schedules* vermerkt.
Blöderweise hat sie dem Au-pair drei Tage frei gegeben – irgendeine Oma in der bulgarischen Heimat war gestorben. Angeblich.
Was macht man da?
Sidonie geht zum Nachdenken ans Fenster. Der Himmel ist wirklich ungewöhnlich blau. Da kommt ihr eine geniale Idee. Das ihr das nicht schon früher eingefallen ist!

Um kurz vor eins schiebt Sidonie drei kleine Jungs in in das *Ristorante Manzoni* an der Eppendorfer Landstraße.
»Setzt euch brav da hinten in die Ecke, an den runden Tisch.«
Sie donnern los, kajohlend nehmen sie Beschlag von den edlen Freischwingern, um die mal so richtig zum Schwingen zu bringen. Noch lächeln sie wohlwollend, der Padrone und seine Herren Kellner. Italiener sind ja bekanntlich ausgesprochen kinderfreundlich.
Sidonie zieht einen Hunderter aus ihrer Geldtasche.
»Hier.« Sie hält dem verblüfften Restaurantchef den Schein unter die Nase.
»Die drei sollen sich aussuchen, worauf sie Hunger haben. Vielleicht können Sie ihnen ja auch etwas empfehlen, so die Richtung Pasta oder auch Pizza. Nichts mit Schweinefleisch bitte. Und achten Sie darauf, dass der Kleine kein Basilikum zu sich nimmt, dagegen ist er allergisch. Ich bin in einer guten Stunde wieder da und hole die Kinder ab.«

Sie hängt sich die Tasche über die Schulter, winkt den drei Kindern zu.
»Ciao, ihr Süßen, lasst es euch schmecken!«
Die Süßen sind anderweitig beschäftigt. Gerade haben sie die Grissini-Packungen auf dem Tisch entdeckt und aufgerissen. Versuchen nun, sich gegenseitig mit den Dingern in der Nase zu bohren. Sidonie entschwindet Richtung Ausgang. Die komplette Aktion verläuft blitzartig wie ein Überfall. Bevor man hier im *ristorante* den Ernst der Lage überhaupt richtig einschätzen kann, ist sie schon an der Tür. Da dreht sie sich noch einmal zum Personal um.
»Und auf gar keinen Fall Cola, ja?! Davon werden sie immer so unruhig.«

»Ich kann hier nicht. Das ist mir hier irgendwie zu rosa!«
Robert lässt die Hände an Marens Schultern runtergleiten. Die Hände, mit denen er sie eben noch gepackt und aufs Bett gedrückt hat, entschlossen zu heftigem Sex, wie sie ihn damals, also noch neulich, in seinem Zimmer, andauernd hatten.
»Das Ding da oben macht mich fertig.« Er sieht hoch zu dem pinken Tüllgebilde, das an einer verschnörkelten Stange über ihnen schwebt, um dem soliden Ex-Ehebett eine Art Himmelbett-Aura zu verleihen. Jedenfalls war das von Maren irgendwann so gedacht gewesen. Himmlisch ist momentan allerdings gar nichts. Im Gegenteil.
Was zur Hölle passiert hier eigentlich gerade? denkt Maren und rückt ein klein wenig weg von ihm. Sie ist auch nicht wirklich locker. Wie auch? Unten sitzen ihre Eltern in der braunen Couchgarnitur, die Glotze läuft auf Hochtouren. Bis hier oben in ihre Wohnung ist die Fanfare von Günter Jauchs Rateshow zu hören. Offenbar hatte gerade wieder jemand seinen Telefon-Joker vergeigt. Da-da-da damm!! Neulich, als Robert versuchte mit Musik gegenzusteuern und eine von seinen Goa-CDs aufdrehte, stand plötzlich ihre Mutter in der Tür und wollte wissen, warum sie so spät noch mit dem Schlagbohrer rummachten und ob das nicht Zeit bis morgen hätte. Danach hatte Maren es mit einer von ihren Xavier Naidoo-Platten versucht, da bekam dann aber Robert einen solchen Lachkrampf, dass an Sex überhaupt nicht mehr zu denken war.

Irgendwas stimmt nicht, seit Robert hier eingezogen ist. Es ist einfach nicht mehr dasselbe.

»Ich werd erstmal eine rauchen.« Robert kramt was Silbriges aus seiner Felltasche, die wie ein Steinzeit-Fundstück am steril-weißen Kleiderschrank hängt.
»Nein! Bitte, Robert!« Maren zieht sich schnell ihre Bluse über, rafft sie vor der Brust zusammen. »Das hatten wir doch schon, du kannst hier kein Haschisch rauchen. Mein Vater flippt aus, wenn er das mitkriegt!«
»Dein Vater sitzt da unten, hat garantiert schon vier Bier intus, kippt

vermutlich grad den zweiten Doppelkorn – und ich soll jetzt hier auf so einen kleinen Krümel Dope verzichten? – Ich glaub, ich spinne!«
Maren macht vor Schreck große Augen, so bösartig kommt das rüber. Aber es wird noch besser.
»Okay.« Robert stopft sein Tabakpäckchen zurück in die Tasche, steigt in seine Hose. Ohne Unterwäsche, wie immer. Unappetitlich findet Maren das und wollte es ihm auch schon längst mal sagen. Aber dies ist natürlich nicht der richtige Augenblick. Robert taucht ab in einen Pullover, taucht wieder auf, zieht seinen Zopf hinten im Nacken raus. Greift zur Umhängetasche. »Muss mal ein bisschen frische Luft schnappen, bin in ein paar Stunden wieder hier.«
Weg isser. Kein Gruß, kein Kuss.

Tja. Was soll sie davon halten? Es tut weh. So allein dazusitzen nach der missglückten Nummer. Zum Heulen eigentlich. Aber Maren beschließt, dass sie das Ganze nicht überbewerten sollte. Bekanntlich werden Männer gern mal ungerecht und aggressiv, wenn sie keinen hochkriegen. Irgendwie versteht sie ihn auch. Es ist wirklich nicht witzig, wie ihn alle spüren lassen, was sie von der ganzen Entwicklung im Allgemeinen und von ihm im Besonderen halten. Nämlich gar nix.
Jeder Satz, den ihre Mutter in Roberts Gegenwart fallen lässt, fängt mit Jan an und hört mit Jan auf. Und das ist keineswegs Gedankenlosigkeit oder Zufall, oh nein. Wiebke wiederum scheint es ein echtes Anliegen zu sein, Robert jeden Tag fünfmal darauf hinzuweisen, was für eine gute Partie er doch mit Maren an Land gezogen hat. Wie groß der Hof und die Umsätze sind, wie viel Morgen Land zum Thaden-Imperium gehören und, und, und.

»Das ist doch bestimmt schön für dich, mal so'n büschen Bequemlichkeit«, piepst sie bei jeder Gelegenheit. »Ich mein, so'n Komfort hattest du da auf dem Röschmann-Hof doch wohl nicht.«
Mit ähnlichen Sprüchen wurde Robert auch von Imke Lohse traktiert, als sie neulich hier war. Angeblich, um dringend und höchst persönlich schon mal die Anmelde-Liste fürs Erntedankfest abzugeben – das allerdings erst in zweieinhalb Monaten stattfinden wird. In Wahrheit die reine Neugier!

»Zu schön um wahr zu sein, Marens Neuer!«, hatte Imke daraufhin beim nächsten Landfrauen-Treff ganz allgemein verkündet und speziell für die Hollywood-affine Sabine noch hinzugefügt:
»Ohne diesen Zopf könnte er aussehen wie Ashton Kutcher!«
Allgemeines Gegacker.

Nur ihr Vater, der seine Maren ganz entschieden vergöttert, reagierte als Einziger halbwegs entspannt.
»De Hauptsach ess doch wuol, dat min Deern glöcklich ward!«
Aber Roberts kritische Einstellung zur traditionellen Landwirtschaft kann er natürlich nicht so widerspruchslos hinnehmen. Er hatte ihn neulich ordentlich angeraunzt:
»Nu hör mir moal aff met düssen Ökou-Jedöns, we hebbt dat jümmers so makt und dat blifft ook jümmers so!«
Robert war richtig rot geworden.
Sie hatte ihn gewarnt. Das Wort BIO war im Hause Thaden geächtet.
Maren seufzt, da kommt noch einiges auf sie zu, das steht mal fest. Noch hat Robert die Legehallen auf der anderen Seite vom Wäldchen nicht gesehen.

Sie wird mit ihren Leuten reden. Morgen.
Jetzt nutzt sie erst mal die Gunst der Stunde. Sie holt sich aus den Tiefen des Vorratsschranks eine Box mit ihrem Lieblings-Knabberzeug *12 Mal Partyfun for Friends!* (Partyfun!? Wie bescheuert ist das denn? (O-Ton Robert)), eine halbvolle Flasche Bacardi, dazu Coca Cola (du solltest diese amerikanische Giftplörre wirklich nicht trinken, das Zeug macht fett und krank! (ebenfalls O-Ton Robert)) und lässt sich damit auf dem Sofa nieder. Endlich kann sie mal wieder …
Sie angelt nach der Fernbedienung.
Vorsichtshalber stellt sie den Ton ganz leise, damit sie hört, wenn er zurückkommt. Falls er zurückkommt. Doch! Klar, er wird zurückkommen. Jedenfalls möchte sie auf gar keinen Fall von ihm dabei überrascht werden, wie sie *Germany's next Topmodel* guckt. Das wäre ja echt zu peinlich.

»Jetzt hört doch mal auf, mit der Zahncreme rumzuschmieren! Und nein, nein, Jefferson, nicht dem Linny mit der Zahnbürste den Popo schrubben! – Also entweder ihr putzt euch jetzt vernünftig die Zähne, oder die Mami liest euch heute keine Gutenachtgeschichte vor!«
»Dann machen wir eben Hörbuch!«
Jefferson würgt mit seine dicken Fäustchen die Zahncreme-Tube, bis sie ihren Inhalt raus sprotzt, hoch an die Spiegelfläche.
Diese Kinder können einen echt fertig machen! – Aber wenn sie dann so süß in ihren Vichy-Karo-Pyjamas in den Bettchen liegen … irgendwie wonnig, findet ihre Mutter.

Sidonie setzt sich bei Lincoln auf die Bettkante, fährt mit der Hand durch sein Bürstenhaar.
»Und mein kleiner Linny? War's schön heute beim Italiener? Zum ersten Mal allein im Restaurant wie die Großen, cool oder?«
Lincoln strahlt.
»Ja das war geil, wie wir alles Leckere bestellt haben. Tisumi, ganz viel.«
»Das Wort geil möchte die Mami nicht hören, das weisst du doch, oder? – Und es heisst Tira-mi-su, was ihr gegessen habt, mein Schatz, stimmt's?«
»Mmh.« Lincoln nickt. »Tisurami, um die Wette, wer am meisten kann. Das war lecker, aber Leander, der musste spucken.«
»Jaa!!«, schreit Jefferson begeistert. »Der hat gekotzt, so – « und er springt hoch, auf seinem Bett herum, zieht dabei eine große Würge-Röchel-Show ab. Da gibt es auch für Lincoln kein Halten mehr. Er schließt sich der Performance an.
Sidonie versucht sich Gehör zu verschaffen, öffnet das Bilderbuch auf ihren Knien.
»So, gut jetzt! Legt euch wieder hin, es geht los mit der neuen Geschichte: *Die Reise nach Tripiti*.«
Einen Moment lang hören die beiden gespannt zu, dann schreit Jefferson: »Das ist eine Kackescheissepissgeschichte!«
Und schon ist es wieder vorbei mit Andacht und Stille.

»Dann eben nicht, Freunde!« Sidonie klappt entnervt das Buch zu, schleudert es irgendwohin, marschiert zur Tür hinaus.
»*Porca miseria!*«, kräht Lincoln hinter ihr her.

MAREN, NACHTS

Plötzlich ist Maren wach. Da war doch ein Geräusch, sie richtet sich im Bett auf.
»Jan?« Aber dann fällt ihr alles wieder ein: »Robert? – Bist du das?«
Sie knipst die Nachttischlampe an, das Bett neben ihr ist leer, unberührt und leer.
Dann tastet sie nach der Uhr, genau wie Jan seinerzeit, damals in der Mai-Nacht. Und genau wie damals ist es kurz nach drei. Das ist die Stunde der Nacht, in der jede klitzekleine Sorge zum Riesending wird, wenn man sich schlaflos auf der Matratze hin und her wirft. Plötzlich ist sie sich ihrer Sache nicht mehr so sicher. Was ist, wenn er gar nicht zurückkommt?

Sie stellt sich den Triumph ihrer Mutter vor, die blöden Sprüche von den Mädels beim Landfrauen-Treff. Imke Lohse vorneweg, die sowieso gern Häme mit Humor verwechselt.
Sabine Hintz würde vermutlich Trost im *Gala*-Format spenden: Mach dir nichts draus Maren! So was passiert. Sogar Prinzessinnen – denk nur mal an die arme Madeleine von Schweden damals! Oder Jennifer Aniston! Sandra Bullock!
Ach was! Es darf nicht passieren und es wird nicht passieren. Am wichtigsten ist jetzt, dass sie möglichst schnell wieder einschläft. In ein paar Stunden muss sie raus, gen Hamburg. Isemarkt.
Heiße Milch mit Honig könnte helfen. Sie schlägt die Bettdecke zurück und marschiert Richtung Küche. Fröstelnd schubbert sie sich die nackten Oberarme während sie wartet, dass die Milch im Stieltopf heiß wird.
Seit Roberts Einzug trägt sie nachts nur Slip und Trägerhemdchen. Die gemütlichen Flanell-Schlafanzüge mit Bärchen-Muster sind verbannt. Genau wie der *Hard Rock Café Paris*-Becher, auf den sie so stolz

war. Ein Mitbringsel von der Reise, die Jan und sie sich zum ersten Hochzeitstag gegönnt hatten. *Shit happens* steht auf ihrem neuen Becher, in dem sie nun Milch und Honig verrührt und mit dem sie sich wieder ins Bett begibt. Sicher wird er jeden Moment auftauchen.
Er – Robert.

ROBERT

Mit strahlendstem Lächeln entsteigt er seinem Kombi.
Maren hat gerade den Trailer fertig ausgeräumt und das Sortiment umgerüstet von Isemarkt (heute) auf Rellinger Wochenmarkt (morgen), wo grobe Geflügelleberwurst besser läuft, als getrüffelte Fasanenpastete. Sie fühlt sich zerschlagen, müde von einem tristen Schlechtwetter-Vormittag mit äußerst dürftigen Verkäufen. Zur Verbesserung ihrer Stimmung konnte das nicht beitragen.
Sie hat sich heute in Eppendorf die Beine in den Bauch stehen müssen und dabei viel zuviel Zeit zum Nachdenken gehabt. Dann, als Mama und sie gerade beschlossen hatten schon mal abzubauen, da kam SIE natürlich noch angewackelt. Ihre Lieblingskundin. Hatte alle Zeit der Welt und verlangte selbstverständlich und ausgerechnet nur die Dinge, die Maren nun grad so schön in Folie verpackt und bereits verstaut hatte. Aber Maren hat sich nichts anmerken lassen. Dazu war sie viel zu erledigt.

Robert wirft die Tür des Kombis zu, kommt auf sie zu, übersieht ihre Grimmigkeit, umarmt sie, küsst sie heftig, mitten auf dem Hof.
»Tut mir leid, ich war blöd gestern Abend«, flüstert er ganz tief in Marens Ohr und küsst weiter und weiter.
Und als sie seinem wilden Geküsse endlich ausweicht, um ihn zur Rede zu stellen, hält er ihr etwas entgegen.
Etwas, das in Packpapier eingewickelt ist, zusätzlich ist noch Schnur von alten Fischnetzen drumrum gedröselt.
»Was soll das sein?« Maren ist ratlos.
»Mach's auf, es ist für dich. – Eine Liebesgabe!« ruft er theatralisch hoch zum Himmel über Holstein und breitet dabei beide Arme aus.

Kopfschüttelnd, aber bereits mit einem klitzekleinen Lächeln, fummelt sie das seltsame Päckchen auf. Darin ist ein Anhänger: Ein weiß geschnitztes Liebespaar, verschlungen zu einem fast jugendstilhaft wirkenden Ornament, befestigt an einem fein geflochtenen Lederband.
»Wie schön«, sagt Maren und streichelt ganz behutsam über das kleine Paar. »Ist es aus Elfenbein?«
»Elfenbein? Bist du wahnsinnig?? Elfenbein geht gar nicht, absoluter Naturschutz, schon seit ewigen Jahren, das solltest du wissen, Maren, du hast doch schließlich Abitur, also wirklich! – Nee, das ist Knochen, von Rindern. *Bonecarving* nennt man das, ein traditionelles Handwerk, stammt ursprünglich aus Neuseeland. Es ist übrigens ein Unikat, der Entwurf ist von mir. Nur für dich.«

Robert nimmt ihr das Schmuckstück aus der Hand, streift ihr ihr das Lederband über den Kopf und bringt den Anhänger in Position. Tritt einen Schritt zurück. Dann beginnt er, die obersten Knöpfe ihrer Hemdbluse zu öffnen. Sie schlägt ihm auf die Hand.
»Bist du verrückt? Doch nicht hier vor allen …« Sie sieht sich um.
Der Hof ist menschenleer.
»Auf nackter Haut sieht es aber am besten aus.«

Maren schaut an sich runter, nimmt den Anhänger noch mal in die Hand. Rinderknochen. Kennt sie. Vom Suppe kochen. Irgendwie eigentümlich, dass so ein Stück vom Rindergerippe jetzt hier an ihr …
»Und du hast die ganze Nacht daran herumgeschnitzt, nehme ich an. Das ist der Grund, warum du nicht eher zurückgekommen bist, oder?«
Er sieht sie so erstaunt an, als sei diese Frage wirklich das Letzte, womit er gerechnet hat.
»Aber – ich war da!« Er zeigt auf die hintere Hoftür. »Gegen elf. Ich kam nicht rein, die Tür war dicht, und der Schlüssel muss von innen gesteckt haben.«
»Hm«, sagt Maren. Sie weiß nicht so recht. Grundsätzlich ist die Tür immer auf. Schon damit die Gehilfen morgens Zugang zur Wirtschaftsküche haben, wo sie ganz früh, noch vor Arbeitsbeginn, den für sie bereitgestellten Kaffee und die Wurststullen einnehmen. Seit Maren denken kann, läuft das so.

»Na ja, ich bin dann zu Hendrik, du weißt, der Typ aus Meldorf, hab bei ihm gepennt und bin dann morgens mit ihm zum Markt nach Heide. Er macht auch Märkte, mit so Produkten von seinen Schafen, also Felle, Käse, Wollseife und so'n Zeug. War nicht schlecht in Heide, ich hab da jedenfalls mehr verkauft als auf diesem ätzenden Isemarkt. Und danach bin ich dann noch nach Lütjenbornholt gegurkt, zu Annette und Nico, das sind die Leute mit dem *bonecarving*, das heißt, Nico ist der *carver* und die Annette macht den Verkauf klar und so das Drumherum, die haben drei Jahre in Neuseeland und habe da…« Er unterbricht seinen Redeschwall.
»Ey, du hörst mir ja gar nicht zu!«

Maren schaut ihn an, intensiv, ganz direkt. Sie will, dass er ihn spürt. Ihren Verarsch mich ja nicht ich warne dich-Blick. Sein Finger streicht an ihrem Hals herunter, umkreist den Anhänger in ihrem Ausschnitt. Maren atmet tief ein und schließt die Augen. Er legt den Arm um sie.
»Gehn wir rein?«
Sie nickt. Als sie auf das Haus zu gehen, sieht Maren, wie sich ihre Mutter blitzartig vom Küchenfenster zurückzieht. Vielleicht steckte der Schlüssel ja wirklich von innen.

FISCH

Noch keine zehn, aber Fisch-Bargmann ist schon das erste Mal voll auf Zinne.
Das Publikum auf dem Isemarkt ist ganz klar eine Zumutung, mit der einer wie Gerd Bargmann aber normalerweise klarkommt. Ausnahme: Schulferien! Das bedeutet nämlich, dass diese übergeschnappten Weiber ihre verzogenen Blagen im Schlepptau haben, wenn sie Markteinkäufe machen. Da stößt dann auch ein Gerd Bargmann schon mal an seine Grenzen.

Und gerade schießen doch tatsächlich zwei von diesen kleinen Teufeln mit bunten Riesen-Wasserpistolen immer man rein in sein Becken mit den Lebend-Fischen. Die Karpfen und Forellen in dem blauen

Bassin, das da ebenerdig vor Bargmanns Stand steht, sind in allerhellstem Aufruhr. Einige der wartenden Kunden allerdings auch.
Es spritzt nicht schlecht, wenn Jefferson und Lincoln mit ihren *Supersoakers* richtig draufhalten. Ihre Erziehungsberechtigte steht derweil vorn am Tresen und ordert gelassen 50 Gramm *Délice de la Mer*.
Während eine von Bargmanns ukrainischen Verkaufshelferinnen abwiegt, stellt Sidonie fest:
»Auf den Schildern fehlt die gesetzlich vorgeschriebene Angabe der Konservierungsstoffe.«

Auch das noch, nun reicht es! – Bargmann kommt in Fahrt, aber hallo! Ich glaub', ich hör nicht recht! Gesetzlich vorgeschrieben! Wo sind wir denn hier?
Mit einem Kopf wie ein Feuermelder springt er heran.
»Unsere Salate sind FREI! von Konservierungsstoffen! Und wenn da nix drin is, denn muss da auch nichts draufsteh'n, Gnädigste, ja? – Und im Übrigen empfehle ich Ihnen, sich lieber um Ihre Kinder zu kümmern, statt um meine Schilder!!«
Sidonie sieht ihn nicht einmal an.
»Und 100 Gramm Tiefseekrabben«, sagt sie in Richtung Ukraine.
Das war's.

FLEISCH

»Du siehst gut aus, ich bin stolz auf dich!«
Maren will die Situation locker angehen, aber Robert schaut sie nur missmutig an, während er sich die Bänder der weißen Halbschürze um die Hüften tüdert.
»Nee, nicht so.« Maren nimmt ihm die Bänder aus der Hand.
»Du musst sie richtig knoten, sonst sind sie in Nullkommanix wieder auf. Komm, ich helf' dir ... so. – Okay. Pass auf, jetzt erklär ich dir mal, wie es läuft.«
Dann erklärt sie. Im Schnelldurchlauf. Was, wann, wo.
Alles nicht so einfach, wie man denkt. Diese Wiegekasse zum Beispiel, hochgradig kompliziert. Seine übersichtlichen Einnahmen während

der Kräuterhandels-Ära konnte er über einen kleinen Beutel abwickeln, den er sich früher mal selbst genäht hat, aus Fensterleder. Hier bei Maren läuft es modernst elektronisch.

Robert lauscht fasziniert und konzentriert, äußert keinerlei Einwände und am Ende dieser Einführung in den Geflügelproduktehandel für Anfänger, hat er den Plan vergessen, Teile seines Ex-Sortiments in die Thaden' sche Produktpalette zu integrieren.
»Die Leute brauchen doch eh Gewürze, um in dieses fade Hühnerfleisch ´n bisschen Sound reinzukriegen!«, hatte er argumentiert.
Maren rollte innerlich mit den Augen, als er damit anfing. Fand es aber schlauer, erstmal nicht direkt dagegen zu sein. Obwohl für sie feststeht, dass diese uralten angestaubten Tüten mit vertrocknetem Thymian, Estragon, Rosmarin hier in ihrem schicken, neuen Trailer nicht das Geringste zu suchen haben.

»Guten Morgen!«, ertönt ein zittriges Stimmchen.
Fast immer ist die Freifrau von Müffling die erste Kundin des Tages und fast immer trägt sie ihren grauen Persianer-Mantel. Auch jetzt, Mitte Juli, mag sie nicht darauf verzichten. Die Freifrau friert chronisch. Was am Alter liegt und am absolut fehlenden Fettgewebe.
»Der Kreislauf, Frau Maren, der Kreislauf.«
Seit Menschengedenken kauft Frau von Müffling die 50 Gramm Aufschnitt, die sie pro Woche verbraucht, und ihren Monatsbedarf von 6 Eiern bei den Thadens. Maren fehlt manchmal die Geduld, die ihre Mutter für diese Art von Kundschaft aufbringen kann. Sie erträgt es nur schwer, wenn Frau von Müffling mit dem silber-beschlagenen Griff ihres Krückstöckchens gegen die Glasscheibe hämmert, um sich verständlicher zu machen.
»Frau von Müffling, die Scheibe ist übrigens aus Glas!«, sagt Maren dann laut und deutlich. Aber so gut hört Frau Von und Zu nun auch nicht mehr. Und wie es aussieht, lassen ihre Augen komplett nach.
»Sie haben ja eine neue Frisur, Herr Jan«, bemerkt sie gerade.
»Steht Ihnen gut, ist nicht mehr so struppig!«
Robert grinst: »Ja, genau und gewachsen bin ich auch.«
Maren tritt ihm gegen den Fuß, muss aber fast loslachen.

»Frau von Müffling, das ist nicht Jan, das ist Robert. Er ist … mein …« Tja, was denn eigentlich? Freund? Zu wenig. Lebensgefährte? Das sagen doch nur Lehrer und Rentner. Und Lehrer in Rente.
»Also, Robert ist so was wie mein neuer Mann.«

»Wie bitte?« Frau von Müfflings Kopf fährt hoch, die weißvioletten Löckchen wippen erregt. Sie taxiert Robert genauer, wie durch ein unsichtbares Vergrößerungsglas.
»So«, sagt sie. »Soso.« Zieht eine der aufgemalten Augenbrauen hoch. Dann zu Maren: »Weiß Ihr Vater davon?«
»Aber selbstverständlich, wo denken Sie hin!«
»Ich kann das nicht richtig finden, Frau Maren!«
Das Stöckchen klopft erneut gegen die Glasscheibe.
»Ehepaare sollten zusammen bleiben, durch dick und dünn. Nicht immer gleich Scheidung, Scheidung. Wissen Sie Frau Maren, unser Bischof hat neulich noch …«
»Frau von Müffling, wie wär's denn heute mal mit was Neuem? Ich habe hier eine ganz magere, mild geräucherte Puten-Coppa. – Ich reiche Ihnen mal ein Scheibchen zum Probieren rüber ...«
Um Gottes willen! Wenn Frau von Müffling etwas noch mehr erregt als ein promisker Lebenswandel, dann ist es das Ändern von Gewohnheiten sowie Nahrungsaufnahme in der Öffentlichkeit, womöglich ohne Messer und Gabel!!
»Ich bitte Sie, Frau Maren! Das möchte ich nun wirklich nicht. Geben Sie mir bitte von der Geflügelleber-Pastete. 50 Gramm, wie immer. Auf keinen Fall mehr, eher weniger.«
Aber gerne doch.
Und dann kommt SIE.
Maren hat insgeheim darauf gewartet. Die Schönste der Schönen lässt sich nichts anmerken. Und doch: Die personelle Veränderung bei den *Geflügelspezialitäten* hat Sidonie sofort erfasst. Leichte Irritation, ihre Augen gehen hin und her, taxieren diesen neuen Mann. Wo hat Miss Putenschnitzel den denn aufgerissen? Der ist ja beinah doppelt so groß wie sein Vorgänger und sieht in der Tat nicht übel aus. Dass beide, sie und er, die gleiche Frisur tragen, ist allerdings hochgradig lächerlich. Immerhin ist Sidonie so beeindruckt, dass das folgende Verkaufsge-

spräch ohne weitere Zwischenfälle abgewickelt wird. Was Maren wiederum beeindruckend findet. Soll das heißen, dass sie mit Robert an ihrer Seite so etwas wie Respekt genießt?
Oh nein, Maren – so einfach ist es denn doch nicht. Mit dem Respekt.

SPÄTER

Gleich drei. Sie rauchen. Die Zigarette danach.
»Überstanden. Dein erster Tag, ist das nicht toll?«
Robert sagt erstmal gar nichts. Aber sie ist glücklich.
Es ist so wunderbar, hier mit ihm gemeinsam nach getaner Arbeit eine zu rauchen, ohne Versteckspiel, einfach so.
»Weißt du was? Wir werden das feiern. Ich lade dich heute Abend zum Essen ein, in den *Heegbarg*.«
Robert zieht nur die Augenbrauen hoch, sagen tut er nichts. Und das ist nicht ganz die Reaktion, die Maren erwartet hat.
»Was ist? Gefällt dir das nicht? Wenn du Bedenken hast, wegen Fleisch und so, also da gibt es auch Nudelgerichte auf der Karte, die sind garant…«
»Aber nein. Nein, es ist toll, Superidee«, unterbricht Robert sie milde lächelnd. »Ich find's großartig, dass meine Chefin mich zum Essen einlädt. Und dass sie um meine fleischlose Ernährung besorgt ist, nachdem ich gerade fünf Stunden am Stück wahre Fleischberge verkloppt habe.«

Was ist das jetzt? Ironie? Maren weiß nicht so recht. Sie selbst hat über diesen eventuellen Widerspruch gar nicht nachgedacht, stellt sie beschämt fest. Er gibt ihr einen Kuss auf die Nasenspitze.
»Wirklich, ich freue mich. Alles gut, Maren.«
»Okay, dann fahr ich jetzt mal den Wagen 'rum, du machst die Klappe dicht. Vergiss aber nicht zu sichern, und dann kannst du den Trailer ankuppeln.« Maren nimmt einen letzten Zug, dann tritt sie die Kippe sorgfältig aus und verschwindet. Robert raucht seine Zigarette ganz bis zu Ende, dann zieht er die Schürzenbänder auf, nimmt sich die Schürze ab, knüllt sie zusammen und schleudert sie über den Tresen in

den Trailer. Anschließend drückt er die hochgestellte Seitenklappe aus den Verankerungen, um sie zu schließen.
Nun hat er das aufgemalte Firmen-Logo direkt vor seiner Nase.
Den Schriftzug *Bokelrehmer Geflügelspezialitäten – Inhaberin Maren Thaden* und darunter die Illustration: Das Huhn im Nest.
Es zwinkert ihm zu. Er zeigt dem Huhn seinen Mittelfinger.
»Sieh dich vor!«, sagt Robert zu dem Huhn.

CAYENNE

Sie erfasst die Situation sofort, als sie sich, beladen mit Gemüse und Geflügel, samt Kindern ihrem *Cayenne* nähert.
An der Ecke Isestraße und Jungfrauenthal hat sich ein Stau gebildet. Bei einigen, die da feststecken, liegen bereits sämtliche Nerven blank. Es wird nachdrücklich gehupt. Ein ganz Ungeduldiger ist ausgestiegen, um vorn einen *Toyota* durch einen Engpass zu lotsen. Dieser Engpass hat sich ergeben durch die Stationierung eines Umzugswagens auf der einen Fahrbahnseite und – einen in zweiter Reihe parkenden *Porsche Cayenne* auf der anderen.
Clic-clac. Absolut ungerührt beamt Sidonie mit dem Schlüssel ihren Wagen auf, öffnet die Tür zur Ladefläche, um ihre Einkäufe zu verstauen. Da geht es auch schon los. Aus allen Autos wilde Beschimpfungen, quasi der gesamte Stau ist hochgradig erregt.

Sidonie hievt gelassen ihre Jungs in die Kindersitze, schnallt geruhsam an, schwingt sich auf den Fahrersitz. Sie hört noch wie irgendein Oberspinner aus seinem Autofenster so was zu ihr herüber schreit wie: »Meinen Sie nicht, Sie sollten sich zumindest entschuldigen für Ihre Rücksichtslosigkeit!?«
Nein, das meint sie nun wirklich überhaupt nicht. Auf welchem Planeten lebt der denn? In dieser Gegend entschuldigt man sich nicht. Niemals. Keine Rechtfertigung, keine Entschuldigung.
Wie im englischen Königshaus.

Freie und Hanse-Stadt hin oder her: Seine Umgangsformen hat der bessere Hamburger jedenfalls in direkter Linie vom Hochadel übernommen. Kann sich natürlich nicht jeder leisten.

ROBERT UND MAREN

»Na, meine kleine Streberin, immer noch bei den Hausaufgaben?«
Er nähert sich von hinten dem hochprofessionellen Bürostuhl, umgreift die Armlehnen, drückt sie ein paar Mal runter, so dass Maren auf- und abfedert.
»Hör auf!«, sagt sie ohne den Bildschirm aus den Augen zu lassen. »Ich verrutsche in den Spalten.«
»Ja, das gibt's.« Robert grinst, legt sein Kinn auf Marens Schulter, blickt auf verwirrenste *Excel*-Tabellen.
Maren fährt hochkonzentriert mit dem *cursor* in den Tabellen umher. Um sie herum, auf dem soliden 60er-Jahre-Schreibtisch liegen Ordner und jede Menge loser Blätter – Rechnungen und Lieferscheine.
An sämtlichen Wänden des kleinen Raumes stehen Regale, aus hellem Holz, vollgestopft mit Ordnern. Die Regale sind vermutlich ebenfalls noch aus den Sechzigern, die *Olivetti*-Rechenmaschine mit Papierrolle allerdings, die damals der letzte Schrei war, die gibt es nicht mehr. Auch hier in der »Hauptbuchhaltung« der *Bokelrehmer Geflügelspezialitäten*, ist man längst auf Computer umgestiegen, vernetzt mit Drucker und Faxgerät.
Maren blättert hektisch in den Unterlagen herum, dann widmet sie sich wieder den Tabellen auf dem Bildschirm.
»Momentchen noch – bin sofort so weit.« Mausklick, Mausklick.
Über die Schulter sagt sie zu ihm: »Nicht schlecht was? Die Umsätze von den Märkten. Wenn das auf dem Isemarkt weiter so gut läuft, können wir auf Halstenbek irgendwann ganz verzichten und müssten montags nicht mehr so früh raus.«
»Welche von den Zahlen sind denn die Umsätze?« Robert scheint jetzt doch interessiert.
»Hier.« Maren tippt mit dem Kuli in eine der Spalten. »Das sind die verschiedenen Märkte und hier unten, das ist der Gesamt-Monatsumsatz.«

Ungläubig starrt er auf die Zahl, dann lacht er auf.
»Ha! Das ist ja krass!«
»Na ja, Umsätze. Umsätze sind noch nicht der Gewinn.«
Egal, so feine Unterschiede hat er nie gemacht. Er knetet ihr zur Belohnung ein wenig die Nackenmuskulatur.
»Ich bin so stolz auf dich, Chefin! In Anbetracht der gut gehenden Geschäfte, erbitte ich, als dein bester und engster Mitarbeiter, demütigst eine sofortige Gehaltszulage und einen Firmenwagen.«
Maren verschränkt die Arme vor der Brust.
»Und in Anbetracht der noch laufenden Probezeit muss ich das leider entschieden ablehnen.«
Robert bricht die Nackenmassage ab.
»Jetzt mal im Ernst, Maren, ich wollte dich fragen, ob ich deinen Wagen nehmen kann, meine Karre springt nicht an. Die Batterie vermutlich, muss ich mich morgen mal drum kümmern.«
Maren dreht den Bürostuhl mit Schwung zu ihm herum.
»Wieso? Wo willst du denn jetzt noch hin, ich dachte wir essen gleich zusammen? Wolltest du uns nicht was kochen?«
»Ja, sorry, aber Nico rief grad an, der *bonecarver* – du erinnerst dich? Er hat heute 'ne neue Schleifmaschine geliefert bekommen, ich soll ihm helfen, die in die Werkstatt zu tragen. Das Ding ist mörderschwer, verstehst du?«
»Gut, wenn du meinst, dass du es wagen kannst, da mit meiner Großbauern-Kutsche vorzufahren – die Schlüssel liegen oben in der Schale auf der Flurkommode. Ich warte dann mit dem Essen auf dich, das kann ja nicht ewig dauern.«

Robert, der quasi schon weg ist, steckt noch mal kurz den Kopf durch die Tür.
»Nee, warte lieber nicht! Ich hab dir oben 'nen Salat vorbereitet, da musste dir nur noch Dressing drüber kippen. Lass es dir schmecken! Bis später, ja?« Er wirft ihr eine letzte Kusshand zu.
»Du bist so fleißig, meine Schöne, ich bin stolz auf dich. Wenn ich nachher zurück bin, gibt's eine Belohnung! Versprochen!«
Wenn. Nachher.

Das ist also der Salat, den er für sie vorbereitet hat. Maren wirft dem Grünzeug in der Schüssel einen verächtlichen Blick zu. Davon soll sie satt werden? Blätter, nichts als Blätter! Keine Tomate, keine Gurke, weder Ei noch Käse oder irgend etwas, das einen Salat in ihren Augen zu einer vollwertigen Mahlzeit machen könnte.
Und wo ist das Dressing, das sie sich nur noch drüber kippen soll? Nur noch. Nachdem sie's sich aber erstmal selbst angerührt hat, oder wie? Ganz welk ist das Zeugs mittlerweile auch schon. Nee, also wirklich!
Maren tritt auf das Mülleimer-Pedal. Oben auf dem Müll liegt ein leerer Klarsichtbeutel: *Salatmix Gärtnerin – genussfertig!* liest sie. Wütend kippt sie den Salat obendrauf. Und die Schüssel würde sie am liebsten gleich mit reinpfeffern, so sauer ist sie.
Heute koch ich uns mal was Schönes! – Na super!
Sie reißt das Tiefkühlfach des Kühlschranks auf. Nix, sämtliche Pizzavorräte sind verschwunden. Es wird ihr nicht anders übrig bleiben, als zu ihrer Mutter runter zu gehen.
Beim Rausgehen fällt ihr Blick auf den Küchentisch.
Da liegt Roberts Schlüsselbund.
Später wird sie sagen, dass das der Moment war, in dem zum ersten Mal und urplötzlich Misstrauen in ihr aufkam. Einfach so, aus heiterem Himmel.
Ein Schlüsselerlebnis – im wahrsten Wortsinn.
Jedenfalls marschiert Maren sehr entschlossen auf den Hof, schwingt sich hinter das Steuer von Roberts altem Passat, dreht den Schlüssel im Zündschloss und ... sie hat es sich fast gedacht: Der Motor springt sofort an. Weit kommen würde man allerdings nicht mehr, denn die Benzinanzeige steht quasi auf null.
Und auf dem Rücksitz liegt eine hellviolette Jeansjacke in Größe 34 mit einem Aufnäher: *Punk is not dead.*

»Was soll denn das werden?«
Maren starrt entgeistert auf eine Vielzahl von Kisten, die Robert zum größten Teil schon auf der Ladefläche seines Kombis verfrachtet hat. Eben würgt er die letzten beiden Kartons rein. Dann erst nimmt er sich Zeit zu antworten.

»Ich hab meine Sachen wieder aus eurem Keller geholt. Weißt du, ich werde wieder mit Kräutern und Kerzen weiter machen!«
»Waas?« Maren ist fassungslos, während er, als sei diese lapidare Mitteilung das Selbstverständlichste überhaupt, seine Zigaretten aus der Tasche zieht, um sich seelenruhig eine anzustecken.
»Ich warte auf eine Erklärung.«
Robert lässt sich nicht aus der Ruhe bringen, nimmt erst mal einen tiefen Zug.

»Maren.« Er sieht sie eindringlich an, während er den Rauch seitlich aus dem Mundwinkel bläst.
»Ich hab mir heute morgen von euerm Hiwi, dem Kalle, die Hühnerhallen zeigen lassen. Du glaubst doch nicht im Ernst, dass ich noch einen Tag länger mit dir zusammen Eier verkaufe, die unter diesen Bedingungen gelegt werden?«
»Was meinst du mit diesen Bedingungen? Die Bedingungen hier bei uns entsprechen Eins A der Vorschrift für Freilandhaltung.«
»Freilandhaltung? Sag mal, geht's noch? Was für'n Freiland denn? Die Viecher sind supereng zusammengepfercht, nachts werden die sogar in erbärmliche Käfige gesteckt.«
»Du hast offenbar null Ahnung von gar nichts! Vielleicht siehst du dir erstmal die entsprechenden Bestimmungen an, bevor du hier rumtönst! Wir achten sehr genau auf die mindestestens vier Quadratmeter, die für Bodenhaltung Vorschrift sind. Und völlig legitim dürfen die Freiland-Hühner per Gesetz nachts in Käfigen sein. Is so!«
Maren wird immer hitziger und legt noch mal nach:
»Und ich darf dir sagen – was diese Käfige angeht, da liegen wir quadratmetermäßig sogar über der Norm. Eine Situation wie hier bei uns,

wirst du woanders vergebens suchen!«
»Mag sein, ich find 's trotzdem unmenschlich.«
»Unmenschlich?? Hast du 'nen Knall? Das sind Hühner, Robert! Dumme blöde Hühner, keine Menschen!«
Robert verliert mal kurz den Faden. Dann ist er wieder voll da, überlegen.
»Ich meine – es ist unmenschlich, Tiere zu quälen. Ich kann doch den Leuten nicht mehr geradeaus in die Augen sehen, denen ich Eier verkaufe, die auf diese Weise zustande kommen.«
Aber dröge Kräuter, die ihr *best before* lange hinter sich haben und zwei Monate lang in unseren muffigen Keller lagerten, die sind okay, was?!
Aber das sagt sie natürlich nicht laut, sondern:
»Gut. Musst du wissen. Das mit dem Gehalt ist dann natürlich vorbei, das ist dir hoffentlich klar. Selbst wenn ich wollte – Einnahmen mit dem Kräuterstand und gleichzeitig als Angestellter bei mir verbucht – da wird das Finanzamt nicht mitmachen.«
»Angestellter! Finanzamt!«, wiederholt er, vor Verachtung schnaubend, und noch mal: »Finanzamt!« Dann knallt er die Heckklappe zu.
Das heißt – er will sie zuknallen, funktioniert aber nicht. Schlecht gepackt, Robert. Die Klappe kracht gegen die Kisten, wütend wirft er sich dagegen, presst sie mit Gewalt zu. Als er es endlich geschafft hat, ist Maren längst im Haus verschwunden.

Oben in der Wohnung zieht eine hochexplosive Maren ihre Jacke aus und hängt sie mit wütendem Ruck an die Flurgarderobe, so heftig dass der Aufhänger abreisst. Ratsch macht's und die Jacke fällt zu Boden. Maren gibt ihr noch den finalen Fusstritt.
»Unmenschliche Hühnerhaltung! Ha! Das ich nicht lache!«

Sie lässt sich aufs Sofa krachen, greift zur Fernbedienung. *Verbotene Liebe.* Aber Maren sieht gar nicht richtig hin. Sie ist mit ihren Gedanken nun wirklich ganz wo anders. Liebe? – Ha! Von wegen! Hass, Zorn, Wut! Wenn sie daran denkt, was ihr bevorsteht, könnte sie kotzen. – Jawohl!

Sie wird schon wieder und vermutlich endgültig ihre Mutter bitten müssen, mit ihr die Märkte zu machen, darauf läuft es doch hinaus.

Alles auf Anfang. Und dazu das Ich hab es ja gleich gesagt-Gesicht ihrer Mutter.
Marens Blick fällt auf das pinkfarbige Kuschelkissen, ein Geschenk von Jan. Sie drückt es an sich.
Ach Jan, mein Jan, wie war es doch so schön einfach mit dir!
Auf einmal ist da diese Sehnsucht mit ihm zu reden. Oder besser gesagt, ihm den ganzen Schlamassel zu erzählen. Soll sie ihn anrufen? Quatsch, der Zug ist abgefahren, seit es diese Antonella gibt. Oder? Aber was ist, wenn er mit diesem Mädchen genauso unglücklich ist wie sie mit Robert?
Plötzlich steht er im Türrahmen.
Maren drückt das pinke Kuschelkissen noch fester an sich.
»Was willst du?«, faucht sie.
»Maren, meine Schöne.«
Er kommt behutsam auf sie zu, ist ihr jetzt ganz nah. Ist über ihr.
Robert, bitte lass das, sagt Maren. Nein, sagt sie nicht. Will sie sagen, aber dann lässt sie es geschehen.

DANACH

Maren saugt einen tiefen Zug aus der Zigarette, die Robert ihr hinhält. Sie lässt ihn dabei nicht aus den Augen, dann sinkt sie zurück, in die Rückenlage. Er streichelt sanft ihre Brustspitzen, küsst sie beide mit Hingabe, dann legt er sich neben sie. Flüstert etwas in ihr Ohr, das keiner hören darf. Sie lächelt.

Früher, also damals, hat sie die Meinung vertreten, dass man von oder über Sex auf keinen Fall miteinander reden sollte. Das macht alles nur noch schlimmer. Jetzt findet sie es höchst erregend, was er sagt. Und was er tut. Gerade jetzt streicheln seine Fingerspitzen die weiche Haut an den Innenseiten ihrer Schenkel. Wenn sie ehrlich ist: Sie könnte schon wieder.
Robert nicht.
Er steht unvermittelt auf, greift nach seinen rumliegenden Klamotten. Und ist erstaunlich schnell wieder beim Geschäftlichen.

»Weißt du Maren, ich kenne da einen Typen, der macht so'n bisschen in Öko-Landwirtschaft. Unter anderem hält er 'ne Menge Hühner, die jede Menge Eier legen. Die verkauft er so klein-klein. Ich wette, der hätte nix dagegen, wenn wir dem jede Woche, also regelmäßig, ein gewisses Kontingent abnehmen. – Was hältst du davon?«
Ruckartig sitzt Maren aufrecht.
»Wie stellst du dir das vor? Ich meine, das hier ist ein Geflügelhof, da kauf ich doch nicht woanders Eier ein! Auch wenn bei uns hier fast alles an den Großhändler geht – was für einen Sinn soll das machen, auf meinem eigenen Marktstand fremde Eier zu verkaufen? Was meinst du, was mein Vater dazu sagen wird?«
»Der nun wieder!« Robert verdreht die Augen. »Wir könnten ja beides anbieten: Standard und Bio – zu unterschiedlichen Preisen versteht sich.«
Wir. Er hat WIR gesagt. Das ist doch mal was, oder?

ISEMARKT

Gerüchteweise war da schon ein bisschen was zu Maren vorgedrungen, über diese angebliche Affäre zwischen einer Kundin aus Eppendorf und Gemüse-Möllers jüngstem Sohn, Holm, Student der Ingenieurswissenschaften und gelegentliche Aushilfe am Stand.
Momentan zum Beispiel springt er ein, weil sein Bruder Claus und die Schwägerin dringend mal Urlaub auf Gran Canaria brauchten.
Gerüchteweise hat Maren auch vernommen, dass diese Kundin so´ne ganz Etepetete ist. Sehr reich und sehr verheiratet und … nun kommt's…
Der Hammer! Sie soll geschätzte zwanzig! Jahre älter sein als Möllers Holm. Und das hält Maren nun wirklich für äußerst unwahrscheinlich. Glaubt sie erst, wenn sie's sieht.

Jetzt – es ist noch ganz früh am Morgen, die meisten Marktbetreiber sind noch in der in der Aufbauphase – wird Maren soeben von Annelise Möller höchst persönlich über den neuesten Stand dieser verhängnisvollen Affäre unterrichtet.

»Wenn du mich fragst, Maren – die olle Zippe, die will doch nur ihren Mann eifersüchtig machen. Ich wette, der betrügt sie mit 'ner Jüngeren und nu muss sie nachziehen. Es ist ein Unding! Ganz wuschig macht mich das! – Über vierzig ist die, Maren, bald doppelt so alt *as min Lütter.*«
Annelise ist wirklich schwer erzürnt und außer sich. Ihr Kleiner, der Holm. Also nee. »Nee, nee, nee.«
Sie schüttelt den Kopf, zupft ruckartig ein paar welke Blätter von den Eichblattsalaten und schleudert sie sonstwo hin.

Ach, Annelise. Was soll man da sagen?
Maren versucht irgendwie anteilnehmend auszusehen, weiß aber nicht, wie das geht. Da fällt ihr doch noch was Tröstliches ein:
»Aber guck mal Annelise, dein Lieblingskunde, der früher immer in den *Tagesthemen* war, und für den du so schwärmst …«
»Du meinst den Herrn Wickert, mmh?«, vermutet Annelise und schiebt ihr Kinn vor. »Was hat der denn damit zu kriegen?«
»Na ja«, setzt Maren ihre Ausführungen fort, »der hat doch auch eine Frau geheiratet, die könnte nicht nur seine Tochter, ich würd' mal sagen, die könnte sogar seine Enkelin sein.«
»Jetzt geh mir aber los! Das ist doch wohl ganz was *anners*. Das ist doch ein Mann, und dazu auch noch ein sehr eleganter Mann, neech?«
»Elegant ist diese, na diese Frau … na … du weißt schon, diese…«
»I-re-ne Fre-de-ri-ci.« Annelise betont jede Silbe, missbilligend bis leicht angewidert.
»Ja – also die, diese Irene, die ist doch vermutlich auch elegant.«
»Ach was! Elegant? 'ne aufgedonnerte Spinatwachtel ist das!«
Maren muss lachen, Annelise ist zu drollig, wenn sie in Rage gerät. Und richtig ernst nehmen kann sie die Sorgen von Möllers Annelise nicht.

Sie sieht zu Holm rüber, der kistenweise Gemüse vom Lkw hievt. Kaum zu glauben, dass er der Sohn von Annelise und dem ollen Möller und Claus-Eggerts Bruder ist. Alle übrigen Möllers sind ziemlich gedrungen. Rund und rotwangig. Holm ist groß, schlank und sehnig, sieht gut aus mit seinen kinnlangen weißblonden Haaren.

Nordisch by nature und ganz schön sexy. Aber das weiß er nicht. Oder doch?
Jedenfalls merkt er jetzt, dass Maren ihn ansieht, lächelt, grüßt lässig, dann wuchtet er weiter mit seinen Kisten herum.

»Sie hat ihn ins Konzert eingeladen«, tuschelt Annelise jetzt ganz dicht an Marens Ohr. »80 Euro *hett dat kost*. Und danach noch essen. Beim Mälzer, stell dir vor! Ich hoffe ja nur, ich mein, er wird doch nicht … man hat da ja schon so einiges gehört, von wegen sexuelle Hörigkeit und so.«
So – hat man das gehört? Maren lächelt. Wie gesagt, sie hält das alles für Pillepalle.
»Weißt du Annelise, vielleicht findet euer Holm es nur mal ganz schick, so eingeladen und verwöhnt zu werden, will einfach mal ein bisschen Luxusleben genießen.«
»Unser Holm? Das glaubst du doch wohl selber nicht!« Annelise ist empört. »Der ist doch nicht wegen Geld mit einer Frau zusammen.«
Dann legt sie noch was Spitzfindiges nach:
»Andere mögen das wohl tun, aber …« Sie hebt ihr Kinn. »Mein Holm, der hat das nicht nötig!«
»Tja, dann – dann ist es wohl doch wahre Liebe!«, sagt Maren und verabschiedet sich.

LEO

Sidonie drückt einmal kurz und heftig gegen die gigantische rahmenlose Glastür, auf der das *Spitzy, Stone and Sons*-Logo dezent eingeschliffen ist. Das Portal öffnet sich und – dadaddadamm! Sie rauscht mit der hochnäsigen Lässigkeit eines Catwalk-Models auf den Empfangstresen zu, der wie ein erleuchtetes Raumschiff über dem dunklen Eichenparkett zu schweben scheint.
Ihr offen wehender *Burberry*-Trench verleiht ihr Flügel und gibt gleichzeitig den Blick frei auf einen Overall aus blauschwarzem Jersey. Jawohl, *Derek Lam* hat den einteiligen Hosenanzug der Siebziger wiederentdeckt und Sidonie ist eine der ersten, die davon erfahren hat.

Und sie sieht phantastisch darin aus. *Dressed to kill.*
»Zu Leo!«, schleudert sie der Empfangsschönheit entgegen. »Ist er in seinem Büro?«
Das Mädchen – sehr jung und sehr neu auf diesem verantwortungsvollen Posten – ist irritiert.
»Äh … Darf ich fragen ...?« Nein, nichts darf sie fragen, keineswegs. Madame S. rauscht schon den Gang entlang, Richtung Chef-Büros.

Leo merkt, wie sich sein Blutdruck sofort erhöht, als sie vor seinem Schreibtisch auftaucht und sich mit Selbstverständlichkeit in einen der beiden Besuchersessel gießt.
Cool bleiben, das ist das Aller-Allerwichtigste, nie und niemals die Contenance verlieren. Das bleut man in seiner Familie schließlich schon den Dreijährigen im Sandkasten ein. Außerdem hat er heute schon ganz andere Katastrophen gemeistert, er schaut nur kurz hoch, wendet sich dann wieder seinem Laptop zu.
»Was gibt es?«, fragt er zwischen zwei Mausklicks.
Eine solche Frau mit solchen Beinen in einem solchen Overall, dazu diese Stiefel, hätte früher sofort einen libidonalen Supergau bei ihm ausgelöst, selbst wenn es sich bei dieser Frau um eine seiner Abgelegten handelte. Aber ihn kann momentan nichts mehr flashen. Er ist alle, einfach nur alle und das macht ihn gereizt und dass sie jetzt nicht zur Sache kommt, noch gereizter. – Okay, bringen wir's hinter uns.

»Lass mich raten, du bist hergekommen, weil du über Geld sprechen möchtest ...«
»Ich möchte nicht, Leo, ich muss. Du rufst ja nicht zurück, dabei weißt ganz genau, dass ich gewissermaßen … auf dem Trockenen sitze.«
Er schiebt das Laptop weg, lehnt sich in seinem Stuhl zurück und zieht mit zwei Fingern – ruck – erst rechts und dann – zuck– links, die Manschetten unter den Sakkoärmeln hervor. Ein ganz ganz böses Vorzeichen. Jeder, der Leo kennt, weiß das. Sidonie offenbar nicht.
Er sieht sie kurz schweigend an.
»Weißt du, was ich glaube? Du brauchst einen Therapeuten, du leidest unter Realitätsverlust im Endstadium! – Allein die Tatsache, dass du hier auftauchst, ausgerechnet hier, um dich zu … beschweren!«

Er pegelt die Lautstärke etwas höher.
»Zu beschweren, dass fast fünf Mille Cash – netto – jeden verdammten Monat nicht reichen, während wir hier Leute entlassen müssen, die bei der derzeitigen Situation in der Branche kaum eine Chance auf eine neue Festanstellung haben ... das ist so unglaublich, so geschmacklos!«

Erstaunt lässt Sidonie den Blick an ihrer perfekten Erscheinung heruntergleiten. Was bitte soll an ihr geschmacklos sein? Also wirklich …

Er beugt sich vor, schlägt einmal mit der flachen Hand auf die Schreibtischplatte. Knall. Peng. Erster Warnschuss. Eine Strähne des nach hinten gegeelten Haares löst sich, fällt ihm in die Stirn, seine Halsschlagader schwillt auf beängstigende Weise an.
Der zornige Mann. Echt beeindruckend. Aber ihr kann das keine Angst machen, sie hat ihn schon zu oft anders gesehen. Schwach nämlich, sehr schwach.
»Hast du überhaupt eine Ahnung, welche Art von Gesprächen ich in den letzten drei Stunden hier …«, er pocht auf die Tischplatte, »…geführt habe? Kündigungen! Jede Menge! Und es werden noch einige dazukommen. Wir müssen eine ganze Unit auflösen, wir haben nämlich einen Etat verloren, der 40 Prozent unserer Gesamt-Billings ausgemacht hat. Möglicherweise erinnerst du dich dunkel? Und vielleicht fällt dir ja auch ein, wem wir das zu verdanken haben?«

Sidonie reisst die Augen auf.
»Ach, darauf läuft es hinaus? Ich soll jetzt schuld sein an dem Debakel? Du ervögelst einen Etat und ich – also deine Ehefrau, wir waren und sind verheiratet, du erinnerst dich? – ich soll das hinnehmen und darf den Mund nicht aufmachen?«
»Den Mund nicht aufmachen?? Du hast es in die Zeitung setzen lassen!!«
»Phh, du bist doch sonst nicht so kleinlich, wenn es um Eigenwerbung geht!«
»Raaaus!!!« Er schreit sich ganz kurz mal alles, aber auch alles … »RAUS!«
Urschrei-Therapie, oder was?

Dann ist er wieder bei sich und nun flüstert er beinahe.
»Wenn du jetzt bitte gehen würdest, ich habe noch einige Kündigungs-Gespräche zu führen!«
Sidonie hat mittlerweile begriffen, dass ein geordnetes Gespräch über ihre Finanzen hier und heute nicht zustande kommen wird. Sie wirft ihm einen verachtenden Wie kann man nur?-Blick zu und schreitet gen Tür.

»Jawohl, in dieser Agentur geht es zur Zeit um Kündigungen! Auch mit einer dir nicht ganz unbekannten Person!«, setzt er noch mal nach, mit richtig viel Galle in der Stimme.
Sie weiss sofort, wer gemeint ist. *Shit* ! Was jetzt?

SIDONIE

Ihr ist wirklich mulmig, ein ganz blödes Gefühl ist das.
Sie tritt raus auf den Ballindamm. Unangenehmer Wind fegt von der Binnenalster herüber. Sie dreht sich zurück in den Hauseingang, schließt den Mantel und zieht den Gürtel in der Taille fest zusammen. Nein, solche Kollateralschäden hatte sie nicht einkalkuliert. Wobei – es lag ja nahe. Jeder, und besonders Leo weiss, dass Katharina und sie ... naja .. Freundinnen sind. Jeder, und besonders Leo, konnte sich denken, aus welcher Quelle die Info zu seinen intimen Geschäftsbeziehungen stammt. Und jetzt lässt er die arme Kathi natürlich als eine der Ersten über die Klinge springen.
Sie seufzt. Es ist alles ganz schön anstrengend momentan. Aber wirklich.
Sie wird Katharina anrufen, sie wird sie zum Essen einladen, in das neue Restaurant an den Hohen Bleichen, das wollte sie sowieso mal ausprobieren. Genau. So wird sie's machen, das ist sie Katharina schuldig, egal wie klamm sie momentan ist. Auf der Stelle ist sie ganz gerührt von ihrem eigenen Großmut.
Aber wie auch immer. Jetzt, findet sie, sollte sie erst mal an sich denken. Sie schaut auf die Uhr. Noch zwei Stunden, bis sie die Kinder abholen muss. Sie braucht irgendetwas, um dieses unschöne Erlebnis mit Leo,

dem Ekel, vergessen zu machen.
Sie lässt die Tasche von der Schulter gleiten, kramt nach dem iPhone. – »Ah, das ist toll, dass ich dich erreiche! Oluf, ich bin völlig am Ende. Nur eine Massage kann mich davon abhalten, in die Alster zu springen! – Wie? … Oluf, bitte! Das kannst du mir nicht antun, nur eine klitzekleine Rückenmassage, du weißt, wie bescheiden ich bin … Ich könnte in zehn Minuten da sein … Oh, Oluf du bist so zauberhaft!«

OLUF

Oluf ist nicht nur zauberhaft. Er ist imposant, groß, sieht beeindruckend muskelbepackt aus.
In seinem weißen Masseur-Outfit – enges weißes T-Shirt zu enger weißer Hose und mit seinem rasierten Schädel – erinnert er an diese Werbefigur, diesen Putzmitteltypen. Meister Proper, ja. Genau den.
Oluf, den halbnackte Frauen unter seinen Händen völlig kalt lassen, da seine sexuellen Präferenzen ganz woanders liegen, gehört zu der unzählbaren Schar von Dienstleistern der der gehobenen Wohlfühlbranche. Friseure, Masseure, Kosmetikbeauftragte, Yogatrainer und und und, die alle ein zusätzliches Psychotherapeuten-Diplom verdient hätten.
Denn es ist doch so: Ihre schöne, reiche, erfolgsverwöhnte Kundschaft, die innerhalb der eigenen Community niemals eine noch so winzigkleine Niederlage eingestehen würde, ist gegenüber diesem Wellness-Personal erstaunlich offenherzig. Umstandslos werden privatester Jammer und allerlei Business-Desaster preisgegeben. Einfach so. Ohne Unterschrift auf einer Vertraulichkeitserklärung.

Und während nun Oluf seine teuren Hände still vor sich hinarbeiten lässt, hört er vom Unrecht in Sidonies Welt, von all den garstigen Menschen, die ihr ständig und in letzter Zeit ganz besonders so übel, übel mitspielen. Nicht zum ersten Mal breitet sie auch ihre desolate Finanzlage sehr detailliert vor ihm aus.
»Horror«, findet Oluf das alles, immer wieder. Als dann seine Finger zum Finale noch einmal an ihrer Wirbelsäule herunterfahren und mit

sanften Schwung im Poansatz wegdriften, sagt er etwas, das Sidonie sofort überzeugt:
»Wenn du finanziell wieder richtig durchatmen willst, dann solltest du dich nach einem potenziellen Nachfolger für Leo umsehen.«

RANIZA

»Ach Mensch, Jungs! Jetzt reicht's aber! Was soll denn das Gemansche?«
Lincoln und Jefferson haben aus ihrem Abendessen, einer Gemüse-Lasagne, sämtliche Pasta-Schichten heraus sortiert und die Oberfläche des Küchentisches damit belegt. Lincolns kleine, dicke Händchen glitschen über die tomatensoßigen Teigplatten. Er streicht die Pasta schön fest. Mit liebevoller Hingabe macht er das.
»Ihr spinnt wohl?! Ihr sollt das essen und nicht damit herumspielen!«
»Das kann man nicht essen, Mami, wegen, weil das schmeckt gar nicht!«, behauptet Jefferson.
»Papperlapapp, das ist sehr lecker und sehr gesund, das hat die Mami heute extra für euch beim *Veggi-Snack* auf dem Isemarkt geholt.«
»Aber wir woll'n lieber Döners«, mosert er und tritt dabei ungehalten von unten gegen die Tischplatte. Die Lasagne-Scheiben zucken verschreckt zusammen. Sidonie seufzt. Warum hat ihre Mutter sie vor Cellulite, Drogen und untreuen Männern, aber niemals vor Kindern gewarnt?
»Wo ist eigentlich Raniza?«, erkundigt sie sich.
»Die muss telefonieren, ganz dringend, mit ihrem lieben Schatz in Sofia!«
Täuscht sie sich, oder sprechen ihre Söhne plötzlich mit bulgarischem Akzent?
Seit einiger Zeit beschleicht Sidonie das Gefühl, dass es da so eine Art Naturgesetz für Au-pairs gibt: Jedes Mal, wenn man glaubt, dies sei nun wirklich die unfähigste, die man je erlebt habe und die nächste könne eigentlich nur besser sein, kommt es noch schlimmer. Es geht offenbar immer noch eine Stufe tiefer, auf der nach unten offenen Au-pair-Skala.
Mit dieser Erkenntnis stürzt sie ins Zimmer von Raniza.

Die sitzt weinend auf der Bettkante und röchelt irgendetwas Fremdsprachiges in ihr Handy.
»Schluss jetzt, nimm dich gefälligst zusammen!« Sidonie reißt dem Elendshäufchen das Telefon aus der Hand, wirft es aufs Bett.
»Es dreht sich hier nicht immer alles um dich und deinen ewigen Liebeskummer! Du kümmerst dich augenblicklich um die Kinder, ja? –
Ist das klar?«

KATHARINA

Im Wohnzimmer lässt sie sich auf die Couch fallen. Komplett erschöpft. Ein schwarzer Tag, in der Tat, und jetzt wird sie sich auch noch das Geflenne der frisch gekündigten Kathi anhören müssen und zumindest den Versuch machen, sie zu trösten.
Mein Gott, sie ist doch nicht Mutter Theresa!!
Aber was soll's, hilft ja nichts. Du musst jetzt stark sein, Sidonie.
Sie greift sich das Telefon.
»Hi Kathi, na? Ich dachte, ich wollte mal ... wie bitte?« – Sie kann Katharinas euphorische Begrüßung am anderen Ende der Leitung kaum verstehen, im Hintergrund dröhnt in Wahnsinns-Lautstärke irgendwelche Musik. Ist das nicht ...? Genau. *The Winner takes it all.* Kann das sein?
»Na, du bist ja gut drauf!« Ungläubig starrt sie ganz schnell mal aufs Display, doch doch, Irrtum ausgeschlossen, sie hat Katharina angewählt.

»Also ich ...« Jetzt hat Sidonie tatsächlich komplett den Faden verloren. »Also ... ja, ich habe aus der Agentur gehört, da läuft eine Riesen-Kündigungswelle und ...«
»Ach und du dachtest, ich packe gerade mein Köfferchen fürs Pik As?« Katharina lacht ihr schmutzigstes Lachen.
»Nee, mein Schatz, völlig falsch! Habe ich dir's denn nicht erzählt? Der süsse PM, mit dem ich neulich, na, du weißt schon, der Typ von *Effem*. Also, der hat die Seiten gewechselt, der ist jetzt bei *MacAllister's*, soll da eine neue Unit aufbauen und hat mich in sein Team geholt.

Am nächsten Ersten fang ich an. *Senior Account Manager* – jawoll! Ruhm und Ehre. Mehr Geld gibt's natürlich auch! *Beside the victory, that's her destiny!*« Schmutziges Lachen.

Sidonie, am anderen Ende dieser schnurlosen Verbindung, ist stumm, staunend, sprachlos. Dann:
»Aber du ... Kathi, ich meine, warum hast du nicht …?«
Was soll denn das Gestammel? Was ist denn plötzlich los mit ihr? Neuer Anlauf, diesmal in gewohnter Patzigkeit.
»Also ich finde, das hättest du mir ruhig mal erzählen können!«
»Na, weißt du, nach deiner Presse-Kampagne, wie ich's mal nennen möchte, hatte ich ehrlich gesagt überhaupt keine Lust mehr, dir irgendwas zu erzählen. Aber okay, Sido, lass uns das jetzt mal endgültig begraben, Schnee von gestern, *spilled milk*. Ich vergebe dir!«
Erneut schmutziges Lachen. »Und lad dich ein, in den neuen Laden an den Hohen Bleichen. Wir feiern meinen Upgrade. – Was hältst du von Donnerstag um halb neun, okay?«
»Ja ... ja … okay«, stottert Sidonie, völlig geplättet.
»Wir treffen uns dann da, vor Ort. Ich muss jetzt Schluss machen.«
Katharina fährt ihre Lautstärke runter: »ER kommt gleich zu mir, wir haben noch eine kleine Vorbesprechung.« Wieder dieses Lachen.
»See you! Bis Donnerstag!« Weg ist sie.
Sidonie braucht eine Weile, bis sie merkt, dass ihr der Mund weit aufsteht. Dann holt sie gleich mal tief Luft. Was war das denn gerade?
Sie halluziniert, anders kann es nicht sein. Kein Wunder bei dem Stress, den sie hat.
Kathi hat eine feste Beziehung, Kathi steigt auf, Kathi vergibt ihr, Kathi lädt sie zum Essen ein. Eindeutig ein Paradigmenwechsel.
Den muss sie erstmal verdauen.

SIDONIE

Der erste Versuch, den Plan O, wie Oluf, in die Tat umzusetzen, heißt Mark. Mark mit k. *Marky* Mark. Mark Markmann. Der Name allein hätte sie schon misstrauisch werden lassen müssen.

Sie lernt ihn bei einer Dinner Party von Freunden von … ist auch egal… kennen, wo er ihr Tischnachbar ist. Kein Zufall, natürlich nicht. Da hatte die Gastgeberin ihre gepflegten Hände im Spiel.
Sidonie findet diesen Mark auf den ersten Blick – na sagen wir – ganz okay. Er verdient zumindest eine Chance. Sie gibt ihm sogar ohne Umschweife ihre Nummer, als sich herausstellt, dass dieser Mark der neue CEO von *ElbeElf* ist, einem echten Hotshop, vertreten auf allen Cannes-Rollen der letzten Jahre und heißester Konkurrent von *Spitzy, Stone and Sons*.
»Ich freue mich«, sagt sie, als er sie gleich am nächsten Tag anruft, um sie zum Essen einzuladen.
Und obwohl sie natürlich festgestellt hat, dass sie ihn überragt, also einige Zentimeter größer ist als er, hat sie leichtes Herzklopfen, als sie an diesem Abend auf ihn zugeht. Schließlich ist es das erste Mal seit vier Jahren – oder sind es bereits fünf? – dass sie mit jemand anderem als Leo ausgeht.

Strahlend vor Glück, hält Mark die Tür seines *Audi Q5* für sie auf. Der Wagen ist übrigens rot. Hmh. Sidonie gönnt Mark dennoch ein Lächeln bis – ihr Blick auf seine Schuhe fällt. Sneakers aus Lackleder, ebenfalls knallrot.
»Rattenscharf, was?« Sensibel wie er ist, hat Mark ihren Blick sehr wohl registriert, schaut entzückt an sich runter, wippt ein wenig auf den Hacken herum. »Hab ich mir in Tokio geholt. Ich liiiebe die Dinger.«

Wenn das alles gewesen wäre. War's aber nicht.
Auf der Fahrt zum Restaurant hält er einen atemlosen Vortrag über alle Autos, die er seit seinem 18. Geburtstag, der gleichzeitig der Tag seiner Führerscheinprüfung war, besessen hat. Es waren nicht wenige.

Im Restaurant geht es, nachdem sie bestellt haben, mit dem Autothema ungebremst weiter. Einziger Unterschied: Er referiert nicht mehr über die Hardware, also über die Autos als solche. Nein, jetzt dreht sich alles um die Software. Um ihn und seine fahrtechnischen Meisterleistungen.

Hamburg–Rostock in 45 Minuten – er sagt es nicht ohne Stolz – das sei sein persönlicher Rekord.
Plötzlich greift er unvermittelt über den Tisch, nach Sidonies Hand.
»Entschuldige, ich rede die ganze Zeit über mich. Erzähl mir von dir, was treibst du so? Was sind deine Leidenschaften? Spielst du Golf?«

Noch bevor Sidonie Luft holen, geschweige denn antworten kann, erfährt sie bereits, dass er im Golfspiel die totale Erfüllung findet – »Es ist Entspannung pur! Die reinste Meditation, verstehst du?« – kennt sie sein Handicap, weiß, in welchem Club er spielt, wo europaweit, ach was, weltweit! die besten Golfhotels zu finden sind und, und, und.
Eine Weile pickt sie noch an der Vorspeise herum. Betupft mit der Serviette vorsichtig ihre Mundwinkel. Nimmt genussvoll einen Schluck Wein. Alles langsam, sehr langsam. Lässt ihn dabei nicht aus den Augen.
»Verzeih, dass ich dich unterbreche«, sagt sie dann so liebenswürdig wie unvermittelt und greift nach ihrer Tasche.
»Ich brauche mal ganz kurz frische Luft.«
Er ist irritiert über die abrupte Unterbrechung seines geschmeidigen Vortrags.
»Wie jetzt? – Frische Luft? Geht's dir nicht gut? Ist dir schlecht? War was mit dem Essen? Soll ich dich begleiten?«
Um Himmels willen.
»Nein. Bitte. Bleib sitzen, ich bin gleich wieder da.«

Kaum hat sie sich erleichtert auf dem Rücksitz eines Taxis zurückgelehnt, klingelt auch schon ihr Telefon. Er. Sie drückt ihn weg. Es klingelt erneut, wieder er, dann noch mal und noch mal. Einer wie der, der gibt nicht auf.
»Na, Sie sind ja 'ne Vielgefragte«, meint der Taxifahrer und versucht im Rückspiegel Blickkontakt aufzunehmen. Sidonie schließt die Augen und stöhnt schwach, dann drückt sie das iPhone ganz aus, Flugmodus.

Hoffentlich war das kein Fehler, diesem Schwachkopf ihre Nummer zu geben.

SIDONIE

Der Anruf aus der Filiale Klosterstern kam nicht unerwartet. Knietief im Dispo – das war einmal. Mittlerweile haben die roten Zahlen längst Brusthöhe erreicht, man kann sagen, ihr steht das Wasser bis zum Hals. Sidonie kennt ihren Kontostand genau, hat sogar schon eine Exit-Strategie entwickelt, aber das geht diese kleinkarierte Bank-Tussi ja nun wirklich gar nichts an und überhaupt:
»Wenn ich eine Finanzberatung brauche, werde ich es Sie wissen lassen."
Gespräch beendet.

Sidonie holt eine kleine Mappe hervor, in der ihre Kontoauszüge abgeheftet sind. Den obersten Ausdruck betrachtet sie sehr lange, sehr nachdenklich. Sie streicht ihn noch einmal glatt, bevor sie die Mappe zuklappt und sie wieder ganz hinten in der Schreibtischschublade verschwinden lässt.
Gut, dann ist es eben so.
Um zu sparen, wird sie ihre geplante Geburtstagsparty im *Indochine* canceln und stattdessen in ihrer Wohnung feiern, etwas Nettes zu essen liefern lassen, bei *Gröhl* Getränke ordern. Muss auch mal gehen, ist sowieso lockerer, wenn man privat feiert. Der Esstisch in ihrer neuen 140-Quadratmeter-Winz-Wohnung ist natürlich für die 28 geladenen Gäste nicht ansatzweise ausreichend. Einige werden dann halt auf den Sofas sitzen oder im Stehen essen. Stehparty eben. Was soll's.
Das *Indochine* hätte sie eine Stange Geld gekostet und eigentlich sieht sie auch gar nicht ein, für diese Bande so viel Geld auszugeben, jetzt, wo sie sich selber kaum noch was gönnen kann.
In dem Moment fällt ihr Blick auf eine üppige Einkaufstüte mit geprägtem *Gucci*-Schriftzug.
Sie kniet neben der Tasche nieder, hebt vorsichtig etwas Zauberleichtes hervor, von Seidenpapier umhüllt. Es knistert aufregend. Sie löst das goldene Klebelabel und ein Traum von Kleid entsteigt der Verpackung. Ihr Kleid, für ihren Geburtstag.
Zart streichelt sie das meerjungfraugrüne Gewebe.
»Ich liebe dich«, sagt sie zu dem Kleid. »Aber, mein Schatz, ich fürchte, wir müssen uns trotzdem trennen.«

»Und warum, wenn ich fragen darf?«
Monsieur le Verkäufer prüft mit spitzen Fingern und inquisitorischem Blick, was ihm da zurückgegeben werden soll.

»Die Farbe ist bei Licht betrachtet doch sehr unvorteilhaft. Sie macht einen fahlen Teint«, antwortet die platinblonde Kundschaft, lässt sich von seiner Überheblichkeit nicht einschüchtern. Im Gegenteil. Wenn Sidonie irgendetwas auf die Palme bringt, dann diese Typen, die, nur weil sie in ersten Häusern – Was bitte sind überhaupt erste Häuser?? – ihre dienstleistende Tätigkeit verrichten, völlig vergessen, was und wer sie eigentlich sind. Die einfach nicht begreifen wollen, dass es schnurzpiepegal ist, ob sie nun im *Atlantic* kellnern oder in *Daniel Wischers Fischrestaurant*. Ob sie *Vuitton*-Koffer am Neuen Wall oder Stützstrümpfe an der Wandsbeker Chaussee verkaufen. Sie sind doch, was sie sind: Kellner und Verkäufer.

»Nun gut.« Er, der Verkäufer, schiebt das edle Stück zur Seite.
»Was darf ich Ihnen stattdessen zeigen?«
»Danke, gar nichts – für den Moment. Ich bin in Eile. Geben Sie mir einfach die Summe retour.«
»Bedaure, ich kann Ihnen gern eine Gutschrift ausstellen«, sagt er beiläufig und greift zu einem ledernen Schreibmäppchen, »Kaufpreisrückerstattung jedoch, ist bei uns grundsätzlich nicht üblich.”
»Sie meinen, Sie haben keine Kassenvollmacht, Sie dürfen über die Rückgabe einer solchen Summe nicht entscheiden? Dann holen Sie doch bitte den Geschäftsführer.«
»Er steht vor Ihnen!!!« Er ist jetzt! aber! wirklich! mal! empört! Ruckt energisch mit dem Kopf und schießt seinen bösartigsten Blick auf sie ab. Sie schießt einen verächtlichen zurück. Das ist ihr nun doch zu dumm. Was soll sie mit einem Gutschein über 1.600 Euro? Dann doch lieber am Geburtstag atemberaubend aussehen!

Kurzentschlossen greift sie das Kleid, stopft es mitsamt dem Seidenpapier zurück in die Tüte.

»Vergessen Sie's!«
»Sagten Sie nicht, es sei unvorteilhaft für Sie? Aber bitte ...« Schulterzucken. »...wie Sie wollen.«
Madame rauscht von dannen.
»Viel Freude damit!«, flötet er noch hinter ihr her. Man wird sehen.

SIDONIE

Die Reaktionen auf die Programmänderung – Loogestieg statt *Indochine* – ließen nicht lange auf sich warten.
Eine halbe Stunde nach Sidonies Rundmail kommt die Antwort von Isabel: Sie habe bedauerlicherweise einen Termin vertauscht und leider, leider werden sie und ihr Mann nicht dabei sein können, sie wünsche Sidonie und ihren Gästen bereits jetzt einen hinreißenden Abend.
Susa teilt mit, sie werde zwar auf jeden Fall kommen, allerdings nur bis elf, weil sie anschließend noch unbedingt bei der Party eines Regisseurs vorbeischauen müsse.
Sidonies Stargäste, ein amerikanisches Fotografen-Ehepaar, das es durch Ablichten von Celebrities selbst zu gewissem Ruhm gebracht hat, sagen am nächsten Vormittag ab.
Und als sich gleich danach noch zwei weitere Vorzeigegäste abmelden, bekommt Sidonie einen regelrechten Schweißausbruch. Sind das schon die Wechseljahre? Ist es theoretisch möglich, dass die bei übergroßem Stress zwei Jahrzehnte früher als üblich einsetzen?
Im Verlauf der Woche schrumpft die Gästeliste so sehr, dass Sidonies Esstisch nun wirklich locker ausreichen würde für ein gesetztes Essen mit reichlich Bein- und Armfreiheit für alle Beteiligten. Von all den illustren Namen auf ihrer Liste sind neun Langweiler geblieben.

Am liebsten würde sie losheulen, aber das kommt natürlich überhaupt nicht in Frage. Sie klappt das Laptop zu. Befühlt ihre Wangen. Sieht man das eigentlich, wie mies es ihr geht? Sie geht ins Bad, knipst das Licht im Vergrößerungsspiegel ein und zieht ihn zu sich ran. Sie sieht richtig fertig aus, findet sie. Bemitleidenswert und krank. Ja, genau – krank! Das ist die Lösung! Sie würde krank sein. Ab sofort. Und die

Geburtstagsparty fällt ganz aus. Komplett. Dass sie da nicht gleich drauf gekommen ist! Sie ist begeistert. Stattdessen wird sie im engsten familiären Kreis feiern, endlich mal wieder ihre Eltern einladen – die werden sich wahnsinnig freuen – und zusammen mit ihnen und den Kindern einen richtig netten Tag verbringen.

Wo ist ihr Telefon? Das Vorhaben muss sie jetzt sofort ihrer Mutter mitteilen. Sie kann es gar nicht erwarten, zu hören, wie Mami sich freut.

»Hallo? Mami? Du – ich hatte da grad eine schöne Idee, pass auf… – Wieso, wie meinst du das, du bist auf dem Sprung? Was für Koffer packt ihr denn schon wieder? – Aha, das bedeutet also, ihr seid an meinem Geburtstag gar nicht da? – Na hör mal, was soll das denn heißen? …– Ich habe euch noch nie eingeladen und nie mit euch gefeiert? Das stimmt doch überhaupt nicht – Nein, so lange ich zu Hause gewohnt habe, habe ich immer – Außerdem wisst ihr doch ganz genau, ich meine, dies ist immerhin mein erster Geburtstag nachdem Leo … und ich muss mutterseelenallein mit allem fertig werden! – So, daran hast du nicht gedacht! Ganz reizend, wirklich! – Na dann eben nicht. Gute Reise!!«

CARL-CHRISTIAN

Sidonies Exit-Strategie in Bezug auf ihren Girokontostand hat einen Namen: Carl-Christian Grünthal, 42.
Einer, den viele Hamburger kennen – dem Namen nach.
Sie jedoch, sie hat ihn neulich persönlich und näher kennengelernt, bei einer Housewarming- oder besser gesagt Studiowarming-Party eines Fotografen.

CC, wie ihn einige nennen dürfen, ist die Legende unter Deutschlands Immobilienmaklern. Er verschwendet seine Zeit nicht mit dem Vermakeln popeliger vier Komma fünf Zimmer ETWs in Alsternähe. Er vermittelt Areale, Anwesen. Global. Konzentriert auf eine Klientel

mit allerhöchsten Ansprüchen, offeriert er ausschließlich Objekte exklusiver Begierde. Eindeutig ist Carl-Christian einer der sogenannten begehrten Junggesellen Hamburgs, denn selbstverständlich ist er nicht nur maßlos erfolgreich, nein, man ahnt es bereits – er ist auch noch schön, charmant und witzig.
Er kann jede haben, aber seit besagter Party neulich sieht es ganz so aus, als ob Leonhard Spitzys Ex-Gattin zu seiner Top-Favoritin avancieren könnte.

Zurzeit liegt die Favoritin in spe auf einem sogenannten Daybed im ehemaligen Au-pair-Zimmer. Seitdem Raniza, das vorläufig letzte Au-pair, von ihr in die Wüste geschickt wurde, hat Sidonie den Raum zu ihrem Arbeitszimmer umdeklariert.
Das Gesicht maskiert mit *Masquer Crème anti-soif*, auf den Augen *Eye Calming Pads,* liegt sie da und denkt. Natürlich macht sie sich keinerlei Illusionen über diesen Traummann Carl-Christian, der – wie allgemein bekannt – niemals länger gebunden war und erst recht nicht zum Heiraten neigt. Warum sollte er sein wunderbar entspanntes Leben aufgeben, um zum Versorger für eine Frau mit zwei kleinen Jungs zu werden? Sidonie ist nicht blöd. Wenn in die Richtung überhaupt was geht, wird das nur langfristig gelingen. So viel Zeit haben sie und ihr Girokonto nun wirklich nicht.
Mittelfristig, oder besser kurzfristig, muss es eine andere Problemlösung geben, die ist auch schon angedacht. Sidonie erhofft sie sich von ihm, CC, Zugang zu seinem Business. Sie wird Maklerin. Hat sie beschlossen, denn das ist genau ihr Ding.
Von schicken Behausungen versteht sie eine Menge und – klar – auch sie wird nicht ihre Zeit mit popligen vier Komma fünf Zimmer ETWs in Alsternähe verschwenden.
Nein, als Angehörige des CCschen Unternehmens wird sie quer durch Europa jetten. Sie sieht sich in toskanischer Hügellandschaft auf der Terrasse eines herrlichen Landgutes oder hoch über einer der strahlend blauen Buchten Mallorcas neben dem Pool einer Luxus-Finca.
Sie trägt einen weißen, doppelreihigen Leinenanzug. Nein, Weiß steht ihr eigentlich nicht so toll. Besser wäre ein sehr helles Graphit, eventuell mit einem Stich ins Violette oder … egal. Jedenfalls klemmt unter

ihrem Arm eine Leder-Mappe mit *Macbook*, Exposés, Verträgen. Soeben hat sie dem amerikanischen Interessentenpaar die Vorzüge der vier Gästebäder plus *Master Bathroom*,präsentiert. Die Kunden sind beeindruckt von ihrem coolen Sachverstand, geschickt führt sie einen raschen Abschluss herbei, streicht nicht nur die sagenhafte Provision ein, sondern sichert sich auch noch die Anerkennung ihres Liebsten, des smarten CC. Der letzten Endes einsehen muss …

»Maaaaamiii!« Hat da einer der Jungs nach ihr gerufen? Die sollten doch längst schlafen. Da, schon wieder:
»Maaaami, der Jeff, der quält mich so!«
Wütend rupft sie sich die Wattepads von den Lidern. Kann man denn hier nicht mal fünf Minuten …? Bei der Gelegenheit fällt ihr allerdings auf, das es in ihrem zukünftigen Leben als Erfolgsmaklerin noch ein winziges organisatorisches Problem gibt. Was wird aus den Kindern, während sie global herummakelt?

SIDONIE

Unterwäsche von H&M!! Kann man noch tiefer sinken?
Sidonie dreht sich um sich selbst vor dem Riesenspiegel in ihrem Flur. Sie hat ihn anbringen lassen, um diesen elend engen Schlauch optisch zu erweitern. Dass sie einen perfekten Körper hat, das weiß sie auch ohne Spiegel und genau deshalb sehen diese minderwertigen Taiwan-Fummel, zumindest an ihr, gar nicht mal sooo schlecht aus.
Bei näherer Betrachtung allerdings ... Sidonie schaut an sich runter, hakt mit dem Daumen unter den Rand des BHs, zieht die Spitzenkante hoch, wirft einen abfälligen Blick darauf. Seufzt. Diese Kunstfaserspitze ist nichts für ihre empfindliche Haut.
Sie wird jetzt erst mal alle Etiketten raustrennen. Nichts wie weg mit diesen unerfreulichen Realitäten.

Nachdem sie die allzu offensichtlichen Spuren ihres sozialen Niederganges beseitigt hat, breitet sie alle vier neu erworbenen Ensembles vor sich aus. Und seufzt gleich noch mal. Okay, es ist Unterwäsche.

Das Zeugs darf eben niemand zu Gesicht bekommen. Zu amourösen Dates, wie dem heute Abend, sollte es doch lieber etwas Luxuriöseres sein. Etwas, das sich wertvoll anfühlt.
Sie zieht eine Schublade im Kleiderschrank auf, lauter kleine Dessous-Kunstwerke sind darin aufbewahrt. Sie wühlt in ihren Beständen, hält ein Höschen gegen das Licht, einen BH, dann einen schwarzen Body mit schimmernden Spitzeneinsätzen. Nein, das sieht alles viel zu abgetragen aus, sie pfeffert die vergangene Pracht wieder zurück in den Schrank. Bloß nicht den Eindruck von Bedürftigkeit erwecken. Schließlich steht einiges auf dem Spiel.
Dieser CC, mit dem sie heute bereits zum dritten Mal ausgehen wird, gibt Anlass zu großen Hoffnungen. Oh doch, diesmal wirklich!
Er scheint nicht nur eindeutig vermögender zu sein, als jede der vier Katastrophen, mit denen sie in den letzten Monaten versuchsweise ausgegangen ist. Er ist auch äußerlich angenehm, trägt weder Pullunder noch Bauch. Ist *everybody´s darling*. Das ist klatschspaltendokumentiert. Was sollte schiefgehen?
Sie sieht gar nicht ein, jetzt noch kleine Brötchen zu backen. Jetzt, wo ihr Durchbruch im *Real Estate Business* so gut wie sicher ist.

Eine halbe Stunde später schon, steht sie in der Kabine eines exquisiten Dessous-Ladens am Eppendorfer Baum. Und ist glücklich.
Doch, Sidonie hat ein richtig gutes Gefühl, als sie den schwarz-bestickten Balconette-BH auf dem Rücken einhakt, ihr winziges bisschen Brust darin zurecht rückt. Sie sieht sich selbst im Spiegel zu, wie sie das Kinn hochreckt, mit beiden Händen ihre Haarpracht im Nacken anhebt und in dieser Pose verharrt. Typische Pin-up-Pose. Sie muss grinsen.
Heute Abend wird sie nicht Nein sagen, wenn er vorschlägt, noch zu ihm in seine Wohnung an der Bellevue zu gehen.
Sie zupft das Etikett von hinten hervor, muss sich total verrenken, um es lesen zu können: 225 Euro. Mein lieber Schwan. Nur das Oberteil. Ganz schön happig. Aber was soll's, man muss investieren, um wettbewerbsfähig zu bleiben. Bitte? Wo hat sie diesen doofen Satz denn aufgeschnappt? Kann eigentlich nur bei einem der unsäglichen Dates mit einer dieser Flachpfeifen aus der Consulting-Branche gewesen sein.

Wird echt Zeit, dass diese Phase ihres Lebens ein Ende nimmt.
Sie wählt die passende Panty zum BH – nein nicht die Tanga-Version, um Gottes Willen, sie ist doch kein Callgirl – macht noch mal 90 Euro.
Sie zahlt dann lieber mit Kreditkarte. Will die Zicke hinterm Tresen natürlich erst nicht akzeptieren, aber Sidonie bleibt hart. Schließlich ist beim Einsatz ihrer EC-Karte jederzeit mit dem Schlimmsten zu rechnen.

Voller Optimismus trägt Sidonie die federleichte Einkaufstüte mit dem Schweizer Spitzenkunstwerk aus dem Laden, ans Licht.
Neues Spiel, neues Glück. Sie ist sich sicher, dieser Einsatz wird sich lohnen.
Leider falsch. Der Einsatz ist so gut wie verloren.

KATHARINA UND SIDONIE

Die *Brücke*, Innocentia-/Ecke Isestraße, hat schon bessere Tage gesehen. Lange her. Sidonie ging da noch nicht einmal in die Grundschule. Aber sie weiß eine Menge aus der ruhmreichen Vergangenheit dieser legendären Ex-Szenebar. Aus Leos Erzählungen.
Seine tollsten Aufrisse, seine unvergesslichsten Abstürze, seine besten Jahre – hier soll sich alles abgespielt haben, auf diesen paar Quadratmetern. Nach ihrer Heirat kehrte Leo ab und an immer noch ganz gern zum Essen in die alte Kultstätte ein. Ohne Sidonie.
»Ich mag den Laden nicht. Ich krieg da Depressionen. Und solange nicht zumindest die Toilette mal generalüberholt wird ... no way!«
»Die Toilette steht unter Denkmalsschutz«, hatte er grinsend geantwortet.
Das reicht, bitte keine Details.

Sich an einem sommerlichen Tag nach dem Einkauf hier draußen vor der *Brücke* mit seinen Obst- und Gemüsetüten an den Biergartentischen niederzulassen und das Marktgeschehen zu beobachten, ist aber eigentlich ganz okay. Trotzdem könnte Kathi jetzt wirklich mal

langsam antanzen. Die beiden Typen am Nebentisch gucken schon immer aufdringlicher zu ihr rüber.
Nein, ich bin nicht allein, ich suche keinen Anschluss und ich möchte ganz bestimmt kein Gespräch anfangen mit zwei Sparkassen-Angestellten in weißen Einheits-Hemden, die zum Essen ihre Sakkos abgelegt und die Schlipse über die Schulter geklappt haben.

»Hallo, wartest du schon lange? Tut mir echt leid!«
Katharina beugt sich zu Sidonie runter. *Social Kissing* rechts links, dann lässt sie sich ihr gegenüber auf die Holzbank fallen.
»Boah, bin ich fertig! Das war ein Meeting, sag ich dir. Du ahnst nicht, was für bescheuerte Product Manager es gibt. Ganz besonders in Bad Schwartau. Kleineres Karo geht echt nicht. Er, also der PM, findet plötzlich das Model für seinen Marmeladen-Film zu dünn, behauptet, sie sieht nicht aus wie ´ne Hausfrau. Außerdem soll sie jetzt plötzlich eine Hemdbluse tragen, auf gar keinen Fall ein T-Shirt, weil so was nur Studentinnen tragen. Haben angeblich die Probanden beim Marktforschungstest gesagt. – Hast du schon mal solchen Schwachsinn gehört? –
Und das bedeutet: Der ganze Film für die Tonne. Alles auf Anfang, neues Casting, neu drehen, neue Mafo. Und klar! – die Agentur ist natürlich mal wieder schuld. Dieser Provinzstiesel behauptet jetzt, er habe ja beim Dreh schon die allergrößten Bedenken angemeldet. –
Bedenken! Wenn ich das schon höre! Diese Leute sind alle dermaßen feige …«
Dazu würde Sidonie jetzt gern was sagen. Aber Kathi muss ihren Bluthochdruck erst noch weiter runterfahren.
»Echt, du glaubst nicht, wie abtörnend das ist, jeden Tag mit diesen Wenn-und-Aber-Typen, die sich nix trauen, sich aber gleichzeitig wundern, dass es in ihrem Business nicht richtig ab geht! Da kriegst du Magengeschwüre, sag ich dir. Jeden Tag ein neues! Wie auch immer, ich hab erstmal einen Mörderkohldampf. Was soll's denn hier heute geben?«
Sie dreht sich um, neben der Eingangstür zum Restaurant, steht angelehnt eine handbeschriebene Tafel mit der *Plat du Jour.*
Katharina schiebt die Sonnenbrille hoch, ein monströses, gold-

bepacktes *Bulgari*-Modell, das nördlich von München eigentlich kaum verkauft wird und liest sich selbst laut vor.
»Na, Mensch, das hört sich doch alles gut an. Und …?«
Sie lässt das Visier wieder herunter.
»Was ist mit dir? Hast du schon bestellt?«
»Ich esse nichts.« Sidonie umklammert entschlossen das Wasserglas.
»Tja, musst du wissen – Halloo ... ob Sie bitte mal hier …«
Kathrina macht mit hochgerecktem Arm eine herumflitzende Bedienung aufmerksam, die souverän und quasi im Vorbeigehen –
»Okay, also einmal das Wiener Schnitzel und nehmen Sie Blattsalat oder Kartoffelsalat dazu?« – »Kartoffelsalat bitte und ein Viertel vom Grünen Veltliner!« – die Bestellung entgegen nimmt.

Langsam tritt Entspannung ein und Katharina stellt von Senden auf Empfang um. Ihr Blick macht die Runde, wandert rüber zum Marktgeschehen und hat sich plötzlich angedockt.
»Sag mal ist das da drüben nicht deine Lieblingsfreundin – diese Geflügeltussi?«
Sidonie dreht sich kurz um.
»Ja klar, macht grad ´ne Zigarettenpause, dazu versteckt sie sich immer hinterm Wagen.« Sie lässt Mineralwasser in ihr Glas plätschern.
»Du, Sido, die sieht gar nicht mal so übel aus, so pur ohne Putenschnitzel-Eier-Deko! Keine schlechte Figur und wahrscheinlich genau die Frau, die sich der Dierhagen für seinen Marmeladen-Film vorstellt!«
»Du brauchst eine neue Brille, Kathi, das viele Gold an deinem Ding da, scheint dich zu blenden!«
Katharina lacht, zieht mit dem Zeigefinger die Sonnenbrille runter auf die Nasenspitze und sieht Sidonie darüber hinweg an.
»Ich finde, das Brillengold lenkt wunderbar vom Hüftgold ab.«
In dem Moment schiebt sich ein Teller von links ins Bild. Ein wunderbar knuspriges Schnitzel ist flächendeckend darauf angerichtet. Dazu werden ein Schälchen mit Kartoffelsalat und ein professionelles »Guten Appetit!« nachgereicht. Begeistert säbelt Katharina los.
»So, jetzt erzähl doch endlich mal, wie ist es gelaufen mit Mr. *Most wanted*?«
»*Most wanted*, pah!« Sidonie wirft ihr Haar zurück.

»Anderes Thema bitte.«
»Och komm«, Katharina kaut, schluckt. » Jetzt erzähl schon!«
Sie spült nach mit einem soliden Schluck aus dem fein beschlagenen Weinglas, dann meint sie:
»Er hat keinen hochgekriegt stimmt's? – Du, das ist bei diesen Superduper-High-End-Managertypen völlig normal, lass dir das gesagt sein. Es liegt nicht an dir. Das ist einfach dieser Wahnsinns-Erfolgsdruck, dem die ständig ausgesetzt sind. Die können dann nur noch, wenn sie dafür bezahlen, mit anderen Worten – im Puff!«
»Bitte Kathi!« zischt Sidonie. »Ich finde es wirklich ganz reizend, dass du mich trösten willst, aber könntest du deine Erkenntnisse vielleicht etwas leiser über den Tisch schieben.«

Kathi zuckt nur mit den Schultern, dann haut sie die Gabel wieder rein ins Vergnügen.
»Im Übrigen täuscht du dich, so war es nicht. Im Gegenteil.«
»Soso – im Gegenteil« mümmelt Kathi grinsend. »Da bin ich aber mal gespannt.«

Sidonie schweigt und überlegt und schaut zu wie Katharina das Schnitzel abbaut.
»Was soll ich sagen? Erst lief es gar nicht schlecht. Wir waren essen und ich fand's dann auch völlig okay, noch mit zu ihm zu gehen. Seine Wohnung da an der Bellevue ist auch wirklich beeindruckend. Bisschen theatralisch ausgestattet für meinen Geschmack, all dieses Art Déco-Zeugs, Schwarz-Weiß mit Rot, na ja ... wie auch immer, bis dahin alles gut. Wir kommen langsam in Fahrt, und dann fällt der plötzlich über mich her, zerrt mir das Kleid runter – so was hab ich überhaupt noch nicht erlebt!«
Kathrina hängt an Sidonies Lippen, ihr Schnitzelkauen wird immer langsamer.
»Das ist ja irre!« raunt sie begeistert.
»Irre! Genau das richtige Wort! Und dann nämlich – also der greift voll rein und reiß mit einem Mörderruck erst meinen BH in zwei Teile und dann mein Höschen. Ich dachte, ich werd ohnmächtig.«
»Aber das ist doch toll! So muss Sex sein, absolut kompromisslos.

Scheiß was auf die blöde Unterwäsche!«
»Blöde Unterwäsche?! Du weißt doch nicht, wovon du sprichst!! Das war *La Perla* vom Feinsten! Original Schweizer Spitze! Willst du wissen, was allein das Höschen gekostet hat?«
»Meine Güte, Sidonie, das ist doch nur Geld! Er ist scharf auf dich! Das ist doch viel entscheidender!«
Die zwei jungen Sparkassenfilialisten nebenan haben ihr Gespräch vollständig eingestellt, lauschen regungslos und hochgradig interessiert. Und Sidonie ist einfach nicht in der Stimmung, diese Indiskretion kommentarlos hinzunehmen.
»Na, was ist? Sollten Sie nicht längst zurück an ihren Arbeitsplätzen sein? Schalterstunde!!«
Sidonie hält den beiden Herren ihr Handgelenk mit der *Datejust* entgegen, klopft mit der rechten Hand aufs Zifferblatt. Die Herren schauen betreten auf ihre Teller.

Sie wendet sich wieder der Freundin zu.
»Nee Kathi ... um ehrlich zu sein: Ich hatte eher das Gefühl, der hatte sich was reingezogen, so, wie der drauf war. Also mit meinem Sexappeal hatte das nicht viel zu tun.«
Jetzt neu: Sidonie selbstkritisch! Vor Verblüffung vergisst Kathi kurz ihr Schnitzel.
»Im Gegenteil«, fährt Sidonie fort, »weißt du was er gesagt hat, als er fertig war? Er fragte, wann ich Geburtstag habe, er hätte nämlich schon eine Geschenkidee. Ich soll mal raten, sagt er, fängt mit Sili- an und mit -kon auf.«
»Waaas!?? Ich fass es nicht! Sag sofort, dass das nicht wahr ist!!!«
Sidonie ist jetzt bereit ganz auszupacken.
»Es kommt noch besser. Er meinte noch, seine Autos würde er auch immer erst tunen lassen, bevor er sie in Gebrauch nimmt. Das fand er auch noch superkomisch.«
»Ja und dann? Wie hast du reagiert?«
»Reagiert? Ich habe überhaupt nicht reagiert, kapituliert hab ich. Hab meine Klamotten gegriffen, also das was davon übrig war – mein neues *Anna Sui*-Kleid hatte er freundlicherweise nicht zerfetzt – und hab mich nachdrücklich verabschiedet und bin blitzartig gegangen.

Und zwar zu Fuß und ohne was drunter, den ganzen Weg von der Bellevue bis zu mir, weil einfach kein beschissenes Taxi vorbeikam. Und …«
– jetzt muss aber wirklich alles raus –
»… ich hab nur geheult, die ganze Strecke, ich konnte nicht aufhören zu heulen, meine Augen sind jetzt noch verquollen.«
Sie tippt kurz mit dem Zeigefinger ihre Sonnenbrille an.
»Och Mensch, du Arme! Du, das tut mir so leid!« Katharina greift mit beiden Händen nach Sidonies Hand, möchte Sidonie einhüllen mit all, all ihrem Mitgefühl.
»Lass das!« Sidonie entzieht ihr die Hand. »Du hast Mayonnaise im Gesicht!«

CARLA

Im Marktgewusel hört sie ihren Namen, sie dreht sich um.
»Ah! Hallo, Carla, ich hab dich gar nicht wahrgenommen, ich war grad so sehr in Gedanken. Wie geht's dir?«
»Hallo Kinder!« Carla begrüßt erstmal Lincoln und Jefferson, die stumm zu ihr hochglotzen und dann mit einer Art Pupsgeräusch antworten.
»Na ja, esch gäht«, wendet sich Carla dann zu Sidonie und sieht dabei in der Tat nicht glücklich aus.
»Du hascht es ja vielleicht g'hört, in der Agentur läuft es grad ned so toll, sin ja ne Menge Leude entlassen worden, wägen däm verlorene Brauerei-Etat. Holger, also mein Mann, gell, befürchtet halt au, esch könnt ihn noch treffe, du weißt ja, er ischt noch ned so lang dabei und von daher …«
Die redet wie der Bundestrainer, denkt Sidonie und möchte lieber das Thema wechseln.
»Du hast ja wieder den Flanellanzug an, Carla, den ich neulich schon so klasse an dir fand, also der steht dir dir wirklich einmalig gut. Diesen supergünstigen Preis – also den sieht man dem Anzug echt nicht an!«
Carla schaut an sich herab, zieht die Jackenschöße noch ein wenig zurecht. »Danke«, sagt sie schlicht.

»Uns ist laaangweil-liiig!!«, jammert Jefferson.
»Bananen, ich will Bananen!«, jault Lincoln und trampelt wie wild auf der Stelle. Carla schaut hoch zu Sidonie.
»Hascht du eigentlich den Laden g´funden, du wollteschtdoch neulich wissen, wo ich den Anzug gekauft habe.«
»Doch klar, den Laden hab ich gefunden. Sie hatten den Anzug auch noch in meiner Größe, ich hab ihn natürlich genommen, ich meine – für das Geld: 399 Euro! Das ist ja nix.
Aber ehrlich gesagt, zu Hause fand ich den Stoff irgendwie kratzig. Es hatte einfach keinen Sinn, ich bin da relativ empfindlich. Und bevor das Ding lange im Schrank rumhängt und unnötig Platz wegnimmt, hab ich's dann lieber gleich in die Altkleidersammlung gegeben.«
Carla schluckt.
In dem Moment reißt Jefferson ein Baguette, das aus Carlas Einkaufstasche ragt, an sich und schlägt damit einer vorbeischleichenden älteren Frau mit aller Kraft in die Kniekehlen.
»Jeffi-Schatz, steck bitte sofort das Baguette wieder zurück«, sagt seine Mutter behutsam zu ihm. Dem wehklagenden Opfer dieser Attacke schenkt sie lediglich einen herablassenden Blick, dann wendet sie sich wieder an Carla.
»Du sag mal«, fragt Sidonie munter, »haben Max und Mara vielleicht Lust, sich mal wieder mit meinen Jungs zu verabreden?«
»Schwierig.« Carla schaut auf Lincoln und Jefferson herunter, macht eine Geste des Bedauerns. Zum Glück hat sie eine wirklich gute Ausrede.
»Unsere beiden Mäuse gehen seit Anfang des Monats in den internationalen Kindergarten, der ist ganztägig, weischt? Ich arbeite nämlich ab nächsten Erschten wieder in meinem alten Beruf.«
»Beruf, du hast einen Beruf? Wusste ich ja gar nicht. Was für einen Beruf denn?«
»Na ja, Architektin, ich bin diplomierte Architektin. Ich mach jetzt erstmal nur ein halbes Jahr vertretungsweise, bei bei *Bothe, Teherani* – immerhin. Esch ist eine Chance, wieder reinzukommen, verschteschdt?«
»Verstehe«, sagt Sidonie.
»Gut«, sagt Carla.Und: »Also dann, ich muss los, hab noch einiges vor heute. Einen schönen Tag noch für dich, Sidonie.«

»Ciao, Carla, wir seh'n uns.«
Sidonie schreitet, leicht benommen, weiter die Marktstände ab.
Das Gequengel ihrer Kinder reißt sie aus der Trance.
»Herrgottnochmal, könnt ihr nicht mal für zwei Minuten die Klappe halten?« herrscht sie die beiden an.
Aus irgendeinem Grund hat sie urplötzlich sehr schlechte Laune. Sie weiß selbst nicht, warum.

SIDONIE

Raniza war die zweite, die in die Wüste geschickt wurde. Die erste war Maria, die portugiesische Haushaltshilfe. Vor zwei Monaten bereits wurde sie per SMS entlassen und durch eine gewisse Janice aus Ghana ersetzt. Janice kam auf Empfehlung von Susa, kostet nur halb so viel wie Maria, ist allerdings auch weniger effizient. Man kann eben nicht alles haben. Dafür ist Janice jederzeit gutgelaunt, was man von Maria, diesem personifizierten Fadogesang nun wirklich nicht sagen konnte.

Nun also musste auch Raniza ihren Abschied nehmen, der Sidonie keine Träne nachweint. Im Gegenteil, sie hat sogar beschlossen, überhaupt kein Au-pair mehr zu beschäftigen. Das würde ihre Nerven schonen und ihre Festkosten reduzieren. Diese Mädchen futtern einem ohnehin nur die Haare vom Kopf und wenn man sie am dringendsten braucht, sind sie unpässlich oder unauffindbar. Das soll jetzt alles anders werden. Ihr Plan – die Jungs ab sofort ganztägig im Kindergarten unterzubringen und die Mehrkosten dafür von Leo einzufordern – war aufgegangen. Wundersamerweise hatte er sich nicht gesträubt, lediglich eine Bemerkung gemacht, die sie nicht wirklich verstanden hatte: Jede Stunde, die seine Söhne unter normalen Menschen verbringen, sei ihr Geld wert – oder so. Was meint er mit normalen Menschen? Aber egal, die Kinder sind nun fünf Tage die Woche bis 17 Uhr untergebracht, das verschafft ihr Freiräume. Zum Beispiel zum Aufräumen und Saubermachen.

Es muss, ja, es darf niemand erfahren, es bleibt bitte unter uns, ja?

Um weitere Kosten einzusparen, wird sie nämlich Janice mitteilen, dass es völlig reicht, wenn sie zukünftig nur noch einmal im Monat auftaucht, um das Gröbste wegzuputzen. Für Feinarbeiten fehlt dieser Person eh jegliche Sensibilität und wenn sie mit ihrer raumgreifenden Körperfülle umherwuselt, hat Sidonie das Gefühl, ihre Wohnung wird noch kleiner, noch enger.
Sidonie holt einen Block hervor und schreibt eine Nachricht:

Dear Janice, from now on, ...
... so we'll see us next month. The fee for today you'll find under the juicemaker – as usual.
See you SS

Bevor sie nach ihrer Tasche greift und vorläufig verschwindet, schiebt sie einen 20-Euro-Schein unter die Saftpresse, legt die Botschaft direkt daneben und beschwert sie mit einem von den Nougat-Riegeln, die Janice so gern isst. Was für eine aufmerksame Arbeitgeberin sie doch ist.
Eines ist ihrer Aufmerksamkeit allerdings entgangen: Janice kann weder schreiben noch lesen.

ISABEL

Isabel Poelchau eilt zügigen Schrittes die Eppendorfer Landstraße entlang, als eine üppige schwarze Schönheit mit einem Zettel in der Hand auf sie zustrebt.
»*Sorry, Madam ...*«
Isabel glaubt zu wissen, was kommt. Diese ewige Bettelei – es ist so distanzlos! Sie hasst so etwas, will ausweichen, aber die junge Frau ist resolut und lässt sich nicht abwimmeln.
»*Madame, please, would you read this to me?*«
Isabel runzelt die Stirn. Was ist das denn nun wieder für eine neue Masche? Äußerst skeptisch wirft sie einen Blick auf den Zettel, sieht die Zeilen und die Unterschrift – und versteht. Ja, ihr geht geradezu ein Licht auf. Sieh mal einer an.

Isabels Phantasien von einer Sidonie, die auf allen Vieren den Küchenboden schrubbt, werden jäh untergebrochen von einem überaus gut gelaunten »Hallo-o – guten Morgen, meine liebe Frau Poelchau!« – »Ah, Frau Bedecker. Guten Morgen, ich war gerade in Gedanken.«
Frau Bedeckers Ehemann, Professor Doktor Bedecker, ist niedergelassener Gynäkologe im Einzugsgebiet Eppendorf–Harvestehude und seine Gattin betrachtet sich als seine PR-Beauftragte. Sie greift jede Gelegenheit beim Schopf, um Patientinnen zu akquirieren. Was auch dringend erforderlich ist, denn die Konkurrenz schläft ja nicht.
Im Gegenteil. Ständig drängen neue junge Kollegen in ein Revier vor, in dem Dr. Bedecker vor einigen Jahren noch relativ allein Abstriche machte.
Blödsinnigerweise entstehen derzeit an allen Ecken diese sogenannten Ärztehäuser, und obwohl weder Herr Doktor noch Frau Gattin das nachvollziehen können, scheinen doch eine Menge Leute diese Art von unindividueller ärztlicher Gesamtversorgung klasse zu finden.
Dass seine rückläufige Patientenzahl möglicherweise an seiner *Old School*-Überheblichkeit – nach dem Motto: Ich bin der Arzt, dein Gott – liegen könnte, daran hat Professor Doktor bislang noch keinen Gedanken verschwendet.
Frau Bedecker arbeitet tapfer gegen unbefriedigende Praxiserträge an, indem sie keine potenzielle Patientin vorbeigehen lässt, ohne sie in ein klitzekleines Gespräch zu verwickeln. Um dabei en passant auf die exorbitante Wichtigkeit von Vorsorgeuntersuchungen hinzuweisen. Bei Isabel beißt sie da allerdings auf Granit.
»Ach, ich weiß nicht. All diese Vorsorgeuntersuchungen, ohne die man heutzutage angeblich nicht überleben kann – wenn ich da überall hinrennen soll, da bleibt mir ja keine Zeit mehr zum Golfen. Und wissen Sie, Frau Bedecker«, fügt sie noch mit Nachdruck an, »... mein Schwager – er ist leitender Oberarzt am UKE – der pflegt ja immer zu sagen: Vorsorge zieht die Sorge vor.«
Frau Bedecker zuckt nur kurz mit dem rechten Augenlid und schweigt beleidigt.
»Und – sehen wir uns zum Skilaufen wieder in Klosters?«
Isabel versucht ein bisschen was Versöhnliches. Aber diesmal sogar beidseitiges Augenzucken bei der Arztgattin, dann sagt sie mit Leidensmiene:

»Nein, ich fürchte eher nicht. Mein Mann, hat derzeit Meniskusprobleme und wir glauben nicht, dass es bis zum Winter besser wird. Ich denke, wir werden wohl in diesem Jahr aussetzen.«
»Ach wie bedauerlich. Wir werden Sie vermissen.«
Isabel gibt sich anteilnehmend und erwähnt selbstredend nicht, dass sie Herrn Doktor doch regelmäßig beim Joggen sieht.

Nein, nein. Isabel ist diskret, aber sie denkt sich ihren Teil.
Letztlich findet sie all das ausgesprochen beunruhigend. Erst die Sache mit Sidonie Spitzy, die neuerdings gezwungen ist, ihre Wohnung selbst zu putzen. Und nun die Bedeckers, die sich offenbar keinen Skiurlaub mehr leisten können. Isabel geht sehr nachdenklich, fast bedrückt nach Hause. Das alles riecht nach Krise, hat fast etwas Apokalyptisches. Hoffentlich ist das nichts Ansteckendes.

SIDONIE

Seit Sidonie ihre Wohnung selbst putzt, findet sie die eigentlich gar nicht mehr so klein. Im Gegenteil. Aus reinigungstechnischer Sicht ist die Wohnung riesig, unendlich, ein Fass ohne Boden. Kaum hat sie den letzten Raum auf Hochglanz gebracht, kann sie gleich wieder vorn beginnen.
Das Bad sieht aus … dabei hat sie das doch gerade vorgestern … ein Scheißjob ist das, und wieviel Zeit mit dem nervtötenden Geputze draufgeht! Dabei fallen ihr die Auseinandersetzungen mit Maria ein. All die Vorhaltungen, die sie ihrer ehemaligen Putzhilfe gemacht hat, weil sie fand, Maria sei uneffizient und viel zu langsam.
Schlechtes Gewissen?
Ach Blödsinn, Maria macht das schließlich professionell, da kann man ja wohl ein bisschen mehr Tempo erwarten als bei einem Laien.
Und Maria wurde dafür bezahlt, 8 Euro 50 die Stunde – immerhin.
Außerdem – was soll's? Vorbei ist vorbei.

Jetzt stellt sich angesichts des verschmierten Spiegels im Bad doch eher die Frage: Wo ist eigentlich der Glasreiniger geblieben?

Genau, der steht vermutlich noch in den vorderen Räumen, wo sie gestern die Fenster geputzt hat.
Sidonie öffnet die Tür zu den Salons und – ist erschüttert!
Die Sonne steht tief an diesem spätherbstlichen Morgen und bringt es an den Tag: Sämtliche Fensterscheiben sind schlierig und schmierig. Das Ganze sieht wirklich grotesk aus.
Nein, es war keine gute Idee, die Fenster bei völliger Dunkelheit zu putzen. Aber was hätte sie tun sollen? Sie kann das doch unmöglich tagsüber machen, wenn jeder, der Augen hat, sehen kann, dass Sidonie Spitzy jetzt ihre eigene Putzfrau ist.

ALEXANDER

Sidonie mag Vernissagen. Auf der Skala für gesellschaftliche Events rangieren die bei ihr ganz oben. Sie mag sie, weil man hier nicht zum Essen gezwungen wird, wie bei diesen entsetzlichen Dinnerpartys, wo man sich zudem Stunde um Stunde von völlig uninteressanten Tischnachbarn anöden lassen muss, während einen selbst nichts anderes beschäftigt als die Frage, mit welcher Diät man seine Hüften dieses grauenvolle Vier-Gänge-Menü wieder vergessen macht.
Auf Vernissagen reicht es, sich zu zeigen und, am Weißwein-Gläschen nippend, umher zu stolzieren. Gespräche kann man aufs Minimalste beschränken und sich herrlich lustig machen über das Styling einiger Teilnehmer, die sich sichtbar angestrengt haben, schon rein äußerlich ihre Zugehörigkeit zu Künstlerkreisen zu demonstrieren. Und wenn gar nichts mehr geht, kann man immer noch mordsbeeindruckt und still interessiert vor den Exponaten verharren. Aber damit kein falscher Eindruck entsteht: Sidonie interessiert sich wirklich fürs Kontemporäre, schließlich hatte sie sich mit ihrer Eins im Kunst-LK einen Abi-Schnitt von 3,5 sichern können.

Mit diesem gut aussehenden Mann, der ihr soeben in der *Galerie Levy* vorgestellt wurde, ist sie sich sofort einig, dass das hier präsentierte Oeuvre eines Chinesen, dessen Namen man sich nun beim besten Willen nicht merken kann, wenig originär ist und die Preise

für diese Epigonen-Kunst doch eher ein Witz. Alles in allem für Neureichs und Möchtegerns, aber doch nichts für sie und Alexander von Dellinghausen.
Ja, genau: DER von Dellinghausen, der international sehr geachtete Architekt, der soeben Hamburgs Hafencity seinen Stempel aufdrückt. Ist es übrigens nicht erstaunlich, welchen Zauber dieses niedliche kleine *von* in einem Namen immer noch zu haben scheint? Ein höchst interessanter Mann, das erkennt Sidonie sofort. Aber auch Alexander ist interessiert, ohne Frage.

Als die Veranstaltung unspannend wird, bietet er ihr an, sie nach Haus zu fahren, was Sidonie auch nicht ablehnt, obwohl ihr Golf direkt um die Ecke parkt.
Richtig gelesen: Golf! Neuerdings fährt sie Golf, diese Skulptur der Mittelmäßigkeit! In diesem Fall in Metall gehauenes Symbol für Sidonies *downgrade*. Wenn schon Kleinwagen, dann doch gleich einen Mini, hatte Sidonie eigentlich beschlossen, doch sie musste einsehen, dass diese niedlichen Karossen für die Installation zweier Kindersitze einfach nicht konzipiert sind.

Schon hält ihr der Traummann die Wagentür eines silbergrauen 1960er Jaguar SX auf, schon lässt sich Sidonie in die Lederpolster gleiten und selbstredend kommentiert sie dieses Luxusgefährt mit keiner Silbe – wie uncool wäre das denn?
Und auch er bleibt cool, versucht nichts an diesen Abend. Auch an keinem der folgenden. Sidonie weiß nicht so recht, wie sie das finden soll. Von dieser Seite hat sie die Männer bislang nun wirklich nicht kennengelernt. Aber gut. Sex ist jetzt auch nicht sooo wichtig, findet Sidonie.

Und nun hat sie sowieso anderes im Kopf, denn nach diversen Dates schlägt er ihr vor, nein, er bittet sie, ihn am Sonntag zu seinen Eltern zu begleiten, die außerhalb Hamburgs leben, auf einem »eher ländlichen Anwesen« wie Alexander es ausdrückt.
Sidonies Herz springt hin und her: Glück, Glück, Glück. Aber das Ganze ist dünnes Eis, das weiß sie wohl.

Jetzt keine Fehler machen, Sidonie! Sie muss sehr dringend mit Katharina sprechen.

KATHARINA UND SIDONIE

Es ist Freitag Mittag, ein Herbsttag, sonnig-warm. Einer von diesen Herbsttagen, an denen man immer noch an den Sommer glaubt, obwohl es sich bereits anders anfühlt.
Sidonie hat sich mit Katharina auf dem Markt verabredet.
Es gibt da eine »Wahnsinnsneuigkeit!«, die sie unbedingt noch heute besprechen muss. Klar, Katharina ahnt es längst, es wurde ihr ja auch mehr als angedeutet: Mal wieder geht es um einen Anwärter für Sidonies zukünftige Rundum-Versorgung.

»Okay, Sid, leg los, ich hab heute echt nicht viel Zeit, wir haben um zwei ein super-wichtiges PPM-Meeting mit dem Kunden, Steffen flippt aus, wenn ich nicht pünktlich bin.«
Sie lässt endlos Zucker aus dem Streuer auf ihren Cappuccino rieseln, beobachtet genussvoll, wie der Zucker langsam absackt und im Milchschaum versinkt.
Sidonies rechte Augenbraue zieht sich hoch, wandert Richtung Platin-Scheitel. Erhobenen Hauptes, wie eingefroren, steht sie da. Reglos, nur ihre Augen sind in Bewegung, wandern vom kakaobestäubten Milchschaum-Berg zu einem Tellerchen mit einem sehr schokoladigen Kuchenstück, bleiben kleben an der glänzenden, in der Sonne schwitzenden Couvertüre, wandern weiter zu Katharinas üppiger Oberweite. Dann zu den Hüftrundungen, die auch nicht von schlechten Eltern sind. Die ganze Pracht ist recht eng umwickelt von einem edlen Stöffchen mit blaulila Musterung. Ein Kleid mit einem Ausschnitt so tief wie das Hafenbecken.
»Is was?«, fragt Katharina mit vollem Mund.
»Also dieses Wickelkleid, Kathi, das geht gar nicht. Es ist zwei Nummern zu klein. Es betont deine Hüftpolster und das Dekolleté … also, ich weiß nicht, ich finde, tagsüber solltest …«
»Guck doch weg!«, sagt Katharina frech. »Deinetwegen werd ich

jedenfalls keine Burka tragen. Sieh dir mal lieber deine Hüftknochen an, damit kommst du gar nicht durch den TÜV: Verletzungsgefahr!« Wieder verschwindet etwas Schokoladenbraun-Köstliches in Kathis Mund.
Sidonie kann kaum hinsehen.
»Wie kannst du nur dieses fettige Zuckerzeugs essen? Allein vom Zusehen krieg ich schon das Gefühl, dass meine Jeans irgendwie zu eng wird.«
»Schnuckelchen, deine Jeans wird nicht zu eng, sie ist zu eng, immer schon gewesen und mein Brownie hier, hat damit nicht das Geringste zu tun. – Aber sag mal, hast du mich hier einbestellt, um einen Vortrag über Ernährung zu halten, oder war da vielleicht noch irgendwas anderes … etwas Groooßes und ein entzückender Knackarsch möglicherweise ...«
»Du bist ordinär, Kathi und du weißt es.«
Sidonie schiebt ihre rechte Hand unter die Platinmähne, hebt sie kurz an, zum Lockern gewissermaßen. Eine Sekunde bedeutungsvollstes Schweigen. Tusch, Vorhang auf.
»Katharina, ich sage dir: Es ist passiert – ich habe ihn kennengelernt, den Perfekten, den Einzigen, den Wahnsinnsmann!«
»Mmh«, unbeeindruckt sticht Katharina erneut die Gabel ins Gebäck, »man sagt ja, die wirklich tollen Männer sind entweder verheiratet oder schw...«
»Was soll denn jetzt der Spruch, der war ja im letzten Jahrhundert schon alt, oder?«
»Alt? Ich weiß nicht. Eher ein Klassiker würde ich sagen und, nach meiner Erfahrung, so aktuell wie nie zuvor.«
»Blödsinn, dieser Mann ist es einfach, ich spüre es, Kathi, und es ist so ... besonders mit ihm … ich meine, das hört sich jetzt vermutlich wahnsinnig pathetisch an, aber es könnte wirklich Liebe sein – oder zumindest werden!«
Es bricht geradezu aus Sidonie heraus.

Ups, was ist denn mit Sidonie los? So lebhaft, fast schon emotional. Katharina staunt mit großen Augen ihre Freundin an, den Mund voll Kuchen, mechanisch kauend.

»Ja, und? Details bitte!« mümmelt sie endlich. »Wie heißter, was machter, wie ist der Sex?«
Kurze Irritation bei Sidonie, sie greift zum Löffelchen, rührt erneut ihren Espresso. Nimmt wieder Haltung an.
»Es ist – jetzt halt dich fest!« Sidonie schließt einen kurzen Moment andachtsvoll die Augen: »Alexander von Dellinghausen!«
»Du meinst der Architekt, dieser Typ, der das spektakuläre Mega-Ding in der Hafencity ...?« Katharina scheint echt beeindruckt.
»Exakt. Und zum ersten Mal ein Mann, der mich versteht. Man kann mit ihm wirklich über alles reden, sage ich dir! Nach diesem ganzen *Hazzle* mit der Scheidung hat Alexander es geschafft, mich wieder aufzubauen, mir wieder so was wie Selbstsicherheit zu geben. Ich war ja dermaßen neben der Spur, dermaßen verunsichert und mein Ego war quasi auf Null, nachdem Leo, dieser Unmensch, mich so fertig gemacht hat.«
Katharina schluckt. Aber Sidonie ist nicht zu bremsen.
»Es tut einfach gut, wenn dir jemand die Autotür aufhält, dich zum Essen einlädt, ins Theater ausführt, dir in den Mantel hilft ...«
»Theater? Echt? Du warst im Theater? Was habt ihr gesehen?«
Pause.
»Na, das Stück«, hakt Kathi nach. »Wie hieß das Stück?«
»Das Stück? … Weiß nicht mehr, irgendwas mit Frauen und Männern, war ein bisschen unästhetisch, fand ich ehrlich gesagt, die Frauen liefen die ganze Zeit in grauenvollen Strumpfhosen auf der Bühne herum. Aber was soll das jetzt, ich denke du hast wenig Zeit – also bitte! – Wo war ich stehen geblieben? Ach ja – Alexander. Er macht wunderbare Geschenke, hier dies zum Beispiel …«
Sie zuppelt an ihrem Halstuch herum. »*Hermès,* vintage. Edel, oder? Und vorgestern hat er mir ein phantastisches Coffeetable-Book mitgebracht: *Palladio und seine Zeit*.«
»Palladio? Ist das nicht dieser neue Laden mit dem Michelin-Stern, an der Eppendorfer Landstraße ...«
»Nein!! Mensch, Katharina! Palladio! Das ist ein Bau-meis-ter! Alexanders Vorbild, sein Ideal, seine Inspiration! Aber nun halt dich fest ...«
»Schon wieder…«, murmelt Kathi dazwischen.
»Sonntagvormittag wird er mich abholen – er fährt übrigens ein

Wahnsinns-Cabrio, einen Jaguar aus den 60ern – also er wird mich abholen, um …« Sidonie spreizt die Finger beider Hände, legt sie bedeutungsvoll auf der Tischplatte ab.
»Um mit mir zu seinen Eltern zu fahren, um mich dort eben diesen vorzustellen. Jjja!!«
»Na, der hat's ja eilig, ich meine, ihr kennt euch doch erst seit ein paar Wochen … er meint es scheinbar richtig ernst. Erstaunlich ...«
»Also, so erstaunlich finde ich es auch wieder nicht«, wirft Sidonie schnippisch ein.
»Okayokay.« Katharina tupft sich die Lippen mit der winzigen Papierserviette ab, testet mit den Fingerspitzen, ob auch kein Krümel zurückblieb.
»Wir können also festhalten, der Kandidat erreicht gute Werte in puncto Auftreten, Stil, Bildung, gesellschaftliche Relevanz, Seriosität – *but what about the fun factor?* Ja, jetzt starr mich nicht so an! Wie isser im Bett? Das ist doch wohl die entscheidende Frage.«
»Pffhh, für dich vielleicht.« Sidonie schiebt ihr Espresso-Tässchen zurück, richtet sich auf, den Blick über Katharina hinweg ins Nichts.
»Wir hatten noch keinen Sex.«
»Was soll das heißen, ihr hattet noch keinen Sex? Versteh ich das richtig: Es gab bisher – lass mich raten – fünf bis zehn Dates und es ist noch nicht das Geringste gelaufen??«
»Entschuldige bitte, Katharina – dieser Mann hat einfach Stil, *old school,* verstehst du? Erst den Eltern vorstellen und dann ... und im Übrigen: Nur weil DU mit jedem Blödmann vögelst, der vorher auch nur drei zusammenhängende Sätze mit dir gesprochen hat, muss das der Rest der Welt nicht genauso handhaben.
Hast du schon mal dran gedacht, dass genau deine Vorliebe für One-Night-Stands vielleicht der Grund dafür sein könnte, dass du in fünf Monaten dreißig wirst und immer noch Single bist?«
»Sag mal, das ist jetzt aber wirklich unterste Schublade! Gib doch endlich mal zu, dass du sexuell im Grunde ziemlich verklemmt bist! Und insofern scheint dieser neue Gott am Versorgerhimmel auch superklasse zu dir zu passen. Weißt du, was ich nämlich glaube? – Dein Mister Perfect steht gar nicht auf Frauen, das ist ein Klemmi, der 'ne Alibifrau sucht …!«

»Es reicht jetzt wirklich – unterste Schublade, na toll! – DU wirst ja wissen, was unterste Schublade ist!! Ach, das ist mir doch echt zu blöd!«

Sie schnappt ihr Handy, pfeffert es in die karamellbraune *Gucci*-Tasche, schiebt den Ärmel ihrer Lederjacke zurück und verkündet mit Blick auf ihre Uhr kühl: »Ich muss jetzt los, ich hab einen Termin im Day Spa. Würdest du bitte den Espresso übernehmen!«
Exit ghost.

Katharina zittert vor Wut, zumindest innerlich.
»Diese oberblöde Nuss!«
Dann dreht sie sich entschlossen zum Tresen des Café-Standes um.
»Einen *Coretto* für mich!« Sie stutzt: »Hey, seit wann bedienen Sie hier im Café? Ich meine, Sie waren doch immer drüben beim Geflügel, oder?«
»Ja. Aber jetzt bin ich hier«, lächelt Jan zu Antonella rüber.
»Die Liebe, versteh'n Sie – Amoooore!«
Er schraubt sich empor, verdreht dabei die Augen theatralisch gen Himmel.
»Ja klar, die Liebe, was sonst?«, grummelt Katharina und kippt missmutig den *Coretto* in sich rein. – »Zahlen bitte!«

Sie prüft den Sitz ihrer Oberweite im *Diane-Furstenberg*-Wickelkleid, streicht über ihre Hüften.
Steffen kann mich mal! Bevor sie in die Agentur zurückfährt, wird sie noch einen Abstecher zu diesem feinen neuen Lädchen machen, in dem die blasierte Gattin eines reichen Exil-Iraners äußerst feminine Mode verkauft. Rückenfreie Satin-Oberteile mit *Svarowski*-Steinchen am Saum zum Beispiel.
Und genau in so einem Luxus-Schein-und-Schimmer-Top wird sie heute Abend in der *Bar Hamburg* auftauchen und dann wollen wir doch mal sehen, wer in dieser Stadt wirklich Spaß hat …
»Shoppen und ficken«, murmelt sie halblaut und grinst dabei.
»Was meinten Sie?«, will Jan wissen.
»Och, ne, nix. *Tutto bene.*«
Katharina wirft einen letzten mitleidigen Blick auf das kleine, deutsch-

italienische Glück hinterm Tresen und rauscht davon. Rauscht vorbei am Stand mit *Bokelrehmer Geflügelspezialitäten*, an dem ein bezopfter Typ in weißer Halb-Schürze sie durchaus wahrnimmt.
– Nicht schlecht, nicht schlecht, aber warum läuft sie in diesem viel zu engen Morgenmantel hier auf dem Markt herum? –
Sie touchiert kurz Irene Frederici, die soeben Möllers Gemüsestand ansteuert und mit Blick auf Katharina findet:
Dieses Kleid und diese Hüften, das geht aber nun wirklich nicht zusammen – und dann das Muster, also irgendwie ... Düsseldorf!!

GEMÜSEMÖLLER

»Na, Frau Frederici, was können wir für Sie denn Schönes tun?
Sie sind ja s-pät dran heute.«
Frau Möller junior wendet sich erwartungsvoll an ihre beste Kundin.

»Ja, in der Tat, Frau Möller, ich bin spät dran. Es gab da noch einen Termin in der Schule an der Hochallee, sie wissen ja, unser Jüngster ist nun auch eingeschult und ... hach ja, es hat da wohl Ärger gegeben mit einer jungen Lehrerin, die sich von unserem Cecil schlecht behandelt fühlte.
Das muss man sich vorstellen – eine erwachsene Frau, die sich nicht mal gegen einen Sechsjährigen durchsetzt! Ich frage Sie, Frau Möller: Wie will diese Frau denn jemals mit Viertklässlern zurechtkommen?!«
Das weiß Frau Möller natürlich auch nicht und schüttelt nur stumm den Kopf.

»Angeblich ist die Lehrerin weinend aus der Klasse raus, weil unser Kleiner sie so sehr beleidigt hat. Ich hab der Schulleiterin gesagt, dass ich mir das überhaupt nicht vorstellen kann, denn bei uns zu Hause kommt Cecil mit dem Personal ganz wunderbar zurecht!«
Irene seufzt, schwer geschafft.
»Als ich ob ich nicht genug um die Ohren hätte. –Ich nehme vom Basilikum, Frau Möller«, wechselt sie plötzlich unvermittelt das Thema, »Ja, ruhig ein Bund mehr und dann von den kleinen italienischen

Strauchtomaten, die waren köstlich neulich, mein Mann war ganz angetan. – 9,80 das Kilo? Ganz schön happig, aber na gut. ... Tja, was nehme ich noch ...?«
»Pfifferlinge, Frau Frederici, wir hätten hier wirklich ganz wundervolle Pfifferlinge.«
»Ja, die sehen nicht schlecht aus. Woher kommen denn die?«
»Aus Polen, Frau Frederici, ganz frisch.«
»Ach so, aus Polen – mmh ... – französische haben Sie nicht zufällig, die sollen ja besonders gut sein?«
»Bedaure, nein, aber ich versichere Ihnen ...«
»Ach nein, danke, ich glaub, das war's dann für heute.«

Kaum hat Irene den Möllers den Rücken zugewendet, stößt Claus seine Monika an.
»Jetzt pass mal auf, wo sie hingeht. – Ich wette, die marschiert jetzt direktemang zu den Güls rüber und besorgt sich da ihre Pfifferlinge.«
»Och nee, Claus, die doch nich, das kann ich mir nicht vorstellen«
»Da! Da! kuck hin – was ich dir sage … Ich hab's doch gewusst! – Die haben da nämlich wieder ein Riesenschild an ihre Pilze gepappt: AUS FRANKREICH – und du glaubst nicht, was die für 100 Gramm nehmen – nich mal einen Euro: 99 Cent!! Und jetzt kommst du!«
Claus ist richtig auf Zinne: »Das ist doch Humbug, das stinkt doch zum Himmel, denen werd ich was …«
»Ja was denn, was willst du denen denn? Das kannst du doch nie und nimmer nachweisen, dass das nu keine französischen Pfifferlinge sind!«
»Nö, da hastu recht, Moni, aber weißt du was? Dem Al Capone, dem konnten sie auch nie was nachweisen, und weißt du weswegen sie ihn denn zum Schluss doch noch eingebuchtet haben? Wegen Steuerhinterziehung nämlich, *die* konnten sie ihm nachweisen.«
»Ach Claus, jetzt hör mir doch auf, Steuerhinterziehung! Was ist das denn wieder für'n Unfug? Wir sind hier auf'm Markt und nicht bei dieser Gomorrha oder wie das heißt! Diese Mafia, du weißt schon!«

Montagmorgen, kurz vor zehn.
Sidonie trifft mit Lincoln und Jefferson am Kindergarten ein. Die Jungs sind bis an die Milchzähne bewaffnet. Mit politisch korrekten Holzgewehren – von *Lienau* selbstverständlich, dem ersten Haus am Platze, wenn's um erlesenes Spielzeug geht. Die Gewehre sind hübsch lackiert, geben aber sonst nichts her, weder Laserlicht noch Knallballersound. Doch Linny und Jeff schaffen es leicht, dieses Manko zu kompensieren.
»Bäng, bäng, razong!«
Sie stürmen die Räumlichkeiten, werfen sich zu Boden und legen auf alles an, was sich in den Weg stellt.

Der Kindergarten ist keine drei Geh-Minuten von ihrer neuen Wohnung entfernt, trotzdem schafft Sidonie es nur selten, pünktlich um neun zum allgemeinen Kinder-Abgabetermin mit ihren beiden Jungs aufzutauchen.
Heute, also am Tag eins nach ihrer Einführung in die Familie derer von Dellinghausen, ist sie besonders spät dran. Ja eigentlich so spät, dass keine der Erzieherinnen mehr mit dem *Trio Infernal* gerechnet hat. Ihre Enttäuschung können sie kaum verbergen, besonders Emily, die punkige Praktikantin mit Dreadlocks und Nasenflügelpiercing, lässt ihren Gefühlen freien Lauf.
»Ja klasse ey, die Nachwuchsterroristen! Endlich *action* – die Totenstille hier heute morgen war ja auch echt nicht zum Aushalten!«

Es fällt Sidonie nicht schwer, über Emily hinwegzusehen, die mehr als einen Kopf kleiner als sie ist, aber Frau Schönburg, die Leiterin, begegnet ihr auf Augenhöhe.
»Frau Spitzy, ich möchte sie doch erneut daran erinnern, dass wir hier pünktlich um neun mit unserem Programm starten. Sie müssten sich bitte auch daran halten, Sie bringen sonst unseren gesamten Ablauf durcheinander.«
Ungerührt und mit ihrem Sie erwarten doch nicht dass ich darauf antworte-Blick erwidert Sidonie:

»Ich möchte, dass meine Söhne ab nächsten Monat in die Gruppe der Ganztags-Kinder aufgenommen werden. Ich werde demnächst wieder berufstätig sein.«
»Also das kann ich ihnen nicht versprechen, Frau Spitzy, das kommt doch jetzt etwas sehr plötzlich.«
»Ich bin sicher, es klappt – es sei denn, Ihr Kindergarten legt auf die alljährliche Weihnachtsspende von Lincolns und Jeffersons Vater keinen Wert mehr.«
Frau Schönburgs rechtes Auge zuckt etwas nervös, dann fragt sie, um moderaten Ton bemüht:
»Was haben Sie denn vor – beruflich meine ich?«
»Bis später, einen erfolgreichen Tag, Frau Schönburg!« Muss reichen.
Sidonie verlässt den Ort des Geschehens raschen Schrittes, zumal der Lärmpegel soeben neue Höchstwerte erreicht.

Sidonie wirft die Wohnungstür zu, seufzt, zieht die Reißverschlüsse an den Schaftstiefeln auf, schüttelt sie von sich, hängt die Lederjacke auf einen Bügel und befreit sich dann auch noch von ihren Jeans.
Sie dreht sich vor der gigantischen Spiegelwand, drückt ein bisschen an Oberschenkel und Pobacken herum, seufzt noch mal.
Während sich in der Küche eine Schweizer Präzisionsmaschine leise murmelnd und zischend in Bewegung setzt, um einen Espresso zu produzieren, gießt sich Sidonie in die Ecke eines opulenten Sitzmöbels und beginnt zu telefonieren. Erfolglos zunächst.
Leichtes Stirnrunzeln, irgendwie scheinen nur Mailboxen mit ihr sprechen zu wollen, aber dann – sie macht sich gerade, sie lächelt sogar ins Telefon.
»Hallo Kathi, ich bin es, Sidonie. Sag mal, bist du noch sauer?«
Am anderen Ende, in einem Konferenzraum:
»Du, ich kann jetzt nicht sprechen. Du weißt doch – Montagsmeeting ... nein, das geht jetzt echt nicht.«
Katharina spricht so gedämpft wie möglich in ihr Handy.
»Nein, ich bin nicht mehr sauer … ach, DU willst dich entschuldigen – warte mal – ich geh mal mit dir raus.«
Sie hält den Hörer zu. Treuherziger Blick aus satt geschminkten Augen zu den Kollegen rüber.

»Entschuldigt mich kurz. Bin gleich wieder da, ist leider superwichtig.«
Sie verlässt telefonierend die Runde, lehnt sich von außen an die gläserne Front des Konferenzraumes. Ihr Po in engem Rock drückt sich gegen die Scheibe. Innerhalb des Konfis wechselt man vielsagende Blicke.

»So, da bin ich wieder. – Du wolltest dich entschuldigen. – Ja, doch, hast du grad eben noch gesagt. – Von mir aus. Also vergessen wir's oder? –
– Sicher… ich meine, ich war ja vielleicht auch nicht ganz – Ja klar, bin ich gespannt, aber ich nehme an, du wirst mir ausführlich … – Nee, das geht jetzt wirklich nicht. Ich muss zurück ins Meeting, lass uns heute Abend im … – Ach so, du hast keinen Babysitter, mmh, schade… – Ja okay, ich komme zu dir, vor neun wird es allerdings nichts, das wird hier heute spät, wir haben Mittwoch eine ultrawichtige Präsentation. – Mmh, ja … gut… – Ciao, dann bis heute Abend!«

SIDONIE UND KATHARINA

»Ich hab mir gerade einen Chai gemacht, magst du auch einen?«
»Chai??« Katharina ist nicht wirklich begeistert. »Was ist mit diesem tollen Champagner, den ihr immer hattet? So was Kaltes, Pritzeliges könnte mich jetzt eventuell wiederbeleben.«
»Leider grad nicht gekühlt.« Sidonie öffnet die Edelstahltür des monströsen Kühlschranks und zieht eine Flasche Weißwein heraus.
»Wie wär's damit?«
»Okay.« Katharina wirft einen leidenschaftslosen Blick aufs Etikett.
»Gib her, wo ist der Öffner? Ich zieh sie schon mal auf.«

Während sich Kathi mit dem Weinglas in der Sofaecke möglichst entspannt einrichtet, dazu ihre waffenscheinpflichtigen High-Heels abwirft, positioniert Sidonie ihr Handy und eine hauchdünne Teeschale auf dem Tischchen neben sich, sitzt kerzengrade auf der Sesselkante, voll konzentriert. Startschuss! Es geht los – los mit ihrer Exklusiv-Berichterstattung aus der Welt des Adels. Axel Seelmann-Knäckebrot hätte es wirklich nicht anschaulicher machen können.

Nachdem Katharina dem detailreichen Vortrag über die immensen Ausmaße des Anwesens derer von Dellinghausen, über Innenausstattung, Tischsitten und Gebräuche et cetera, gefühlte 30 Minuten andächtig gelauscht und dabei mehrfach zügig ihr Glas geleert und wieder aufgefüllt hat, scheint der Alkohol bei ihr zunehmend für eine gewisse innere Unruhe zu sorgen. Schließlich grätscht sie mit einer Zwischenfrage rein.
»Und, sag mal – seine Eltern? Was für ein Gefühl hast du denn da so? Meinst du, sie mochten dich?«
»Aber ja, total. Wir hatten ganz wunderbare Gespräche, sie waren sehr interessiert an allem, was ich so mache ...«
»Ach, und dann hast du also erzählt, von deinen Besuchen im Day Spa und vom Hair-Colouring bei *Jacques le Coz*, vom Shoppen im Allgemeinen, von der Eröffnung des *Marc Jacobs*-Flagshipstores ...«
»Nein!! Natürlich nicht! Sag mal, was redest du denn da?«
Sidonie ist echt sauer.
»Man könnte meinen ... Also du tust so, als sei ich eine komplett oberflächliche, dumme Nuss und an nichts als meinem Äußeren interessiert. Ich finde das richtig frech. Du warst neulich schon so zickig, als ich von Alexander erzählte. Kann es sein, dass Neid und Missgunst im Spiel sind?!«
»Ach komm, Sid, jetzt sei doch nicht so humorlos, es interessiert mich halt, was so geredet wurde, was eure Gesprächs-Basis gewesen sein könnte. Diese Leute, die sind doch vermutlich stockkonservativ, alt und irgendwie *strange*, man wird da ja noch mal fragen dürfen.«
Katharina greift erneut zum Weißwein.
»Also, ich bin wirklich lange genug zum Gymnasium gegangen, um –«
Sidonie kommt ins Stocken.
»Was ich sagen will: Meine Bildung reicht durchaus, um über Thomas Mann oder Bachs Cello-Suiten Bescheid zu wissen. – Darüber haben wir nämlich sehr ausführlich gesprochen«, gibt sie gnädig preis.
Schwer beeindruckt muss Katharina gleich noch mal einen kräftigen Schluck nehmen, um dann endlich die Frage zu stellen, die ihr natürlich schon längst unter den Nägeln brennt:

»Und dann, ich meine, als dann mit den Eltern soweit alles gut gelaufen war, dann seid ihr also zusammen zurück in die Stadt, nehme ich an und dann habt ihr …«
»Oh, nee! Kathi, nicht schon wieder! Thema Nummer eins! Das ist alles, was dich interessiert? Und du unterstellst mir einseitige Konversation! Ich frage mich grade, über was DU dich mit Schwiegervätern in spe so unterhalten würdest. Über die Vor- und Nachteile der guten alten Missionarsstellung vielleicht oder lieber gleich über Fesselspiele?«

Sidonie holt Luft. Dann verkündet sie fest entschlossen:
»Zu deiner Beruhigung: Ja, wir sind zusammen nach Haus, ja, wir hatten Sex. Aber wenn du dir Details erhoffst, muss ich dich leider enttäuschen. Im Gegensatz zu dir, habe keine Lust mein Sexualleben auszubreiten, ich finde das sollte privat bleiben, das Private ist nämlich das Wesen der Erotik.«
»Aha, so ist das also.«
Katharinas Zunge scheint ein wenig schwer zu werden.
»Schade eigentlich, hätte mich mal interessiert, wie's der Adel so macht.«
»Gut macht er's, liebe Kathi, ziemlich gut sogar!«
Endlich kann sich auch Sidonie entspannt in ihrem Sessel zurücklehnen. Nur kurz allerdings, dann fällt ihr schlagartig etwas ein.
»Wie spät ist es eigentlich?« Sie greift zum Handy.
»Oh, schon halb elf gleich … komisch …«, misstrauisch starrt sie auf das Display. »Warte mal kurz – muss mal eben meine Mailbox abhören.«

Sie erhebt sich, geht auf und ab, hält sich dabei das Handy ans Ohr.
»Sehr merkwürdig.« Sie wischt das Ding gedankenverloren aus.

»Wassen los?«, will Katharina wissen, während sie die letzten Tropfen aus der Weinflasche ins Glas schüttelt.
»Ach nichts. Na ja – Alexander. Er musste heute in den Osten. Ich glaube, es war Rostock oder so. Jedenfalls auf irgendeine Baustelle. Er wollte heute Abend eigentlich gleich anrufen, wenn er zurück ist.«
»Mach dir keine Sorgen, da wird's schon 'ne Erklärung geben.«

Katharina erhebt sich etwas schwerfällig aus der Sofaecke. »Bestimmt musste er noch ‘ne Runde mit dem Bauherrn drehen.«
Sidonie wirft ihr einen messerscharfen Blick zu, aber Katharina sammelt ihre Schuhe ein, streift sie über und gibt sich arglos.
»Du willst los, nehme ich an?«, fragt Sidonie erleichtert.

Nachdem sie die Wohnungstür hinter Katharina geschlossen, Weinglas und Teeschale in den Geschirrspüler verstaut hat, hält sie prüfend die leere Weinflasche gegen das Licht.
»Na klar, leer, was sonst!«
Sie holt eine Wodkaflasche aus dem Kühlschrank und schenkt sich großzügig ein. Mit dem Glas in der Hand marschiert sie zurück, um erneut die Mailbox abzuhören. Wieder nichts. Einen Moment sitzt sie da, trinkend, nachdenklich.
»Na gut, dann eben nicht.«
Sie kippt den letzten Rest Wodka runter.

SIDONIE

Auch am darauffolgenden Dienstag passiert zunächst nichts.
Sidonie kompensiert ihre Unruhe, indem sie telefonisch ein paar Leute tyrannisiert.
Sie tigert in der Wohnung hin und her, kabbelt sich mit dem Postboten, der schon wieder ihre abonnierte *Elle* geknickt in den Briefkasten gewürgt hat. Holt schließlich die Kinder vom Kindergarten ab, um mit ihnen zusammen noch kurz über den Isemarkt zu gehen.
Gleich vorn kommt ihr Maren entgegen, im offiziell-weißen Kittel, doch offenbar in privater Mission. Maren überwindet sich und nickt ihrer Lieblingskundin grüßend zu, was von der demonstrativ übergangen wird. – Mensch Maren, glaubst du etwa, dass Sidonie Spitzy eine Marktfrau im Kittel auf dem Weg zum Klo-Container grüsst??

Sidonie nutzt Marens temporäre Abwesenheit bei den *Bokelrehmer Geflügelspezialitäten*, um den Kauf von Bio-Eiern mit einem kleinen Flirt zu verbinden, für den sich Robert auch ganz aufgeschlossen zeigt.

Dann reihen sich die Schöne und ihre zwei Biester in Sachen Obst und Gemüse bei den türkischen Händlern, den Güls, ein. Auf einem Probierteller werden hier heute blaue Trauben und Williams-Birnen-Achtel angeboten. Lincoln und Jefferson fallen unverzüglich darüber her, stopfen sich die kleinen Mäuler voll, als ob's kein Morgen gäbe. Haben ganz offenbar nur ein Ziel vor Augen, nämlich in Rekordzeit für einen leeren Teller zu sorgen.
Semran Gül wirft den beiden immer wieder besorgte Blicke zu. Seine Frau, die das absurde Gemampfe ebenfalls bemerkt hat, sagt, mit Blick auf die kleinen Monster, etwas Türkisches zu ihm. Doch Semran hat ganz offensichtlich wenig Lust, sich mit der Erziehungsberechtigten anzulegen.

»Meinen Sie nicht, Sie sollten ihre kleinen Engel mal langsam zurückpfeifen?« fragt eine etwas zu hohe Männerstimme direkt hinter Sidonie.
Unsere Hoheit dreht sich um – wer wagt es?? – und sieht sich mit einem prominenten Radio- und Fernsehmann konfrontiert, dem der Ruf ungewöhnlicher Eloquenz und superber Bildung vorauseilt – aber so was beeindruckt Sidonie nicht, oder?
Doch man staunt. Sie greift sich ihre zwei Lieblinge und mit einem zackigen »Kommt Jungs!« gibt sie ihren Platz in der Warteschlange auf und räumt absolut kampflos, aber hoch erhobenen Hauptes das Feld.
Was der vorlaute Roger W. nicht mehr sieht: Tränen schießen ihr in die Augen, jedoch – ein Griff in die Schultertasche und schon verdeckt die gigantische *Guccisorry*-Sonnenbrille den Blick in Sidonie Spitzys Gefühlswelten. Warum ist die Schöne denn heute so dünnhäutig?
Eigentlich läuft doch alles, oder etwa nicht?

Dann endlich Mittwoch früh.
Sidonie öffnet ihre Mails – und ja!! Alexander sendet ihr einige Fotos, entstanden letzten Sonntag. Alles ist aufs Wunderbarste festgehalten. Zufrieden lächelnd, scrollt sich Sidonie durch die Bilder, vor, zurück, noch mal vor.
Das da mit ihr und Alexander und dem alten Herrn von Dellinghausen, das gefällt ihr am allerbesten. Das Haus, *sorry* – Anwesen! – gibt

eine beeindruckende Kulisse ab und sogar der Jaguar ist im Anschnitt noch sehr gut zu erkennen.
Das wird sie gleich mal … Moment … und SENDEN … gleich mal an Katharina weiterschicken. Und vielleicht auch noch an Susa und Carolin und Isabel und … und SENDEN, SENDEN, SENDEN.
Okay, und jetzt, klar – sie bedankt sich bei Alexander per Mail nicht nur für die zauberhaften Fotos. Nein, sie verbindet gleich mal das Angenehme mit dem Nützlichen und schlägt ihm ein Date vor.
Als Antwort erhält sie allerdings nur die in elegantes Business-Englisch verklausulierte Automaten-Mitteilung, dass der Unerreichbare auch weiterhin unerreichbar bleiben wird.
Na gut, dann ist das eben so. Zunächst mal ist Sidonie jetzt auch damit beschäftigt, den Triumph mit den diversen Adressatinnen ihrer Fotomail noch mal durchzusprechen.
Doch dann findet sie die Situation so unbefriedigend, dass sie am späten Donnerstagnachmittag unter falschem Namen – ja na sicher, ist das entwürdigend – aber was soll sie machen? – im Architekturbüro anruft.
»Herr von Dellinghausen nimmt derzeit Termine in London wahr und wird nicht vor Freitag zurück erwartet!«

MAREN UND SIDONIE

»Achtung! Maren, es ist mal wieder soweit!« raunt Robert, während er Doris Hoops-Kurslak bedient.
Das ist eine nicht unkomplizierte Kundin, die stets sehr gut informiert ist über die Nebenwirkungen gewisser Zusatzstoffe in unseren Lebensmitteln. Aus gutem Grund, denn ihre zwei kleinen Töchter Filine und Fiona, ihr Mann und auch sie selbst, leiden durchweg und allesamt an diversen, schwer diagnostizierbaren Allergien und unerklärlichen, nervösen Störungen, die nur mit lupenreiner Bio-Nahrung halbwegs unter Kontrolle gehalten werden können. Da muss man schon verstehen, dass Doris genau nachhakt und auf ihre Frage:
»Woher kommt Ihr Putenfilet?« die Antwort: »Von der Pute!« nicht gelten lassen kann.

Ja, man kann sagen, diese flappsige Antwort von Maren hat Doris Hoops-Kurslak eine zeitlang in die Arme der Konkurrenz getrieben. Erst als Robert an Marens Seite auftauchte, da tauchte auch Frau Hoops-Kurslak wieder auf. Roberts Äußeres scheint für sie eine gewisse ökologische Kernkompetenz auszustrahlen.

»Du, ich spür sie förmlich, die dicke Luft. Wie die schon guckt, das riecht nach Stress. Soll ich nicht lieber übernehmen?« setzt Robert noch mal ganz leise nach – mit Blick auf etwas sehr Blondes, das sich unaufhaltsam ihrem Stand nähert.

»Nee, lass mal – ich mach das schon«, wispert Maren ohne aufzusehen und fingert geschäftig an den Bresse-Hühnern herum. »Bedien' du mal ruhig Frau Hoops-Kurslak weiter.«

Und da hat Sidonie das anvisierte Ziel auch schon erreicht, zieht einen Zehnerkarton Eier aus ihrer Tasche und platziert ihn mit Nachdruck auf dem Tresen.

»Diese Eier sind nie und nimmer Bio-Eier«, ist alles, was sie dazu zu sagen hat.

»Wie darf ich das jetzt verstehen?«, hakt Maren nach.

»Das dürfen Sie genauso verstehen, wie ich es sage: Es sind keine Bio-Eier! Es sind Eier mit fahlem, hellgelbem Dotter, die völlig ungesund aussehen. Ganz grauenvoll!«

»Entschuldigen Sie, wenn ich mich da mal einmische«, wagt Frau Hoops-Kurslak schüchtern zu äußern, »aber die leichte Helldottrigkeit ist doch gerade ein sicheres Anzeichen für die Bio-Qualität von Hühnereiern, weil hier doch auf jeglichen Zusatz von ...«

Sie bricht ab, wird rot, denn im Zeitlupentempo hat sich die Königin Eppendorfs, heute übrigens komplett in bescheidenem Flanellgrau mit ein paar silbrigen Akzenten, ihr zugewandt. Hat die Augenbrauen auf diese unvergleichliche Weise hochgezogen, die nur sie beherrscht und taxiert nun die arme Doris. Wortlos und gründlich. Ihr Blick wandert von leicht fettigen Haaren, die zum praktikablen Bubikopf geschnitten sind, weiter zum lockeren Strickpulli über gut eingetragener Feincordjeans und landet schlussendlich auf dem überaus bequem wirkenden Schuhwerk von Frau Hoops-Kurslak, die nun schon wieder recht blass geworden ist.

»Frau Hoops-Kurslak hat völlig recht«, wirft Robert an dieser Stelle ein. »Sie sollten sich da nicht vom Aussehen täuschen lassen, letztlich ist doch der Geschmack das Entscheidende, Sie haben sicher ...«
»Ich habe diese Eier nicht zum Essen gekauft«, unterbricht Sidonie. Allgemeine Irritation.
»Nicht zum Essen, aha, also dann lassen Sie mich raten – jetzt hab ich's: Sie brauchten die für eine Demo!«
Robert findet seinen Beitrag ungeheuer witzig. Maren grinst, Frau Hoops kichert und wird wieder rot.
»Ich finde das überhaupt nicht komisch«, unterbricht Sidonie das allgemeine Amusement.
»Ich bin Ihnen zwar keinerlei Rechenschaft schuldig, aber bevor Sie vor Neugier platzen: Ich brauchte die Eier für eine Haarkur. Ich erwarte dafür kein Verständnis in dieser Runde, in der einige noch nicht einmal die einfache Haarwäsche zu kennen scheinen.«
Treffer! Frau Doris ist jetzt dunkelrot. Ansonsten sprachloses Staunen.
»Und? Was ist jetzt?« Sidonie kommt wieder zum Hauptthema.
»Ich hatte eigentlich erwartet, dass Sie mir so etwas wie eine Entschädigung anbieten!«
»Nö.« Maren bleibt störrisch. »Entschädigung? Ich wüsste nicht, wofür. Unsere Eier sind völlig in Ordnung.«
»Wie Sie meinen. Aber dann werden Sie jetzt mal meine unangenehme Seite kennenlernen! Das werde ich nicht auf sich beruhen lassen. Ich werde ihre sogenannten Bio-Eier prüfen lassen.«
Sidonie langt zu den Reklamations-Eiern, um sie wieder an sich zu nehmen.
»Ich werde mich an die Verbraucherzentrale wenden.«

»Gut-gut-gut.«
Robert wickelt hastig eine von den Trüffelpasteten in Papier ein, reicht sie Sidonie über den Tresen, während seine freie Hand beschwichtigend Marens Po streichelt.
»Lassen Sie sich's schmecken. Wenn Sie uns die Eier bitte hier lassen, wir werden das selbstverständlich prüfen. –
Ist ja auch in unserem Interesse. – Schönen Tag noch!«

Zum Abschied verschenkt er noch sein Ich brech' die Herzen der stolzesten Frau'n-Lächeln. Auch noch. Maren findet, das ist viel zu viel. Gerade will sie losmosern, als er sie bei den Schultern packt.
»Hast du das gehört?? Das ist ja wohl der Witz des Jahres!«
Er platzt fast vor Lachen.
»Wir werden jetzt ihre unangenehme Seite kennenlernen! –
Ihre UNANGENEHME Seite!! KENNENLERNEN! Jetzt! –
Ich fass es nicht! Komm, Maren, das ist komisch! Gib es zu!«
Ja, okay, das hat was Komisches. Die gestörte Eigenwahrnehmung dieser Person ist in der Tat hochgradig lächerlich. Nun lacht Maren auch, hat ein gutes Gefühl dabei. Das Gefühl von Überlegenheit.
Robert nimmt sie in den Arm und sie können gar nicht mehr aufhören zu lachen. Auch Doris Hoops-Kurslak ist begeistert, so amüsiert hat sie sich eigentlich schon lange nicht mehr. Obwohl … worum geht's hier eigentlich? Auf jeden Fall – diese Eier … die wird sie sich in Zukunft auch mal genauer ansehen.

ALEXANDER UND SIDONIE

»Kathi, natürlich weiß ich, dass ich ihn auf keinen Fall anrufen … –
Ja klar, das wäre völlig falsch, aber heute ist Freitag. Es ist also fast eine Woche her, seit wir uns gesehen haben und seitdem war nichts, außer seiner Foto-Mail, null.«
Sidonie verlässt telefonierend die Bankfiliale am Klosterstern, wo sie mal wieder Kontoauszüge mit sehr unangenehmen Zahlen aus dem Automaten gezogen hat.
»Ja okay! Jetzt reg dich ab, Kathi! – Nein, ich werde es nicht tun, obwohl ich meine, es könnte ihm ja auch etwas zugestoßen sein, möglicherweise ein Unfall, Intensivstation, er liegt da völlig hilflos … – Doch, Kathi, das Leben IST eine Seifenoper. Meistens jedenfalls und das …«
Sie bricht ab, denn in eben dieser Sekunde verlässt das vermutete Unfallopfer in Begleitung einer zierlichen Dunkelhaarigen das Möbelhaus *Beckmann* schräg gegenüber. Die zwei sind in angeregter Unterhaltung. Alexander gestikuliert, erklärt der Dame offenbar irgendetwas sehr Dreidimensionales. Sie lachen gemeinsam, sind so total eins,

dass sie die Platin-Blonde auf langen Beinen, die sie von vis à vis mit Blicken verfolgt, überhaupt nicht wahrnehmen.
An der Beckmann'schen Schaufensterfront entlang, entfernt sich das Paar Richtung Isemarkt.
»Ja. Ja sicher bin ich noch dran … – Nein, es ist nichts. Wo waren wir ... ach ja … – Okay, okay, du hast wie immer recht, ich sollte ihn nicht anrufen, never ever. – Heute Abend? – Nein danke, wirklich nett gemeint! Nein, da werde ich keinesfalls mitgehen und … – Ach Quatsch, was redest du denn? Mit Sicherheit wird er sich noch melden!«
Man muss nur dran glauben.

SIDONIE, SPÄTER

»Wie jetzt? – Zelt? Du meinst, das Ganze findet in einem Zelt statt? Ach so, daher *Fliegende Bauten*, verstehe. Gustav Peter Wöhler? Nee, nie gehört – wie kann man überhaupt so heißen? ... – Ach so, das ist dieser kleine Dicke mit den Froschaugen ... – Ja, doch, kenn ich aus irgendeinem Film. Was Besseres fällt euch also nicht ein für einen Freitagabend?… – Aha, Wahnsinnsstimmung, na toll – aber um eine Karte kann ich mich auf keinen Fall kümmern, das müsst ihr … – Na gut was soll's? Dann also zehn vor, am Eingang. Ciao!« Ende.
Sidonie schleudert lustlos ihr Handy aufs Sofa.
Wirklich unerfreulich, dabei fing die Woche so gut an.

Und dafür hat sie sich erniedrigt, hat mit Engelszungen auf Leo eingeredet, damit er ihr zu einem kinderfreien Wochenende verhilft, welches sie selbstverständlich von Freitag bis Sonntag mit Alexander zu verbringen gedachte.
Und was ist? Eine vage Aussicht auf einen gemeinsamen Sonntagabend (vielleicht!) in der Oper (!!) – auch das noch! – ist wirklich alles, was er anzubieten hatte, als er sie vor einer Viertelstunde dann doch endlich anrief. Ein wahrhaft schwarzer Freitag – ist heute eigentlich der Dreizehnte oder was?
Gegen sieben sieht sie sich missmutig im Spiegel an, befingert die Platin-Pracht. Eine Haarwäsche wäre nicht schlecht. Aber eigentlich

hat sie keine Lust auf den ganzen Zirkus, außerdem reicht die Zeit eh nicht mehr.
Unwillig durchblättert sie ihren Kleiderschrank.
Ach was, sie wird das Shirt mit dem »Abi 08 sponsored by *ASTRA*« - Aufdruck einfach anlassen, mit dem sie sich den ganzen Nachmittag DVD-guckend auf dem Sofa rumgedrückt hat. Und die Jeans muss ebenfalls genügen. Warum Aufwand betreiben für einen dicken Typen, der in einem Zelt singt, vermutlich vor einem versprengten Häuflein von endgefrusteten Single-Frauen. Oder an wen auch immer dieser Mensch seine Gesänge richtet.

Um den kleinen Wöhler quasi schon mal vorab zu bestrafen, zieht sie ihre allerhöchsten Plateau-Stiefeletten mit waghalsigsten Absätzen an. Greift *Burberry*-Mäntelchen und Handtasche und ordert ein Taxi.

ALEXANDER

Okay, das Zelt sieht an sich ganz hübsch aus, das muss sie einräumen. Überraschend sind auch die Menschenmassen, die hier aufkreuzen. Gustav Peter Wöhlers Anhängerschaft ist größer und glamouröser, als sie erwartet hat. Schon tut es ihr leid, sich so wenig ins Zeug geworfen zu haben. Ja, es ärgert sie richtig und hebt ihre üble Laune natürlich in keinster Weise. Aber es sollte noch dicker kommen.

An der Eingangstreppe hält Katharina die Stellung im allgemeinen Getümmel und winkt ihr mit der Eintrittskarte zu.
»Wo bleibst du denn, die anderen sind schon drin. Freie Platzwahl, verstehst du, da muss man schnell sein. Aber die anderen halten uns was frei.«
Die anderen, das sind Susa, die entschlossen scheint, sich hier und heute Abend mal so richtig zu amüsieren und Juliette. Die braucht dringend Ablenkung, denn sie ist letzten Monat 30 geworden, worunter sie momentan noch immens leidet. Unter Irgendetwas leidet Juliette allerdings immer.

»Meryl Streep des kleinen Mannes« nennt Sidonie sie gern, was Sinn macht, denn Juliettes aufsichtsratsvorsitzender Gatte ist gut einen Kopf kleiner als seine herb-schöne, langnasige Gemahlin. Die verzieht selten eine Miene. Irgendwie schient sie der Meinung zu sein, dass nur ein versteinertes Gesicht zu Position und Einkommen ihres Ehemanns passt.

»Meine Güte, wenn ich diese humorlose Kuh sehe, fällt mir gar nichts mehr ein! Warum bleibt sie nicht zu Haus mit ihrer schlechten Laune?« raunt Sidonie während sie sich den beiden nähern.
Statt einer Antwort schaut Katharina die Freundin nur von der Seite an. Sidonie ist noch nicht fertig mit Juliette:
»Wenn ich so viel Geld für Klamotten ausgeben könnte wie die, wäre ich besser drauf. Schau, was sie an hat. Ich wette, die hat bei *Hermès* die gesamte neue Herbst-Kollektion aufgekauft. Da ist für uns nichts mehr geblieben.«
»Na ja, *Hermès*, das war noch nie meine Preisklasse. Und deine ist es doch wohl auch nicht mehr, oder?«
Ein Schnitt in Sidonies Herz.
»*Dont mention the war!*«, gibt sie locker zurück. Dieser Satz passt neuerdings immer häufiger.
Dann Begrüßung. *Social Kissing* ohne Ende. Vier Duftnoten des oberen Preissegments begegnen sich, werden eins. Stühle rücken, Taschen setzen, stellen, legen. Endlich – die vier Schönen haben sich positioniert und lassen ihre Blicke schweifen.

Die Stimmung im ausgebuchten Saal ist bereits grandios. Es wird vorab schon ziemlich viel gejuchzt und herumgequiekt, was nur daran liegen kann, erkennt Sidonie blitzschnell, dass überproportional viele Herren vom – na ja – vom anderen Ufer anwesend sind.
Eine Formulierung, die in diesem Fall absolut *pc* ist, sich geradezu anbietet, denn die meisten von ihnen sind vermutlich in St. Georg wohnhaft, dem Stadtteil Hamburgs, der sich auf dem anderen Ufer der Alster befindet.
Auf der falschen Seite also, wie gebürtige Hamburg 13er sagen würden. Was gebürtige Hamburg 13er sind, muss später geklärt werden,

jetzt gibt es Wichtigeres. Denn da passiert es.
Juliette entgeht wirklich gar nichts:
»Schau mal, Sidonie, ist das da vorn rechts nicht dieser Architekt, dein Neuer, du weißt schon, der von den Fotos aus deiner Mail …?«
Sidonies hoch erhobenes Platinhaupt fährt ruckartig herum und – wrummms! Mitten ins Herz!
»Nein!«, sagt unsere Königin nach einer Schreckensbruchteilsekunde herablassend. »Das ist er nicht, überhaupt nicht!«

Katharina sieht plötzlich sehr beunruhigt aus, während Sidonie aus den Augenwinkeln heraus genau beobachtet, wie ihr Traummann, ihre derzeitige Nummer Eins, offenbar für sich und seine Begleitung Getränke ordert. Nein, die Begleitung, das ist nicht SIE. Es ist nicht die winzige Dunkelhaarige von heute Vormittag. Seine Begleitung sind drei junge Männer. Vermutlich Geschäftspartner, Kollegen oder Mitarbeiter möglicherweise. Wobei – für einen Architekten ist zumindest der eine ungewöhnlich heftig und phantasievoll tätowiert.
Noch bevor sich Sidonie einen endgültigen Überblick über die Gemengelage verschaffen kann, wird es dunkel im Saal.
Ohrenbetäubender Jubel bricht los, denn ein kugeliges Wesen rast auf die Bühne, bis zum äußersten Rand, bleckt die Zähne für ein unverschämtes Grinsen und los geht's. *It's raining men.* Halleluja.
»Gott ist das billig!« Sidonie ist fest entschlossen, hier alles schrecklich zu finden.
Doch dann vergisst sie vor Verblüffung sogar kurz ihre Misere.
Wie kann ein Mensch, der von der Natur so benachteiligt ist wie Gustav Peter, an dem man nur das Fehlen jeglicher Attraktivität feststellen kann, wie kann der den unvorstellbaren Mut besitzen, hier auf dieser Bühne vor all den Leuten so ungehemmt die Sau rauszulassen?
Der Kugelmann gibt alles. Befeuert vom ausgelassenen Publikum und seiner eigenen guten Laune fetzt er sich die Seele aus dem Leib und nun sogar noch sein schweißgetränktes Hemd vom teigmassigen Oberkörper.

Es hätte ein ganz amüsanter Abend werden können. Hätte.

Doch dann – Licht an für die Pause.
»*Oh yeah soulsisters!*«
Aber Sidonie will niemandes Soulsister sein.
»Ich haue ab!« schreit sie Katharina unter entfesseltem Pausen-Applaus ins Ohr und schon bahnt sie sich gnadenlos und mit durchgedrücktem Rückgrat eine Schneise durch Wöhlers aufgekratzte Anhängerschaft.
»Das ist doch jetzt blöd, Mensch, bleib doch hier!«, schreit Katharina zurück und versucht, die Freundin festzuhalten.
Doch es gibt kein Halten mehr, nicht für Sidonie. Wie eine Furie reißt sie sich los, stürzt in Richtung Foyer, wo sie von anderer Seite aufgehalten wird.
»Hey Sidonie!« Alexander breitet andeutungsweise und etwas hilflos die Arme aus und ist echt verblüfft. Über die unerwartete Begegnung, aber wohl auch über das flotte *ASTRA*-Shirt.
Er versucht einen Scherz:
»Das ist ja ein völlig neuer Look, warst du bei der Stilberatung?«
Rasch zieht Sidonie ihren Trench vor der Brust zusammen: ABI 08!! Hoffentlich rechnet er nicht nach!
Ein Typ taucht hinter Alexander auf, jung, keine Dreissig vermutlich und nicht unattraktiv. Zu reichlich runtergerockten Blue Jeans trägt er einen schneeweißen Zopfpullover aus allerfeinstem Kaschmir. Sieht toll aus zu seinen dunklen, kinnlangen Haaren.
Er schiebt sich dicht an Alexander ran, schaut ihm über die Schulter.
»Na, was gibt's denn hier?«
Der Schöne legt sein Kinn auf Alexanders Schulter ab, seine linke Hand schiebt sich von hinten um Alexanders Taille und gleitet über dessen Bauch, dessen Brust: Meins, alles meins!
»Sidonie, darf ich dir Nicolas vorstellen? Nicolas, das ist Sidonie.«
Sidonie hat längst verstanden und merkt, wie sie die Kontrolle verliert.
»Ich verstehe dich nicht – wenn es so ist, wie es ja offenbar ist, was willst du dann von mir? Warum das blöde Theater, dieses ganze Bohei mit Eltern vorstellen und so??«
»Waaas?? Ich höre wohl schlecht! Du hast SIE deinen Eltern vorgestellt!?«
Auch wenn die Lage ernst ist: Sidonie findet diesen Nicolas in seiner tuckigen Entrüstung jetzt fast ein wenig lächerlich.

Ruckartig schiebt er seine Schultertasche nach hinten und rauscht gen Ausgang.
»Nicky ist gern beleidigt, aber spätestens nach einer Stunde wird es ihm langweilig«, beruhigt Alexander die Umstehenden und sich selbst. »Bitte Sidonie, geh wieder mit rein, sonst wären ja nach der Pause schon zwei Plätze leer und das hätte Gustav doch wirklich nicht verdient. Komm mit rüber zu unserem Tisch, ich stelle dich zwei wirklich netten Freunden vor und nachher gehen wir was trinken und sprechen all das noch mal ganz erwachsen durch ...«
»Pah, erwachsen, dass ich nicht lache! Und nette Freunde – na toll!«
»Nun komm schon, deine Freundinnen werden sich auch ohne dich amüsieren!«
Es fehlt nicht viel und sie würde in hysterisches Gelächter ausbrechen. Klar, und wie die sich OHNE sie und vor allem ÜBER sie amüsieren werden!! – Dieser Mann ist wirklich unglaublich.
Sie will protestieren, ihn anschreien, da legt er ihr sanft den Finger auf den Mund: »Psst«, und plötzlich riecht alles so gut und berührt sie so zart. Und dann sitzt sie da, neben ihm, umtost von einer gigantischen Show und er greift ihre Hand, lächelt ihr zu, so ein dummes Kopf hoch, Kleines!-Lächeln und küsst sie zart aufs Ohr und sie, sie lässt das alles mit sich machen!

In welchem Film ist sie hier eigentlich gelandet?
Was geht hier vor, und wann bitte wird sie aus diesem Alptraum erwachen?

AFTERSHOW

Er hat ihr einen *White Rose* empfohlen. »Der ist gut für die Nerven.« Eine Weile warten sie schweigend auf die Getränke. Mitten im lärmigen Trubel der Bar, bereiten sich beide mental auf ihre Aussprache vor. Eine Somali-Schönheit mit einem Tablett nähert sich ihnen. Seine schmalen Hände stellen die Drinks auf das niedrige Tischchen zwischen den Sesseln. Daneben arrangiert er Knabbereien in kleinen Schalen.

Alles mit geschmeidiger Eleganz, aber auch so als ginge es um was ganz Elementares.
»Vielen Dank«, sagt Alexander und schaut dabei zu ihm hoch.
»Sehr gern«, sagt die Schönheit und schaut zu ihm runter. Und entschwindet.

Dann stoßen sie an, noch immer wortlos, nehmen einen Schluck.
Alexander stellt sein Glas ab.
»Sidonie, ich weiß nicht, was ich noch sagen soll, damit du mir glaubst. Ich mag dich, ich mag dich wirklich sehr. Ich bin gern mit dir zusammen, du würdest mir wahnsinnig fehlen. Und das mit Nicolas – herrgott –« Alexander macht eine lässige Geste, so eine wie Stipperinnen machen, wenn sie sich ihrer Dessous entledigen. » – das ist wirklich etwas völlig anderes ...«
»Allerdings!«, faucht Sidonie dazwischen.
»Ich nahm an, du weißt Bescheid und akzeptiert es. Ich meine, es ist – es wäre doch auch für dich kein schlechter Deal oder ...?«
»Deal! Meine Güte, ich bin doch nicht auf einen Deal aus, was glaubst du denn von mir!?«
Alexander schaut sie nur an. Schweigt. Und dann passiert's.
Tränen schießen Sidonie in die Augen.
Das darf doch jetzt nicht wahr sein, dass sie hier ... Sie setzt sich ganz gerade hin, konzentriert sich aufs Nichtweinen. Aber es ist zwecklos. Der Damm ist gebrochen, Ströme der Enttäuschung bahnen sich ihren Weg ins Jammertal.

Alexander, schwer bekümmert, bemüht sich sofort um Schadensbegrenzung. Geschickt schiebt er ein zusammengefaltetes Taschentuch unter ihre Wimpern, stoppt die Tränenströme, ohne die Tusche zu beschädigen. Wirklich genial, wie er das macht, das könnte kein Hetero – nie.

»Ach, Sidonie, Liebes«, sagt er hilflos, »es tut mir so leid.«
Sie schluchzt verzweifelt.
»Heute waren einfach alle gegen mich – sogar die Kontoauszüge!«

Einen kleinen Moment dauert es noch, aber dann hat sie sich wieder.
»Was ich nicht verstehe ist, warum du dieses erbärmliche Theater überhaupt für nötig hältst. Ich meine, wir leben im 21. Jahrhundert, Homosexualität ist doch echt kein Tabuthema mehr. Überall scheint's von Schwulen nur so zu wimmeln. .. Schwule Bürgermeister, schwule Außenminister. Und du hast so viel vorzuweisen, da musst du dich doch nicht hinter einer solchen Lügenkulisse verstecken! Jeder würde dich auch ... na ja ... andersrum akzeptieren.«
»Jeder vielleicht, Sidonie, aber nicht unbedingt die eigene Mutter. Außerdem – wenn du mal drüber nachdenkst – nimm unseren Ex-Bürgermeister. Ganz freiwillig hat sich der gute Ole dem Thema seinerzeit auch nicht gestellt. Wahrscheinlich hätte er es auch lieber verschwiegen. Aus demselben Grund wie ich vermutlich: Um seine Eltern zu schonen.«
»Blödsinn, deine Eltern sind gebildete, aufgeschlossene Menschen, ich kann mir nicht vorstellen, dass die so intolerant sind und ...«
»Völlig richtig! Sie würden jeden Schwulen in ihrer Umgebung akzeptieren, gar keine Frage. Aber wenn's um den eigenen Sohn geht, ist es dann doch plötzlich etwas völlig anderes! Und ehrlich gesagt, hätte ich einen Sohn, fände ich's auch besser, er wäre hetero.«
»Das verstehe ich nun echt nicht!«
»Warte ab bis deine Söhne erwachsen sind, dann sprechen wir uns wieder. Das Ganze ist viel komplexer, als die meisten glauben. Bei meinen Eltern kommt natürlich auch noch dieses Traditionsding hinzu, Fortsetzung der Familienlinie und so weiter. Da sind sie sicher konservativer als du denkst.«
Sidonie überlegt kurz.
»Mag sein, vielleicht ist es so, und ich stell's mir zu leicht vor. – Aber trotzdem. Ich kann das nicht, Alexander, ich will nicht Teil eines Deals sein. *Sorry*, aber ich bin überzeugt, für mich ist noch ein bisschen mehr drin.«
»Wie meinst du das? Mehr drin? Mehr wovon?«, hakt Alexander nach – fast ängstlich.
»Ich meine, dass ich etwas Richtiges, etwas Echtes will. Ich bin nicht asexuell oder gefühlsarm. Und auch nicht nur auf materielle Versorgung aus, auch wenn alle Welt genau das anzunehmen scheinen. Und du?

Was ist, wenn du jemanden kennenlernst, den du wirklich ernst nehmen musst? Eine richtige Liebe eben, und nicht so einen Nicolas oder wie immer er heißen mag. Was soll dann werden aus deinem schönen Eltern-Beruhigungsmodell?
Du zimmerst dir da doch eine gigantische Lebenslüge zurecht, nur um irgendwelche gesellschaftlichen Normen zu erfüllen. Das ist doch total blöd und oberflächlich, ich will damit nichts zu tun haben, das ist nicht mein Ding!«

Alexander hat der Predigt zunächst nachdenklich gelauscht, aber jetzt ist er doch schwer pikiert.
»So? Nicht dein Ding, ja? Soll das ein Witz sein? Ich hab eher gedacht, Oberflächlichkeit ist dein zweiter Vorname!«
»Jetzt wirst du aber zickig, mein Lieber. Kommt reichlich tuntig rüber, deine Reaktion! Da musst du noch an dir arbeiten, wenn deine Tarnung nicht auffliegen soll! – Aber weißt du was? Du kannst mich mal! Mir reicht's für heute!«
Sidonie greift nach Mantel und Tasche und bereitet einen starken Abgang vor: »Ciao, schönen Abend noch!«

Grimmig schaut er hinter ihr her, dann erhebt er sich ein ganz kleines bisschen und … Nein. Er geht nicht hinterher.
Er sinkt zurück in den Sessel, greift zum Glas, lehnt sich zurück, lässt seine Blicke schweifen.

SIDONIE

Draußen kommen ihr zum zweiten Mal an diesem denkwürdigen Freitagabend die Tränen. Sie selbst ist darüber am meisten erstaunt.
»Scheiße!« sagt sie laut und deutlich und wieder kramt sie nach ihrer Sonnenbrille – um zwanzig nach zwei in der Nacht.
Egal. Soll der Taxifahrer doch denken, was er will!

Als sie dann zu Hause in der menschenleeren Wohnung die Tür hinter sich schließt und erschöpft dagegen lehnt, heult sie hemmungslos und die fest versprochen wasserfeste Longlash-Mascara geht jetzt doch den Bach runter. Wie kann die Welt ihr das alles antun?

MAREN

Die Sache mit den Eiern hatte sie eigentlich schon wieder vergessen. Das Leben, IHR Leben ist zur Zeit einfach zu aufregend, um sich mit Hühnereiern zu beschäftigen.
Es kommt ihr so vor, als würde sie alles auf dieser Welt zum ersten Mal machen, so neu fühlt es sich an. Weil sie es mit ihm macht – mit Robert.
Ins Kino gehen zum Beispiel ist völlig neu. Mit Robert geht sie plötzlich in ganz andere Filme als mit Jan.
Jan steht auf – echt wahr – romantische Komödien. *Keinohrhasen* ist einer seiner Lieblingsfilme. Da würde Robert nie im Leben rein gehen. Zugegeben, die Filme, die er aussucht, sind hin und wieder etwas zäh und anstrengend, aber sie mag es, im Dunkeln neben ihm zu sitzen. Wenn er ihren Nacken streichelt, fast gedankenverloren, so ganz zart. Neulich gab es im Programmkino in Heide einen chinesischen Film, der ziemlich seltsam war. Es ging um eine obsessive Beziehung zwischen einem Mann und zwei unterschiedlichen Frauen. Dieser Film hatte eine stark erotisierende Wirkung auf Maren. Was Robert zu spüren schien, denn er schob seine Hand langsam immer tiefer zwischen ihre Schenkel, drückte sie leicht auseinander und begann sie da zu streicheln. Sie spürte seine Finger durch den Jeansstoff. Es hatte sie dann beide so sehr erregt, dass sie mittendrin raus sind aus dem Film und auf der Kinotoilette …
Oh Mann, wenn das irgendwer aus Bokelrehm mitgekriegt hätte … sie darf gar nicht dran denken.

Das neue Leben ist aufregend. Noch aufregender wird es, als Maren zufällig Eggersmanns Elke im Getränkemarkt in Hademarschen trifft, die wiederum – ebenfalls zufällig – vor einigen Tagen Robert getroffen hat.

Und zwar zusammen mit einer jungen Frau, an der Tankstelle in Dägeling. Das Mädchen und Robert, die hatten ordentlich Spaß zusammen, haben ziemlich rumgealbert, bevor sie dann – in Marens Auto übrigens – davongebraust sind. Hat Elke beobachtet.

»Aber das muss ja nichts heißen. Weißt du, Maren, im Grunde war die viel zu jung für ihn. Die sah aus, als ob sie noch zur Schule geht. Ganz niedlich war sie zwar, aber wie die sich ausstaffiert hatte, alles in Schwarz. Und dünn war die, das glaubt man nicht! Also ich kann mir nicht vorstellen, dass Männer auf so was stehen.«

Das beruhigt Maren nicht wirklich.

Nachdenklich verlässt sie den Getränkemarkt und nachdenklich wuchtet sie die Cola-Kisten in ihren Mercedes. Auf der Ladefläche liegt ein Stapel von den Eierkartons, in denen Roberts Freund seine Bio-Eier verpackt. Ja genau, diese Bio-Eier, deren ökologisch einwandfreie Herkunft neulich auf dem Isemarkt von einer gewissen Platin-Blondine bezweifelt wurde.

Dass es Eierpappen sind, wie sie in jedem Supermarkt Verwendung finden, auch das muss nichts heißen. Aber. Doch. Es ist sogar ihre Pflicht, mal zu prüfen, was sie da auf ihrem Marktstand so verkauft.

Sie muss nicht lange überlegen, es fällt ihr sofort ein, wie Roberts Bio-Eier-Lieferant heißt: Helge Schneider. Genau wie dieser verrückte Katzenklo-Mann aus dem Fernsehen, wirklich wahr.

Der Eier-Schneider, der wohnt in Schafstedt, auf der anderen Seite vom Kanal, das erinnert sie ebenfalls noch. Maren steigt in ihren Wagen und scrollt sich durch die letzten eingegebenen Adressen der Navigation. Da – Schafstedt! Hat sie es doch geahnt: Robert fährt immer mit Navigation. Auch wenn er den Weg genau kennt. Findet er irgendwie toll, er steht generell auf allen technischen Schnickschnack, das ist ihr aufgefallen.

Ja, denn man los, Maren. Auf nach Schafstedt.

Das wird eine Überraschung, nicht nur wegen der Eier.

Dieser nachtblaue *Prada*-Parka mit dem Eskimopelz an der Kapuze ist ein Traum. Sie würde fantastisch darin aussehen.
Sidonies Pulsfrequenz nimmt Fahrt auf, während sie durch die Schaufensterscheibe bei *Babette* starrt.
Ja oder nein? Für den spontanen Erwerb dieses Mäntelchens spricht, dass ihre Mutter ihr gestern 500 Euro geschenkt hat. »Gönn dir mal was, mein Schatz, aber sag's nicht dem Pappi!«
Dagegen spricht, dass dieses gute Stück leider das Dreifache kostet. Trotzdem, was soll's? Seit der Scheidung hat sie auf so vieles verzichtet. Sie erinnert schon gar nicht mehr, wann sie den Laden, also *Babette* das letzte Mal von innen gesehen hat. Muss Lichtjahre her sein.

»Kommt Jungs, wir gehen hier jetzt mal rein!«
Lincoln und Jefferson rupfen noch schnell die letzten Blüten von einer eingetopften Mega-Pracht-Dahlie, die bis eben noch den Eingangsbereich schmückte. Werfen sie übers Brückengeländer in den Isebekkanal, wo all die anderen schönen Blüten bereits in stiller Erschöpfung von dannen treiben. Dann stürmen die Jungs hinter ihrer Mutter her, hinein in die Kultstätte äußerst edler Mode zu äußerst edlen Preisen.

»Oh das tut mir leid, Frau Spitzy …«, bedauert Dora Hamann, die eigentlich Dorota heißt, aus Polen stammt und schon vor! der Wende – das ist ihr wichtig – über Umwege nach Hamburg kam. Sie ist Geschäftsführerin dieser Kultstätte des Luxus und der Moden.
»… aber der *Prada*-Mantel im Fenster ist leider schon für die Prinzessin zu Schleswig-Holstein reserviert.«
Die Prinzessin zu Schleswig-Holstein!! Ein Orkan bricht los in Sidonie: Du unverschämtes kleines Luder, du hältst mich wohl für total bescheuert! Jahrelang habe ich hier Unsummen für eure Scheißklamotten gelassen, ohne mich wärt ihr wahrscheinlich längst pleite und jetzt wagst du alte Schlange, nur weil ich vorübergehend nicht mehr für fetten Umsatz sorge, mir mit dieser Nummer zu kommen! Jetzt muss man also mindestens adlig sein, um hier einen Parka kaufen zu dürfen – Ich fass´ es nicht!! Du glaubst wohl allen Ernstes, nur weil es dir

kleiner Schnalle gelungen ist, diesen übergewichtigen Zahnarzt endlich zu heiraten, nachdem du jahrzehntelang seine Mätresse warst, kannst du dir jetzt alles erlauben, aber das werden wir ja sehen du ... du … Verkäuferin, du!! Okay das war's. Die Gedanken sind schließlich frei.

Sidonie atmet tief durch und verkündet, fest entschlossen, sich ihren Ärger nicht anmerken zu lassen, mit milder Honigsüße in der Stimme: »Ja dann – muss ich mich wohl mal nach etwas anderem umsehen.«

Seelenruhig widmet sie sich der neuen Herbst-Kollektion, während Jefferson und Lincoln die letzte Folge aus *Helicops* nachspielen.
Die Mode-Beauftragte verschwindet hinterm Tresen, faltet Kaschmir-Pullis zusammen, lässt dabei die zwei Kinder nicht eine Sekunde aus den Augen. Je rasanter die Aktionen der *Helicops*, desto nervöser wird ihr Zupfen an der Luxusware – und da kommt es auch schon zum Showdown.
Eine Art Kleiderpuppe, die eingekleidet in die *New Collection* am Treppenabsatz steht, beginnt zu wackeln, kippt und geht dramatisch krachend zu Boden. Ein spektakulärer Stunt!
Die beiden kleinen Jungs erstarren, schwerst beeindruckt. Dora rast zur Sicherung des hochwertigen Ausstellungstückes herbei, während sich Sidonie wie eine Rettungsdecke über ihre Kinder wirft.
»Ist euch was passiert, meine Süßen? Ihr habt euch erschrocken, stimmt's? Das Ding stand da aber auch wirklich zu blöd im Weg herum!«
Die Jungs nehmen das als Startzeichen zur nächsten Runde.
»Zugriff!!«, schreit Lincoln so laut, dass er rot anläuft.
»Jetzt reicht's aber!«, schimpft die Geschäftsführung mit schriller Stimme. »Das ist hier doch kein Spielplatz! Geht raus, wenn ihr toben wollt!«
Sidonie hält kurz inne, durchbohrt die kleine Person für diese unangemessene Einmischung in ihre Erziehungshoheit mit einem Stahlblick, nimmt ihre Lieblinge bei der Hand, schreitet dann, hoch erhobenen Hauptes in Richtung Tür, wo sie sich Dora Hamann noch ein allerletztes Mal zuwendet:

»Wissen Sie, was ich gehört habe? Im Gegensatz zu Ihnen, soll Ihr Gatte außerordentlich kinderlieb sein. Grüßen Sie ihn doch bitte von mir und sagen Sie ihm, ich wünsche ihm ganz ganz viel Spaß auf seiner nächsten Bangkok-Reise!«

MAREN IN SCHAFSTEDT

Der Hof ist ziemlich heruntergekommen, besonders die Nebengebäude lassen baldigen Einsturz befürchten. Aber das Eingangstor und die Fensterrahmen des Haupthauses sind frisch blau gestrichen. Das leuchtende Blau verbreitet einen gewissen Optimismus inmitten all der Morbidität dieses Anwesens. Auf dem Wiesenstück rechts vom Haus steht ein altertümlicher Bauwagen, der zum Teil im selben Blauton angestrichen ist.

Alles in allem fühlt sich Maren sofort an den Resthof von Ina Röschmann erinnert, und das ruft umgehend eine gewisse Skepsis bei ihr hervor. So ein riesiges Maschendraht-Gehege wie da drüben, hinter dem Haus, das gibt es bei Ina allerdings nicht. In dem Gehege hält sich eine Menge Geflügel auf, das durcheinander hühnert, ziemlichen Lärm und vor allem Gestank produziert. Maren lässt den Motor ausgehen, steigt zögernd aus ihrem Mercedes. Gibt's hier auch Menschen?

Ein Flügel der großen, knatterblauen Eingangstür ist leicht geöffnet. Als sie ein paar Schritte darauf zu macht, taucht aus der anderen Richtung kommend jemand auf. Jemand mit einem schwarzen Eimer in der Hand. Und der geht direkt auf sie zu.

Der Typ ist eine Ecke älter als sie selbst, etwa vierzig schätzungsweise und trägt seine langen Haare zusammengebunden, wie Robert. Als er näher kommt, stellt sich allerdings heraus, dass er nicht ansatzweise so gut aussieht wie Robert.

»Moin, Moin«, sagt der Typ und lächelt.

Er hat eine Zahnlücke oben rechts. Außerdem sind seine Unterarme mit Tätowierungen bedeckt, die irgendwie selbstgemacht wirken. Der Typ hat was Prolliges, nein, er sieht Robert genau genommen kein bisschen ähnlich.

»Moin«, sagt Maren, »sind Sie der Helge Schneider?«
Er lacht. »Guter Witz! – wegen der langen Haare jetzt oder was?«
Maren versteht null, was meint der?
»Helge!«, schreit der Typ in Richtung Haus. »Komm mal her, ich glaube, hier will jemand was von dir!«
Im Türrahmen erscheint eine junge Frau, eine zierliche Person in Schlabber-Shirt und leicht fleckiger Jogginghose. Ihre Haare sind zu zwei langen Zöpfen geflochten.
»Ja? Wassis los?«

Zehn Minuten später ist dann alles geklärt. Helge Schneider ist weiblich, verheiratet. Und zwar mit der Zahnlücke, die Reiner heißt. Sie freut sich, Maren kennenzulernen, Robert hat schon viel von seiner Neuen erzählt, mit der er sogar zusammen jobbt. Und ja, sie halten Hühner, davon leben sie. In letzter Zeit hatten sie allerdings gewisse Vertriebsprobleme und da hatte dann Robert – ein sehr, sehr lieber Freund – netterweise angeboten, einen Teil der Produktion abzunehmen, um sie auf seinem Marktstand zu verkaufen.
Und nein, Bio-Eier sind das nicht direkt, was ihre Hühner da so legen. Klar, die Tiere haben supertollen Auslauf, jede Menge frische Luft, werden gut und artgerecht gehalten – sieht man ja – aber Bio? Nee.
Helge macht eine ausladende Armbewegung.
»Wonach sieht denn das hier aus? Sieht das etwa so aus, als ob wir uns teures Biofutter leisten könnten?«
Das gefällt Maren alles überhaupt nicht. Ein sehr, sehr lieber Freund von Helge! Und sein! Marktstand!! Auf dem sie zusammen *jobben*! Aber was ihr ganz besonders NICHT gefällt ist, dass diese Helge genau den gleichen *Bonecarving*-Anhänger trägt wie sie. Dasselbe verschlungene Liebespaar, das Robert nur für sie, Maren, entworfen hat.

»Jedenfalls«, sagt Helge, »ich bin Robert und dir echt superdankbar, dass ihr uns Eier abnehmt. Wenn du willst, kannst du gleich wieder 'ne Ladung mitnehmen. Die Viecher legen momentan wie bekloppt.«
»Nee, lass man«, sagt Maren, »ich hab grad den Wagen voll mit Getränkekisten. Ich schicke dann Robert noch mal vorbei, deswegen.«

»Haste das mitgekriegt?«, sagt Helge zu Reiner als Maren vom Hof fährt. »Sie schickt ihn vorbei. – Mann, Mann, Mann, da hat er sich aber eine angelacht, der Robert. Also echt.«
»Och«, grient Reiner und zeigt wieder seine Zahnlücke, »ich fand sie ganz schuckelig.«
»Schnuckelig?? Die?? Mit der Kriegsbemalung?« Helge tippt sich an die Stirn. »Sag mal, geht's noch?«
Kopfschüttelnd latscht sie ins Haus zurück. Männer! Echt schlimm.

ROBERT

Er war zumindest vorbereitet. Helge hatte gleich angerufen, um ihn zu warnen:
„Deine neue Flamme war hier, kleiner Kontrollbesuch wegen der Eier. Was haste denn der für 'nen Scheiß erzählt, von wegen Bio und so. Sag mal und meinste wirklich, dass das die richtige Frau für dich ist? Die sah irgendwie so gebügelt aus. – Na, du musst es wissen. Die hat Schotter, stimmt's? – Ach komm, erzähl mir nichts. – Du, mir ist das das völlig schnuppe. Was ich noch sagen wollte: Also Reiner ist demnächst, so ab sechzehnten, wieder für eine Woche in Hessen. – Ja genau, zu seinen *homies*. Also, wenn du Bock hast, komm vorbei. – Doch klar, das ist mein Ernst. – Na überleg's dir."

Robert drückt das Telefon aus und knabbert eine Weile an seiner Unterlippe. Er erhebt sich von dem Matratzenlager, steigt in die Jeans und macht sich dann an einem enormem Schrank in der Zimmerecke zu schaffen.
Was er sucht, ist dieser Beutel zum Umhängen. Ziemlich schönes Teil, hat er früher mal selbst angefertigt. In der Phase, in der er mit indianischen Lederarbeiten sein Geld verdient hat.
Also – *fuck!* – irgendwo muss das blöde Ding doch sein! Vielleicht da drin. Aus der Tiefe des Schrankes zieht er einen Pappkarton hervor und mit dem Karton auch gleich eine Sammlung von Ketten, Ringen, Stachelarmbändern aus seiner Zeit als Metal-Fan. Das ganze Zeug scheppert mit Mordsgetöse auf den Holzfußboden.

Hinter Robert kommt Bewegung in das Matratzenlager. Inas Kopf taucht auf.
»Oh Mann, ey, was machst du für einen Scheißkrach, was soll'n das?«
»Ich suche was, Ina – wenn du erlaubst. In meinem Schrank, in meinem Raum. Wenn dir das nicht passt, geh doch zu dir rüber«, sagt Robert scharf und kalt. »Ich werd dich nicht dran hindern.«
»Gott, wie bist du denn drauf? Du hast ja vielleicht 'ne Scheißlaune!« Ina schmeißt sich wieder auf die Matratze und zieht die Decke über den Kopf.

Scheißlaune. Kann man sagen. Ist aber auch eine Scheißsituation. Was soll er Maren erzählen? Die wird sauer sein, so viel ist mal klar, daran wird auch sein indianisches Beutelgeschenk nicht viel ändern können. Erst mal alles abstreiten, das ist immer gut. Irgendwie wird das schon.

MAREN UND ROBERT, RISTORANTE

Er trägt ein Hemd, ein richtiges Hemd, weiß, sogar fast glatt, zumindest ansatzweise gebügelt. Dazu eine Blue Jeans, nicht diese Lederhose, die Maren bekanntlich nicht schätzt. Er sieht phantastisch aus, findet sie. Und warum soll sie es nicht zugeben? – Sie genießt es, neben ihm durch die Fußgängerzone von Itzehoe zu flanieren. Mit ihm gesehen zu werden.
Aber es ist ihr auch wichtig, dass er sich mit ihr sehen lassen kann. Auf den rosa Pulli mit Glitzerfäden hat sie verzichtet, weil Robert den schrecklich findet. Sie trägt ein neues, eng anliegendes Wickelkleid, zu dem er ihr neulich beim Klamottenkauf in Heide geraten hat. Sie war erstaunt über sein Interesse an Damenoberbekleidung allgemein und an solcher Art von Kleid im Besonderen.
Jan hatte zu Kleidung nie eine Meinung gehabt. Er fand immer alles toll, was Maren aussuchte, während er in irgendwelchen CD-Abteilungen rumstöberte.
Robert ist da ganz anders. Er hat sie geradezu gedrängt, dieses Kleid zu nehmen. Sie fühlt sich nicht wirklich wohl darin. Der Ausschnitt ist ziemlich gewagt und beim Hinsetzen klafft er auseinander.

Maren muss ständig aufpassen und an sich rumzupfen. Das nervt. Aber es ist wunderbar, seine Hand durch den feinen Stoff auf ihrer Hüfte, ihrem Po zu spüren, während sie das Restaurant betreten.
Das *Verdi* ist der beste Italiener der Stadt, die Inhaber sind sogar echte Italiener. Hier wird hervorragend gekocht, hier verkehrt nur die *Haute Volée* von Itzehoe.
Und alle schauen sie hoch von ihrer *Zuppa di verdura*, ihren *Linguine*, ihrem *Vitello tonnato*, als sie mit Robert das Restaurant betritt. Sie hält sich an seinem Oberarm fest. Ja, Leute, der gehört zu mir.

Sein Vorschlag sie hierher einzuladen, – ganz klar einVersöhnungsangebot – ist eine ausgesprochen angenehme Überraschung.
Sie war schwer auf Zinne nach ihrer Schafstedt-Exkursion. Hat ihn sofort zur Rede gestellt. Er schien darauf vorbereitet zu sein, jedenfalls hatte er gleich wieder eins von diesen unsäglichen Geschenken parat. Nein, natürlich muss es nicht immer etwas Gekauftes sein. Natürlich ist etwas Selbstgemachtes viel persönlicher, aber trotzdem… Also dieser Umhängebeutel – er kann nicht wirklich annehmen, dass sie den je tragen wird. Der passt doch überhaupt nicht zu ihren Klamotten. Müsste er eigentlich sehen. Aber sag man nichts, hatte sie gedacht.
Viel wichtiger schien ihr, erstmal die Sache mit den Eiern zu klären. Er behauptete, aus allen Wolken zu fallen. Nein wirklich, keine Ahnung hatte er, dass die Schneiders an ihre Hühner so einen Schrott verfüttern. Sagt er. Und: Ja gut, dann ist eben Schluss mit Bio-Eiern. Kann er auch nichts machen.
Da bringt Maren aber noch die Sache mit dem geschnitzten Liebespaar-Anhänger auf den Tisch. Versteht er nicht, überhaupt nicht. Kann er sich nur so erklären, dass der Nico, also der *Bonecarver*, seinen, also Roberts Entwurf einfach kopiert und noch ein weiteres Mal geschnitzt und vertickt hat. Auf jeden Fall ‘ne echte Sauerei, dem wird er demnächst mal die Meinung geigen.
Na ja. Sie hört sich das alles geduldig an. Muss sie glauben und will sie glauben. Dennoch fühlt sich Maren anschließend stimmungsmäßig ein bisschen wie in Watte gepackt. Dann kam seine Idee, sie mal so richtig schön zum Essen einzuladen. Das *VerdiAntipasti* also.

Und Robert zeigt sich von seiner bislang unbekannten, seiner weltmännischen Seite. Erklärt ihr beim *Aperitivo* mal eben im Schnelldurchlauf wie Dinieren auf Italienisch abläuft. Ganz so einfach wie Maren sich das vorstellt, ist es nämlich nicht. Von wegen: Pizza oder Nudeln, danach noch ein gemischtes Eis und das war's. Oh nein.
»Das wäre typisch deutsch, Maren. Die Italiener verachten uns dafür, dass wir keine Esskultur haben. Barbaren nennen sie uns.«

Eigentlich versteht sie das nicht. Warum sie verachtet wird, nur weil sie gern Pizza isst. Warum Leute an ihr verdienen sollen, die so wenig von ihr halten. Und außerdem:
»Also ich weiß nicht, ob mir das nicht zuviel wird – erst diese *Antipasti*-Arie, dann Nudeln und dann noch das Hauptgericht. –Bist du sicher, dass Italiener so viel essen?«
Ganz sicher. – Auch in der Getränkefrage gibt sich Robert souverän.
»Eine Flasche von dem sizilianischen bitte, dem *Primitivo*«, bestellt er.
Primitivo? Maren lacht, hält das für einen Scherz. Aber die Chefin, die die Bestellung persönlich aufnimmt, verzieht keine Miene.
»Sehr gern, Signori. – Grazie«, sagt sie und nimmt die Speisekarten entgegen, die Robert souverän lächelnd zurückgibt. Fast irritierend, wie selbstsicher er ist. Wenn sie da an Jan denkt …
Jan in Restaurants – eine Katastrophe. Allein schon sein stundenlanges Herumgesuche in der Speisekarte. Schlussendlich kam dann doch immer – jedes Mal, echt jedes Mal: Was nimmst du, Maren? – Okay, das nehme ich auch.
Machmal hat sie dann bei der Bestellung doch in letzter Sekunde was anderes genommen. Weil sie das so dermaßen genervt hat, sein ewiges Nie-eine-eigene-Meinung-haben.

»Na, noch ein Dessert?«, fragt Robert, streicht ihr dabei sachte über die Wangen, die leicht glühen vom sizilianischen Roten.
»Ich weiß nicht.« Sie lächelt ihm zu. Eigentlich hatte sie sich seit letzter Woche vorgenommen, mehr auf ihre Linie zu achten. Und eigentlich hat sie genug gegessen. Aber sie ist so beschwippst und beschwingt und glückselig. Und wie sagt ihre Mutter immer? So ein leckerer Nachtisch, der nimmt das satte Gefühl ganz weg.

»Bestellst du denn noch was?«, will Maren wissen.
»Ja, unbedingt«, Robert lächelt, »ich steh total auf süß, das weißt du doch. Ich nehme noch ein Tiramisu.«
»Na gut«, sagt Maren, »das nehm' ich auch.«

Ein perfekter Abend – wie im Kino. Naja, sagen wir, wie im Fernsehen. Und dass sich am Ende herausstellt, dass Robert sein Portemonnaie vergessen hat – nun gut. Das überrascht jetzt nicht wirklich, oder?

GOLF

Ist das zu fassen? Fährt der mit seiner Angeber-Karre einfach so – schwupp – vor ihr die Parklücke. Tut so, als ob er sie nicht gesehen hat. Dabei wartet sie hier seit einer halben Ewigkeit, mit gesetztem Blinker. Lauert darauf, dass diese Blindschleiche da vorn endlich ihre Einkäufe verstaut hat und den Parkplatz räumt.
Aber während sie in diesem elenden Golf mit Schaltgetriebe mal wieder den bescheuerten ersten Gang suchen muss, da ... zu spät! ... *argrrr.* Sie könnte vor Wut ins Lenkrad beißen. Hilflos. Machtlos. Gedemütigt. In einem VW Golf. Ist doch wahr! Mit dem Cayenne ist und wäre ihr eine solche Respektlosigkeit niemals passiert. *Never ever.*
Aber gut. Er wollte es so haben, dieser Audi-Arsch.
Da bleib ich kühl, kein Gefühl.
Sidonie sucht und findet einen Parkplatz, zwei Ecken weiter.
Sehr ruhig, sehr gefasst, das Schlüsselbund fest in der Rechten, den scharfkantigen Wohnungsschlüssel bereitschaftsmäßig abgewinkelt, schreitet sie zurück zum Tatort. Da steht er, der fette Quattro von diesem Mistkerl. Fein poliert, makellos schwarz. Noch.
Lässig schlängelt sie sich an dicht geparkten Fahrzeugen entlang, unschuldigen Blickes in eine völlig andere Richtung und – raaaaatsch.
Nein, das ist kein Sozialneid, das ist Gerechtigkeit. Klar hat sie sich früher immer furchtbar aufgeregt, wenn sie ähnlich mutwillige Zerstörungen an ihren oder Leos Autos feststellen musste. Hat ihrer Verachtung für solche Niedertracht freien Lauf gelassen. Aber dies hier ist doch nun wirklich etwas völlig anderes.

MAREN

Es soll in der Stadt Frauen geben, die viermal hintereinander ihren 39sten feiern, aber niemals ihren Vierzigsten. Die alle weiteren Geburtstage, die danach kommen, schlicht und einfach ausblenden. Die glauben, wenn man am Geburtstag einfach mal weg ist, dann zählt der nicht. *Forever young* durch strategisches Verreisen.

Hier auf dem Land ist das völlig anders, hier wird gefeiert, was das Zeug hält. Alle Geburtstage und die »runden« erst recht.
Und wenn man Gattin eines Großbauern und Geflügeltycoons ist, also quasi zum Landadel gehört, wie Renate Thaden und fünfzig wird, dann findet das Fest sogar im Saal statt. Mit 70 Personen.

Beide Säle im *Heegbarg* in Hademarschen sind üppig geschmückt, mit Girlanden aus bunten Papierblumen. Wochenlang haben die Landfrauen daran gebastelt. Alles muss handgemacht sein, das ist Tradition. Fertig gekaufte Dekorationen würden das soziale Abseits bedeuten. Das wär' so was wie null Freunde bei Facebook. Ferner gilt: Je mehr Girlanden, desto angesehener der Jubilar.
Renates Ansehen ist nicht zu toppen, so viel steht fest, denn alles, wirklich alles ist behängt: Die in Hufeisen-Form aufgestellten und weiß eingedeckten Tische, die Türen, Wände, Decken und auch das Podest in der Mitte des größeren Saales. Darauf sollen nach einem opulenten warmen Essen Reden gehalten werden, die Geburtstags-Zeitung verlesen, Ständchen gebracht werden.
Die Stimmung ist von Anfang an »allerbest«, wie Heiner Hintz zu sagen pflegt. Schon beim Begrüßungs-Schluck hat man ordentlich Spaß. Das dröhnende Lachen von Gemüsemöllers Claus hört man bis auf die Damentoilette. Und das Schöne ist: Man kann heute richtig zulangen, es trifft ja keinen Armen.
Alles, was in Bokelrehm Rang und Namen hat, wurde eingeladen und es sind auch alle gekommen. Na ja, ein paar fehlen doch. Also, wer fehlt, ist zum Beispiel Thorsten, Marens zwei Jahre jüngerer Bruder. Der lässt sich nur noch selten in der Heimat blicken, seitdem er nach Berlin gezogen ist, zum Studieren. Was er studiert?

Darüber gibt es unterschiedliche Aussagen. Wie lange noch? Steht in den Sternen. Ist nicht Mutter Renates Lieblingsthema. Aber er wird vermisst bei den Geladenen:
Och, dat is ja man jammerschoade, dat de Thorsten nich kümmt, den hebbt wi so lang nich seun! – Jau, jau, düsse Klosurn, do hett man wat met.

Renate ist nicht wirklich böse, dass sich Thorsten mit dringend wichtigen Klausuren entschuldigt hat. Sie findet, dass die Anwesenheit ihres Sohnes immer für viel zu viel Gesprächsstoff sorgt. Das Gesabbel über seine langen Locken (*so scheunes Hoar!*), seine Gitarrenvorträge zu Mudders Geburtstag (*dat musische Tolent, dat hett he vun sin Grossvadder*) und seinen extravaganten Kleidungsstil (*joa der Thorsten de hett sunne Ader fürs Besunnere- hebbt ji düsse Stiefels seun?*) – das kann einen doch wirklich wuschig machen.
Und diese ewige Frage, ob er schon was Festes hat, die macht naturgemäß jede Mutter nervös. Thorsten fehlt also. Is so. Und Jan, der fehlt auch. Aber mit dem hat eigentlich auch keiner mehr gerechnet. Man weiß ja Bescheid. Aber dass der Neue, dieser Robert, nun auch nicht da sein soll, das sorgt nun wirklich für echte Enttäuschung bei der neugierigen Gästeschar.

»Maren, *min Deern*, bist du denn ganz allein hier?"
»Allein – wieso? Sind doch jede Menge Menschen anwesend, außer mir sehe hier noch mindestens 70 andere."
Da war erst mal Ruhe, aber jetzt bei Tisch geht das schon wieder los. Marens Tischnachbarin, eine weißgraue Dithmarscherin aus der weitläufigen Verwandtschaft, hakt doch lieber noch mal nach.
»Nee, der kommt auch nicht später, der Robert!«, sagt Maren mit Nachdruck. »Er kommt gar nicht, Tante Gude, er ist bei seiner Mutter, die ist schwer krank.«
Dabei tunkt sie eine Kartoffel-Krokette in die braun-sämige Soße, die Gemüse und Schweinefilet auf ihrem Teller umrahmt.
»Krebs«, fügt sie hinzu und führt die Krokette zum Mund.
»Krebs?! – Ach, ach, ach …«
Gude versucht hochkonzentriert ein Rosenköhlchen aufzuspießen, das ihr immer wieder entgleitet. Nächster Versuch und – plopp! –

das Ding glitscht quer über den Tisch auf Hermann Thaden zu, der gegenüber sitzt. Maren weiß genau, was ihr Vater jetzt sagen wird und da kommt er auch schon, sein Standardspruch für solche Fälle:
»Jag es, bis es müde ist!«
Sie lächelt ihm zu. Er ist so lieb, ihr Papa. So verlässlich.

Nun beugt sich Gude über den Tisch, um das widerspenstige Gemüse, diesmal auf der Gabel *liegend*, in den bereits weit geöffneten Mund zu jonglieren, aber – pitsch! – das Rosenköhlchen fällt zurück auf den Teller. Soße spritzt auf ihre eierschalfarbene Strickweste, doch Gude nimmt das gar nicht wahr. Begeistert darüber, endlich bei ihrem Topthema, Krankheiten im Allgemeinen und Krebs im Besonderen, zu sein.
»Was für ein Krebs ist es denn?«, will sie noch wissen.
»Darmkrebs«, sagt Maren und hat damit ins Schwarze getroffen. Das ist nämlich Gudes Fachgebiet, ihr Lieblingskrebs gewissermaßen. Die nächsten zwanzig Minuten ist Maren aus dem Schneider. Gude hält ein Referat und sie muss nur noch abnicken.
Die Wahrheit ist: Roberts Mutter erfreut sich allerbester Gesundheit. Aber irgendwas musste sie ja sagen. Die Wahrheit ist auch: Sie hat nicht die geringste Ahnung, wo Robert steckt. Noch nicht.

ROBERT UND MAREN

Ja, es kriselt. Angefangen hatte es schon bei den Vorbereitungen. Mit Marens Idee, ein Gedicht, das Wiebke und sie auf Renate gereimt hatten, gemeinsam beim Fest vorzutragen.
»Passt doch gut. Drei Strophen – eine ich, eine Wiebke, eine du.«
Robert ging sofort unter die Decke.
»Entschuldige mal, für so einen Scheiß bin ich echt nicht zu haben! Ich stell mich doch nicht vor die versammelte Mannschaft und trage Lobeshymnen vor – du weißt so gut wie ich, dass deine Mutter mich nicht ausstehen kann!«
»Gerade deshalb«, meinte Maren. »Das wäre doch eine nette Geste, die sie umstimmen könnte.«

»Ich sehe da keine nette Geste, ich sehe da nur verlogenes Gesülze! Verschon mich damit!«
Danach war die Luft dann raus aus dem Projekt. Die Verse erschienen Maren auf einmal selbst banal. Am Vorabend von Renates Jubiläums-Geburtstag kommt Maren dann mit diesem Geschenk für ihn an. Überraschung!!
Robert nimmt es entgegen, es fühlt sich weich an. Weiche Geschenke haben einen ganz schlechten Ruf. Vermutlich, weil in der Regel etwas zum Anziehen drin ist, das in 90 Prozent aller Fälle umgetauscht werden muss.

Leicht genervt öffnet er die Verpackung und … es ist eine Jeans, eine makellose Jeans aus Stretch Denim von *Otto Kern* – sogar mit Bügelfalte!

»Sag mal – geht's noch!?« Er ist wirklich entsetzt.
Aber Maren sieht das gar nicht ein, warum er nicht einmal und nur ihr zuliebe und für ihre Mutter und überhaupt.
»Maren, so was tragen Angestellte beim Einwohnermeldeamt!«
Er schleudert die Hose weit weg, als sei sie ansteckend. Ein Wort gibt das andere und um zwanzig nach neun ist es mal wieder soweit. Robert greift seine Tasche und muss »dringend noch mal weg«.

»Weiß du Maren«, seufzt Renate, als sie an ihrem Geburtstagsmorgen den silbernen Tortenheber ausgewickelt hat, den ihre Tochter ihr mit dickem Kuss und Umarmung überreicht hat, »eine wirkliche Freude hättest du mir gemacht, wenn du dich mit Jan versöhnt hättest und er heute hier mit uns feiern würde!«
Maren schaut ihre Mutter entsetzt an.
»Du hast ihn doch nicht … ich meine, er wird doch nicht etwa heute Abend kommen?«
»Nein, nein, nein.« Renate streicht das Geschenkpapier glatt.
»Also – eingeladen hatte ich ihn ehrlich gesagt schon. Kann ich doch machen, ist ja schließlich mein Geburtstag! Aber er kommt nicht. Er ist gar nicht im Lande, er ist in Italien.«
»In Italien?« Maren ist verblüfft. »Was macht er denn da?«
»Er sagte, Verwandte besuchen.«

»Verwandte? So'n Quatsch! Jan hat keine Verwandten in Italien«, sagt Maren. Plötzlich scheint ihr etwas einzufallen. Sie ist schlagartig sehr still.

MAREN

Es ist zwanzig nach fünf, und am Horizont zeichnet sich bereits zaghaftes Morgengrauen ab, als Maren nach Ende des rauschenden Festes den Wagen wieder gen Bokelrehm lenkt. Wiebke neben ihr ist noch auf dem Parkplatz vom *Heegbarg* eingeschlafen, gleich nach dem Anschnallen.

Ihr Vater und ihre Mutter haben sich erschöpft in die Rücksitze fallenlassen, zwischen sich einige »Blumensträuße«, die bei näherer Betrachtung Geldscheingebinde sind.
Geld zu schenken, das ist auf dem Land nicht unüblich. Aber das dann so Mir-nichts-dir-nichts im Umschlag zu überreichen, das geht natürlich nicht. Da wird sich denn was Hübsches überlegt. Mal wird das Geld als Bild im Rahmen überreicht, mal in Pralinen versteckt oder eben zum Gesteck arrangiert. Ist doch nett. Was soll man der Renate denn auch sonst schenken, die hat doch alles.
Geld hat sie allerdings auch genug.

Hermann reibt sich mit der einen Hand den Bauch in der Magengegend: »Menschmenschmensch.« Mit der anderen greift über die hochwertvollen Bouquets hinweg nach Renates Hand und drückt sie.
»´n scheunes Fest is dat wesen, min Renatchen, nech?«
Marens Mutter schaut ihn an, dramatisch, schwarzumrandet.
Das Augen-Make-up, das Maren ihrer Mama zur Feier des Tages verpasst hat, ist komplett aus dem Ruder gelaufen. Zu oft musste sich Renate an diesem Abend die Tränen der Rührung wegwischen, bei all den wundervollen Reden und Gedichten und Liedern ihr zu Ehren.

Sie seufzt. »Ja, Hermann, war schön. Aber ich bin auch heilfroh, dass es vorbei ist.«

Als Maren vorm Haus den Motor ausgehen lässt, ist Wiebke sofort wach. »Wassen los? Mussich schonaufstehn? – Ich kannich, meine Beine sin weg, sineinfachweg … `ch schlafimAudo.«
Maren hakt Wiebke unter. »Komm her, ich bring dich ins Bett.«
Sie schaut hoch zu ihren Fenstern. Hat sie vergessen das Licht in der Stube auszumachen oder sollte Robert doch …?
Flott verfrachtet sie Wiebke ins Bett, zieht ihr nur die Schuhe von den Füssen und deckt sie zu.
»Alles klar soweit, Wiebke?«
Wiebke starrt sie nur stumm und triefäugig an. Sie ist ganz grün im Gesicht und erinnert Maren an ein Gemälde, für das sie in der Oberstufe mal eine Bildbeschreibung liefern musste: *Die Absinth-Trinkerin* von Degas.
Sicherheitshalber holt sie noch einen Eimer aus der Abstellkammer.
»Hier«, sagt sie zu Wiebke, »falls du spucken musst.« Aber die ist bereits wieder weggeratzt.

Sie flitzt die Treppe hoch und in der Tat: Robert ist zurückgekehrt, liegt lang auf dem Sofa, neben sich ein Rotweinglas und Schokoladenpapier mit einigen Restkrümeln darin. Als Maren im Türrahmen erscheint, macht er blitzartig den Fernseher aus. Aber sie hat es schon gesehen. Das waren die *Navy CSI* (amerikanischer Serienschwachsinn! – O-Ton Robert) und zwar ganz eindeutig. So, so.
»Du hast Nerven«, sagt sie. Das ist alles was ihr einfällt.
Er erhebt sich, sagt gar nichts, umschließt sie fest mit beiden Armen, als sei dies ein lang ersehntes Wiedersehen nach Jahrzehnten der Entbehrung.
Sie hat sich so fest vorgenommen, hart zu bleiben.
Es funktioniert einfach nicht.

MAREN UND ROBERT

»Wie konntest du mir das nur antun?«
Beim Frühstück am Morgen danach, muss Maren einfach noch mal auf Renates Geburtstagsfest zurückkommen. Egal, wie schön die

vergangene Nacht gewesen ist, in der sie schlicht und missionarisch, ohne großes Tam-tam miteinander geschlafen hatten, ganz normal eben. Maren hat es gefallen, für alles andere wäre sie auch viel zu müde gewesen. Trotzdem. Sie muss das noch mal klären.
»Weiß du überhaupt, was für ein Spießruten laufen das gestern für mich war?«
Sie schaufelt sich Spiegeleier mit Speck und Schnittlauch auf den Teller.
»Wo isser denn dein Neuer, Maren? Ja, wo isser denn?«, macht sie die Nervensägen von gestern nach. Und dann, wieder als Maren:
»Wenn du mich wirklich liebst, Robert, wie du behauptest, dann hättest du gestern mitgefeiert. Einfach mir zuliebe.«
»Seh ich anders.« Robert rührt Joghurt unter sein Müsli.
Maren wartet. Nimmt einen Schluck aus dem Kaffeebecher.

»Ja? Wie denn? Wie siehst du das denn? Würde mich mal interessieren.«
»Ach Mensch …« Robert lässt den Löffel in die Müsli-Schüssel fallen.
»Hab ja völlig vergessen – ich hab dir doch ein Buch mitgebracht.«
Er springt auf, verschwindet in Richtung Flur und kramt da in seiner Umhängetasche herum.
»Hier.« Er legt ein schmales Buch neben ihren Teller.
»Es passt gerade ganz gut, glaube ich. Mein Lieblingsbuch, dadrin findest du eine Menge Antworten.«
Maren wickelt das Buch aus: Khalil Gibran, *Der Prophet*.
»Kenn ich«, sagt sie enttäuscht, »hat mir schon mal jemand geschenkt. Auch ein Mann, vor Jahren.«
Robert ist verblüfft. Damit hat er nun überhaupt nicht gerechnet.
»Jan?«, will er wissen.
»Nee, nicht Jan.« Maren schüttelt heftig den Kopf, widmet sich wieder ihrem Brat-Ei.

Nein, Jan hat ihr nie ein Buch geschenkt. Jan hat ihr immer genau das geschenkt, was sie sich wünschte.

SIDONIE

Eine Einladung, schriftlich sogar. Sie freut sich wirklich.
Nach der Scheidung von Leo ist das Einladungsaufkommen drastisch zurückgegangen. Und diese hier klingt vielversprechend. Ein erfolgreicher Notar, den sie mal werweißwo kennengelernt hat, möchte, dass sie dabei ist, wenn seine malende Gattin ihre neuesten Werke präsentiert. Das hört sich doch gut an. Und ist zweifelsohne eine hervorragende Chance einen … Na ja. Das geht ja jetzt schon wieder zu weit.

Das einzig Blöde ist eigentlich nur, dass diese wunderbaren Menschen in ihr Haus nach Flottbek einladen. Flottbek. Das ist Lichtjahre von Eppendorf entfernt. Ein Taxi dorthin und zurück kostet *round about* 50 Euro, vermutlich sogar mehr, und das ist eigentlich nicht drin.
Wegen ihrer angespannten Finanzlage hat sie sich fest vorgenommen, jetzt mal wirklich und ganz konsequent zu sparen. Jede unnötige Ausgabe will sie vermeiden, und sei es ein so läppischer Betrag wie dieser. Aber öffentliche Verkehrsmittel? Undenkbar. S-Bahn fahren ist ja auch gar nicht mal ungefährlich, wie man hört. Also Auto. Trinken will sie eh nichts. Keinen Alkohol, sie hat 620 Gramm zugenommen, seit sie ihren Pilates-Kurs kündigen musste. Aus oben genannten Gründen.

Gegen halb acht an diesem spätsommerlichen Freitag besteigt Sidonie ihren Golf in allerbester Laune, froher Erwartung und einem Kleid von *Alberta Ferretti*, das keiner Frau besser stehen könnte als ihr. Das Leben ist schön. Noch.

Die Veranstaltung ist ohne Frage amüsant.
Hier wird locker gefeiert, das spürt Sidonie schon, als sie auf die Location zugeht. Die vielen Fenster der Fachwerk-Villa mit diversen Erkern, Gauben und Wintergärten sind erleuchtet, einige auch geöffnet. Musik, Stimmgewirr, Lachen, wundervollste Partylaune, all das kann man schon im Garten hören. Der Garten ist eher ein Park, mit einer Menge riesiger düsterer Bäume, die uralt sein müssen. Dazwischen Skulpturen und verlassene Sitzgruppen, ein bisschen *spooky* das Ganze. Leicht kribbelig betritt Sidonie das Haus und trotz der wimmelnden

Gästeschar erkennt sie sofort: Das Haus ist anders, als in diesen Kreisen üblich, es ist sehr ungewöhnlich. Von zurückhaltender Eleganz hält man hier nichts, das Wort *gemütlich* ist hier kein Unwort, das Wort *spartanisch* vermutlich schon eher.
Und die bildende Kunst, die ist den Bewohnern ein echtes Anliegen. Überall wo Platz ist, hängen Bilder, stehen Skulpturen und Plastiken, Objekte aus Holz, Metall und Keramik. Sidonie überlegt noch, ob sie das furchtbar oder großartig finden soll, als sie von der Gastgeberin begrüßt wird.

Inga Langfeld ist groß, sehr viel größer als ihr Notars-Gatte, sehr viel jünger wohl auch und ausgesprochen hübsch mit ihren kurzen dunklen Locken und melancholischen braunen Augen. Aber – Sidonies Blick bleibt kurz auf Ingas' Hüften hängen – sie sollte dringend disziplinierter sein, sonst ist sie bald bei Kleidergröße 40.
Trotzdem. Sidonie beschließt, was Nettes zu sagen.
»Schön haben Sie's hier, so ... so ... anheimelnd.«
»Danke, freut mich, dass es Ihnen gefällt. Hängt 'ne Menge Herzblut dran, an der Hütte, ich habe hier nämlich einiges selbst gemacht.«
»Oh, wirklich?«, sagt Sidonie erschrocken.
»Die alten Fensterbeschläge zum Beispiel, sehen Sie?«
Inga führt Sidonie zum Fenster.
»Die waren total rostig. Und hier, diese wunderschönen Innenläden. Sieben Farbschichten hab ich da runtergeholt und die wieder gangbar gemacht. War natürlich eine Heidenarbeit!« Sie lacht.
»Dann die Möbel, die mein Mann mitgebracht hat, diese sogenannten Design-Klassiker, all dieses Chrom- und Lederzeugs – raus damit und das da rein.« Sie zeigt auf wuchtige Sitzmöbel und einen gut eingelebten Riesen-Esstisch.

In der Mitte dieses Tisches wartet eine Vielzahl bunter italienischer Keramikplatten und Schüsseln mit Flusskrebsen, Salaten, Käse, Carpaccio. Dazwischen stehen Kandelaber, Gläser, Rotweinflaschen. Das Ganze hat eine barocke Üppigkeit, die sofort für Wohlbehagen sorgt. Bei jedem der Gäste, auch bei Sidonie.

Ihren Vorsatz, keinen Alkohol zu trinken, wird sie aufgeben müssen, das sieht sie sofort ein. Schon als ihr Blick in die phantastische Küche fällt, wo der Herr des Hauses emsig an einem Profi-Entkorker herumhebelt. Sobald er sie durch seine bifokalen Brillengläser wahrnimmt, unterbricht er die Tätigkeit, um ihre Hand zu ergreifen. Für einen perfekt angedeuteten Handkuss.
»Schönste! – Willkommen in meinem Haus!«
Lauernd sieht er sie von unten an, wippt auf den Zehen, um dann ohne Umschweife zu fragen:
»Liebe Sidonie, haben Sie eigentlich schon meinen Weinkeller gesehen?«

Der eigentliche Zweck der Veranstaltung ist jedoch die Präsentation von Gemälden der Hausherrin und Skulpturen eines weiteren Künstlers. Eines Weggefährten, wie Inga ihn nennt. Weggefährte – nun ja. So kann man es natürlich nennen, aber Sidonie hat auch schon andere Interpretationen gehört.
Es wird getuschelt über diese Ménage à trois im Hause Langfeld.
»Natürlich hat sie ihn des Geldes wegen heiratet, was sonst, ich bitte dich, sieh ihn dir doch mal an ...«
»Mag sein ... Sicher – er ist kein Beau, aber vielleicht ... vielleicht kann er Kunststücke!« Anzügliches Gekicher.

Inga selbst weiß genau, was alle denken. Normalerweise geht sie in die Offensive. Bevor jemand nachfragen kann, gibt sie bereits ihre Standarderklärung ab:
»Mein Mann finanziert mir nicht mein Leben, er erspart mir lediglich Kosten.«
Was soll das denn bitte heißen?? Wie auch immer – die Malerin ist jedenfalls äußerst liebenswürdig und unterhaltsam, wie überhaupt alle hier Anwesenden. Naheliegenderweise haben sie durch die Bank entweder mit Jura oder mit Kunst zu tun.
Es ist leicht, hier Gast zu sein, findet Sidonie. Es ist so unanstrengend. Allerdings wird gebechert, was das Zeug hält. Es scheint so eine Art Wettstreit zu laufen, wer mehr verträgt – die Juristen oder die Kunstmacher. Schwer zu sagen.

Fakt ist: Die Juristen werden mit steigendem Alkoholpegel immer heiterer. Die Künstler hingegen zunächst melancholisch, dann leicht aggressiv. Sie fangen zu streiten an, werden gehässig und werfen sich gegenseitig absolute Talentlosigkeit vor. Die Juristen dagegen reißen Witze über ihre eigene Zunft, wie zum Beispiel den: »Wieviel muss ein Richter trinken, um auf 1,3 Promille zu kommen?« – Antwort: »Drei Tage lang gar nichts.«

Eine anwesende Amtsrichterin, attraktiv und großspurig, behauptet, ihre Familie habe nach dem zweiten Weltkrieg nicht nur das obligatorische Landgut im Osten zurücklassen müssen, nein, das hat ja jeder – sondern darüber hinaus auch den florierendsten Weinhandel des großdeutschen Reiches. Leider sei ihr davon rein gar nichts geblieben, so sagt sie, außer einer profunden Fachkenntnis und einer exzellenten Nase für den Wein.
Und damit hat der Hausherr nun auch endlich sein Opfer gefunden. Die Amtsrichterin wirft sehr entschlossen ihre braunlockige Haarpracht über die Schulter, folgt ihm auf bordeauxroten Stilettos die Treppe hinunter, in den sagenhaften Weinkeller. Sidonie ist erleichtert, befreit geradezu. Dieser kleine kurzsichtige Mann ist ihr zwar nicht direkt unsympathisch, wie könnte er. Immerhin gehört sein Notariat zu den angesehensten und florierendsten der Stadt, die reinste Gelddruckanlage, so sagt man. Aber das ewige Gestreichel und Gefummel an ihrem Rücken-Dekolleté muss ja trotzdem nicht sein.

Als kurz nach eins dann einer der Herren, angeblich Präsident des Landgerichts, die Internationale anstimmt und damit Künstler und Juristen zu einem vielstimmigen Chor zusammenbringt, ahnt Sidonie instinktiv, dass der Zenit dieser Party überschritten ist und sie hier den Mann fürs Leben nicht mehr finden wird.
Sie verabschiedet sich diskret. Auf französisch wie man im Volksmund zu sagen pflegt, aber den Ausdruck kennt Sidonie gar nicht.

Auf dem Rückweg dann passiert es. Sie fährt die Baron-Voght-Straße herunter, biegt links in die Elbchaussee ein und nach ungefähr 500 Metern schon überholt sie dieser Polizeiwagen. – Bitte folgen!

Hä, was soll das denn?
Drei Menschen in blauen Uniformen umzingeln ihr Auto. Dann das Übliche. Hat sie schon tausendmal im Fernsehen gesehen, allerdings noch nie selbst erlebt:
»Schalten Sie den Motor aus, Ihre Papiere bitte, Führerschein und Fahrzeugschein! – Sie fahren mit Abblendlicht, ist Ihnen das nicht aufgefallen?«
Nö, eigentlich nicht.
Ist im Grunde genommen auch nicht möglich, weil sie ja gar nicht weiß, wie und wo man das besagte Abblendlicht an dieser dämlichen Karre überhaupt einschaltet. Ehrlich gesagt, fragt sie sich sogar, was das noch mal war – Abblendlicht!?

»Wissen Sie«, Sidonie versucht ein möglichst sympathisches Lächeln, »ich kenne ich mich mit diesem Wagen noch nicht so gut aus. Ich habe bis vor kurzem einen Cayenne gefahren und das ist doch eine gewisse Umstellung für mich. Sie verstehen?«
Nein, versteht er nicht, der Herr Polizist. Sieht man deutlich. Hach. Sidonie seufzt.
»Haben Sie Alkohol getrunken?«, fragt er stattdessen.
»Kaum. Ein Glas, vielleicht auch zwei. Wirklich nicht der Rede wert.« – »Okay, dann pusten Sie doch bitte mal kräftig hier hinein.«
Eine junge Polizistin drückt ihr etwas in die Hand. So sehen die Dinger also aus.
Sidonie spitzt ihr Mündchen und bläst zart hinein.
»Nee, so geht das nicht, sie müssen da schon richtig rein pusten. Geben Sie mal her!« Die Polizistin schlägt plötzlich einen verärgerten Ton an. Warum ist die eigentlich so gereizt? Schließlich ist sie es doch, Sidonie, die hier belästigt und unnötig aufgehalten wird.
An dem Pustegerät wird irgendetwas ausgetauscht, dann ein neuer Versuch und der ergibt: 0,98 Promille.
»Tja, wir müssen Sie bitten, uns zu einer Blutprobe mit auf die Wache zu begleiten«, erklärt der männliche Polizist.
»Och nee! Das kann doch nicht Ihr Ernst sein! Blutprobe? Jetzt, mitten in der Nacht?! Können wir das nicht morgen ganz in Ruhe erledigen? Ich bin hundemüde und muss dringend nach Haus. –

Das passt mir jetzt wirklich gar nicht!«
Die Polizisten sehen sich an, tauschen merkwürdige Blicke aus, die weibliche Uniformierte raunt dem Wortführer etwas zu. Wieder Blicke. Was haben die denn? Also echt.
»Wie schon gesagt, das passt mir jetzt gar nicht!«

Erst als sie dann auf der Wache in Blankenese in elendem Neonlicht auf einem scheiß-unbequemen Stuhl sitzt und das ganze peinliche Prozedere hinter sich hat, ihr die Fahrerlaubnis vorläufig entzogen ist und sie gefragt wird, ob sie jemanden anrufen möchte, der sie abholt, wird ihr das ganze Ausmaß der Katastrophe plötzlich klar.
Wer sollte sie denn hier abholen??
Wer denn bitte schön, fährt nachts um zwei raus nach Blankenese, um sie abzuholen, zu trösten? Um ihr die Tränen zu trocknen?
Doch, wirklich, sie muss richtig heftig weinen. Einfach so. Obwohl sie das absolut nicht will.
Die Polizistin hält ihr eine Packung Papiertaschentücher entgegen. Sidonie fingert eines heraus und betupft vorsichtig die Unterlider und Augenwinkel.
»Bestellen Sie mir ein Taxi!« Sidonie erhebt sich müde. »Ich geh schon mal raus.«
Die junge Frau wirft ihr einen finsteren Blick zu, greift dann aber doch zum Telefon. Gibt sich Mühe, es möglichst süffisant rüberkommen zu lassen, ihr »Vielen Dank!«, das sie noch hinter Sidonie herruft.
Kommt bei der aber gar nicht an.

Kurz darauf, am Loogestieg, bei Taxameter-Stand 29,80. Sidonie drückt dem Taxifahrer 30 Euro in die Hand.
»Stimmt so«, sagt sie gönnerhaft.
»Möchten Sie eine Quittung?
»Nein! Auf gar keinen Fall!«

In der Wohnung oben fühlt sie sich fremd und unbehaust. Und so allein, dass sie sogar Sehnsucht nach ihren beiden Jungs hat, die das Wochenende bei ihrem Vater verbringen. Sie macht überall Licht.
Nein, diese Wohnung sieht nicht so aus, als würde sie sich über ihre

Rückkehr freuen. Der große Wohnraum wirkt plötzlich wie ein Ausstellungsraum, allerdings ein sehr gut gemachter, einer für erstklassiges Luxusmobiliar. Ausstellungsraum? – Ach Unsinn, das ist vermutlich eine temporäre Wahrnehmungsstörung, herbeigeführt durch die Eindrücke, die sie aus dieser Flottbeker Villa mitgeschleppt hat. Flottbek, daran will sie nun wirklich nicht mehr denken! Licht aus. Ende.

Sie öffnet die Tür zum Kinderzimmer, sieht die leeren Betten an. An Jeffs Kopfende liegen ein Schwert und eine blaue Polizeimütze auf der *NY-Cops* steht. Oh nee, nicht schon wieder. Sie wendet sich mit Grausen ab.
Linnys Bett ist von einer Kuscheltierschar okkupiert. Er hat sie allesamt dicht an dicht auf sein Kopfkissen gepackt und liebevoll zugedeckt.
Aber kein einziger von der Bande schläft, alle beobachten Sidonie mit glasig-starrem Blick. Sie zieht sich aus, wirft all ihr Zeug über einen Stuhl, nur den Slip behält sie an. Holt sich eins von Jeffersons T-Shirts aus dem Schrank. Sie findet, es passt, auch wenn es nur bis zum Rippenbogen reicht.
Dann schiebt sie die Tiere zur Seite, schlüpft unter Linnys Bettdecke. Eines der Kuscheltiere greift sie sich. Einen Pandabären, der sie aus seinen schwarzumränderten Augen erstaunt ansieht, als sie ihn an ihr Herz drückt. Sie knipst das Fliegenpilzlämpchen aus.
»Zähneputzen, Abschminken, Nachtcreme, Scheißdrauf«, ist das Letzte was ihr durch den Kopf geht. Dann schläft sie ein.

SIDONIE

»Sie werden in den nächsten Tagen Post von uns bekommen«, hatte einer der Polizisten in der Dienststelle Flottbek zu ihr gesagt. Nachdem ihre Promille sowohl zweifelsfrei gemessen als auch protokolliert waren, nachdem Sidonie »Und? Was heisst das jetzt?« gefragt hatte.

In den nächsten Tagen. Solange wird sie nicht warten. Schließlich hat man sie ihrer Menschenrechte beraubt, ihr den Führerschein entzogen.

Sie muss sofort wissen, was da auf sie zu kommt.
Also forstet sie am Montagmorgen, gleich nachdem sie ihre Jungs in die Kita verfrachtet und sich zur Gesichtsbehandlung angemeldet hat, ihr Telefonbuch durch. Wie hieß er noch gleich, dieser … da genau … Harms, Dr. Dierk Harms. Das ist er, der treu ergebene Anwalt, der Leo stets aus jeder Patsche geholfen hat und den sie im Gegenzug zu fast jeder ihrer Dinner-Partys geladen hatten, obwohl Sidonie extrem dagegen war. Sie hält ihn für den größten Langweiler unter der Sonne, findet seinen Kleidungsstil à la englischer Landlord absolut lächerlich – *ridiculous*.
Nur, was sie jetzt braucht ist weder ein Alleinunterhalter, noch ein Modeberater, sondern ein erstklassiger Anwalt.
Nachdem die Sekretärin, zweimal vergeblich, zumindest versucht hat, zu ihm durchzustellen und das ja auch nur, weil sie, Sidonie, weiß, wie man mit Sekretärinnen umzugehen hat, wird ihr klar: Der will nicht mit ihr sprechen. Wegen Leo. Eindeutig. Interessenskonflikt, nennt man das.
»Worum geht's denn, vielleicht kann ich weiterhelfen?« will die Vorzimmermaus wissen. Unglaublich.
»Ich denke nicht, dass ich mit Ihnen über Privatangelegenheiten sprechen möchte«, sagt Sidonie mit einer Schärfe, die glatt Telefonleitungen kappen könnte.
Aber die Kanzleikraft ist bestens geschult.
»Sie missverstehen mich«, antwortet sie unverändert freundlich.
»Keineswegs sollen Sie mir Details anvertrauen, nur – wenn Sie mir sagen würden, um welchen juristischen Bereich es geht, dann kann ich Ihnen vielleicht weiterhelfen und einen Kollegen empfehlen, der …«
»Es geht um eine Verkehrssache«, fällt Sidonie ihr patzig ins Wort.
»Ah ja. Da wären sie bei Dr. Harms ohnehin ganz falsch, er ist ja auf Verwaltungsrecht spez…«
»Das weiß ich natürlich, aber geht es geht doch zunächst nur um die ganz schlichte Frage: Null Komma Neun Acht Promille, was kostet das, und wie lange wird der Führerschein eingezogen?«
Jetzt ist es doch raus.
»Das ist in der Tat relativ einfach, das kann sogar ich Ihnen sagen. Also, bis eins-komma-eins-Promille müssen Sie mit einem Monat Entzug

der Fahrerlaubnis und einer Geldstrafe von 500 Euro plus Verfahrenskosten rechnen. Vorausgesetzt, es liegt nicht schon irgendwas gegen Sie vor. – Einen Anwalt sollten Sie sich dennoch nehmen, zumal Sie so knapp am Grenzwert liegen. Verstehen Sie, da hat der Richter einen gewissen Ermessensspielraum. Versuchen Sie es doch bei *Buch, Wagner und Partner*. Möchten Sie, dass ich Ihnen die Nummer raussuche?«
»G…a«, Sidonies Stimme versagt.
»Ga-ern, äh, ja, bitte gern.«

Als sie aufgelegt hat, muss Sidonie erstmal schlucken. Nicht nur wegen der Geldstrafe und den zwei Monaten öffentliche Verkehrsmittel, die auf sie zukommen. Diese gelassene Freundlichkeit da eben am Telefon, obwohl sie selbst so patzig war, hat sie irgendwie … sie ist … wie soll man sagen?
Ein klein wenig beschämt, oder? – Ach Quatsch! Wieso denn auch?
Für eine Anwaltsgehilfin gehört das vermutlich zur Ausbildung: Immer freundlich, immer sachlich.
Dennoch, das Gespräch hat gewisse Spuren hinterlassen. Als Sidonie eine halbe Stunde später im Treppenhaus die graue Nachbarsdame von gegenüber trifft, grüßt sie generös als Erste, schmettert der ein überaus fröhliches »Gu-ten Mor-gen!!« entgegen.
Aber Undank ist der Welt Lohn. Zurück kommt nichts als ein kaum hörbar gegrummeltes »Mrgn.«
Also echt, Leute gibt's.

LEO UND MARLÈNE

Sie hat es gewusst. Sie hat es immer gewusst, dass er irgendwann erkennt, was er an ihr gehabt hat. Dass er eine wie sie so schnell nicht wieder auftut. So jung, so Klasse, so Stil.
Sie hat gewusst, dass ihm irgendwann seine Jungs fehlen würden, die kleinen Süßen. Überhaupt das *family life*. Die Projektionsfläche für all seine Werbeideen. Oder war das umgekehrt? Egal. Ein Werber kann nur gut sein, wenn er auch lebt, was er erfindet. Das hat Leo gesagt. Oft.

»Ich würde gern mal in Ruhe mit dir reden.« Seine Stimme am Telefon klang nicht mehr so schroff wie sonst. »Bei einem Abendessen, vielleicht im *Indochine*. Bist du einverstanden?«
Aber ja.
Ganz lange steht sie vor ihrem Kleiderschrank – das Auge isst mit, unbedingt – entscheidet sich dann für etwas, das er immer besonders mochte, den Francoise Hardy-Stil, wie er es nannte. Francoise Hardy kennt sie zwar nicht, den Stil hat sie dennoch verstanden. Teuer, aber man darf's nicht sehen. American, aber französisch interpretiert. Oder so. Na, lässig halt.
Das *key piece* ist eine richtig gut verwaschene Jeans, die sogar ein paar Löcher haben darf, kombiniert mit einer schlichten, aber edlen Hemdbluse. So wie diese hier. Sidonie hakt einen Bügel von der Kleiderstange: Matte Seide mit langen Kragenecken im 70er-Look, die ist ideal. Keinen BH drunter, ganz wichtig bei diesem Look.
Dazu die *Louboutin*-Stiefeletten mit diesen superben Absätzen. Die ihre langen Beine unendlich machen und auf denen man gar nicht anders als hoheitsvoll schreiten kann. Kein Schmuck, nur das Vintage-Armkettchen, das er ihr mal in Paris auf dem Clignancourt-Flohmarkt gekauft hat. Bettelarmband nennt man das, hat er ihr erklärt. Lustig. Damals.
Als sie sich im Spiegel sieht, findet sie sich restlos überzeugend. Die freudige Erregtheit in Hinblick auf den Abend sorgt dafür, dass sich die Spitzen ihrer niedlichen Kinderbrüste ganz wunderbar unter der Seidenhülle abzeichnen. Das wird ihm besonders gefallen.

Lincoln und Jefferson werden jubeln, wenn sie hören, dass sie nun wieder eine richtige Familie sind. Wieder zusammen wohnen werden mit Papi. Raus aus dieser Wohnung im Kleinkaro-Format. Ein Haus mit Garten, Stadtvilla an der Blumenstraße wäre toll, also in Alsternähe. Muss aber nicht. Am Innopark wäre auch okay.
Vergessen ist all ihre Verachtung, die sie unlängst noch für den Schweizer Spießer empfand, vergessen, verdrängt, vorbei. Man muss Prioritäten setzen. Auf in die Zukunft!

Sie leistet sich ein Taxi, zurück wird sie ja eh mit ihm fahren.

Die Rückkehr – genau, ein wunder Punkt. Eine Nanosekunde lang taucht nämlich die Frage auf, wie's dann eigentlich weitergehen soll. Was ist, wenn der Porsche dann, später am Abend, vor ihrer Haustür hält? Wird sie dann wie im Film zu ihm sagen: Kommst du noch mit rauf auf einen Drink? Und wenn er dann sagen wird: Ja, Nuppi, unbedingt. Was dann? Sie werden miteinander schlafen. Müssen. Dann. Darüber hat sie bislang noch gar nicht nachgedacht. Egal.

Auf der Fahrt zum Hafen runter, Richtung *Indochine*, lehnt sie sich jedenfalls erstmal entspannt zurück, träumt vom Neuanfang in einer Villa am Innocentiapark. Auf diese Adresse hat sie sich inzwischen quasi festgelegt, weil: Ihr ist eingefallen, dass das Haus von dem Bildzeitungs-Chef ja vermutlich gerade frei geworden ist, da der mit seiner Familie nun auch endgültig nach Berlin übergesiedelt ist.
Sie stellt sich vor, wie die Jungs ins elterliche Schlafzimmer stürmen, zu Leo ins Bett springen, während sie Mutterstolz-seelig lächelnd aufsteht, um die Vorhänge vor den bodentiefen Sprossenfenstern zurückzuziehen, durch die man einen unvergleichlichen Blick auf einen Stadt-Garten mit prächtigen alten Rhododendren unter einer alten Rotbuche hat.

»So, da wär'n wir«, sagt der Taxifahrer, als er an der Großen Elbstraße hält und zieht die Handbremse. »Macht Fuffzehndreissich.«
Sie gibt ihm 20. »Stimmt so.«
Der Mann soll teilhaben an ihrem Glück. Endlich nicht mehr jeden Hunderter umdrehen müssen. Endlich wieder. Ach, ist das schön. Sie freut sich so.

Beschwingt federt sie die Stufen zum Restaurant empor, sie schwebt hinein, sieht Leo im Gewimmel der vollbesetzten Tische, dahinten, direkt an der gläsernen Front, durch die man den besten Blick auf Elbe und Hafen hat. Sie flattert auf ihn zu und … stürzt beinahe ab. Erstarrung. Salzsäule. Wer ist diese Frau?

Leos linker Arm umfasst ihre Schulter, zieht sie zu sich heran, streicht ihr sacht das Haar hinters Ohr, flüstert ihr etwas hinein, bevor seine

Zunge darin versinkt ... Was macht er denn da? Die Köpfe der beiden bleiben dicht zusammen. Ihre rotgoldene Mähne und sein gegeeltes Schwarzhaar glänzen um die Wette. Perfekt. Wie Packungsfotos auf Haar-Colorationen.
Wer zur Hölle ist diese Frau??

Endlich lässt ihr ehemaliger Ehemann ab von seinem Goldstück, und endlich, endlich nimmt er auch Sidonie wahr.
Erhebt sich, streckt ihr seine Rechte entgegen. Sie sieht darüber hinweg.
Wär' ja noch schöner. Erst will sie begreifen, was hier Sache ist.

»Sidonie, ich möchte dir Dr. Marlène Hägeli vorstellen.«
Die Rotgoldglänzende erhebt sich elegant und geschmeidig, mit zartem Klirren, erzeugt von jeder Menge Goldschmuck.
Sidonie wird schwindelig. Marlène ist irgendwie riesig. Jedenfalls fühlt sich Sidonie trotz ihrer 1,78 schlagartig klein, sehr klein. Und wie eine arme, entfernte Verwandte.
Mit neuer Bescheidenheit und dem lässigen Francoise-Hardy-Look hat Marlène es gar nicht, so viel steht mal fest. Nein, davon hat sie mit Sicherheit nie etwas gehört. Wenn Marlène überhaupt modische Vorbilder hat, dann wohl eher Catherine Deneuve mit ihrer Königinnen-Eleganz. Sie trägt ein klassisches *Chanel*-Kostüm in Braun-Rosé, mit reichlich knappem Rock allerdings, so eng, dass sich die Strumpfhalter darunter abzeichnen. Halter für Champagner-farbige Netzstrümpfe, die an ihren gewaltig langen Beinen aufreizend wirken. Irgendwie zu viel Fleisch. Vermutlich hat Leo ihr ans Herz gelegt, so etwas zu tragen. *Tu's für mich Baby, es macht mich scharf.*

An Marlènes Stuhllehne hängt eine *Birkin-Bag* . Echt, das sieht Sidonie sofort an der Clochette und am Verschluss. Handtaschen sind nun mal ihr Fachgebiet. Außerdem stellt Sidonies Kennerblick noch fest: Für ihr Alter, irgendwas zwischen Ende dreißig und Mitte vierzig, ist Dr. Hägeli viel zu kräftig geschminkt. Der farbige Lidschatten und dieser Lippenstift, *too much*, entweder oder.
Den Vergleich mit Cathérine Deneuve zieht sie zurück. – *Excusez moi,*

Cathérine! – Diese Person hier hat eher was von einer russischen Oligarchen-Gattin.
»Hallo, ich freue mich, Sie kennenzulernen, Sidonie, und bitte – nennen Sie mich unbedingt nur Marlène, ja?«
Auch das noch: Schweizer Akzent! Bei dem Namen auch nicht anders zu erwarten. Der Schweizer und die Schweizerin, da wächst zusammen, was zusammen gehört. Endglück. Und jeden Abend Raclette, oder was, Leo?
Sidonies hat das Gefühl, als ob plötzlich alles um sie herum nach Gruyère riecht. Ihr Schwindelgefühl verstärkt sich. Sie führt ihre Benommenheit auf Flüssigkeitsmangel zurück, trinkt reichlich und zügig vom Pouilly Fumée, solange der noch so schön kühl ist.
Dennoch nimmt die Schwindeligkeit weiter Fahrt auf als Leo zur Sache kommt, nach einer etwas langatmigen Einführung zum Kerngeschäft vorstößt. Sidonie beginnt zu begreifen, um was es hier und heute gehen soll. Eine unglaubliche Wut steigt allmählich in ihr hoch, verursacht zusätzlich zum Schwindel noch ein gewisses Ohrenrauschen. Wird sie etwa ohnmächtig? So auf nüchternen Magen, spürt sie schlagartig die Wirkung des Alkohols, der durch die Arterien zum Kopf braust. Während er redet und redet. Und langer Rede kurzer Sinn, was er ihr mitteilen will, ist Folgendes:

Er und Marlène Hägeli, promovierte Wirtschaftswissenschaftlerin und im Vorstand der *Cognos4M*-Marktforschung tätig, gedenken in acht Wochen zu heiraten. Ja wirklich, er will es wagen, noch ein drittes Mal … was er jedoch zum Anlass nehmen möchte, gewisse Altlasten … wozu gehört … ihr ist ja hoffentlich klar, dass sie nach Lage des Gesetzes und nachdem er schon geraume Zeit einen kostspieligen Ganztagskindergarten … also wie auch immer … da sie selbst offenbar noch kein Glück bei der Jobsuche … Marlène aber freundlicherweise … ja, sie ist wirklich eine Top-Netzwerkerin … es gäbe da … aber, Marlène, vielleicht möchtest du selbst?«
»Sehr gern, Leoschatz. – Eigentlich ist es ganz einfach: Einer unser Subunternehmer, die *Schroeder Consult*, einer unserer Besten, wenn es um die Probanden-gestützte Marktforschung am POS geht, sucht eine junge Dame für den Empfang. Keine Angst, Sidonie. Die Tätig-

keit ist nicht allzu aufreibend, man kann sich mit ein wenig gutem Willen auch als ungelernte Kraft recht schnell einarbeiten, denke ich. Wichtig auf dieser Position ist eher ein… nennen wir es mal – repräsentatives Äußeres.«

Mittlerweile ist aus dem Schwindelgefühl ein Orkan geworden, der durch ihre sämtlichen Hirnwindungen braust. Eine finstere Macht gewinnt die Oberhand über ihr Denkvermögen. Dann – der Blitzimpuls. Sidonie greift zum Weinglas und – zack! – mitten rein in Marlènes perfektes Gesicht, mitten rein in den unaufhörlich sprechenden Mund, der auch nach dem Anschlag noch eine Weile offensteht, bis er endlich begreift.
Doch da ist Sidonie schon längst an der Ausgangstür. Das Kopfsteinpflaster unten vor dem Restaurant lässt nicht zu, dass sie sich auf den hohen, dünnen Absätzen ihrer Stiefeletten so schnell vom Schauplatz ihrer fürchterlichsten Niederlage entfernen kann, wie sie gern möchte. Kurzentschlossen setzt sie sich auf einen Poller und – ratsch, ratsch – zieht sie die Reissverschlüsse auf, die Stiefeletten aus. Nimmt die blöden Dinger in die Hand und läuft auf Strümpfen weiter, direkt an der Hafenkante entlang.

Der Abendwind, der übers Wasser kommt, fährt in ihre Haare, lässt sie wild flattern, wirbelt sie durcheinander. Sie tut nichts, um ihn daran zu hindern. Im Gegenteil, sie schüttelt wild den Kopf, wirft ihn hin und her, als sei sie auf einem *Iron-Maiden*-Konzert. Alles rausschütteln. Diese ganze Katastrophe, raus! Diese Demütigung, raus!
Wenn es Maßeinheiten für Hass gäbe, müssten die ab sofort neu definiert werden. Aber wie bescheuert sie auch ist! Mit welchen saudummen, naiven Vorstellungen ist sie hierher gefahren?! Geht's noch dämlicher?
Und dann ihre Reaktion! Absurd. Sidonie, die Drama-Queen!
Wie die Kellner geglotzt haben! Von jeher und immer immer immer hat sie Frauen verachtet, die öffentliche Szenen machen. Und nun das. Sie, Sidonie Spitzy, auf einem Level mit solchen Hysterikerinnen. Endpeinlich.
Ihr Leben eine Schreckensoper! Wie konnte das passieren?

»Au!« Das war ein Stein, sehr spitz. Sie reibt den Fuß mit der schmerzenden Stelle am anderen Bein. Diese grausam-unbequemen Treter sind schuld, in denen kein Mensch laufen kann! Sie gönnt den Stiefeln in ihrer Hand einen letzten, hasserfüllten Blick und schleudert sie ins Hafenbecken. Schon wieder eine Überreaktion.
630 Euro driften in Richtung Elbmitte und nehmen Kurs auf Hahnöfersand.
Okay das war's. Strafe muss sein, sie wird zu Fuß und auf Strümpfen bis zu den Landungsbrücken gehen und mit der U-Bahn nach Hause fahren. Kein Taxi diesmal. Gang nach Canossa oder so.

Am Fahrkartenautomaten stellt sie allerdings fest, dass sie nur noch 80 Cent im Portemonnaie hat. Dann eben nicht.
Mit ihren wehen Füßen muss sie erst einmal vergebens die Treppen zum Bahnsteig rauf und runter und wieder rauf. – Voll bescheuertes System, unten nur Endstationen anzugeben. Was weiß denn sie, wo Wandsbek-Gartenstadt ist? Und wie soll sie ahnen, dass der Weg dorthin über Eppendorf führt? Nein, Sidonies Erfahrungen mit öffentlichen Verkehrsmitteln sind wirklich nicht so doll.
Das Bahnabteil ist relativ leer an diesem Dienstagabend um zwanzig vor zehn, in der Stadt, die sich Tor zur Welt nennt.
Erschöpft nimmt sie auf der hintersten Bank Platz, weit weg von den wenigen Fahrgästen. Die ihr, der Schuhlosen, aber ohnehin keinerlei Beachtung schenken. Sie starren allesamt auf die Displays ihrer Handys. Eher würden die den Weltuntergang verpassen, als eine ihrer total banalen Mails.

An der Haltestelle Feldstraße steigen zwei Typen in unauffälligen Windjacken ein. Zu Sidonies großer Verwunderung behauptet der Ältere, sie beide seien Kontrolleure der Hamburger Verkehrsbetriebe und hält dabei ein Ausweismäppchen hoch.
Der zweite, ein dicklicher junger Mann mit schlechter Haut und einem sehr unvorteilhaften Haarschnitt, steuert mit gezücktem Ausweis direkt auf sie zu, schaut dabei irritiert auf ihre schuhlosen Füße in staubigen Strümpfen.
»Ihren Fahrausweis, bitte«, sagt er emotionslos wie ein Automat.

Eine Kontrolle! Die beiden Typen meinen das ernst!
Sidonie schließt kurz die Augen, um sich zu konzentrieren und stößt dann in filmreifer Verzweiflung ein »Bitte nicht, tun sie mir das nicht an! Nicht nach dem, was ich eben erlebt habe!« hervor.
Und – oh Wunder – der Mann sagt kein Wort, er dreht ab, macht seinem Kollegen am anderen Waggonende ein Daumen hoch alles okay-Zeichen.
Sternschanze. Die Bahn hält, die Kontrollmänner verlassen den Zug. Vom Bahnsteig schaut der Dicke durchs Fenster noch mal zu ihr herein. Sie lächelt ihm zu. DAN-KE! formen ihre Lippen. Er lächelt zurück.

SIDONIE AM BODEN

»Papi findet das nicht richtig, dass ich dir immer noch Geld zuschieße. Das muss ich dir jetzt mal sagen, Spatz. Und er hat hat ja auch recht – ich meine, du bist Mutter von zwei Kindern, du solltest langsam mal lernen, eigenverantwortlich zu leben. Außerdem – von hier aus kann ich da jetzt auch gar nichts machen. Wir sind hier irgendwo zwischen Saigon und Natrang, hier gibt's keine Banken, weit und breit nur Strände, das Hotel ist natürlich ganz hervorragend, ohne Frage, ein ganz exzellenter Service, aber auf Bankgeschäfte mit Europa sind die hier mit Sicherheit nicht eingestellt. –
Stell dir vor: Morgen ganz früh brechen wir übrigens auf zu unserer kleinen Kambodscha-Exkursion, ich bin sehr gespannt, die Tempelanla…«
Funkstille.
Sidonie starrt auf das Display des Telefons. Nichts zu sehen, was Aufschluss über das abrupte Ende des Gespräches geben könnte. Es spielt letztlich auch keine Rolle mehr.
In fünf Tagen ist Monatsanfang, dann kommt Leos Unterhaltszahlung aufs Konto. Aber dann wird es zu spät sein.
Dabei war sie auf diese *Belstaff*-Lederjacke schon lange scharf. Dass die jetzt um 30 Prozent reduziert angeboten wird, ist ein Zeichen des Himmels. Eindeutig. Aber in fünf Tagen ist die garantiert weg.

Bei dem Preisnachlass. Echt schade. Äußerst ärgerlich.
Unlustig begibt sie sich in die Küche, unlustig fängt sie an, Gemüse fürs Abendessen zu schnippeln. Lässt ihre schlechte Laune an Tomaten, Paprika und Zucchini aus.
Mit wütendem Schwung befördert sie die Stücke vom Brett in die Pfanne. Einige Zucchini-Streifen springen über den Pfannenrand zu Boden, sie bückt sich nach ihnen und da sieht sie es –
»Iiih …!!« – Silberfische in ihrer Küche! Was macht man denn da?
Im untersten Auszug der Küchenzeile, bei den Putzmitteln, gibt es dieses überaus effiziente Entkalkerspray. Damit hält sie drauf auf das ekelhafte Ungeziefer. Ha! Die Dinger sind sofort hin. Sehr gut.
Allerdings wird es das Beste sein, wenn sie umgehend die Küche putzt, und zwar gründlich. Die schwarzen Granitsteine auf dem Küchenboden sind von dem Spray gar nicht angetan, ein weißlich- stumpfer Fleck bildet sich. Ach du Schande.
Sie versucht, ihn mit dem Spüllappen wegzureiben. Nichts passiert, außer, dass sich der Lappen krümelig auflöst. Verfluchte Chemie. Hat sie schon in der Schule gehasst!

Ein Elendstag ist das. Und er wird nicht besser.
Wenn sich der Postbote die Mühe macht, an der Wohnungstür zu klingeln, ist das kein gutes Zeichen. Einschreiben der Anwaltskanzlei *Von Oswald und Partner*. Die haben Leo bei der Scheidung vertreten, diese Gangster. Was wollen die denn noch? Mit dem japanischen Gemüsemesser säbelt sie den Briefumschlag auf, zerrt das Anschreiben heraus und … ihre hektischen Bewegungen frieren ein.
Der meint es wirklich ernst. – Der Dreckskerl.

ROBERT UND SIDONIE

»Wie soll ich denn das Ding wegschleppen? Das ist ja garantiert irre schwer, das geht ja gar nicht!«
Nein, das geht wirklich nicht, erst recht nicht, wenn man bereits in beiden Händen diverse Einkaufstüten trägt und schon wieder – manche lernt es nie – Schuhe mit halsbrecherischen Absätzen.

Aber diese Schuhe müssen sein, sie passen einfach so unvergleichlich gut zu dem neuen Wettermäntelchen von *Marc Jacobs.* Wobei – neu, na ja – es ist *second hand*, zugegeben. Aber man sieht das nicht.

Robert hat einstweilen sowieso kein Auge für Sidonies neue Herbstausrüstung. Sein besorgter Blick ruht auf der eingeschweißten Mega-Pute vor ihm.

»Nee, klar – die wiegt. Das ist ordentlich was zum Schleppen. Ich mein, das sind gut acht Kilo. Ist aber nicht zu viel, wenn – was sagten Sie, wie viele Personen kommen zu Ihrer Dings…givings-Party? Sie hätten sich …«, Robert lacht kurz auf, »'nen starken Mann zum Tragen mitbringen sollen.«

Sidonie schaut hoch von dem geflügelten Monster, ihr Blick wandert zu seinen breiten Schultern. Sie taxiert genau, was sie da sieht, oberhalb der weißen Halbschürze.

»Starker Mann, sagten Sie …«, mit schräg gelegtem Kopf lächelt sie ihr allerinnigstes, ihr absolut unwiderstehlichstes Lächeln. Zieht die Augenbrauen hoch und wartet. – Na?

Robert tippt sich auf die Brust: »Ach, ich jetzt, ja?«

Er lacht schon wieder. Schüttelt den Kopf.

»Obwohl, was soll's? … ja klar ... ich schlepp Ihnen das Ding, okay. Aber Sie müssten 'nen Moment Geduld haben, bis meine ... meine …«, er sucht nach dem bestmöglichen Substantiv.

»Sie meinen, bis Ihre Chefin zurück ist? Sicher. Ich kann warten. Wenn es sich lohnt, kann ich durchaus auch warten!«

Na, na, na, Sidonie, das war aber grad ein wenig *too much*. Das ist hier doch keine Vorabendserie.

Robert ist leicht irritiert, er lacht die Verunsicherung einfach weg. Das kann nie schaden.

ROBERT, LOOGESTIEG

»Mann, Mann, Mann!« Robert wuchtet den Giga-Truthahn auf die Arbeitsplatte in Sidonies Küche. Sein erster Blick fällt auf den schicken *Gaggenau*-Backofen.

»Haben Sie sich schon Gedanken gemacht, wie sie das Viech darin braten wollen?«, fragt er besorgt.
Nö, hat sie nicht: »Ach, das wird schon.«
Sie bringt erstmal ihre Einkäufe in Sicherheit und Robert sieht sich inzwischen um.
»Das ist ja echt der Hammer hier!«, findet er.
»Hammer, ja genau«, entgegnet Sidonie und wirft ihren Mantel über einen Küchenstuhl. »Das denke ich auch immer noch jedes Mal, wenn ich die Wohnung betrete. Es ist wirklich ein Hammer, dass ich so blöd sein konnte, mich von meinem Mann in diese Bude verfrachten zu lassen, während er ... ! – Aber was soll's – *Don't look back in anger*. Wie sieht´ s aus: Kann ich Ihnen was zu trinken anbieten? Bier hab ich leider nicht da – 'nen Rotwein vielleicht?«
»Nee, keinen Alkohol, ich muss ja gleich noch den Wagen nach Hause kutschieren.«
»Oh, da fällt mir was ein, das könnte Ihnen gefallen!«

Sidonie reckt sich hoch zum Schrank, auf Zehenspitzen angelt sie nach einer kleinen chromigen Dose. Ihr Shirt rutscht dabei hoch. Roberts Blicke kreisen über ihrem flachen, immer noch sommersonnengebräunten Bauch, schlingen sich um ihre Hüften, streicheln über ihren Po.
»Hier, wie siehst's denn damit aus?« Sie schraubt die Dose auf und hält sie ihm unter die Nase. Er atmet tief durch.
»Nicht schlecht. Hatte fast vergessen, wie geil das riecht. Seit ich mit ... eh ... mit meiner Chefin ...«, er grinst, »zusammen bin, hab ich kein Dope mehr geraucht. Sie steht nicht so drauf.«
»Ja, dann nix wie ran. Gönnen wir uns ein kleines Päuschen.«
Sidonie drückt ihm die Dose in die Hand.
»Komm mit rüber in meinen Livingroom, ein bisschen Entspannung kann nie schaden.«
Sie hat ihn geduzt. Interessant. Geschmeidigen Schrittes, wie ein Indianer auf Fährtenlese, folgt er ihr.

MAREN UND ROBERT

»Weißt du, dass du geschlagene anderthalb! Stunden weg warst? Lässt mich hier den ganzen Scheiß alleine machen. Und haargenau in dem Moment, in dem ich fertig bin, tauchst du auf! Wirklich, echt klasse!«
Maren hebelt die aufgestellte Trailer-Seitenwand aus und …
Jetzt wird sie die Klappe mächtig zuknallen, ahnt Robert. Aber als es dann wirklich passiert, zuckt er trotzdem zusammen. Mannoman, ist die geladen! Wenn sie eine Comic-Figur wäre, würden sich jetzt so kleine Wut-Rauch-Wölkchen über ihrem Kopf bilden.

Er muss ein bisschen grinsen, das Dope wirkt noch nach. – Reiß dich zusammen, Alter, mach jetzt keinen Fehler. Maren ist stocksauer. Klar. Er hat nichts anderes erwartet. Versteht er total. Und es fällt ihm auch absolut gar nichts zu seiner Entschuldigung ein. Also schweigt er, während Maren erneut loskoffert.
»Warum sagst du nicht, wo du warst – das werde ich doch wohl noch mal erfahren dürfen!«
»Wie – wo ich war? Das weißt du doch, ich habe deiner Lieblingskundin die scheiß-schwere Pute nach Hause getragen.«
»Na hör mal, die wohnt am Loogestieg, nur zwei Ecken weiter, hat sie gesagt. Selbst Schnecken würden dafür keine anderthalb Stunden brauchen!«
Sie kommt ihm gefährlich nahe, schnüffelt wie ein Polizeihund an ihm herum.
»Maren, was soll das?«
»Du riechst komisch, außerdem – was ist mit deinen Augen?«
Maren schnappt nach Luft als der Groschen fällt: »Du bist bekifft!«
»Ja gut, Si... also SIE, deine Kundin, hatte grad was da, ja und wir haben 'nen Moment gequatscht und halt 'n bisschen was geraucht, hat sich so ergeben.«
Maren erstarrt in Fassungslosigkeit. Aber nur ganz kurz.
»'nen Moment gequatscht, geraucht!? – Soll das heißen, du bist da rein zu der, hast stundenlang bei dieser blöden Superzicke, meiner absoluten OberFEINDIN …«, Maren schreit es heraus: »… gemütlich rumgesessen und gemeinsam mit dieser Person ein bisschen – *was geraucht*??!!«

Maren tritt mit voller Wucht gegen den Trailerreifen.
»Ich glaub's einfach nicht! – Du – du – Verräter!«

»Mensch Maren, jetzt komm doch mal runter, konnte ich doch nicht ahnen, dass dich das so dermaßen… Ich meine, ich schwör dir, da war nichts sonst, über-überhaupt nichts.«
Maren dreht sich ruckartig um, daran hatte sie wirklich über-überhaupt gar nicht gedacht. Nie im Leben wäre sie auf die Idee gekommen so weit zu denken, dass er mit der … Aber was er da grad gesagt hat, öffnet ihr schlagartig die Augen. Wer sich verteidigt, klagt sich an, hat Oma Nellie immer gesagt.

»Bitte Maren, nun sieh mich doch nicht so an, ich hab wirklich nur 'nen bisschen mit der gequatscht, das ist doch kein Verbrechen.«
»Nein!«, faucht Maren, »das ist kein Verbrechen, das ist eine Todsünde!«

Sie marschiert entschlossen um den Wagen herum, schwingt sich auf den Fahrersitz, knallt die Tür zu, startet und – braust einfach los.
Robert hat nicht die Spur einer Chance. In all dem zurückgelassenen Markt-Müll steht er da, wie ein letzter Überlebender auf dem Schlachtfeld. Maren rast. Erst mal nach Hause.

SIDONIE

Als sie die Tür hinter ihm schließt, fühlt sie sich nicht schlecht.
Nein, sie ist sogar der Ansicht, das war jetzt genau das, was sie brauchte.
Aber dann sind sie alle wieder da, die Protagonisten ihrer Albträume: Dr. Marlène Hägeli und Leo und *Von Oswald und Partner*.
Und der Brief liegt immer noch auf dem Sideboard im Flur und sorgt für *bad vibrations*. Drohkulisse im DIN-A4-Format. Noch weniger Geld monatlich, nur noch Unterhalt für die beiden Kinder in Höhe von … Nein, stop, diese Zahl will sie ausblenden. Und sie hat genau drei Monate Zeit, um die drohende Versorgungslücke zu schließen.
Sie vertut ihre Zeit mit diesem Typ, während echte Probleme auf

eine Lösung warten. Probleme, bei denen er, der Loser mit dem Siegerlächeln, nun wirklich nicht weiterhilft. Aber ein Bad. Das hilft immer. Sie lässt Wasser in die Wanne, durchforstet ihre Auswahl an duftenden Zusätzen. Ist jetzt eher etwas Entspannendes richtig, wie *Relaxing Bath Foam – Anti Stress Treatment,* oder braucht sie doch eher *Crème vitalisée des bains pour le corps*? Eigentlich braucht sie beides. Die Entspannung und den Frischekick. Was passiert eigentlich, wenn man die zwei zusammenkippt?
Sie zieht sich aus, steckt vorsichtig ihre Haare auf dem Oberkopf zusammen und taucht ein.

MAREN

Pausenlos starrt sie ihr Handy an. Bei jedem Motorgeräusch unten auf dem Hof, hält sie den Atem an, wartet regungslos. Nichts. Wieder nicht seine Schritte auf der Treppe. Ganz am Anfang hat sie noch diese Mordswut, die immer doller wird, weil sie sich wieder und wieder vorstellt, wie er bei diesem blonden Miststück in deren Wohnung … Nee, nee, nee!
Dazu dann die permanente Fragerei ihrer Mutter. Ja wo isser denn? Wann kommter denn? Is was vorgefallen?
Nee, gar nix ist vorgefallen, absolut gar nix. Nur das dieser schuftige Kerl, für den sie ihren Ehe!Mann verlassen hat, am hellen Nachmittag mit ihrer verhasstesten Erzfeindin rummacht. Aber sonst ist wirklich nichts.
Dann Wiebke – pieps, pieps: »Kann ich was für dich tun? Möchtest du darüber reden?«
Wenn sie jetzt noch anbietet, die Karten zu legen, kriegt Maren 'nen Schreikampf, so viel steht fest. Prophylaktisch verschanzt sie sich, Türen knallend, in ihrer Wohnung.

Ihren Frust hat sie im Laufe des Abends mit einer XL-Käserandpizza, der belgischen Pralinenmischung von *Aldi*, zwei gut abgemischten Bacardi-Cola und einer dreiviertel Tüte Chips mit Räucherschinken-Geschmack bekämpft. Am Samstag früh wacht sie nicht nur mit boh-

rendem Herzschmerz auf, sondern auch mit dem Gefühl, auf einen Schlag mindestens acht Kilo zugenommen zu haben. Als sie dann vorm Badezimmer-Spiegel auch noch zwei Pickel auf ihrer Stirn entdeckt, kann sie nur noch losheulen.
Fett, verlassen, hässlich. Das ist das Ende. Sie spürt es.

Trotzdem wartet sie weiter auf seinen Anruf. Formuliert immer wieder in Gedanken, was sie ihm sagen wird, wenn sein Anruf kommt. Aber der kommt nicht.
Vielleicht wird Robert einfach auftauchen, wie all die Male zuvor, mit einem von diesen absurden kleinen Geschenken in der Hand, mit denen sie mittlerweile die Straße pflastern könnte. Und jetzt kann sie es ja eigentlich auch zugeben: Sie macht sich nichts, aber wirklich gar nichts, aus Selbstgeschnitztem, aus handgemalten Zitaten irgendwelcher Hopi-Häuptlinge, aus »schönen« Steinen von der Meldorfer Bucht oder aus Büchern mit verschwurbelten Gedichten. Wenn schon, hätte sie lieber ganz klassisch Blumen oder … den neuen Duft von *Jette Joop*. Am allerliebsten hätte sie ganz auf diese Wiedergutmachungs-Geschenke mitsamt den dazugehörigen Anlässen verzichtet.

Sonntagmorgen dann sind Wut und Hoffnung futsch.
Sonntagmittag kommt sie zu dem Schluss, dass sie vielleicht überreagiert hat. Ihn einfach so stehen zu lassen, in der Isestraße weit weg von zu Hause, in Feindesland sozusagen, so was geht nicht.
Nachmittags dämmert ihr, dass sie den ersten Schritt auf ihn zu machen muss. Ganz klar.
Sonntag, gegen Abend, hält sie es nicht mehr aus. Sie hat ihn schließlich stehenlassen. Also wird sie ihn nun suchen und mit ihm reden. Gute Idee, sie fühlt sich sofort besser.
Im Badezimmer macht sie sich sorgfältig zurecht, dann zieht sie ihre fellgefütterte Jeansjacke über und verlässt unauffällig das Haus. Aber wo soll sie ihn suchen? Vermutlich ist er wieder bei diesem Freund, Hendrik, bei dem er öfter mal übernachtet oder bei dem anderen, diesem *Bonecarver*. Wie hieß der noch mal? Fällt ihr partout nicht ein. Außerdem hat sie keinen blassen Schimmer, wo diese Typen wohnen. Diesmal gibt der Navi-Speicher nichts mehr her. Es ist völliger Quatsch,

einfach so los zu fahren, auf blauen Dunst, sie könnte allerdings … Genau, sie wird als erstes zum Röschmann-Hof fahren, um dort eventuell die Adressen in Erfahrung zu bringen.
So viel vorab: Ja, Maren wird die Adressen in Erfahrung bringen. Aber auch noch etwas anderes.

MAREN UND INA

»Hallo-o?! Jemand zu Hause?«, ruft Maren als sie in die Diele tritt.
Sie spürt sofort, wie feuchte Kälte aus dem Natursteinboden an ihr hochkriecht. Der riesige, fensterlose Raum ist fast ganz dunkel, nur irgendwo im Giebel muss es eine undichte Stelle geben, die lässt einen schwachen Lichtschein herein. Alle Türen, die ringsum zu den bewohnten Räumen führen, sind verschlossen. Es ist still, sehr still.
Der Röschmann'sche Resthof wirkt verlassen. Und Maren fühlt sich äußerst unwohl. Soll sie einfach mal eine der Türen öffnen? Aber welche? Sie hat vergessen, wo hier was ist. Suchend dreht sie sich einmal um sich selbst, als hinter ihr eine Türangel quietscht und ihr einen Mordsschreck einjagt.
Es ist Ina, ein Glück. Ina zieht einen Kimono vor der Brust zusammen, sie sieht verschlafen aus. Kann es sein, dass die grad erst aus dem Bett kommt? Maren schaut auf ihre Armband-Uhr, es ist halb fünf, immerhin.
»Na?«, will Ina wissen, »was gibt's?«
»Ich brauch mal die Adressen von Roberts Freund Hendrik und von dem *Bonecarver*-Typen. Kannst du mir die mal geben, du hast die doch bestimmt.«
»Doch klar, die kann ich dir geben. Was willste denn von denen?«
Maren schweigt, das geht die Röschmann doch nun wirklich nichts an. Ina lässt Maren nicht aus den Augen, während sie auf eine Antwort wartet. Ist inzwischen nicht mehr schläfrig, nein, nein, ihr Denkapparat läuft hochtourig, das spürt man. Maren schweigt immer noch, dann plötzlich lächelt Ina, scheißfreundlich.
»Ich meine nur – falls du auf der Suche nach Robert bist, da musste nicht erst weit fahren, der ist nämlich hier. In seinem Zimmer.«

MAREN

Als Maren in Heiligenstedten wieder auf die A23 Richtung Heide fährt, meldet sich ihr Handy. Sie spürt sofort ihr Herz, wie es heftiger pumpt und den Blutdruck erhöht. Die Leere, die in ihrem Kopf herum wummert, seit sie eben mit durchdrehenden Reifen von Inas Hof gebrettert ist, verwandelt sich in ein Pochen, dann in ein Hämmern. Sie sieht das Display an: Es ist ER. Ganz schnell drückt sie den Anruf weg, mit zittrigen Fingern.

Während sie an der Abfahrt Schenefeld vorbeirast, wieder ein Signal. *Sie haben eine neue Nachricht.*. Mit der linken Hand hält Maren das Steuer fest, mit der rechten das Handy, ihr Daumen drückt auf LESEN. *Es ist nicht wie du denkst.* Maren bringt einen kurzen schrillen Lacher hervor. Das ist doch nicht zu glauben! Er wagt es, ihr mit diesem abgedroschensten aller Seifenopernsätze zu kommen. Als sie zu Hause auf den Hof fährt, erreicht sie die nächste Botschaft, die auch nicht origineller ist: *Bitte ruf mich an, lass mich alles erklären.* Das ist nun wirklich nicht mehr nötig.
Eine knappe Stunde später dann noch mal. Nur noch ganz lapidar: *Ich liebe dich, Maren.* Da macht sie das Handy lieber ganz aus, jetzt bloß nicht schwach werden.

ROBERT

Es ist tatsächlich nicht, wie Maren denkt. Eigentlich ist es noch viel schlimmer. Was er jetzt braucht ist, eine richtig gute Idee. Das wird ein harter Stiefel, so viel steht fest.

SIDONIE

Endlich am Montagnachmittag erreicht sie Katharina, am Telefon.
»Meine Güte, Kathi, wo steckst du denn? Ich versuche seit vier Tagen dich zu erreichen. *The person you have called is temporarely not available.*

Immer Mailbox. Was soll denn das? So beschäftigt kannst du doch wohl nicht sein, dass du es nicht schaffst, mich mal zurückzurufen. Man könnte annehmen, du schneidest mich.«
»Genau.«
»Genau – was?«
»Ja, es ist so. Ich schneide dich. Wundert dich das?«

Sidonie verblüfft, schweigend. Sie überlegt. Irgendwas muss ihr entgangen sein. Ihr fällt absolut nicht ein, was das sein könnte. Sie zwirbelt nachdenklich den Minzestängel, der aus ihrer Teetasse ragt. Mmh.
»Echt Kathi, ich weiß nicht, worauf du hinaus willst. Ich meine, neulich als wir mit deinem Neuen, also mit Martin, bei *Poletto* waren, da war doch … es war doch ein wunderbarer Abend.«
»Wunderbarer Abend – ha! – für dich vielleicht. Hat sicher Mordsspaß gemacht, mich vor meinem Lover so lächerlich zu machen.«
»Aber … wie … wovon … wann habe ich dich lächerlich …?«
»Du erinnerst dich wirklich nicht, was? Abgesehen davon, dass du bei jedem Gang eine Anspielung auf mein Gewicht gemacht hast, nach dem Motto: Man muss auch über andere lachen können – hast du mir zum Beispiel einfach das Wort abgeschnitten, als ich diese Geschichte erzählen wollte, von dem durchgeknallten PM aus Tuttlingen. Da sagtest du zu Martin – ich zitiere: Bei Kathi wartet man immer auf die Pointe, bis man irgendwann merkt, da kommt gar keine.«
»Aber Kathi, es stimmt doch! Sei doch mal ein kleines bisschen selbstkritisch, ja? Du verlierst ständig den Faden, du redest und redest. So was mögen Männer nicht. Ich wollte dich quasi vor dir selbst schützen.«
Katharina lacht ihr bitterstes Lachen.
»Vielen Dank, wirklich ganz reizend! – Weiß du, Sidonie, unser Verhältnis wird mir einfach zu mühsam, lass uns mal ‘ne kleine Pause einlegen. Der Abend neulich war einfach einer drüber, zuviel des Guten.«
»Pause? Sag mal spinnst du?? – Gerade jetzt!
Ich brauche deine Hilfe, was glaubst du, warum ich die ganze Zeit hinter dir her telefoniere? Leo will seine Unterhaltszahlungen reduzieren, ich soll mir einen Job suchen. Ich könnte mir vorstellen, dass bei euch, also bei dir da in der neuen Agentur …«

»Tut mir leid«, unterbricht Katharina eiskalt, »ich kann dir da nicht helfen. Im Übrigen muss ich in ein Meeting. Ciao.«
»Boah – ich glaub das nicht!!«
Das Telefon segelt über die Tischplatte und – wusch – zu Boden. Sidonie lässt sich in den nächsten Sessel fallen, schwer beladen mit aller Last des Lebens.
»Die tickt ja wohl nicht richtig!«
Jahrelang hat sie sich Kathis unendliche Männergeschichten angehört, die ja bekanntlich durch die Bank schlecht ausgingen. Jahrelang hat sich diese bindungsunfähige und beratungsresistente Person von ihr trösten lassen und dabei ihren Champagner getrunken, nicht wenig wie man weiß. Um ihr jetzt mit diesen aberwitzigen Vorwürfen zu kommen.
Die kapiert's einfach nicht. Kapiert nicht, dass sie von ihr, Sidonie, lernen kann. Wenn eine weiß, wie man den optimalen Mann zum Heiraten ... Jähes Ende der Gedankenspirale.

Sie muss eine Weile auf dem Parkett rumkrabbeln bis sie das Telefon wieder gefunden hat. Sie scrollt durch die Liste mit gespeicherten Nummern.
»Hallo, Spitzy hier. Ich hätte gern einen Termin. Am besten sofort oder morgen früh. – Wie? – Nein, so früh nun auch wieder nicht. – Na gut, dann also Donnerstag um fünfzehn Uhr dreißig.«

MAREN UND SIDONIE

Isemarkt, Maren und ihre Mutter, Seite an Seite im Trailer. Wieder mal.
Ein Schritt vor, zwei zurück. Das alles ist doch der pure Frust, einfach deprimierend. Ahnt das überhaupt irgendwer, wie furchtbar es ist, im düstersten Stimmungstief diese dienstleistende Scheißfreundlichkeit produzieren zu müssen?
Was darf´s denn sein? Was kann ich denn noch für Sie tun? Da kann ich ihnen unsere Putensalami empfehlen ... obwohl ich ihnen eigentlich lieber empfehlen möchte, mich mal kreuzweise ... Und es nimmt

kein Ende, Maren schaut kurz von der Waage hoch. Drei Kundinnen warten noch und da, zack! Marens Kopf geht blitzschnell noch mal hoch – Das darf doch nicht …! Die wagt es …?
Und dann ist sie dran. Maren verschränkt die Arme vor der weißbekittelten Brust.
»SIE werden HIER nicht mehr bedient!!«
Wie bitte?? – Mutter Renate entgleiten vor Schreck Gesichtszüge und Fleischgabel. »Aber Maren, wie redest du denn mit der jungen Dame?«
»Die junge Dame versteht das schon!« Demonstrativ reckt sich Maren seitlich an Sidonie vorbei: »Frau Frederici, kommen Sie doch vor, Sie sind dran! – Was darf ‘s denn heute Schönes sein?«

Sidonie steht da. Wie ein begossener Pudel. Dieser Robert hat doch nicht etwa … gequatscht? – Na gut, da kann man dann auch nichts machen. Sie dreht sich um, stiefelt von dannen, wie fremdgesteuert. Hat plötzlich alles vergessen zum Thema Haltung, sie geht gesenkten Hauptes und mit hängenden Schultern, die Stirn in Falten. Sie denkt und geht und denkt und … dann, Kehrtwende. Eiligen Schrittes spurtet sie zurück, während sie in ihrer Tasche kramt und ein kleines Lederetui herauszieht.

Wieder bei den *Bokelrehmer Geflügelspezialitäten* angekommen, zieht sie ein Kärtchen aus dem Etui, schiebt es mit Nachdruck über den Glastresen auf Maren zu.
»Wir sollten mal reden! Rufen Sie mich an! Bitte!!«
Sprach’s und verschwand.

Was sollte das denn nun wieder heißen? Renate versteht gar nix mehr, so geht das aber nicht! Wirklich empörend.
»Könntest du mir freundlicherweise mal erklären,was das zu bedeuten hat?«
»Nein«, sagt Maren, »könnte ich nicht.« Reißt das feine Visitenkärtchen in der Mitte durch, die beiden Hälften noch mal und lässt die Schnipsel in den Mülleimer neben sich flattern. – Das war’s. War’s das?

Sidonie findet sich großmütig und großartig nach dieser Geste. Das hat sie gut gelöst. Sie hat der Frau ihre Karte überreicht, das muss reichen. Erstmal. Und dann im Gespräch wird sie alles Nötige zu dem Thema sagen und dann wird das schon. Aber ja. Sie kriegt das hin. Dass sie womöglich unter Verdacht steht, mit diesem bezopften Späthippie, einem Geflügel-Verkäufer ... nee. Das darf nun wirklich nicht auch noch passieren!

SIDONIE

Im altehrwürdigen Treppenhaus der Kanzlei Meyer-Bothfeld herrscht vornehme Kühle. Sie springt die Stufen vom Hochparterre herunter, Richtung Ausgang. Die Tür hinter ihr fällt stockend und seufzend ins Schloss, wie ein alter Mann, der sich erleichtert in einen Sessel sinken lässt. Draußen auf der Straße bleibt sie erstmal stehen, atmet tief durch und fühlt sich leichter.
Es geht aufwärts. Eindeutig. Sie spürt das.

MAREN UND ROBERT

Am schlimmsten ist dieser Moment. Wenn man morgens wach wird und merkt, es ist kein Albtraum, es ist Wirklichkeit.
Und es geht auch nicht vorbei, es tut jeden Morgen immer noch gleich weh. Die Zeit heilt alle Wunden? Von wegen. Die Zeit denkt nicht im Traum daran, diese Wunde zu heilen.
Schlimm ist auch, dass sie nur noch daran denken kann. Immer. Immer wenn sie Gelegenheit zum Denken hat. So wie jetzt. Maren steht am Fenster ihrer Küche und schaut raus in die schwarzblaue Nacht. Eine Sternschnuppe käme ihr jetzt gerade recht. Ihre Augen suchen den Himmel ab. Aber nichts passiert. Rein gar nichts.
Es gibt keine Lebenszeichen mehr von Robert. Nicht gestern, am Montag, nicht heute. Funkstille. Statt dessen dann, heute auf dem Markt, das Zusammentreffen mit dieser Zippe, diesem blonden Monster, diesem Aas, dieser hinterhältigen … egal. Sehr merkwürdig jedenfalls. Was denkt diese Person sich?

Maren öffnet den Kühlschrank. Sie hat jetzt doch ein bisschen Hunger. Das Abendessen unten bei den Eltern hat sie ausfallen lassen. Sie kann einfach nicht da am Tisch sitzen. Sie erträgt die Gesellschaft ihrer Mutter nicht, die ihren Triumph nur schwer verbergen kann. Wiebke mit ihrem anbiedernden Was kann ich für dich tun, du Arme?-Gehabe ist beinahe noch unerträglicher. Und Papas Gesicht kann sie erst recht nicht ertragen. Der leidet nämlich mit, das sieht man deutlich.

Maren schlägt drei Eier in die Pfanne und während die langsam vor sich hin brutzeln, nimmt Maren das Handy vom Tisch und durchforstet ihr Telefonbuch, bis zum Buchstaben R.
Die Eier in der Pfanne haben eine Blase gebildet, die laut schmatzend und spritzend zerplatzt. Maren zuckt zusammen und legt schnell das Telefon aus der Hand. Bloß diesmal nicht schwach werden. Wird sie dann aber doch. Fast. Als es vierzig Minuten später an der Flurtür klopft und er vor ihr im Türrahmen steht.
Er scheint wirklich ein wenig aus dem Tritt zu sein, sieht echt fertig aus. Wie einer, der ein paar Nächte sehr schlecht geschlafen hat. Er trägt weder Socken noch Schuhe, ein verknittertes, halboffenes Hemd, brennende Zigarette in der Hand, ist unrasiert und sieht in seiner wilden Aufgelöstheit umwerfender aus als je zuvor.
Und wie er sie ansieht … sie spürt sämtliche Nervenenden, die unter ihrer Haut winzigkleine Stromschläge produzieren.
»Was willst du?« Maren macht keinerlei Anstalten ihn weiter vor zu lassen.

Statt einer Antwort zieht er sein Hemd auf, entblößt seine linke Brustseite, auf der ein rotes Papierherz mit Verzeih mir!-Schriftzug geklebt ist. Es verfehlt seine Wirkung. Aber total. Mann, ist das peinlich! Sind wir hier bei RTL2 oder was???
»Maren, ich will dir das alles erklären, warum ich das Zimmer behalten habe und so. Du denkst wahrscheinlich, das hat mit Ina zu tun, ist aber nicht so. Zwischen Ina und mir da läuft nichts mehr. Null. *Nada.* – Lass uns reden, bitte!«
»Nein«, sagt Maren, »nicht heute. Ich kann das einfach noch nicht. Das war echt einer zu viel. Geh jetzt.«

Sie schließt die Wohnungstür vor seiner Nase, sieht noch ein Weile seine Silhouette durch das geriffelte Glas, dann verschwindet er. Barfuß und lautlos.

Und da sind sie auch schon wieder, diese blöden Zweifel. War das jetzt richtig oder falsch? War sie konsequent oder ungerecht? Vielleicht ist ja wirklich alles harmlos und doch ganz anders als sie denkt? Die Sache in Hamburg und die Situation in der Wilstermarsch.
Ich muss ihm eine Chance geben. – Er hat seine Chance gehabt.
Sie würde so gern mit jemandem darüber reden. Aber wer sollte das sein? Wiebke jedenfalls nicht. Ihre Mutter? Auf keinen Fall. Die Landfrauen? Nie im Leben. Plötzlich kommt ihr ein wirklich absurder Gedanke.

SIDONIE UND MAREN

Maren kann nicht glauben, was sie sieht. Von außen sah der Laden eigentlich nach nichts aus. Eine endlose Backsteinmauer mit mächtiger Doppelflügeltür, die sie völlig arglos und mit Schwung aufgedrückt hat. Gefunden hat sie den vereinbarten Treffpunkt sofort.
Hier, am unteren Ende der Reeperbahn, am Millerntor, ist sie schon häufiger mal gewesen. Zum Fußball zum Beispiel und allein dreimal war sie auch drüben im Operettenhaus, als *Cats* noch lief. Ja genau, dreimal hat sie das gesehen, echt wahr. Vor der Aufführung ging's jedes Mal zur *Happy hour* in den tollen Burger-Laden direkt an der Ecke, also fast gegenüber vom *East*, das ihr seinerzeit aber gar nicht aufgefallen ist.
Und nun steht sie drin in diesem *East* und ist voll von den Socken.
Mein Gott, dass es so was gibt! Etwas, das ihre Vorstellungskraft so dermaßen überschreitet, obwohl nur gut 70 Kilometer von Bokelrehm entfernt!
Man kann das nicht glauben: Der Raum vor ihr ist ein gigantisches Backsteingewölbe, mit mehreren, in die Tiefe gehenden Ebenen.
Sie scheint im Inneren einer Kathedrale zu schweben, einer Kathedrale, in der vor ihr offenbar Außerirdische gelandet sind, die ihr

Weltraum-Mobilar und gigantische futuristische Deckenleuchten hier zurückgelassen haben. Das Ganze raubt einem nicht nur den Atem, nein, Maren spürt auch, wie all ihre Selbstsicherheit dahinschwindet, rasant wegbröckelt.

Direkt vor ihr tut sich eine unendlich lange Bar auf, an der sitzen oder stehen lauter perfekte Menschen. Allesamt sind sie größer, schöner, schmaler als sie. Maren, Maren – hast du denn das kleine Schild draußen an der Tür übersehen? Kein Zutritt mit BMI über 20.
Aber noch hat niemand wahrgenommen, dass nicht nur Marens *Body Mass Index* gegen die Regeln hier verstößt, sondern eigentlich auch ihr Hosenanzug aus der DOB-Abteilung von *Berends und Haltermann* in Itzehoe.
Aber sie selbst, sie nimmt das wahr. Sieht das ganz deutlich, in der spiegelnden Glaswand neben sich. Wieso nur hat sie das vorher nicht erkannt, dass sie absolut trutschig aussieht? Flucht! Schnell weg, bevor es jemand merkt. Hektisch dreht sich Maren um, aber – ups – zu spät!
»Guten Abend, kann ich Ihnen helfen?« wird sie von einem Topmodel in langer, weißer Schürze gefragt, mit einem perfekten Lächeln, voller perfekter Verachtung. Eiskalte Engelsaugen taxieren Marens Ohrclips vom letzten Adventsbasar in Süderbrarup, die sie zur Feier des Tages heute erstmals trägt.
»Ich-ch …«, krächzt Maren wie ein dreihundert Jahre alter Papagei. Hergottnochmal! Wieso muss denn nun auch noch ihre Stimme versagen?
»Ich bin, äh, verabredet ...«
Hilflos schaut sie umher, über die gemauerte Balustrade hinweg auf die untere Ebene dieser Symbiose aus Kirche und Raumschiff. Von dort unten, aus dem Restaurantbereich, winkt ihr jetzt jemand sehr Blondes, sehr dezent und königinnenhaft zu.
Dass sie mal so beglückt auf den den Anblick dieser Person reagieren würde, nein, das hätte sie nie für möglich gehalten! Jetzt ist sie erleichtert.
»Ah, da ist schon meine ... meine ... ja also ... ich muss dann mal da runter.«
»Wenn Sie vorher ablegen möchten ...«

Die Schürzenschönheit macht eine sparsame Handbewegung hinüber zu einem Garderoben-Girl im sehr kleinen Schwarzen. Deren Job ist offensichtlich, Jacken und Mäntel ankommender Gäste hinter Vorhängen aus schwarzen Seidenschnüren verschwinden zu lassen.
Oh nein, nicht die Jacke ausziehen! Der Instinkt sagt Maren, dass ihr T-Shirt mit dem Schriftzug *Bel Air* und der grünen Paillettenpalme hier und heute besser undercover bleibt.
Bis eben hat sie sich eingebildet, dass man diesem Shirt gar nicht ansieht, wie billig es war.
Bis eben fand sie es sogar edel aussehend.
Bis eben.

Mit angehaltenen Atem schreitet sie auf den ungewohnten Absätzen, sie trägt ihre Sonntagsschuhe – die Freitreppe herunter, bloß kein Fehltritt hier vor der versammelten Perfektion.
Mensch, Maren-Schätzchen, die sind hier alle so mit sich selbst und damit beschäftigt, toll zu sein, die würden gar nicht bemerken, wenn du die Treppe runterkugelst. Selbst wenn du dabei den Kopf und beide Beine verlieren solltest.

»Schön, dass Sie kommen konnten, ich freue mich.« Sidonie reicht ihr die Hand über den Tisch.
»Hallo, ‘n Abend«, sagt Maren nur, ohne darauf einzugehen und nimmt Platz. Willkommen in der Unwirklichkeit. Sie, hier in diesem Laden und ihr gegenüber diese Kundin vom Isemarkt. Was soll man dazu sagen? Maren schaut sich um.
»Sind Sie oft hier?«, will sie wissen.
»Nein, eigentlich nicht, ich meine, das ist hier jetzt nicht so was wie mein Stammlokal.« Sicher nicht. Im Gegenteil. Das war ja grad die Schwierigkeit, eine Location für diese Begegnung zu finden, in der Sidonie garantiert niemanden kennt, die aber gleichzeitig dieser Putenzüchterin ordentlich die Sprache verschlägt.
Ein weiteres Topmodel in Schürze tritt an den Tisch.
»Guten Abend, mein Name ist Jennifer, ich bin heute Abend Ihre Gastgeberin!« Und mit generöser Geste legt sie dazu ihr Visiten-Kärtchen auf den Tisch.

Kann es wahr sein? Maren reißt die Augen auf, dann bricht sie in Gelächter aus. Böser Blick von Sidonie. – Das fängt ja gut an! Aber was will man von dieser Geflügeltante anderes erwarten als Gegacker. Nun ja.
»Sehr schön«, wendet sie sich an Jennifer, »bringen Sie uns zwei Crémants und eine große *Vichy* gazeuse, aber gut gekühlt.«
Maren versteht nur Bahnhof und Miss Jennifer rauscht von dannen. Sidonie schaut Maren an, überlegt kurz, ob sie etwas Nettes zu deren Aussehen, zu Kleidung, Make-up sagen soll – aber warum soll sie ganz ohne Not dicke Lügen auftischen? Okayokay, sie hat ein schlechtes Gewissen, ein klein wenig zumindest, aber deswegen muss sie sich hier ja nun auch nicht zu sehr anschleimen, oder? Aber wie beginnen, wo einsteigen? Himmel, ist das schwierig.
Findet Maren gar nicht.
»Was genau haben Sie mir denn nun eigentlich mitzuteilen?« fragt sie einfach mal ganz direkt und ziemlich harsch an.
Gute Frage.
»Wollen wir uns nicht duzen?«, ist die Antwort.
Maren sträuben sich alle Nackenhaare. Auf keinen Fall! schreit es in ihr.
»Du oder Sie, das ist mir völlig schnuppe. Ich möchte nur klipp und klar wissen, was Sache ist.« Maren beugt sich vor: »Was ist da gelaufen, neulich?«
Die Antwort muss weiterhin warten, denn die reizende *Gastgeberin* ist zurück. Umständlich beginnt sie, auf dem überreich eingedeckten Tisch Platz zu schaffen, für zwei Crémants in pseudo-kristallenen Kelchen. Die sehen ja aus wie die guten Gläser für sonntags, bei Tante Gerda im Buffet, denkt Maren. Ist so etwas jetzt etwa wieder modern?
Jennifer hat viel Zeit. Behutsam umhüllt sie den Flaschenhals mit einer gestärkten Serviette, behutsam dreht sie am Verschluss.
»Geben Sie mal her«, sagt Maren und nimmt ihr die Flasche aus der Hand. »Eingießen können wir selbst.«
»Wie Sie meinen!« Pikiert zieht sich Jennifer zurück.
»Also«, beginnt Maren noch mal, während sie – erst sich, dann Sidonie, Wasser in die bereitstehenden Rotweingläser kippt.
»Was war nun an diesem Freitag vor drei Wochen mit Robert und ... dir?«

»Jetzt lass uns bitte erstmal anstoßen!« Sidonie greift zum Crémant.

Worauf denn anstoßen? Wird hier was gefeiert? Na gut, dann Prost. Und da ist dann auch schon wieder Jennifer zur Stelle, diesmal mit den Speisekarten. Opulente Bücher mit vergleichsweise wenig Inhalt, wie Maren schnell feststellt.
»Meine Empfehlung für Sie ist heute …«
Jennifer rattert los und könnte genauso gut Kishuaeli sprechen. Maren versteht null und nix und blättert hektisch in der Karte herum. Kriegt feuchte Hände als sie die Preise sieht. – Sie ist doch eingeladen, das ist sicher, oder??
Auf der gesamten Karte findet sich nichts, was ansatzweise mit ihrem Lieblingsgericht *Schweinesteak Madagaskar* vergleichbar wäre, das sie immer im *Heegbarg* in Hademarschen bestellt. Sie blättert vor und zurück, aber es ändert nichts. Es gibt sehr viel »an« und »auf«, aber das spricht sie alles überhaupt nicht an. Kein einziges Gericht mit Kroketten, die sie über alles liebt. Nicht mal was Italienisches, Spaghetti Bolognese oder so. Maren ist enttäuscht.

Und da taucht auch schon wieder diese unselige Kellnerin auf, will wissen, ob schon »gewählt« wurde und schaut Maren fragend an.
»Also ich weiß nicht – auf jeden Fall erst mal einen Bacardi-Cola, dies hier…« Maren tippt an den Kristall-Kelch mit dem Crémant, »ist mir zu sauer. – Und dann …« Maren überlegt, schaut von der Karte hoch. »Hätten Sie vielleicht auch Pizza?«
»Pizza?« Jennifer holt tief Luft. »Aber ja, wir haben eine ausgezeichnete lauwarme Yellowfin-Thunfisch-Pizza mit asiatischen Gewürzen, die ich sehr empfehlen kann.«
»Lauwarm??« entfährt es Maren, »aber wieso denn lauwarm?«
»Also ich habe mich entschieden«, kommt es da blitzartig von Sidonie. »Bringen Sie mir die Sashimi-Variationen und als Vorspeise den marinierten Pulpo.«
»Na gut, das nehme ich auch«, sagt Maren, während sie so etwas wie Gänsehaut auf ihrem Magen verspürt. Sashimi – war das nicht dieser rohe Fisch? Und Pulpo hört sich nicht wirklich lecker an. Klingt wie Popel. Was soll's? Sie ist schließlich nicht zum Vergnügen hier.

Und endlich, endlich dann zwischen zwei mikrokleinen Häppchen, die Jennifer als »Gruß aus der Küche – eine Farce vom Red Snapper auf Spinatconfit« mit großer, triumphaler Geste und Gönnermiene vor ihnen abgestellt hat, und die so klitzeklein sind, dass Maren sie mit zwei Fingern kaum zu fassen kriegt, da endlich spricht Sidonie es aus.
»Also – was ich dir sagen will, ist Folgendes: Es ist NICHTS, aber auch wirklich gar nichts gelaufen zwischen deinem Freund Robert und mir. Das musst du mir glauben.«
So, muss ich das? Maren durchbohrt Sidonie mit inquisitorischen Blicken. Begleitet von eisigem Schweigen, das die Raumtemperatur sofort um fünf Grad nach unten absenkt. Nein, Maren muss gar nichts glauben. Aber sie will es glauben.

MEANWHILE IN HEILIGENSTEDTEN

Langsam, sehr langsam nähert sich der Kombi-Passat von hinten dem Wohnhaus, auf Spurwegen, vorbei an den Legehallen.
Kein Licht in Marens Wohnung. Mist. Was jetzt? Robert legt den Rückwärtsgang ein. Erst als er wieder die Hauptstraße erreicht, überlegt er kurz, dann setzt er den Blinker, Richtung Autobahn. Er hat keine Lust zurück auf den Röschmann-Hof zu fahren, nee echt, auf Ina kann er jetzt gar nicht. Das wäre wie ein Trostpreis oder so.

In Heiligenstedten verlässt er die A23, biegt kurz entschlossen in den Holunderweg ein. Welches von diesen putzigen Häuslein war es doch gleich? – Genau das da, mit der Korea-Tanne im Vorgarten. Da wohnt sie, die kleine Süße. Ein heißer Feger, er hat sie vorigen Monat bei Nico kennengelernt. Fand sie sofort rattenscharf, in ihren Punk-Klamotten und diesen löchrigen Netzstrümpfen. Der Eindruck hat dann ja auch nicht getäuscht.
Das Haus schläft. Nur unten, in einem Raum mit großem Blumenfenster flimmert der Fernseher. Ein einsamer männlicher Mensch sitzt auf dem Sofa, von der kleinen Süßen keine Spur. Okay, dann also die uralte Nummer: Steinchen an ihr Fenster. Das sich nach dem fünften Versuch auch tatsächlich öffnet.

»Sag mal, spinnst du, Alter? Hör sofort mit dem Scheiß auf! Ich schreib morgen ʻne Mathe-Arbeit und will schlafen – dass das klar ist, ja!?« Klack, Fenster wieder zu.

Wie bescheuert ist das denn? Mathearbeit. Seit wann schreiben Punks Mathearbeiten? Kopfschüttelnd wirft er sich wieder hinters Steuer, gibt noch mal ordentlich Vollgas im Leerlauf, bevor er den Holunderweg zurückbrettert. Dunkel, alles dunkel in Heiligenstedten.
Da – ein Licht in der Finsternis: *Karin's Futterkrippe*. Langsam rollt er vorbei. Der Imbiss ist hell erleuchtet, zwei Leute sind drin und intensiver Duft von Grillwurst und Brathähnchen schlängelt sich auf direktem Weg von Karins Friteuse in sein Auto hinein. Eine ungeheure Fleischeslust überkommt ihn.
Was soll's, hier kennt ihn ja keiner. Hoffentlich.
»Zweimal Currywurst, extra-scharf. Zum Mitnehmen.«

STUNDEN SPÄTER

»Hang-lo, Sch-nnifer, bringen Sie uns doch noch mal eine Flasche von dem Sass…«
Oh Schande, sie ist betrunken. Sie kann das kaum noch aussprechen. »Sassär«, Sidonie parodiert sich gleich noch einmal selbst und kann nicht aufhören zu lachen. Sie hat sich schon lange nicht mehr so wohlgefühlt. Es macht einfach irren Spaß, mit dieser Maren zusammen hemmungslos und albern über halb Eppendorf abzulästern. Erstaunlich, wie viele gemeinsame Bekannte sie durch den Isemarkt haben.

»Und dann Jean-Luc. Weißt du, der mit seinen Provence-Spezialitäten, findest du den nicht auch absolut grauenvoll? Wie der jede Frau angräbt, auf diese schleimige Tour?«
»Madame, was darf isch für Sie tun? Isch empfehle Sie ʻeute meine ʻerrlische Tarte von die Tünfische.« Maren imitiert seinen tiefen Blick, sein betörendes Lächeln.
Sie kriegen sich gar nicht mehr ein.
»Und weißt du, was das Beste ist?«

Maren lacht schon wieder los und muss sich erst mal sammeln.
»Neulich treff' ich den, also Jean-Luc, auf dem Nachhauseweg. Da bin ich noch schnell in Eimsbüttel zu *Budni* rein und er steht vor mir an der Kasse, sieht mich nicht und stell dir vor – da kann der plötzlich ganz normal Deutsch reden, ohne jeden Akzent. Und ich sag zu ihm: Bonjour Jean-Luc, seit wann sprichst du denn so perfektes Deutsch?– Da zwinkert er mir zu und meint: Schon seit zwanzig Jahren, aber der *accent* ist besser fürs Geschäft.«
»Echt? Das hat er gesagt?« Sidonie grinst breit. »Wenn das dieser Wichtigtuer wüsste, weißt du, dieser Weltbürger mit dem Panamahut.«
»Ja, den kenn ich auch. Der hat doch immer diese leicht durchgeknallte Frau im Schlepptau, die Menschenrechts-Aktivistin mit den roten Haaren.«
»Ja genau. Und der bricht sich immer einen ab, wenn er seine Merguez und Foie gras auf französisch ordert. – Neulich verlangte er Paté aux *plumes*. Der Jean-Luc guckt völlig verdattert und ich, ich stand hinter ihm an, ich konnte nicht anders: Verzeihen Sie bitte, aber *plumes* das sind Federn, was Sie meinen sind vermutlich …«
»*Prunes*«, vollendet Maren den Satz und kichert.
»Sprichst du Französisch?«, fragt Sidonie verwundert.
»Ja«, sagt Maren stolz, »hatte ich sogar als Leistungskurs.«
»Ich auch. – Aber … das würde ja bedeuten … du hast Aba… Abara… tur?«
»Appretur, meinst du das?« Maren lacht sich kaputt. »Ja klar, hab ich Abitur, was ist denn daran so erstaunlich?«
Und Sidonie hebt ihr Glas. »Santé! Auf die Appretur!«
Sie stoßen erneut an.

»Tja, Maren, da sitzen wir nun hier. So jung und schon vor den Trümmern von zwei Ehen, nicht zu fassen, oder?"
»Auf uns Trümmerfrauen! Prost!" Maren ist kaum wiederzuerkennen. Der Zopf im Nacken hat sich gelockert, Haarsträhnen haben sich herausgelöst, ihre Wangen sind gerötet und von ihrer Lippenbemalung ist nicht mehr viel zu sehen.
Der Alkohol macht natürlich vieles einfacher, Maren zieht sogar ihre Jacke aus.

»*Bel Air!* O là là!", Sidonie ist amüsiert. »Soll das 'ne Anspielung auf die gute Landluft bei euch da draußen sein?"
Maren kann sogar mitlachen. Findet sie auch komisch. Überhaupt findet sie plötzlich so einiges komisch. Es ist ihr unbegreiflich, dass sie vor wenigen Stunden noch so düstere Gedanken hatte. Wenn sie einer sehen könnte von den Bokelrehmern! Oder Imke Lohse, die immer behauptet, dass Maren so eine ist, die zum Lachen in den Keller geht. Mensch! – Bokelrehm! Maren schaut auf die Uhr: Viertel nach elf!
»Ich muss los!"
»Ach, echt?" fragt Sidonie enttäuscht und mit schwerer Zunge. »Is doch noch nicht mal s-swölf. – Aber gut, wie du meinst. Ich zahl schnell, dann geh'n wir gemeinsam zum Taxistand, der's gleich um die Ecke."
»Taxi? Ich fahr doch nicht mit dem Taxi nach Hause! Wie stellst du dir das vor? – Das sind 70 Kilometer!« Maren wedelt mit ihrem Schlüsselbund. »Selbst ist die Frau. Mein Auto steht gleich da drüben.«
Sie macht eine ungenaue Kopfbewegung.
Dass Maren für diese Aussprache kilometerweit angereist ist, darüber hat sich Sidonie bislang keinerlei Gedanken gemacht. Nun sieht sie erstaunlich klar.
»Du kannst auf keinen Fall noch fahren. Du schläfst bei mir. Fertig aus.«
Komisch, findet Maren, das Leben ist plötzlich so ... so ungewöhnlich.

SIDONIE UND MAREN

Zum zweiten Mal an diesem Abend betritt Maren einen fremden Planeten.
Als Sidonie die Wohnungstür aufschließt, toben zwei kleine Jungs auf sie zu.
»Uahh, eine Zombie, wir müssen sie kalt machen!« Und mit »Komm, wir holen unsere Laserpistolen!« rasen sie zurück, den Flur entlang.
Das Babysitter-Mädchen taucht auf, sie hat hektische Flecken am Hals und im Gesicht, die auch nicht weniger werden als sie von Sidonie zur Begrüßung erst mal zusammengestaucht wird.
So geht's ja nun wirklich nicht, ob sie eigentlich weiß wie spät es ist?

Den Kindern wird morgen natürlich Schlaf fehlen, sie werden dementsprechend überdreht sein und sie, Sidonie, muss sich im Kindergarten mal wieder die Beschwerden anhören. – Dann drückt sie dem Mädchen 50 Euro in Hand.
50 Euro! Maren erinnert sich noch an ihre eigene Einhüte-Tätigkeit bei der kleinen Annika von Nachbar Stotz. 5 Mark und eine Tüte Lakritzbonbons, das war ihr Honorar damals gewesen. Allerdings waren die Stotz'schen Kinder auch um halb acht zu Bett gegangen und hatten sich danach nicht mehr gemuckst.

In dieser Sekunde eröffnen Lincoln und Jefferson das Feuer auf Maren. Beide halten sie so ein neongrünes Objekt auf sie, das wie verrückt blinkt und dabei ein laut heulendes Geräusch erzeugt. Maren ist auf ein Mal ziemlich nüchtern. Sieht sich einerseits darin bestätigt, vorerst keine Kinder zu wollen und fragt sich andererseits, ob es wirklich eine gute Idee war mit hierher zu gehen.
»So, meine Süßen«, spricht die Kindsmutter milde, »die Mami bringt euch jetzt zu Bett. Huschhusch in die Federn.«
Als Sidonie endlich aus dem Kinderzimmer zurückkehrt, da ist Maren schon auf dem Sofa eingeschlafen. Auf DEM Sofa, ganz genau. Auf dem Robert und Sidonie ihren entspannten Augenblick hatten. Aber das weiß sie ja nicht. Und wird es wohl nie erfahren. Oder?

SIDONIE UND MAREN

Der Morgen danach. Unter Schmerzen hat Sidonie es geschafft, ihre Jungs um die Ecke zur Kita zu bringen. Als sie in die Wohnung zurückkehrt, wäre sie eigentlich gern allein. Aber am Küchentisch sitzt ein Fremdkörper im Pailletten-Shirt. Was man sich unter Alkoholeinfluss alles so einbrockt!

»Ah, du bist ja noch da«, sagt sie zu Maren. »Musst du nicht zu einem deiner Dings – zu irgendeinem Markt?«
»Nee, dann hätt´ ich ja schon seit Stunden unterwegs sein müssen. Ich habe zu Hause angerufen und das organisiert. Den Markt übernimmt

heute eine Freundin. – Ich hab mir mal erlaubt, von deinem Mineralwasser zu nehmen.«
Maren hebt ein Glas an, das vor ihr steht.
»Willst du nicht lieber Kaffee? Also ich brauche jetzt dringend einen mindestens dreistöckigen Espresso.«
»Ja, doch, Kaffee wäre nicht schlecht, ich wusste nur nicht wie. Hab keine Kaffeemaschine gefunden.«
»Halloo und was bitte ist das?« Sidonie tippt ein paar Mal mit den Fingerspitzen auf die Jura, chromblitzend und unübersehbar wie ein Hausaltar.
»Ja, das hab ich mich auch schon gefragt«, rutscht es Maren heraus. Wollte sie eigentlich gar nicht zugeben.

Dann sitzen sie sich am Küchentisch gegenüber, teilen Sidonies letzte Aspirin-Vorräte unter sich auf. Während sich im Hintergrund eine Maschinerie in Gang setzt, die merkwürdige Geräusche und wunderbaren Kaffeeduft produziert. Maren ist fasziniert, steht auf, um sich das Wunderding aus der Nähe anzusehen.
»Sieht teuer aus, was kostet denn so´n Ding?«
Sidonie zögert.
»Na ja, eins-acht«, gesteht sie dann.
»Boah.« Maren ist voll von den Socken. So viel hat ihre ganze Küche gekostet. Inklusive Kühlschrank. Plötzlich fällt ihr was auf.
»Man kann ja gar keine Kanne drunterstellen. Ich mein – wie kocht man denn Kaffee, mal sagen, für acht oder zehn Leute?«
»Kanne geht nicht, aber mein Gott, wer will denn auch für acht oder zehn Leute Kaffee kochen? Hier.« Sidonie drückt Maren ein Glas in die Hand.
»Neuer Tag, neues Glück!«

Sie stoßen an – *same procedure as last night* – mit weißlicher Flüssigkeit diesmal, in der die Reste vom Aspirin trübe vor sich hin pitzeln. Schauen sich in die müden Gesichter und müssen lachen.
»Aua, mein Kopf«, sagen beide gleichzeitig und halten sich ihre Schädeldecken.

»Warum habt ihr euch eigentlich getrennt, du und dein Mann? Hat er eine andere?«
»Nein, nein«, behauptet Sidonie schnell, »darum geht's nicht. Das Problem ist, wir passen einfach nicht zusammen. Wir sind zu verschieden. Und es ist ein völliger Irrglaube, dass sich Gegensätze anziehen.«
Dazu schweigt Maren lieber.
»Eigentlich haben wir uns schon auf der Hochzeitsreise gezofft. Oder besser gesagt, ich fing an zu ahnen, dass er irgendwie und möglicherweise doch nicht der ist, für den ich ihn hielt.
Er wollte mich überraschen, also mit der Hochzeitsreise. Alles supergeheimnisvoll und dann – du ahnst nicht, wo wir dann gelandet sind!«
Maren schaut erwartungsvoll, sie ist echt gespannt.
»Venedig!!«, ruft Sidonie laut heraus. »Aua.« Sie betastet wieder vorsichtig ihre Schädeldecke. Maren schaut immer noch erwartungsvoll: »Ja – und?«
»Venedig! Ich bitte dich! Wie abgedroschen ist das denn? Hochzeitsreise nach Venedig! Wie in einem 50er-Jahre-Film und – als ob das nicht schon reichen würde – auch noch ins *Danieli*, diesen alten Muff-Kasten! Zusammen mit beigen Anorak-Amis und Japanertouris in Zweierreihen. Ich dachte, ich werd nicht mehr! Dann der Oberhammer. In der Suite – selbstverständlich mit Blick auf diesen Kanal, du weißt schon: Die *Kloake grande* – ein Strauß roter! Rosen! Rote Rosen, nicht zu fassen!! Also da hab ich dann auch wirklich echt rot gesehen. Ich konnte nicht anders. Fenster auf und raus mit den Rosen, rein in den Kanal. Sah gar nicht schlecht aus, wie die Dinger davon schwammen. Beinah malerisch. Die Japaner in den Gondeln haben es jedenfalls gleich fotografiert.«
Maren sitzt da, fasziniert, mit großen Augen.
»Aber ich verstehe nicht …«
»Das verstehst du nicht?« Sidonie lehnt sich zurück, breitet theatralisch die Arme weit aus. »Aber ich bitte dich, das ist doch wohl das totale Klischee – Hochzeitsreise, Venedig, *Danieli*, rote Rosen!! Was gibt's denn da zu verstehen? So etwas machen Kleinbürger!!«
Die *Kleinbürgerhochzeit* von Brecht, genau, kennt Maren aus der Schule. Aber kam da Venedig vor? Rote Rosen?? Sie kann sich nicht erinnern, stammelt nur:

»Aber ich dachte, das … das ist der Traum jeder …«
»Jede! Jede!! Bin ich JEDE? Wohl kaum! Und das hat er dann ja bei der Gelegenheit begriffen. Zum Glück gab's ein paar interessante Läden zwischen all diesem verrotteten Kitsch. *Bottega Veneta*, *Prada*, *Ferretti*, all diese italienischen Labels, du weißt schon …«
Nein, eigentlich weiß Maren das nicht. *Prada*, ja klar, hat sie irgendwie schon mal gehört, waren das nicht diese überteuerten Nylontaschen? Aber sonst sagt ihr das alles überhaupt nichts.
»Da hat er dann zur Entschädigung ein paar Tausender für mich locker gemacht.«
»Ein paar Tausender«, wiederholt Maren wie paralysiert.
Sidonie steht auf, hantiert an der Maschine herum und stellt dann zweimal Espresso auf den Tisch.
»Danke. Könnte ich ein bisschen Milch haben?«
»Aber – das ist Espresso! Wenn du Cappuccino willst, muss du das sagen. Kein Problem. Mach ich dir.«
Eigentlich will Maren einwenden, dass sie sich doch einfach einen kleinen Schuss Milch in den Espresso… Aber aus irgendwelchen Gründen scheint das hier nicht zugelassen zu sein.
Stattdessen nimmt Sidonie eine andere Tasse aus dem Schrank, macht sich erneut an der Maschine zu schaffen, holt einen Tetrapak Milch aus dem Kühlschrank und kippt etwas davon irgendwo in die Maschine.
Es faucht und zischt und sprotzt. Maren befürchtet das Schlimmste.
Aber nein, da steht er schon vor ihr, der perfekte Cappuccino. Nachdem sie beide einen Schluck genommen haben, fragt Sidonie:
»Und ihr – ich meine – du und dein … wie hieß er gleich …?«
»Jan.«
»Ja genau, also du und Jan, wo wart ihr auf Hochzeitsreise?«
»Auf Spiekeroog, wir hatten da ein kleines Apartment. Es war sehr schön. Wir haben jeden Tag ausgeschlafen, richtig lange, fast bis mittags. Und jeden Abend sind wir essen gegangen. Meistens Fisch, jedenfalls nie Geflügel!« Maren lacht.
Und Sidonie ist beeindruckt. Dass es Menschen gibt, die ihre Hochzeitsreise nach Spiekeroog machen und das dann auch noch erzählen. Einfach so. Als sei es das Selbstverständlichste auf der Welt.
Wahnsinn.

ROBERT UND RENATE

Robert klopft ans Küchenfenster.
»Kann ich reinkommen?«, ruft er durch die Scheibe. Renate Thaden schaut verwundert hoch, überlegt kurz, dann macht sie aber doch eine einladende Geste.
Als er vor ihr in der Küche steht, bietet sie ihm ihren rechten Ellenbogen zum Gruß an. Anschließend geht sie erstmal zur Spüle, lässt seelenruhig Wasser über ihre blutverschmierten Gummihandschuhe laufen.
»Ich schneid grad Hähnchenleber klein.« Sie zeigt mit dem Messer in eine Schüssel mit dunkelrotem Schmodder, stochert mit der Klinge darin herum. Sie kann's nicht lassen. Sie muss ihn ein bisschen triezen. Vegetarier! Pah, wenn sie das schon hört! Vegetarier. Die hat sie echt gefressen.
»Ich muss Maren dringend sprechen, aber die macht nicht auf.« –
»Nee«, sagt Renate gedehnt, dreht den Hahn zu und mustert ihn erstmal seelenruhig von oben bis unten.
»Das kann sie auch nicht, die ist nämlich nicht da. Die ist in Hamburg.«
»In Hamburg, was macht sie denn in Hamburg?« Schlagartig befindet sich Robert in Alarmbereitschaft.
»Mich darfste nicht fragen, mir erzählt ja keiner was! Ich weiß nur, sie war da verabredet gestern Abend, mit so einer ganz Blonden aus Eppendorf, einer Kundin. Die war neulich bei uns am Stand, wollte unbedingt was mit Maren besprechen. Ja und ganz spät gestern Abend rief Maren dann aus Eppendorf an und hat Bescheid gesagt, dass sie da übernachtet. – Ich verstehe auch nicht, wo sie bleibt!«
Renate sieht rüber zur Wanduhr. Gleich elf. Was bedeutet: In Bokelrehm ist es gleich schon Mittag, in Eppendorf noch früher Vormittag.

Robert sieht plötzlich aus wie einer, dem gerade sämtliche Felle davon schwimmen.
»Wie? Da übernachtet? Doch nicht etwa bei dieser Sidonie? Das glaub ich jetzt nicht!«
»Sidonie?« Staunend lässt sich Renate diesen Namen auf der Zunge zergehen. Dann fällt ihr was auf.

»Woher weißt du denn, wie die mit Vornamen heißt? Das weiß doch noch nicht mal ich!«
Die Antwort bleibt Robert schuldig. Tschüss. Er ist schon wieder weg.

MAREN UND SIDONIE

»Tja dann.« Maren schiebt die leere Kaffeetasse zurück. »Ich denke, langsam sollte ich mich mal auf den Weg machen.«
Ihr Blick wandert noch mal herum.
»Schon seltsam«, sie schaut Sidonie an. »Ich meine, dass ich jetzt hier sitze, nach all dem und überhaupt.«
»Ja, ich find's auch seltsam und total unwirklich.«
Sidonie überlegt, ob sie sagen soll, dass sie es schön fand mit Maren. Aber würde sich das nicht seltsam anhören? Es war schön mit dir. Das sagen doch eher frisch Verliebte.
War nett mit dir. Auch irgendwie doof, oder? Dann lieber gar nichts.
Maren überlegt, ob sie sich bedanken soll. Aber eigentlich – wofür? Schließlich war es ja Sidonie, die das Treffen wollte. Aus gutem Grund, nicht zu vergessen. Nee, sie sagt gar nichts.
»Wie komm ich denn jetzt am besten in die Nähe meines Autos, also zum Millerntor?«, fragt sie stattdessen.
»Ganz einfach. Du steigst hier um die Ecke am Eppendorfer Baum in die U-Bahn, die fährt bis St. Pauli. Da steigst du aus und bist direkt am Millerntor.«

Im Flur, da fällt Sidonie dann doch noch was ein.
»Sag mal, nachdem du jetzt weißt, das nichts gelaufen ist zwischen deinem Typen und … äh … mir, ich meine, denkst du, ihr werdet wieder zusammenkommen?«
Einen Moment lang ist es reichlich still.
»Nein«, sagt Maren dann. »Ich glaube nicht. Es ist ja nicht nur dieses … also dieses Missverständnis wegen dir. Inzwischen gibt es da noch was anderes, wie ich erfahren habe.«
»So? Wirklich?« Sidonie wartet gespannt auf Details, während Maren ihre Jacke vom Haken nimmt.

Sie zieht sie über, knöpft sie sehr bedächtig zu und seufzt kaum hörbar. Sie weiß nicht so recht, ob sie drüber reden soll, aber dann…
»Ich habe rausgefunden, dass er die ganze Zeit, während er schon bei mir wohnte, noch ein Zimmer hatte, bei seiner …« Sie stockt, dann sagt sie kopfschüttelnd »… bei seiner alten Freundin. Im wahrsten Sinne des Wortes übrigens, die Frau ist nämlich 'ne Ecke älter als er. Und da ist er offenbar auch häufiger mal über Nacht gewesen, während ich dachte …«
Sie bricht ab.
»Das ist unglaublich!« Sidonie ist ganz aufgebracht.
Dann sagt sie schnell: »Es ist unglaublich, weil … es ist genau wie bei mir! Leo, also mein Mann, der hatte auch heimlich eine Wohnung, in der er sich hinter meinem Rücken mit einer Frau getroffen hat, die viel älter ist als ich – unfassbar oder? Und genau wegen der hat er mich damals dann auch …verlassen. Alles genau wie bei dir!«

Aha. Hatte sie nicht eben noch behauptet, es gebe keine andere? Na ja, eigentlich ist Maren das auch egal. Sie hängt sich ihre Tasche über die Schulter.
»Nicht ganz wie bei dir. Nur um das klarzustellen: Robert hat nicht mich verlassen. Ich habe ihn verlassen.«
Als ob das irgendwas ändern würde.

MAREN

Ein Stück hinter Pinneberg wird die Geschwindigkeitsbegrenzung aufgehoben. Maren tritt das Gaspedal durch, schaltet in den fünften.
Als sie an Krempe vorbeifliegt, lässt die einschüchternde Wirkung des Großstadt-Glamours langsam nach und sie spürt, wie ihre Selbstsicherheit zurückkommt. Das Erlebte wird im Schnelldurchlauf noch einmal abgespult. – Genau wie bei mir! – Lächerlich. Sie schüttelt den Kopf. Maren sieht da keinerlei Gemeinsamkeiten.
Auf der einen Seite dieser Werbetyp, Sidonies Ex, den sie zwar nicht kennt, den sich sich aber sehr gut vorstellen kann. Und sein Luxusdomizil kann sie sich auch vorstellen, genau wie diese Luxusfrau mit der

er da rummacht. Sieht sie alles genau vor sich, kennt sie aus dem Fernsehen, solche Leute. Und dagegen dann Robert, in seinem gruftigen Rumpelzimmer mit Ina, dieser Hippie-Schlampe.
Genau wie bei mir! Das soll ja wohl ein Witz sein! Mehr Unterschied geht ja bald gar nicht. Mal abgesehen davon, dass Maren Leute nicht ab kann, die mit so einem *Genau wie bei mir!* in jedem Gespräch doch nur die Aufmerksamkeit wieder auf sich lenken wollen. Die nicht mal eine einzige Minute zuhören können, sondern immer nur darauf lauern, endlich wieder von sich selbst quasseln zu können.

Außerdem – um diese andere Frau ging es Sidonies Mann oder besser gesagt Ex-Mann mit Sicherheit nicht. Die Wahrheit ist doch, dass Sidonie ganz ordentlich nerven kann. Wer wüsste das besser als sie? Egal, wie nett der Abend gestern war und so, sie hat nicht vor zu vergessen, wie sehr diese Frau sie schon x-mal mit ihrer Zickigkeit zur Weißglut gebracht hat. Und darum geht's, deshalb hat Sidonies Mann die Flucht ergriffen, da ist sie ziemlich sicher.
Während Robert zu Ina ist … weil …
Ja, warum eigentlich, Maren?
Herrgottnochmal! Sie drückt mit dem Handballen auf die Hupe, mit aller Kraft, bis zum Anschlag. Was ist denn das da für ein Lahm-Arsch vor ihr? Mit 120 auf der linken Seite! Geht's noch!? Lichthupe! Und nochmal! Der schläft. – Na endlich. Maren zieht vorbei, wirft dabei einen bösen Blick rüber. Eine Frau! Na typisch, hätte man sich denken können!

Wie auch immer – diese Sidonie ist jedenfalls reichlich naiv. Und eigentlich nicht zu beneiden. Scheidung. Sie, Maren, ist jedenfalls nicht geschieden, noch nicht und sie wird es auch nicht so weit kommen lassen.
Ab jetzt wird sie kämpfen, das ist ihr plötzlich klar geworden durch dieses Stadtabenteuer. Als sie letzte Nacht wach lag, in diesem schicken Zimmer, in dem es zwar gut roch, in dem sie sich aber so allein fühlte, als sei sie der einzige Mensch auf diesem Planeten. Heimweh, jawohl, sie hat ganz furchtbares Heimweh gehabt. Nicht nur nach Bokelrehm, sondern nach ihrer Welt, ihrer kleinen Welt.

Weil nämlich – und das weiß sie jetzt – sie in genau dieser Welt richtig ist. Da gehört sie hin und zwar mit Jan zusammen. Alles andere, das sind doch Hirngespinste. Wie konnte sie nur?
Sobald sie zu Hause ist, wird sie Jan anrufen, sie werden sich treffen, sich aussprechen und gemeinsam nach Bokelrehm zurückkehren. Und alles wird wieder wie früher, Antonella hin oder her – sie kennt doch ihren Jan! So leicht war ihr Herz schon lange nicht mehr.

JAN

»Hier.«
Mit vielsagendem Blick reicht Renate Thaden ihrer Tochter einen Umschlag. »Ist heute gekommen, interessiert dich ja vielleicht.«

Eine Drucksache an Familie Hermann Thaden. Maren zieht die Karte aus dem opulenten Umschlag. Das Seidenfutter knistert. Die Karte ist rosa. Was kann das sein? Sie hat keinen Schimmer. Dann sieht sie das Foto.
Ein winziges, rotbraunes Etwas mit zugekniffenen Augen und geballten Fäustchen. Wer soll das sein? Sie klappt die Karte auf.
Das Baby auf dem Foto ist vor ein paar Tagen zur Welt gekommen, wiegt 3.150 Gramm, ist 47 cm lang und als überglückliche und stolze Eltern grüßen – in deutsch und italienisch – Antonella und Jan.

Das kann doch nicht! Wie ist das möglich? Maren spürt ihren Herzschlag überall, im ganzen Körper. Schlagartig gibt das Aspirin seine Wirkung auf. Unter ihrer Schädeldecke pocht es wie wild. Jemand schlägt mit einem Hammer von innen dagegen und es ist klar, dass ihr Kopf jeden Moment explodieren wird.
Das war's dann ja wohl. Endgültig. Wortlos drückt Maren ihrer Mutter Umschlag und Karte in die Hand und rennt die Treppe hoch.
Wirft sich in voller Montur auf ihr Bett.
Geweint, richtig geweint, hat sie seit ihrer Kindheit nicht mehr. Und so heftig schon gar nicht. Fast zwanzig Jahre ist das her. Damals hatten ihre Eltern klammheimlich ihr Lieblings-Kaninchen

Ulrike geschlachtet. Obwohl Ulrike nicht mehr ihr schwarz-weißes Fell trug, hatte Maren sie sofort erkannt, als sie sonntagmittags knusprig und dampfend mitten auf dem Esstisch stand. Anschließend konnte Maren vier Tage lang nicht aufhören zu weinen.

Ulrike. Jan. Ach.
Und der nächste Einschlag lässt diesmal nicht zwanzig Jahre auf sich warten.

MAREN UND JAN

Am Sonntagmorgen bereitet Maren das Mittagessen vor, unten in der Küche ihrer Eltern, während die ausnahmsweise mal in der Kirche sind. So mitten im Jahr, also ohne Weihnachten und Ostern ist das eigentlich nicht üblich, aber heute soll von der Kanzel herab noch mal an die verstorbene Großtante Hedi erinnert werden, die ihrer Lieblingsnichte Renate einige Hektar Wald vermacht hat. Immerhin.

Maren setzt sich mit einer Schlüssel Kartoffeln und dem Schälmesser an den Tisch, da sieht sie durchs Fenster, wie ein Auto auf den Hof fährt.
Ein schwarzer Großraum-Fiat, neu, gut geputzt. Nein, Robert kann das auf keinen Fall sein. Aber wer dann? Maren schiebt die Gardine zur Seite.
Es ist Jan, der aussteigt. Ihr fällt beinah das Messer aus der Hand, so zittert sie. Was will der denn? Für einen kurzen Moment erwägt sie, so zu tun als sei niemand da. Aber dann bindet sie sich die Schürze ab und geht ihm entschlossen entgegen. Er ist schon in der Diele.
»Moin, Moin.« – »Moin, komm rein.«

Es ist ziemlich duster in der Diele, aber sie merkt trotzdem, dass er total verlegen ist, so gut kennt sie ihn.
Dann sagt er: »Ich hab die Kleine im Auto, möchtest du sie sehen?« Jetzt glänzt er vor Glück.
»Nee, lieber nicht.« Maren schnieft. »Ich glaub, bei mir ist 'ne Erkältung

im Anmarsch, so was ist ja vielleicht nicht gut für ein Neugeborenes.«
Jan nickt nur.
»Bist du deshalb gekommen, ich meine, wolltest du uns das Kind zeigen? Die Eltern sind nämlich leider grad nicht da.«
Er schüttelt den Kopf, und nun sieht sie den braunen A4-Umschlag in seiner Hand.
»Eigentlich wollte ich dir das hier geben. – Es ist so, also du weißt es ja, Antonella und ich, wir haben den zweiten Schritt ja quasi vorm ersten gemacht. Ich meine, normalerweise heiratet man erst und dann bekommt man Kinder. Und nachdem nun also … wir haben ja jetzt das Baby … und ich, also sie, ich meine wir, wir würden gern heiraten und …«
Langsam dämmert's Maren, sie zeigt auf den Umschlag.
»Das sind die Scheidungsunterlagen, oder? – Gib schon her, ich unterschreib's gleich.«
»Nein, nein, du kannst das ganz in Ruhe machen und zurückschicken. Wir müssen ja nichts überstürzen.«
Nichts überstürzen – soll das ein Witz sein?

MAREN UND SIDONIE

»Na du? – Dir geht's aber nicht so besonders, was? Siehst ja immer noch genauso graubleich aus wie neulich morgens!«
Sidonie stellt ihre Tasche auf die Ablage.
Maren zuckt nur mit den Schultern. Wirft einen scheelen Seitenblick auf ihre Mutter. Mama muss ja nicht alles mitkriegen. Aber die ist viel zu beschäftigt, mit dem Aufschneiden von Geflügelmortadella – dünn geschnitten, was sonst? – und dem parallel dazu laufenden Kundengespräch. Es geht mal wieder um eines von Renates Lieblingsthemen: Die Qualität des öffentlich rechtlichen Fernsehprogramms. Und wenn man Kunden hat, die beim NDR mitarbeiten, was liegt da näher als diesbezügliche Beschwerden mal ganz direkt vorzutragen.
»Solche Sexszenen schon um viertel nach acht, und denn auch noch so ausführlich und von allen Seiten, nee, also wirklich, Frau Teweleith, das hätt'es früher nicht gegeben.«

Und obwohl die Mortadella-Kundin, Tessa Teweleith zum wiederholten Male klarzustellen versucht, dass sie, als Cutterin beim NDR-*Hamburg-Journal*, keinerlei Einfluss, erst recht nicht auf die Programmgestaltung hat, lässt Renate nicht von ihr ab.
»Und tut das not, dass heutzutage in jedem *Tatort* immer diese furchtbaren Gewaltszenen gezeigt werden? Ich mein, der *Tatort*, der war doch früher auch s-pannend, damals mit Hansjörg Felmy. Aber diese brutalen Blutsachen, die hat's da nicht gegeben und heute? … Ein Mord pro Folge tut 's ja schon gar nicht mehr! – Ach, ich könnt mich schütteln!«
Und Renate schüttelt sich.
»Wissen Sie, Frau Thaden«, wagt Frau Teweleith jetzt vorsichtig und mit feinem Lächeln einzuwenden, »es gibt da ja noch diesen Knopf, sicher auch an ihrem Apparat, den zum Ausschalten.«
»Also wirklich!« Jetzt ist Renate komplett empört. »Ausschalten!? Nee, das seh' ich ja nu gar nicht ein. Wofür zahl ich denn die Gebühren?!«
»Na gut, vielleicht haben Sie recht«, räumt Frau Teweleith mit Blick auf ihre Armbanduhr ein.
»Das will ich meinen!« schnaubt Renate, konzentriert sich wieder voll auf ihre Wurst-Schneidemaschine. Wusch und wuschwuschwusch, ein wahrer Mortadellawirbel wird aus der edelgestählten Maschinerie herauskatapultiert, den Renate geschickt mit links auf dem vorbereiten Pergament verteilt.

Maren wendet sich wieder Sidonie zu.
»War übrigens nett von dir neulich, mich einzuladen und alles, du weißt schon.«
»Und?«, will Sidonie wissen. »Hat sich inzwischen was getan, ich meine, hast du dich doch mal ausgesprochen mit deinem … Freund?«
Maren schüttelt stumm den Kopf. »Vergiss es.«
Prophylaktisch drückt sie mit einer Fingerspitze fest dahin, wo sie ihre Tränendrüsen vermutet. Rechts und links.
Dann zieht sie ein Taschentuch aus der Kitteltasche und schnuft hinein. Sidonie schaut ihr ratlos zu.
»So schlimm? Ach Mensch. –

Weißt du was, lass uns heute Abend telefonieren, da sprichst du dich mal richtig aus. Und mein Tip: *Day Spa*. Unbedingt. Hilft bei mir gegen alles. – Und jetzt gibt's du mir erst mal 100 Gramm Putensalami, aber bitte hauchdünn.«

Ungläubig staunt Maren hinter ihr her, als Sidonie mit einem munteren »Das wird wieder, glaub's mir. – Ciao«, und einem richtig netten Lächeln entschwindet.

Day Spa. Was meint die damit? Hat das was mit Weltspartag zu tun? Nee, das würde überhaupt keinen Sinn machen.
Na, vielleicht ist das noch rauszukriegen, wenn sie heute Abend telefonieren. Damit sie! sich mal aussprechen! kann. Nicht zu fassen. Maren starrt und steht, bis die Lichtgestalt mit hoch erhobenem Platinhaupt in der Menge der Marktbesucher abtaucht.
Was soll das werden? Etwa so was wie eine Freundschaft?

SIDONIE UND MAREN

»Wenn das alles so düster ist, bei dir da draußen, komm doch einfach mal wieder in die Stadt, für ein Wochenende. Ich würde mich freuen«, sagt Sidonie am Telefon zu Maren. Und in dem Moment meint sie das auch ganz ernst. Doch. Wirklich. Aber als Maren dann bereits am Freitagnachmittag gegen halb vier mit einer Reisetasche in der Hand vor ihrer Wohnungstür steht, ist sie darauf eigentlich noch nicht eingestellt.
»Ich dachte, es ist doch Quatsch, dass ich nach dem Markt erst wieder mit Mama nach Bokelrehm fahr, da kann ich genauso gut gleich in Hamburg bleiben.«
»Klar. Sicher. Komm rein.«
Sidonie versucht so etwas wie *Social kissing*. Funktioniert aber nicht wirklich, denn darauf ist nun wiederum Maren nicht eingestellt.
»Ich muss noch rasch in den Supermarkt, danach, um sechs, meine Kinder abholen, die sind noch bei einem Kindergartenfreund. Magst du mitkommen?«

»Ja, sicher, ich geh mit. Ich müsste nur vorher noch mal kurz in dein Badezimmer.« Maren kniet neben ihrer Reisetasche nieder und zieht ein Kunststoff-Täschchen hervor. Offensichtlich ein Werbegeschenk. *Brockmanns Futterkalk* steht drauf.
Sidone zieht ein klitzekleines bisschen die Augenbrauen zusammen. Unter Garantie soll jetzt diese krasse Lippenbemalung noch mal nachgepinselt werden.
So ist es. Als Maren aus dem Bad kommt, leuchten ihre Lippen in frischen Pink, umrandet von einer dunkelbraunen Kontur.
Sidonie überlegt kurz, ob sie es Maren jetzt oder erst später sagen soll, dass so ein Make-up allenfalls Hostessen einer Erotikmesse tragen.
Na, lieber später.

SUPERMÄRKTE

»Gott – ist hier alles teuer!«
Maren taxiert fassungslos die Preisleiste vorm Kühlregal.
»Die Butter einsachtzig – Wahnsinn! Und dieser Sahnejoghurt, der kostet normalerweise 32 Cent weniger, das sind fast 25 Prozent. Ich glaub's nicht!«
Normalerweise? – Dazu kann Sidonie nun gar nichts sagen. Butter und Sahnejoghurt kauft sie eh nie, und so genau hat sie die Lebensmittelpreise nun wirklich nicht im Kopf. Wozu auch, es würde ja nichts ändern. Was man braucht, das braucht man.
»Also«, meint Maren, »wenn ich an den Markttagen hier in Eppendorf mal was einkaufen muss, dann geh ich in den Discounter in der Hegestraße. Solltest du auch machen, denn das …«, sie zeigt in den Einkaufswagen, »das kriegst du da auch alles – nur viel billiger.«
Bei dem Wort »billig« zuckt Sidonie leicht zusammen. Andererseits: Die fetten Jahre sind vorbei. Eindeutig.
»Okay.« Sie gibt dem Einkaufswagen einen Schubs, er rollt zögernd davon. » Auf geht's! – Ab jetzt wird gespart!«
Maren schaut dem Wagen hinterher.
»Aber du kannst doch die Sachen nicht einfach so …«
»Klar kann ich. Bei den Preisen hier, kann man vom Personal erwarten,

dass es sich darum kümmert. Außerdem – so schlecht gelaunt wie die immer sind, haben sie es nicht anders verdient.«

Augen zu und durch, nur flott rein in diesen Laden, dessen gelb-rote Leuchtreklame einen schon beim Einbiegen in die Hegestraße anschreit und die signalisiert: Billiger geht's nicht! Rein da und hoffen, dass man nicht gesehen wird.

Zu Sidonies Verblüffung treffen sie drinnen, gleich als Erstes, eine ausgesprochen gute Bekannte – Isabel Poelchau! Die, hinter einer Sonnenbrille verschanzt, ungefragt erklärt:

»Ich gehe ab und an mal hierher, wenn ich's eilig habe, ist halt näher als der *Schlemmer-Spar*.«

So so. Näher also. Vermutlich keine hundert Meter. Wirklich interessant, wen man hier so trifft. Trotzdem. Sidonie leidet an diesem Ort. Die pragmatische Ausstattung des Ladengeschäftes, das Trauerkloß-Personal in potthässlichen Polyester-Kitteln – es tut einfach alles weh.

Dass sie außer Isabel noch weitere bekannte Gesichter unter der Kundschaft dieses Schnäppchen-Shops erspäht – ihre Etagennachbarin aus dem Haus und eine Kindergartenmutter– macht die Sache auch nicht besser. Im Gegenteil. Den blöden Kühen gehen natürlich die Augen über. Sidonie Spitzy in Begleitung einer allseits bekannten Geflügelhändlerin vom Isemarkt. Das wirft Fragen auf.

CAVEMEN

Maren hat davon im *Dithmarscher Tageblatt* gelesen. Soll witzig sein. Tja, wenn die Top-Journalisten da oben das meinen …

Sidonie hat sich angeboten, Karten zu besorgen. Sie war noch nie in *Schmidt's Tivoli*, weiß aber auch so: Das ist nicht ihr Ding.

Nach allem was sie gehört hat, scheinen die Darbietungen dieser Spielstätte wenig subtil, eher dem derben Humor verpflichtet. Sie erwartet jede Menge Anzüglichkeiten und Schlüpfriges. Ihrer Meinung nach, vergnügen sich in dem Laden Versicherungsvertreter aus Pinneberg mit ihren Sekretärinnen. Dazu fallen am Wochenende die Touristen

ein. Trotz ihrer Verachtung für derlei Volksbelustigung will sie gute Miene dazu machen, hat sie sich fest vorgenommen. Das ist sie Maren schuld … schuldig?? Nein, Blödsinn, gar nichts ist sie. Außerdem will sie nicht mehr daran erinnert werden. Will die ganze Robert-Sache vergessen. Insbesondere, seit sie von Maren gehört hat, wen dieser Kerl alles so flachlegt. Bloß nicht dran denken … sie möchte dieses Erlebnis am liebsten gänzlich aus ihrem Kopf … Es müsste da so eine Löschfunktion geben, wie auf ihrem iPhone. Das wäre toll.
Bereits eine Viertelstunde vor Beginn sitzen sie auf ihren Stühlen im *Tivoli*, viel zu früh. Aber Maren hatte gemeint, es sei besser, rechtzeitig zu sein.
Ein Mann, so etwa 50 plus, in lässigem Frührentner-Look und mit einer Alkoholfahne, die meterweit vor ihm her weht, nimmt rechts von Sidonie Platz. Direkt neben ihr. Sie missbilligt das. Aber das entgeht diesem Herr offenbar. Er schmettert nicht nur ein »Schönen guten Abend auch!« in ihre Richtung, sondern beginnt darüber hinaus, postwendend ein munteres Gespräch.
Es stellt sich heraus, dass er überhaupt nicht weiß, was ihn hier erwartet. Rein zufällig ist er ganz überraschend hier reingeraten. Weil nämlich die *Tivoli*-Leute draußen vorm Theater übrig gebliebene Karten verteilen. Einfach so, umsonst. Da hat er nicht Nein gesagt, sondern zugegriffen. Zumal er im Verlauf des frühen Abends schon 'ne Menge Geld für Getränke ausgegeben hat und er »dringend mal eine kleine Trinkpause einlegen« muss. Das glaubt man ihm aufs Wort.

Damit die Unterhaltung nicht zu vertraulich wird, kommentiert Sidonie seine Ausführungen nur allerknappst. Ach. Aha. Okay-i.
Aber Maren beugt sich vor und an Sidonie vorbei, will sie von dem Mann wissen, warum er denn eigentlich so allein hier auf der sündigen Meile herumgeistert. Sidonie verdreht die Augen, wirft Maren einen Warnblick zu. Muss das sein?
Dennoch – als endlich das Licht ausgeht, sind sie beide voll im Bilde über das Schicksal dieses einsamen Kiezgängers. Über den plötzlichen Tod seiner Frau Gemahlin vor zwei Monaten. Über seine treulosen Kinder, die zwar scharf sind auf das Sparbuch der verstorbenen Mutter, sich jedoch kein Stück um ihn, den hinterbliebenen Witwer kümmern.

All sein Lebensleid breitet der Unbekannte äußerst plastisch vor ihnen aus.
Maren ist tief bewegt und voller Anteilnahme, man sieht ihr förmlich an, dass sie so etwas wie ein innerliches Hilfspaket für den Bedauernswerten schnürt. Und vorsichtshalber zischt Sidonie ihr ins Ohr:
»Komm nicht auf die Idee, diesen Jammerlappen aufzufordern, uns nach der Vorstellung zu begleiten! – Ich bring euch beide um!«
Ihre Drohung unterstreicht sie mit einer Kehle-Aufschlitz-Geste. Aber die Sorge ist umsonst. Während der Pause entschwindet der Witwer ganz stickum und taucht nicht wieder auf.

MAREN UND SIDONIE

Maren findet, es war großartig, echt witzig. Der Mann als Höhlenmensch – voll auf den Punkt. Wenn das auf einer Bühne vor Publikum dargeboten wird, muss was Wahres dran sein. Und sie fühlt sich sofort besser. Sie gehört zu den Guten, so viel ist klar.
»Ich hole uns mal was zu trinken.«
Marens Selbstsicherheit ist wieder voll da, sie hat kein Problem damit, sich in diesem übervollen Laden durch die Menschen zu wühlen, vor zur Bar. Mit zwei Drinks kommt sie zurück.
»Hier«, sie drückt Sidonie ein Glas in die Hand.
»Das ist ja Cola!«, stellt Sidonie leicht panisch fest. Niemals Cola, das ist eine von ihren fünf allerfestesten Regeln.
»Cola *light*«, beruhigt Maren sie, »mit Bacardi natürlich.«
Sidonie nippt, dann meint sie: »Also – dir hat's gefallen, das Stück?« – »Ja, klar. Dir etwa nicht?«
»Doch, doch. Ich gebe zu, ich hatte, na, sagen wir, gewisse Vorbehalte, aber ich fand's dann doch sehr amüsant.«
Maren nickt.
»Auf jeden Fall. Und man hat doch ´ne Menge gelernt, oder nicht? – Ich meine, dass Männer und Frauen nicht zusammenpassen, ist ja nun schon länger bekannt. Aber eben erst ist mir klar geworden, dass es einzig und allein an den Männern liegt. Weil die sich einfach nicht weiterentwickeln – im Gegensatz zu uns. Und genau das ist der Punkt.

Meine Beziehungen sind jedenfalls allesamt genau daran gescheitert. Daran, dass sich die Typen einfach nicht entwickeln wollten.«
Einen Schluck Cola-Mix, dann geht's gleich weiter mit den neu gewonnenen Erkenntnissen:
»Jan zum Beispiel, er wollte ein Leben, wie er es von den Eltern kennt. Alles sollte bleiben wie es ist. Ein Tag wie der andere und bloß keine Veränderungen. Und Robert, der hat seine Entwicklung vor vielen Jahren eingestellt, der lebt in den Tag hinein wie ein Neunzehnjähriger.«
Maren kommt richtig in Fahrt, sie nimmt nochmal einen kräftigen Schluck aus ihrem Glas. Nach dem spärlichen Abendessen, das es bei Sidonie gab – gemischter Salat mit gegrilltem Tofu, der erste Tofu in Marens Leben übrigens – steigt ihr der Alkohol ziemlich schnell zu Kopf. Und sie gibt etwas preis, über das sie normalerweise nicht spricht.
»Vor ein paar Jahren war ich mal mit jemandem zusammen, der verheiratet war. Du kannst dir nicht vorstellen, was der mir alles über seine Ehe vorgejammert hat, aber er hat es einfach nicht geschafft, sich von der Frau zu trennen. Aus reiner Angst vor Veränderung, wenn du mich fragst.«

Ein Verhältnis mit einem verheirateten Mann – das ist ja nun eine ziemlich banale Geschichte, die Maren da vorträgt. Sidonie wartet auf spannendere Einzelheiten, die aber nicht kommen. Maren schweigt. Vor allem darüber, dass sie selbst, während der Phase mit dem Verheirateten, offiziell noch mit Jan liiert war, der von all dem nichts ahnte. Sie schaut durch die lärmende Menschenmenge hindurch, irgendwohin in die ferne Vergangenheit. Ganz bei sich. Und von der Analyse ihrer gescheiterten Beziehungen vereinnahmt. Endlich meint sie:
»Eigentlich sind wir den Männern doch an allen Ecken und Enden überlegen. Und trotzdem lassen wir uns immer wieder von denen auf der Seele herumtrampeln. Das muss aufhören. – Darauf trinken wir.«
Sie kickt ihr Glas an das von Sidonie und muss selber lachen über ihr Pamphlet.
»Prost!«
»Salute!«, kontert Sidonie.
Ein Leben ohne Männer? Nee. So weit ist sie noch nicht, aber das tut momentan nichts zur Sache.

»Meinst du nicht«, will sie dann wissen, »dass es da auch irgendwas zwischen Männern und Frauen gibt, das die Sache doch ganz reizvoll macht? Etwas, das wir vermissen würden? Sagen wir – Körpernähe?«
»Mag sein. Ja, wahrscheinlich hast du recht, besonders nach …«
Maren bricht ab. Sie kann das nicht, sie kann über so was nicht reden. Dann fährt sie aber doch fort.
»Ach, ich weiß nicht … Na gut, ich gebe zu, es war ziemlich aufregend mit Robert, du weißt ja selbst am besten, wovon ich rede. Du hast es ja am eigenen Leibe erlebt, im wahrsten Sinn des Wortes, kann man sagen.«
Sidonie wird nervös.
»Wie … Wie meinst du das?« will sie wissen, schwer irritiert und trinkt ein bisschen mehr von der Cola-Mischung als sie eigentlich wollte.
»Komm«, sagt Maren, »nun tu mal nicht so, ich weiß es doch eh.«

Das ist eine Falle! Jetzt bloß nichts zugeben! geht es Sidonie durch den Kopf.
»Du kannst es ruhig zugeben, hat er ja auch getan«, stochert Maren munter weiter.
Sidonie verschlägt es die Sprache. Sehr seltener Moment.
»Verstehe ich nicht«, ist alles, was sie vorbringt. »Warum …?«
Nee, geht einfach nicht, sie bricht ab, weiß nicht weiter.
»Du willst wissen, warum ich nicht sauer auf dich bin? Dich nicht zur Rede gestellt habe? – Warum sollte ich? Wir waren damals, als es passierte, doch nicht gerade Freundinnen, im Gegenteil. Also warst du mir gegenüber auch zu nichts verpflichtet. Robert aber schon. Er ist doch das Schwein, das steht mal fest. Außerdem hat er mich so was von gründlich hintergangen und belogen, da kam's dann auf eine Frau mehr oder weniger nun auch nicht an.«
Sidonie schluckt. Eine Frau mehr oder weniger.
Löschen. *Quit*. Und zwar sofort.

Sidonie wartet. In der einen Hand eine Aktentasche, in der anderen ein opulentes Blumengebinde, verhüllt von rosa-weißem Papier. Endlich. Die Kundin verabschiedet sich.
»Tschüß, Frau von Müffling und schönen Tag noch! – Hallo, Sidonie!« Maren freut sich richtig.
»Hab mich schon gefragt, wo du steckst. Du warst ja ewig nicht auf dem Markt.«
»Na ja, ist echt anstrengend dieser Uni-Betrieb. Ich komm zu nix mehr. Gefühlte tausend Einführungsveranstaltungen. Für eine alte Frau wie mich gar nicht so leicht. Doch, doch – da musst du gar nicht die Augen verdrehen. Von den Gasthörer-Rentnern mal abgesehen, bin ich da mit Abstand die Älteste. Ist ja auch klar, die haben alle gerade frisch ihr Abi gemacht. Und denen fällt das alles viel leichter. Ans Lernen muss ich mich echt erst wieder gewöhnen.«
»Das schaffst du schon. Wenn irgendwer lernfähig ist, dann doch wohl du.«
Wie meint sie das? Etwa ironisch? Sidonie betrachtet Maren mit scharfem Blick. Sie beschließt, es war ein Lob und grinst.
»Allerdings. Ich bin lernfähig. Im Gegensatz zu dir. Wie oft hab ich dir schon von diesem gruseligen Lipliner abgeraten. Der macht dich nicht schöner, Maren, im Gegenteil. Aber du willst einfach nicht dazulernen. Heute hast du wieder besonders in die Vollen gegriffen, scheint mir. Wo kriegst du diese Stifte eigentlich noch her, ich meine – werden die überhaupt noch produziert?«
»Och weißt du, ich hab da im Internet so einen Versand für Halloween-Zubehör aufgetan …«
»Das hast du nicht vergessen was? Okay, das war in der Tat nicht nett von mir damals, obwohl … es ja stimmt.« Sie lacht.
Und Maren lacht mit. Weil Sidonie das sowieso nie verstehen wird. Dass sie sich nackt fühlt, ohne ihr Lippen-Make-up. Dass sie sich damit gefällt. Dass ihr etwas fehlt, wenn und … ach – ist ja auch egal.

»Gut. Themenwechsel. Was ist mit den Blumen? Sind die für mich?«
»Die?« Sidonie schaut den Strauß fragend an.

»Die sind für die Anwältin. Ich hab dir von ihr erzählt, oder? Ohne sie wäre ich gegen Leo nicht so gut durchgekommen, glaube ich. Sie hat überhaupt die Idee gehabt, dass mir so was wie eine Ausbildung oder ein Studium zustehen könnte und dass Leo solange weiter unterhaltspflichtig ist. Klar, sie hat ein sattes Honorar kassiert, aber ich dachte, ich bring ihr trotzdem mal ein paar Blumen vorbei, bevor ich in mein Seminar gehe.«

Sie schaut auf die Uhr.

»Ich muss dann auch mal weiter. – Gib mir bitte noch schnell 200 Gramm von eurem *Low fat*-Geflügelsalat. Und – wenn du hast, eine Plastikgabel.«

»Sollte es in der Uni nicht so was wie eine Mensa geben?«

»Eine? Diverse. Jede überfüllt mit lärmenden Menschen in gräßlichen H&M-Klamotten, allesamt ohne eine Spur von Tischkultur. Sie schmatzen, sie schlürfen, sie lecken ihre Messer ab. Wenn sie denn überhaupt Messer und Gabel benutzen. Und was einem da zum Essen angeboten wird – Katastrophe, sag' ich dir! Du glaubst doch nicht, dass ich da einen Bissen runterkriege!?«

SCHLESWIG-HOLSTEIN

Schleswig-Holstein. Klingt zunächst nicht schlecht.

Klingt nach Kühen, Wiesen, ländlicher Idylle.

Schleswig-Holstein – für Sidonie war das bisher Sylt und die Fahrt dorthin. Aber es scheint noch ein anderes Schleswig-Holstein zugeben, nämlich dies hier. Und das ist irgendwie … trostlos?

Muss am Wetter liegen. Laut Kalender sollte jetzt Frühsommer sein. Die Wirklichkeit fühlt sich aber eher wie Herbst an, es ist kühl und regnerisch.

Einige Pferde, Reitpferde, deren elegante Körper in dieser Ödnis deplatziert wirken, stehen trübsinnig in der Ecke einer Koppel herum. Sie sehen sich kurz zu dem vorbeifahrenden Auto um, dann wenden sie sich erneut einander zu, konzentrieren sich wieder auf ihr lethargisches Warten. Warten auf jemanden, der sie hier wegbringt, dahin wo es warm und trocken ist.

»Bitte rechts«, sagt die Navi-Stimme. Hier rechts? Meint die das im Ernst? Das sieht gar nicht mehr nach offizieller Straße aus, eher nach einem Weg ins Nirvana. Doch plötzlich tauchen Häuser auf, eine ganze Reihe sogar, wie von Himmel gepurzelt. Neu gebaute Eigenheime, dicht an dicht auf handtuchgroßen Grundstücken. Alles klein-klein, aber rausgeputzt und dekoriert bis zum Abwinken mit Kitsch und Nippes. Wo kriegt man so was? Gegen diese Häschen-Engelchen-Ansammlung ist der solide deutsche Gartenzwerg doch Designpreis-verdächtig, hat geradezu *MOMA*-Potenzial.

Und da! – Ist das krass!! Sie stößt einen winzigen Schrei aus. Eines dieser entzückenden Häuschen, ist ganz in Blau gehalten – Haustür, Fensterrahmen, Läden, Zaun, Garagentor, Blumenkübel, sogar die Dachziegel sind knallblau! Wie schrecklich ist das denn? Sie fährt und staunt und staunt und fährt. Plötzlich wird ihr auch klar, warum sich all die Bau- und Dekosünden dem Auge des Betrachter so aufdrängen: Es gibt keine Bäume in den Gärten, an den Häusern. Nackt und unverhüllt liegen sie da. Neben jedem Haus ein Carport, aber kein Baum, nirgends. Ab und zu mal ein Zierstrauch, mal eine kleine Tanne oder dies Friedhofszeugs – Koryphäen, nein Koniferen, heißt das – glaubt sie. Genauso abrupt wie die Siedlung plötzlich anfing, ist sie auch wieder zu Ende. Zack! – wieder Wildnis.

Eigentlich hatte sie erwartet, dass diese Häuser die Vorboten einer größeren menschlichen Ansiedlung sein würden, aber nein, das war's einstweilen. Warum bauen sich Leute hier Häuser hin, mitten ins Nichts? Kapiert sie nicht. Gruselig.
Wenn sie sich das vorstellt, hier ihre Tage verbringen zu müssen, als Hausfrau womöglich mit zwei kleinen Kindern … Nein, kann sie sich nicht vorstellen. Will sie auch nicht.
Da meldet sich wieder die Navigation. »Bitte drei Kilometer der Straße folgen.«
Sie fährt und fährt. Irgendwo liegt dann wieder ein Gehöft vor ihr. Das gigantische Dach ist mit Wellblechen verschiedener Jahrgänge belegt. Auf den Waschbetonplatten in der Einfahrt fährt ein kleiner Junge stoisch mit seinem Kettcar vor und zurück. Vor und zurück.

Er glotzt die vorbeifahrende Sidonie an, mit offenem Mund verfolgt er sie, staunend, wie das achte Weltwunder.
Da taucht endlich wieder ein Schild auf. Nach Bokelrehm 4 km. Endlich. Und da sieht sie auch schon auf der linken Seite ein weiteres Schild, in Pfeilform, darauf das vertraute Logo: Ein zwinkerndes Huhn im Nest und der Schriftzug *Geflügelhof Thaden*. Noch 500 Meter. Sidonie spürt eine gewisse Aufgeregtheit, jetzt wo es gleich ernst wird. Hoffentlich wird es nicht zu schrecklich.

MAREN

Maren ist nicht so ganz bei der Sache. Leicht nervös ist sie, denn ein Gast fehlt noch. Ein sehr wichtiger, zumindest für sie. Außerdem – sie kennt Claus Möllers Verschwörungstheorien hinsichtlich der Türken-Mafia auf deutschen Gemüsemärkten bereits in und auswendig. Bis zum Abwinken. Ein Großteil der Gästeschar steht jedoch in der großen Deele um Claus herum und lauscht gebannt *wat he vertellt*. Und wenn Claus aus dramaturgischen Gründen kleine Pausen in seinen Vortrag einbaut, dann wird gestaunt:
Jungedi! – Es dat woahr?? – Dat glöövt man ja nech!! – Doa sachst du wat!!

Der ausgestopfte Keilerkopf an der Wand, inmitten unzähliger Geweihe, der scheint ebenfalls fasziniert von Claus Möllers Ausführungen. Er lauscht in stummer Andacht, mit stierem Blick.
Maren wendet sich ab und dem Landfrauen-Grüppchen zu, das die Sitzecke belagert. Hier, auf dick gepolsterten Eichensesseln im sogenannten altdeutschen Stil, wird bei Cola-Rum und Salzstangen leise getuschelt, Maren ahnt worüber.

Sie schaut auf ihre Armbanduhr. Langsam könnte ihr Ehrengast mal anrollen. Um halb acht wird ihre Mutter die Gäste an die Tische scheuchen, dann *geit dat los* mit dem alljährlichen traditionellen Spargelessen.

Maren kontrolliert noch mal die endlos lange Tafel und die zwei kleineren Tische. Insgesamt ist in der Deele für vierzig Personen gedeckt. Alles perfekt, weiß-gestärkte Tischtücher, dazu die extradicken Papierservietten. In gelb. Die hat sie alle vierzig, gemeinsam mit Wiebke, zu einer Art Blütenkelch gefaltet. Nach einer Anleitung aus Mamas Buch »*Für unsere Gäste nur das Beste, 100 Tipps für perfekte Gastlichkeit*«.

Kerzen fehlen auf dem Tisch, findet sie, aber Mama will das nicht.
»Och nö, die stören doch nur. Die kippen denn auch um, du weißt doch wie die Leute sind. Und ich kann nachher sehen, wie ich die Wachsflecken wieder aus den Tischtüchern krieg. – Nee, das lassen wir mal lieber.«
Maren rückt noch ein bisschen Teller hin und her, richtet Messer und Gabeln aus. Legt man Suppenlöffel wirklich oben quer über dem Teller hin? Oder doch eher rechts vom Messer? Sie ist echt nervös.
»Maren?« Ihre Mutter winkt aus der Küche. »Maren, komm hilf mir mal, den Pott auf den Herd zu hieven. –Ich will schon mal ganz *suutsche* die Suppe aufwärmen.«
»Musst du diesen Kittel anhaben, Mama?«
Während sie mit einer extra-gigantischen Suppenkelle in einem ebenso gigantischen Topf herumrührt, taxiert Maren ihre Mutter.
»Du siehst aus wie Gerti Horaschek vom Grill-Imbiss in Hademarschen!«
Über ihre mütterliche Oberweite hinweg schaut Renate an sich herunter. Gerti Horaschek! Also wirklich!
»Nun halt mal die Luft an, Frolleinchen! Nur weil du hohen Besuch aus der Stadt erwartest, muss ich mir doch nicht meine schöne neue Bluse bekleckern. – Solange ich hier mit dem Essen rumhantier', bleibt der Kittel an. Basta. – Meine Gäste stört das nicht!«
Mit Schwung öffnet sie den Kühlschrank, mit Schwung holt sie eine große Tupperbox heraus, randvoll mit Hühnerherzen und kippt den Inhalt mit Schwung in den Suppentopf.
In dem Moment passiert's. Irgendwer hat die Stereoanlage in Gang gebracht, Musik setzt ein wie ein Donnerschlag, Roland Kaiser brüllt »Dich zu lieben« und absolut zeitgleich taucht Sidonie in der Küchentür auf.

»Mensch, min deern, sünn dat Gummistiefels, watt du da anhesst?« Hermann Thaden drückt Sidonie kräftig die Hand und zeigt gleichzeitig mit der Zigarre in seiner Linken auf die rehbraunen Gummistiefel. Er lacht sich kaputt: »Hast wohl gemeint, das ist alles ein riesiger Misthaufen hier draußen bei uns, was?«
Sidonie versucht sich mit zu amüsieren. Klar. Ein Blick in die Runde und sie hat's gemerkt – sie ist overdressed. Aber so was von.
Ihr Look – gold-durchwirktes *Gaultier*-Minikleid plus goldener Strumpfhose, das Ganze gebrochen durch die Kombination mit rustikalen Gummistiefeln – sorgt hier für Aufsehen und wird vermutlich nicht wirklich verstanden.

Da kommt Lohses Imke angejubelt: »OOH! Hallooooh!« – um dieser berühmt-berüchtigten Sidonie auch endlich, endlich mal persönlich die Hand zu schütteln.
»Ich war ja so ges-pannt, nach allem was Maren so *vertellt* hat!«
Ja, hier auf dem platten Land ist man geradeaus. Dieses außerirdische Wesen in Gold, das durch widrige Umstände auf den fernen Planeten Bokelrehm verschlagen wurde, wird völlig ungeniert von Imke gemustert.
Seelenruhig, von oben nach unten und da – ein hysterisches Quieken! Sie zeigt auf das immense *Prada*-Wappen, das in den Schaft der Gummistiefel eingeprägt ist.
»*Prada*! Ich hab noch nie jemanden getroffen, der echt was von Prada trägt!«

Sidonie fragt sich einen Moment lang, ob diese Person im wadenlangen roten Kleid mit enormen Schulterpolstern, das vermutlich Mitte der Achtziger gekauft wurde und dafür noch wirklich gut erhalten ist, sie auf den Arm nehmen will. Aber Imke plappert arglos und munter weiter. Die meint das anscheinend ernst.

»Und dein Kleid?«, will sie nun noch wissen. »Ist das auch von *Prada*?«
»Äh … nein, das ist *Gaultier*«, antwortet Sidonie geduldig.

Imke wirkt enttäuscht. Gootjeh. Kennt sie nicht. – Nie gehört.
Nicht alle sind so angetan von Sidonies Erscheinen wie Imke. Die guten Bekannten vom Isemarkt – als da wären die dauerwelligen Frauen vom Bonbonstand, die Blumenhändlerin mit ihrem Mama-Söhnchen, der gesamte Gemüseclan et cetera, die alle halten sich eher bedeckt. Von denen wird sie nur äußerst knapp, mit einem distanzierten Minimalst-Kopfnicken begrüßt. Bevor man sich demonstrativ abwendet. Versteht sie nicht – merkwürdige Leute. Scheinen unter diffusen Berührungsängsten zu leiden.

»Hier«, sagt Maren und drückt ihr ein Sektglas in die Hand, »lass uns erst mal anstoßen. Auf deinen ersten Besuch in Bokelrehm. – Ich freu' mich, dass du gekommen bist.«
»Ich freue mich auch.« Sidonie versucht zu lächeln, hält ihr Glas schräg, damit Maren ihr einschenken kann.
»Trink erst mal 'nen bisschen was zum Warmwerden. Und dann stell ich dir mal ein paar Leute vor.«
Warmwerden. So warm wie der Sekt, oder was? Der Sekt, der offenbar schon seit Stunden geöffnet auf dem Tisch steht.

Von allen Gästen geht ein festliches Leuchten aus. Der besondere Anlass. Frischgeduscht und gut gekämmt, zum Teil mit Wangen so glänzend wie polierte Weihnachtsäpfel, so stehen sie alle in angeregtem Gespräch beieinander. Gebügelt und gecremt und fest entschlossen, Spaß zu haben. Und das sollte kein Problem werden. Wenn man noch irgendwo weiss, wie anständig gefeiert wird, dann hier.
Seltsam, denkt Sidonie während ihre Blicke über die vielen Leute wandern. Eine andere Welt und dabei ist sie nur eine knappe Stunde gefahren. Auch nicht viel länger als von Winterhude nach Blankenese. Städtische Selbstverständlichkeiten scheinen hier jedoch nicht angekommen zu sein, obwohl es doch Fernsehen gibt, Internet und im nächsten Supermarkt sicher auch dieselben Zeitschriften wie in Eppendorf.

Mittlerweile sollte sich das doch auch hier rumgesprochen haben, dass man keine Blusen mit Schulterpolstern mehr trägt, weiße Socken in Männersandalen überhaupt nicht gehen, solche festgesprayten Betonfrisuren allenfalls zu einer 60er-Jahre-Motto-Party passen. Wie die *Salzletten*, die angeboten werden. Im Familien-Großpack. Alternativ dazu gibt es *Haribo*-Mischungen, in großen runden Plastikschachteln. Sie stehen überall großzügig verteilt herum.
Nur eine einzige von diesen Schachteln beim Kindergeburtstag und ihre Jungs würden ausflippen vor Begeisterung. Aber so etwas kommt selbstverständlich nicht in Frage. Da ist sie konsequent. Stattdessen macht sie für die Kinder Fruchtspiesse mit Mango- und Papayawürfeln, Trauben und so weiter. Mit Minzeblättchen dekoriert, sehen die toll aus und sind natürlich supergesund.

»Na los, greif doch zu, die sind nicht nur zum Ankucken da«, sagt Maren und hält ihr eine runde Großpackung hin.
Okay – eins. Einen grünen Frosch. Kindheitserinnerung.
»Hier« , Maren stochert mit dem Zeigefinger in der Mischung herum. »Hier diese Fledermäuse, die sind auch nicht schlecht, probier mal.«
Mmh. Ja. Doch. Ganz lecker.
Maren selbst nimmt sich lieber gleich eine ganze Handvoll auf Vorrat, bevor sie die Schachtel wieder abstellt und winkt gleichzeitig zwei junge Frauen heran.
»Hier, das ist übrigens Sabine und das Carola. Die beiden gehören auch zu meiner Landfrauengruppe. Wir Landfrauen treffen uns regelmäßig, um zu schnacken, um Feste zu organisieren, aber auch um uns gegenseitig zu helfen. Wenn zum Beispiel eine mal länger krank ist. So was ist auf einem Bauernhof ja 'ne mittlere Katastrophe, wenn die Frau ausfällt. Dann springen alle ein und versorgen in Reihum-Schicht den Hof, den Mann, und die Kinder.«
Rührend das alles, echt rührend, findet Sidonie.
Alle nett, wirklich. Nur sie, sie gehört hier einfach nicht hin. Sie will ja. Aber sie kann das nicht.
Maren tippt ganz leicht an ihre Schulter.
»Du, bin gleich wieder da, ich muss mal eben meiner Mutter in der Küche helfen.«

Nun ist sie völlig allein zwischen all diesen eigentümlichen Leuten. Sie möchte weg von hier. Auf keinen Fall wird sie über Nacht bleiben, wie es eigentlich mit Maren abgemacht war. Dieser Geruch! – es riecht merkwürdig. Nach Hühnerstall. Ist ihre Vermutung, denn wie Hühnerställe riechen, weiß sie nicht wirklich.
Auf jeden Fall ist das hier nichts für ihre Nase. Und für ihre Augen eigentlich auch nicht. Diese grauenvollen Möbel überall, die vermutlich für viel Geld in der *Wohnmeile Halstenbek* erworben wurden.
Reiche Bauern – müssten die nicht alte Eichenschränke und geschnitzte Truhen und so was besitzen? Und dieses Zimmer, in dem sie übernachten soll – kein Auge wird sie da zukriegen. Sie wird nach Hamburg zurückfahren, unbedingt. Das muss sie Maren gleich irgendwie beibringen, da fällt ihr sicher noch eine Ausrede ein. Sie nimmt den letzten Schluck aus ihren Glas. Also dieser Sekt, nun ja. Er ist wirklich sehr warm.

»So, da bin ich wieder.«
Maren schiebt sich durch die Gästeschar auf Sidonie zu und hinter ihr... – Wer ist das denn???

Ein Mann, Anfang, Mitte vierzig vielleicht, der zwischen all den Landeiern total rausknallt. Er ist groß, gutaussehend und sein entschiedener Haarschnitt, seine Kleidung – ein nachtblaues Hemd (von *Helmut Lang* – das hat Sidonies Kennerblick sofort notiert) zu schmaler Hose in Anthrazit, machen ihn ungewöhnlich und auffällig – zumindest hier. Und irgendwie ...
»Das ist Johann.« Maren schiebt den Ungewöhnlichen nach vorn.
»Ein Cousin meiner Mutter. Johann Beek. Johann ist eigentlich aus Liesbüttel drüben ...« Sie zeigt irgendwohin.
»Ist aber schon vor Jahren abgewandert, nach London. Wann war das, Johann? `89 oder `90?«
Er nickt, lächelt, reicht höflich die Hand. »Freut mich.«
»Sie – Sie sind Johann Beek, der Installations...? – Aber was machen Sie dennHIER??« Sidonie ist komplett entgeistert.
Maren auch.
Sie versteht gar nix mehr.

Seit wann arbeitet Johann als Installateur und vor allem: »Wieso kennt ihr euch??«
»Ja, nein – wir kennen uns gar nicht, nicht wirklich. Wobei… klar, jeder kennt Johann Beek. Irgendwie. Seit der *Documenta 10* und dieser aufsehenerregenden Performance mit den Kleiderspenden für Burkina Faso… Das war doch der Aufreger damals, einfach genial und …«
Sidonie kriegt sich gar nicht mehr ein.
Beek hebt die Hände, wehrt ab und lacht.
Maren staunt. »Was du alles weißt. Über Johann, meine ich … Finde ich ja irre.«
»Ich bitte dich, Maren, das weiß doch jeder. Jeder der sich einigermaßen ernsthaft mit erkenntnistheoretischer, zeitgenössischer…« Sie bricht ab. Erkenntnistheorie, zeitgenössische Konzeptkunst, diese Begriffe sind hier fehl am Platz. Hören sich in dieser Umgebung affig an. Merkt sie selbst.
Maren verschränkt die Arme vor der Brust. »Weiß jeder. Aha.«
Eine unbehagliche kleine Pause entsteht. Glücklicherweise taucht gerade jetzt Marens Mutter aus der Küche auf.
»Lüü! Nu geit dat loos! De Supp kümmt, de mööt ji bruttwarm eten!« – »Komm«, sagt Johann Beek und fasst Sidonies Ellenbogen, »sei meine Tischdame.«
Er dirigiert sie zum einem der Tische. Das ändert natürlich alles.

ESSEN

»Reich mir mal deinen Teller.« Johann hat zur Suppen-Kelle gegriffen, sie tief in die Terrine getaucht und füllt ihr vorsichtig auf. »Ich nehme an, du nimmst sie ohne?«
»Ohne? – Ohne was?«
»Ohne Hühnerherzen.«
»Unbedingt.«
Brav löffelt Sidonie die Suppe in sich rein. Hat sie schon lange nicht mehr gehabt, so eine klassische Hühnersuppe mit Petersilie, Eierstich und Sternchennudeln. Ganz früher gab's die manchmal bei der Oma, bei Papas Mutter. Tut gut. Wenn nur diese beunruhigenden Fettaugen auf der Suppe nicht wären. Überhaupt hat sie die Befürchtung, dass

dieser eine Abend in Bokelrehm eine fünftägige Nulldiät nach sich ziehen könnte.

Als nächstes wird dann der Hauptgang, der Spargel aufgetragen. In mundgerechte Stücke geschnitten und schön weichgekocht, glitscht er in einer äußerst sämigen, weißglasigen Soße herum, die nur eine einzige Assoziation zulässt. Wie gräßlich ist das denn?
Sidonie hatte sich auf knackige, weiße Stangen gefreut, sie liebt Spargel, kaum Kalorien, Genuss ohne Reue. Eigentlich.
»Für mich bitte nur ganz wenig und kein Fleisch!«
Sidonie fleht beinahe, aber Telse Boldt, die die Verteilung des Hauptganges übernommen hat, lässt sich nicht beirren.
»Ach wat, so'n schönes Stück Fleisch gehört dazu!«, bestimmt sie.

»Augen zu und durch«, empfiehlt ihr Tischnachbar grinsend.
»Noch was vom Knallkööm?« Er greift zur Sektflasche.
»Knallkööm?« Sie muss lachen. »Nee lieber nicht, mir ist so schon warm genug.«
»Dass der hier nur für dich steht, weißt du aber schon, oder? Trinkt hier nämlich sonst keiner, so was Schickes.«
Sidonie sieht sich um. Tatsächlich, war ihr gar nicht aufgefallen. Sie will aber trotzdem nicht. Dann kommt zum Glück der Klare auf den Tisch und der ist richtig schön kalt.
»Zum Wohl«, sagt Johann. Und »Wenn alle Künste untergeh'n, die edle Kochkunst bleibt besteh'n!«
Sie stoßen an, dass es klirrt.

TANZ

Das Gespräch zwischen ihnen wird immer angeregter, sie kriechen fast ineinander. Hocken immer noch auf den Stühlen am Tisch vor ihren leergekratzten Nachtisch-Schälchen. Wie in einer Kapsel sitzen sie da, inmitten dieses Bier-und-Schnaps-seeligen Tumultes.

Johann erklärt Sidonie, wie die Welt hier draußen funktioniert. Dass

die Bauern zwar borniert sind, aber wenn es drauf ankommt, dann hauen sie einen raus. Allerdings nur wenn man dazu gehört, irgendwie. Alles Fremde, alles Neue wird hier erstmal rundweg abgelehnt.
Wat de Buur nich kennt, dat frett he nich. So ist das eben. Das ballernde Gelächter damals, als er erklärte, Künstler zu sein, hat man bis Flensburg gehört. Seine armen Eltern – was die an Hohn und Spott ertragen mussten! Bis heute eigentlich. Denn sie hat's ja eben selbst mitbekommen: Hier hat keine Sau auch nur den blassesten Schimmer was er, Johann Beek, wirklich macht. Ignoranten. Allesamt.
Aber er ist drüber. Mittlerweile. Außerdem gibt's aber auch ein paar echte Freaks hier draußen auf dem Land, man muss nur ein bisschen suchen. Genauer hinsehen.

Der alte Meckel zum Beispiel. Der war aus dem Krieg zurückgekommen und hatte erklärt, ab sofort würde er in seinem Leben keine Befehle mehr entgegennehmen oder sich sonst wie abhängig machen. Er lebt absolut autark, baut Gemüse an, hält ein paar Hühner und Ziegen. Wenn er Geld braucht, verkauft er ein Stück von seinem riesigen Landbesitz.
Oder Lemmi, der Reetdachdecker, der sommers und winters barfuß unterwegs ist. Ein Meisters seines Fachs. Der kann sich vor Anfragen nicht retten, könnte sich eine goldene Nase verdienen, arbeitet aber grundsätzlich nur für's Nötigste. Jeden Sommer verlässt er wochenlang seine Behausung und übernachtet im Freien. Das sei ein Reinigungsprozess, meint er. Nur direkt auf dem Waldboden schlafend, erreichen einen die energetischen Strömungen der Erdmutter, und man sei dann für den Rest des Jahres aufgeladen mit positiver Energie. –
Ja wirklich, solche Freigeister gibt es hier. Mit den meisten Leuten in der Gegend sollte man allerdings lieber keine zu tiefschürfenden Gespräche führen, weil dann nämlich ziemlich schnell klar wird, warum die Nazis hier oben im Norden so besonders erfolgreich waren.

Eine Zeitlang kam er, Johann, gar nicht mehr her. Erst seit er die meiste Zeit des Jahres wieder in Deutschland lebt, in Berlin natürlich – klar wo sonst – seitdem kommt er wieder regelmäßiger. Ein-, zweimal im Jahr. Wegen seiner Eltern oder jetzt wegen einer Ausstellung in den

Hamburger Deichtorhallen, an der er beteiligt ist.
Das interessiert Sidonie, sie rückt noch näher an Johann heran, um eine Menge Fragen zu stellen. Gute Fragen.
Nein wirklich, die Fragen dieser goldenen Gummistiefelfrau sind keineswegs so dumm, wie ihr Outfit vermuten lässt, findet Johann im Stillen. Vermutlich wird sie sich bei näherer Betrachtung als arrogante Zicke rausstellen, aber das wäre völlig okay. Johann mag arrogante Zicken. Außerdem – irgendwas hat sie hergeführt, auf Thadens Deele. Also muss es da noch mehr geben als die goldene Schublade.

Maren beobachtet die beiden genau, während sie mit Oke tanzt. Ein Uraltbekannter, in den sie zu Schulzeiten mal schwer verliebt war. Hat er aber gar nicht mitgekriegt, er war unerreichbare drei Klassen über ihr, damals. Am Gymnasium in Heide, das er inzwischen leitet. Stellvertretend.
Oke ist frisch geschieden. Er schmiegt sich an Maren, sucht Halt bei ihr. Wohl auch wegen der vielen Schnäpse, die er runtergestürzt hat. Während seine Hand unentwegt ihren Rücken streichelt, lässt Maren das innige Paar, da drüben am Tisch, nicht aus den Augen.
Einerseits freut es sie, dass die beiden sich offenbar gesucht und gefunden haben – was sie ja in gewisser Weise ihr verdanken. Andererseits ist sie ein wenig eifersüchtig.
Gerade jetzt lachen die beiden. Sidonie so schallend, dass es sie gegen die Stuhllehne zurückwirft. Johann hatte eine Anekdote über Jonathan Meese auf Lager. Dem ist er neulich begegnet, bei einem Treffen mit dem Sammler Falckenberg. Nachdem Sidonie zu Ende gelacht hat, wechselt Johann das Thema.
»Ist dieses Blond eigentlich echt, ich meine – Natur?«
Ganz unvermittelt will er das wissen. Streicht ihr das Haar aus dem Gesicht. Sanft.
»Besser«, behauptet sie frech grinsend und kann plötzlich sogar Selbstironie.
»Es ist Kunst, echte Kunst. Ein Meisterwerk der Haarfärbe-Kunst. Man nennt es Naturkunst.«
Es scheint ihn nicht zu stören. Er betrachtet sie liebevoll mit leicht schräg gelegtem Kopf.

Als würde er eins seiner eigenen Werke betrachten, das ihm besonders gelungen ist.
»Komm genug gequatscht – lass uns tanzen! Tanzkunst! Jetzt!«
Er springt auf.
Und dann schiebt er sie über den Tanzboden als ob's kein Morgen gäbe. Ist das Wahnsinn? Sie tanzt mit dem Star der zehnten *Documenta* zu Schlagermusik aus den Siebzigern in der Deele eines Geflügelhofes bei Bokelrehm im Kreis Steinburg.
Ich traf sie irgendwo, allein in Mexiko … Anita …
Krass.

STUNDEN SPÄTER

»Ich würde dich gern wiedersehen, Sidonie, wirklich sehr gern. Aber ich sag's lieber gleich: Ich lebe mit jemandem zusammen. Ich kann dir nichts versprechen.«
Sie lächelt und küsst ihn auf den Mund. »Ich dir auch nicht.«

NACHTS

»So«, sagt Maren und drückt die Geschirrspülmaschine zu.
»Den Rest lassen wir erst mal stehen. Danke, dass du geholfen hast.«
»He, das ist doch wohl selbstverständlich.«
Sidonie kippt die letzten, halbleeren Gläser in der Spüle aus.
»Ich geh doch nicht schlafen und lass dich hier mit diesem Chaos allein. Für wen hältst du mich?«
Statt einer Antwort öffnet Maren die Tür, die von der Küche aus direkt in den Garten führt.
»Komm, lass uns noch 'nen Moment frische Luft schnappen.«

Sie nimmt zwei der gefütterten Arbeitsjacken vom Haken neben der Tür, drückt eine davon Sidonie in die Hand.
Die Nacht hier draußen ist so finster wie nirgendwo sonst. Schwarz, richtig richtig schwarz.

Nebeneinander lassen sie sich auf der Gartenbank nieder. Sidonie hebt den Arm, schnüffelt unauffällig an der geliehenen Jacke herum, die stark nach Stall riecht. Dann lehnt sie sich zurück und legt den Kopf in den Nacken.
»Wahnsinn«, meint sie. »Also – der Himmel. So viele Sterne. In der Stadt sieht man die gar nicht alle.«
Eine Weile sitzen sie beeindruckt da und sagen gar nichts.

»Willst du eine?« Maren zieht hinter einem Pflanzenbottich ein Päckchen Zigaretten hervor.
»Ausnahmsweise. – Wieso rauchst du eigentlich immer so halbheimlich?«
»Keine Ahnung. Alte Gewohnheit, nehme ich mal an.«
Mit ihrem Feuerzeug bringt Maren einen Moment lang Licht ins Dunkel. Sie ziehen an ihren Zigaretten.
»Und? Läuft da was, Maren, mit diesem Schulmenschen, diesem Oke?«
Maren bläst vorsichtig den Rauch in die Nacht.
»Kann ich noch nicht sagen. Vielleicht. Muss aber nicht. – Ich glaub, ich werd mich erst mal 'ne Weile auf mich konzentrieren.«
Schweigen und Rauchen.
»Und du so? Mit Johann? Planst du da schon wieder eine feindliche Übernahme?«
»Sag mal!« Sidonie gibt Maren einen leichten Stoß mit dem Ellenbogen. »Was soll die Stichelei? – Ich denke, du hast mir das verziehen?«
Maren lacht.
»Verziehen hab ich das, aber nicht vergessen! – Weißt du, das war immer so'n Schnack von meiner Oma Nelly: Ich bin nicht nachtragend, aber ich vergesse auch nichts. – Sie ist dann allerdings vorm halben Jahr an Alzheimer gestorben.«

»Also – das wird mir jetzt zu tiefschürfend.« Sidonie drückt ihre Zigarette aus.
»Lass uns schlafen gehen. Es wird gleich hell.«

ENDE

Mehr von dieser Autorin

Soluna Bach,
HERZKAMMERANARCHIE
Roman*

Hilly, Mitte Vierzig, zwei Kinder, gut im Job und bestens verheiratet, ist genau da, wo sie nie hin wollte: In der Wohlstandsfalle. Umgeben von Menschen, die sie nie kennenlernen wollte und Dingen, die sie nicht braucht.

Zufällig und mitten in Hamburg kreuzt eine Freundin aus alten Hausbesetzer-Tagen ihren Weg. Für Hilly das Zeichen zur Umkehr. Zurück zu alten Idealen. Schnell stellt sie fest, dass es im links-alternativen Lager mittlerweile auch ganz schön spiessig zugeht. Und anstrengend obendrein. Als sie sich nicht nur in einen Mann mit Weltverbesserungs-Ambitionen, sondern auch in eine aufregende Frau verliebt, weiss sie immer weniger wohin sie gehört.

Ein Roman über Frauen, Freundschaft und Männer ohne festen Wohnsitz. Scharf beobachtet, in Hamburg und im Rest der Welt. Sie werden lachen. Vielleicht auch über sich selbst.

Auf *herzkammeranarchie.com* sehen Sie die schönsten Schauplätze und hören Musik des Romans.

**erschienen bei LIST/Ullstein ISBN 978-3-471-35118-5*

Alle hier beschriebenen Personen und Begebenheiten sind frei erfunden. Jede Ähnlichkeit mit lebenden Personen ist unbeabsichtigt.

Originalausgabe veröffentlicht 2013

Gesetzt in Caslon Pro
Titel-Illustration: Soluna Bach
soluna.bach@gmail.com

ISBN 978-3-00-040636-2